MIRA®

Der Preis dieses Bandes versteht sich einschließlich der gesetzlichen Mehrwertsteuer.

Umwelthinweis:
Dieses Buch wurde auf chlor- und säurefreiem Papier gedruckt.

Sherry Thomas

Zwischen Liebe und Skandal

Roman

Aus dem Amerikanischen von
Ute-Christine Geiler

MIRA®

MIRA® TASCHENBUCH
Band 25729
1. Auflage: Februar 2014

MIRA® TASCHENBÜCHER
erscheinen in der Harlequin Enterprises GmbH,
Valentinskamp 24, 20354 Hamburg
Geschäftsführer: Thomas Beckmann

Titel der nordamerikanischen Originalausgabe:
His At Night

erschienen bei: Bantam Books, New York

Published by arrangement with Sherry Thomas

Konzeption / Reihengestaltung: fredebold&partner GmbH, Köln
Umschlaggestaltung: pecher und soiron, Köln
Redaktion: Bettina Lahrs
Titelabbildung: Harlequin Enterprises S.A., Schweiz
Satz: GGP Media GmbH, Pößneck
Druck und Bindearbeiten: CPI – Ebner & Spiegel, Ulm
Printed in Germany
Dieses Buch wurde auf FSC®-zertifiziertem Papier gedruckt.
ISBN 978-3-86278-868-2

www.mira-taschenbuch.de

1. KAPITEL

Der Marquess of Vere war ein Mann weniger Worte. Diese Feststellung jedoch würde alle – bis auf ein paar Auserwählte unter seinen zahlreichen Freunden und Bekannten – erstaunen. Die vorherrschende Meinung war, dass Lord Vere redete. Und redete. Und redete. Es gab kein Thema unter der Sonne, egal wie abwegig oder abstrus es auch war, zu dem er nicht voller Eifer seine Meinung, möglichst in zehn verschiedenen Versionen davon, kundtat. Zu manchen Zeiten konnte man ihn einfach nicht davon abhalten, über die neu entdeckte Klasse chemischer Stoffe namens Präraffaeliten zu dozieren oder über die seltsamen Ernährungsgewohnheiten der Pygmäenstämme in Zentralschweden – und das aus seiner Perspektive sehr glaubwürdig.

Lord Vere war zudem ein Mann, der seine Geheimnisse für sich behielt.

Aber jeder, der den Fehler beging, so etwas zu verkünden, musste damit rechnen, dass anwesende Damen und Herren plötzlich laut auflachten. In weniger vornehmen Kreisen hätte man sich wohl vor Lachen auf dem Boden gewälzt. Denn Lord Vere konnte nach allgemeiner Ansicht kein offenes von einem gut gehüteten Geheimnis unterscheiden, so wie er wohl kaum einen Igel von einem Wildschwein zu unterscheiden vermochte. Er war nicht nur geschwätzig, er gab vielmehr bei dem geringsten Anlass, und sei er noch so an den Haaren herbeigezogen, intimste und unpassendste persönliche Erkenntnisse preis – ganz ohne irgendeinen Grund.

So ließ er sich auch gern über seine Schwierigkeiten im Umgang mit jungen Damen aus: Er wurde früh abgewiesen und oft dazu, und zwar trotz seines Status' als Adliger. Er gewährte ohne zu zögern Einblick in seine Finanzlage – allerdings war entdeckt worden, dass er keinen blassen Schimmer hatte, wie viele Mittel ihm tatsächlich zur Verfügung standen, derzeit und in Zukunft, wodurch seine Äußerungen witzlos wurden. Er ging sogar so weit – natürlich nicht in Anwesenheit von Damen –, Größe und Umfang seines Gemächts zu erwähnen; in beiderlei Hinsicht war er zu beneiden, zumal die Abmessungen von unbekümmerten Witwen, die sich zu einem gelegentlichen amourösen Abenteuer an ihn wandten, bestätigt worden waren.

Mit anderen Worten: Lord Vere war ein Idiot. Kein gefährlicher Irrer, denn seine geistige Gesundheit wurde nur selten infrage gestellt. Und nicht so debil, dass er seinen Alltag nicht bewältigen könnte. Vielmehr war er ein amüsanter Idiot, so unwissend und aufgeblasen wie ein Kissen, dumm wie Bohnenstroh, aber dabei süß und harmlos und durchaus beliebt bei den oberen Zehntausend wegen seines hohen Unterhaltungswerts – und wegen seiner Unfähigkeit, sich irgendetwas zu merken, was man ihm gesagt hatte. Jedenfalls dann, wenn es keinen direkten Einfluss auf seine Mahlzeiten hatte, seinen nächtlichen Schönheitsschlaf oder den ganzen Stolz seiner Unterkleider.

Er konnte nicht geradeaus schießen; seine Kugeln trafen ein Moorhuhn nie – außer durch Zufall. Er versäumte es nur selten, Türknaufe und Hebel in die falsche Richtung zu betätigen. Und da sein Geschick, zur falschen Zeit am falschen Ort aufzukreuzen, legendär war, wunderte es niemanden sonderlich, wenn man hörte, er sei Augenzeuge eines Verbrechens geworden – höchstwahrscheinlich ohne eine Ahnung zu haben, was er da gesehen hatte.

Es war ein interessantes Leben, gelinde gesagt. Manchmal fragten sich die anderen Agenten der Krone, die wussten, dass er in Wahrheit nur eine Rolle spielte, wie er sich wohl dabei fühlte, für die meiste Zeit seiner wachen Stunden den Dummkopf zu geben. Sie fanden es nie heraus, da er nun einmal ein Mann weniger Worte war und seine Geheimnisse für sich behielt. Natürlich bleibt kein Geheimnis für immer geheim … der Anfang vom Ende von Lord Veres Geheimnis kam, um genau zu sein, in Gestalt eines Hinterhalts einer jungen Dame mit fragwürdiger Abstammung und ebenso fragwürdigen Methoden. Einer jungen Dame, die durch eine seltsame Wendung des

Schicksals schon bald die Marchioness of Vere sein sollte, seine Ehefrau.

Die Ratten waren Veres Idee gewesen. Präzise gesagt: Es war seine Vorstellung von einem Witz.

Es war Saisonende, und London leerte sich zusehends. Vere hatte früher am Tag seinen Bruder zum Bahnhof gebracht, morgen würde er selbst nach Gloucestershire fahren. Es gab keinen besseren Zeitpunkt, um in einem Landhaus aufzutauchen, in das man gar nicht eingeladen worden war – und zu behaupten, man sei es sehr wohl –, als Anfang August: Und im Grunde genommen, was machte ein Gast mehr denn schon aus, wenn bereits dreißig dort waren?

Doch zuvor musste etwas anderes erledigt werden. Am Abend würde ein Treffen stattfinden, in dem es um Edmund Douglas ging, den zurückgezogen lebenden Besitzer einer Diamantenmine, der im Verdacht stand, Diamantenhändler aus London und Antwerpen zu erpressen.

„Wir brauchen einen besseren Weg, um in sein Haus hineinzugelangen“, erklärte gerade Lord Holbrook, Veres Kontaktmann.

Holbrook war ein paar Jahre älter als Vere. Als Oscar Wilde noch die meistgefeierte literarische Berühmtheit war, hatte Holbrook sein dunkles Haar lang getragen und intellektuelle Langeweile gepflegt. Jetzt, da Wilde nach seiner Haft gesellschaftlich geächtet und ins Pariser Exil geflohen war, begleitete kürzeres Haar Holbrooks Ennui und eine unverhohlene Zurschaustellung eines dekadenten Nihilismus.

Vere verhalf sich zu einem Stück Torte aus dem Savoy-Hotel. Das Gebäck war luftig, saftig und fest genug, um einen Löffel Aprikosenmarmelade zu verkraften. Holbrook hatte einen Weg gefunden, seine verschiedenen Verstecke – mehrere Häuser über den ganzen Großstadtbereich Londons verstreut – jederzeit bestens ausgestattet bereitzuhalten. So konnte man sich darauf verlassen, wann immer einer seiner Agenten darauf zurückgreifen musste, dass in den Räumlichkeiten die besten hochprozentigen

Getränke und die notwendigen Voraussetzungen für einen anständigen Nachmittagstee vorzufinden waren.

Auf der anderen Seite des kitschig möblierten Empfangssalons – dieses besondere Gebäude, hinter dem Fitzroy Square gelegen, hatte früher einmal eine Reihe Mätressen beherbergt – betupfte sich Lady Kingsley die Mundwinkel. Sie war eine gut aussehende Brünette, ungefähr im gleichen Alter wie Holbrook, die Tochter eines Baronets und Witwe eines Knights.

Als Geheimagenten waren Frauen im Vorteil. Vere und Holbrook mussten in andere Rollen schlüpfen und sich verstellen, um nicht ernst genommen zu werden – was unverzichtbar war, wenn man sich anschickte, heikle Angelegenheiten im Auftrag der Krone zu untersuchen. Aber eine Frau, selbst eine, die so scharfsinnig und fähig war wie Lady Kingsley, wurde oft genug als unwichtig abgetan, basierend auf nicht mehr als dem Umstand ihres Geschlechts.

„Ich habe es Ihnen ja bereits gesagt, Holbrook", stellte sie fest. „Wir müssen Douglas' Nichte benutzen."

Holbrook, lässig zurückgelehnt auf einer rotsamtenen Chaiselongue mit Goldfransen, stieß mit einem Finger gegen den neusten Fallbericht, der auf seiner Brust lag. „Ich dachte, die Nichte hat seit Jahren nicht das Haus verlassen."

„Exakt. Stellen Sie sich vor, Sie wären ein Mädchen von vierundzwanzig Jahren, längst über das Alter hinaus, in dem eine junge Dame heiraten sollte, und lebten fernab von all den Vergnügungen und dem fröhlichen Treiben angemessener Gesellschaft. Was wäre die größte Verlockung für Sie?"

„Opium", antwortete Holbrook.

Vere lächelte und sagte nichts.

„Nein." Lady Kingsley verdrehte die Augen. „Sie würden sich nichts sehnlicher wünschen, als heiratsfähige junge Männer zu treffen, so viele auf einmal, wie man nur unter ein Dach quetschen kann."

„Wo planen Sie ein Haus voller begehrenswerter Junggesellen herzubekommen, Madam?", erkundigte sich Holbrook.

Lady Kingsley machte eine wegwerfende Handbewegung. „Genügend männliche Lockvögel zusammenzubekommen, ist das Einfachste daran. Das eigentliche Problem besteht vielmehr darin, dass ich nicht einfach nach Highgate Court fahren kann, um ihr die Herren vorzustellen. Obwohl es schon drei Monate her ist, seitdem ich das nächstgelegene Haus gemietet habe, vermochte ich noch immer nicht ihre Bekanntschaft zu machen."

„Darf ich?", Vere deutete auf den Bericht auf Holbrooks Brust. Der Ältere warf ihn in seine Richtung. Vere fing ihn auf und begann ihn durchzublättern.

Edmund Douglas' Besitz, in dem er seit 1877 lebte, war ein Herrenhaus, das seinen Anforderungen entsprechend erbaut worden war. Es gab Hunderte von solchen neuen Landhäusern überall im Land, von denen errichtet, die ein Vermögen erwirtschaftet hatten – das Zeitalter der Dampfkraft hatte zu aufblühendem Wohlstand geführt.

Das Anwesen von Douglas wirkte recht gewöhnlich, dennoch war es eines, in das man, wie sich herausgestellt hatte, nur schwer vordringen konnte. Ein versuchter Einbruch war nicht von Erfolg gekrönt gewesen. Ein weiteres Vorgehen, nämlich die Dienerschaft zu unterwandern, war ebenfalls fehlgeschlagen. Und wegen Mrs Douglas' schlechtem Gesundheitszustand verkehrte die Familie auch nur selten gesellschaftlich, sodass auch diese ansonsten akzeptableren Wege ins Herrenhaus ausschieden.

„Sie könnten sich Zugang zu den Douglas' mit einer kleinen Katastrophe verschaffen", überlegte Vere, während er Lady Kingsley ansah. „Dann haben Sie eine ideale Ausrede, auf dem Anwesen zu erscheinen."

„Ich weiß. Aber ich zögere, dem Dach oder den Rohrleitungen eines gemieteten Hauses Schaden zuzufügen."

„Können Ihre Diener nicht irgendeine abstoßende, aber nicht ansteckende Krankheit bekommen?", erkundigte sich Holbrook. „Eine Lebensmittelvergiftung vielleicht?"

„Benehmen Sie sich, Holbrook. Ich verstehe nichts von Chemie, und ich werde meine eigenen Bediensteten nicht vergiften."

„Wie wäre es denn mit einer Rattenplage?“, warf Vere ein, mehr aus Spaß denn als ernst gemeinter Vorschlag.

Lady Kingsley erschauerte. „Was meinen Sie damit, eine Rattenplage?“

Vere zuckte die Achseln. „Setzen Sie ein paar Ratten im Haus aus. Ihre Gäste werden lauthals verlangen, umquartiert zu werden. Die Ratten werden keinen dauerhaften Schaden anrichten, vorausgesetzt, Sie lassen rasch genug einen Rattenfänger kommen.“

Holbrook setzte sich aufrecht hin. „Eine ausgezeichnete Idee, mein guter Mann. Ich kenne zufällig einen Mann, der Mäuse und Ratten für wissenschaftliche Zwecke züchtet.“

Das überraschte Vere nicht sonderlich. Holbrook verfügte über vielfältigste, wundersam nützliche und auch erstaunlich bizarre Kontakte.

„Nein, das ist eine schreckliche Idee“, widersprach Lady Kingsley.

„*Au contraire,* ich halte sie schlicht für genial“, verkündete Holbrook. „Douglas reist in zwei Wochen nach London, um sich mit seinem Anwalt zu besprechen, richtig?“

„Richtig“, sagte Vere.

„Das sollte uns ausreichend Zeit lassen.“ Holbrook lehnte sich wieder zurück. „Betrachten Sie es als erledigt.“

Lady Kingsley verzog angewidert das Gesicht. „Ich hasse Ratten.“

„Für Königin und Vaterland, Madam“, bemerkte Vere und stand auf. „Für Königin und Vaterland.“

Holbrook klopfte sich mit einem Finger gegen die Lippen. „Komisch, dass Sie Königin und Vaterland erwähnen, Mylord: Ich habe gerade erst von dem Erpressungsversuch gegen ein bestimmtes Mitglied der Königsfamilie erfahren und …“

Vere jedoch war bereits gegangen.

2. KAPITEL

Zwei Wochen später

Miss Elissande Edgerton stand vor dem Herrenhaus auf Highgate Court. Regentropfen prasselten auf ihren schwarzen Regenschirm, und ein kalter grauer Nebel hüllte alles jenseits der Auffahrt ein.

Es war August, aber es fühlte sich an, als sei schon November.

Sie lächelte den Mann vor sich an. „Eine angenehme Reise, Onkel, und komm wohlbehalten an."

Edmund Douglas erwiderte ihr Lächeln. Es war ein Spiel für ihn, dieses Vorgeben von Zuneigung. *In diesem Hause wird nicht geweint, verstehst du, meine liebe Elissande? Sieh dir deine Tante an. Sie ist nicht stark oder klug genug zu lächeln. Willst du so werden wie sie?*

Schon mit sechs Jahren hatte Elissande gewusst, dass sie nicht den geringsten Wunsch verspürte, wie ihre Tante zu werden, dieses blasse Gespenst einer Frau. Sie hatte nicht begriffen, warum ihre Tante weinte. Aber wann immer Tante Rachel Tränen vergoss, wann immer ihr Onkel seiner Frau den Arm um die Schultern legte, um sie aus dem Raum zu führen, war Elissande stets aus dem Haus geschlüpft und so weit fortgelaufen, wie sie es nur wagte. Ihr Herz klopfte vor Angst, Abscheu und einem Zorn, der unterschwellig wie ein Schwelbrand rauchte und glomm.

Also hatte sie gelernt zu lächeln.

„Danke, meine Liebe", antwortete Edmund Douglas.

Aber er machte keine Anstalten, in die wartende Kutsche einzusteigen. Er genoss es, seine Verabschiedungsszenen in die Länge zu ziehen – sie hatte den Verdacht, dass er sehr wohl wusste, wie sehr sie sich danach sehnte, dass er endlich losfuhr. Sie verstärkte ihr Lächeln.

„Kümmere dich um deine Tante, während ich fort bin", sagte er und wandte sein Gesicht zum Fenster des Schlafzimmers seiner Ehefrau. „Du weißt, wie teuer sie mir ist."

„Natürlich, Onkel.“

Immer noch lächelnd beugte sie sich vor, um ihn auf die Wange zu küssen, bezwang ihren Widerwillen mit einem Geschick, das ihr die Kehle zuschnürte.

Er verlangte diese Demonstration von Herzlichkeit vor der Dienerschaft. Nicht jedem Mann gelang es, seine Bosheit und seine Schlechtigkeit so gut zu verbergen, dass er seine eigenen Bediensteten zu täuschen vermochte. Im Dorf hörte man Gerüchte von Squire Lewis’ Pokneifen oder von Mrs Stevensons verwässertem Bier für ihre Diener. Aber die vorherrschende Meinung über Mr Douglas war einhellige Bewunderung für seine Geduld, die der eines Heiligen in nichts nachstand, da Mrs Douglas so gebrechlich war – und nicht ganz richtig im Kopf.

Endlich stieg ihr Onkel in seinen geschlossenen Einspänner. Der Kutscher, in seinen Regenmantel gehüllt, ließ die Zügel schnalzen. Die Räder knirschten auf der nassen Kiesauffahrt. Elissande winkte, bis die Kutsche um die Kurve gefahren war, dann ließ sie den Arm sinken – und ihr Lächeln erstarb.

Vere schlief am besten in einem fahrenden Zug. Es hatte Zeiten in seinem Leben gegeben, da hatte er den Schottland-Express von London nach Edinburgh genommen, aus keinem anderen Grund, als einfach nur in den Genuss von acht Stunden traumlosem Schlaf zu kommen.

Die Reise nach Shropshire war weniger als halb so lang und beinhaltete mehrmaliges Umsteigen unterwegs. Aber dennoch genoss er es, vermutlich sogar mehr als irgendetwas anderes seit seinem Nickerchen auf dem Weg von London nach Gloucestershire. Dort hatte er die vergangenen beiden Wochen damit verbracht, einen Ersatzplan für eine Invasion wiederzubeschaffen, den das Auswärtige Amt irgendwie „verloren“ hatte. Eine heikle Angelegenheit, bedachte man, dass das Ziel der Operation Deutsch-Südwestafrika war – und die Beziehungen zu Deutschland waren im Moment bestenfalls als angespannt zu bezeichnen.

Er hatte diese Aufgabe ohne auch nur den Hauch eines internationalen Skandals bewältigt. Seine Freude über seinen Erfolg war jedoch gedämpft. Er führte sein Doppelleben, um der Gerechtigkeit zum Sieg zu verhelfen, nicht um Idioten zu retten, die nicht in der Lage waren, wichtige Akten sicher zu verwahren.

Aber selbst wenn die Fälle seinen Hunger nach Gerechtigkeit stillten, selbst dann war die Befriedigung irgendwie schal und kurzlebig – das letzte Aufflammen von Glut, bevor sie zu Asche verbrannte –, gefolgt von einer Erschöpfung, die Wochen anhielt.

Eine Leere, die der tiefste erholsamste Schlaf nicht auslöschen konnte.

Die Kutsche, die Lady Kingsley ihm geschickt hatte, fuhr meilenweit durch grüne Hügellandschaften. Er konnte nicht mehr die Augen schließen, und eigentlich wollte er auch nicht über den nächsten Fall nachdenken. Tat es aber dennoch. Zugegeben, Edmund Douglas' allgemeine Zurückgezogenheit hatte ein unüblich langes Pläneschmieden erforderlich gemacht. Aber Ermittlungen wie diese waren in seiner Laufbahn einfach weitere in einer ganzen Reihe von unorthodoxen Fällen, die die örtliche Polizei entweder nicht lösen konnte oder von denen sie gar nicht erst erfuhr.

Er starrte aus dem Kutschenfenster. Statt abgegraster und nasser Wiesen sah er in der wieder aufgetauchten und strahlenden Nachmittagssonne eine völlig andere Landschaft: Wellen, die sich tosend an Felsen brachen, zackige Steilklippen, Moore, lilafarben von blühendem Heidekraut. Ein Pfad entlang des felsigen Abhangs erstreckte sich vor ihm; eine Hand, warm und fest, hielt seine.

Er kannte den Weg. Er kannte die Klippen, die Moore und das Meer – die Küsten von Somerset, North Devon und Cornwall waren außerordentlich schön, und er besuchte sie, so oft er nur konnte. Die Frau hingegen, die seine Hand hielt, gab es nur in seiner Fantasie.

Aber er war vertraut mit ihrem leichten Schritt. Genauso wenig fremd war ihm ihr robustes Wollkleid: Es raschelte leise, wenn sie ging. Was er aber nur hören konnte, wenn kein Wind wehte und der Pfad hoch oben verlief, weit weg von den sich tosend brechenden Wellen. Und er kannte die Konturen ihres Halses unter dem breitkrempigen Hut, der ihre Haut vor der Sonne schützte. Er hatte ihr oft seinen Rock um die Schultern gelegt, wenn sich ihre eigene Jacke als unzureichend gegen das kühle und unbeständige Wetter an der Küste erwies.

Sie war eine unermüdliche Spaziergängerin, eine heiter-gelassene Freundin und in der Nacht eine zärtliche Geliebte.

Fantasien waren wie Gefangene, weniger geneigt, eine Revolte anzuzetteln, wenn man ihnen ein vernünftiges Maß an überwachter Ertüchtigung gewährte. Daher dachte er oft an sie: Wenn er nicht schlafen konnte, wenn er zu müde war, an irgendetwas anderes zu denken, wenn er keine Lust hatte, nach Hause zu gehen, obwohl er sich wochenlang nach Ruhe gesehnt hatte. Alles, was sie tun musste, war, ihm eine Hand auf den Arm zu legen – ihre warme Berührung zu spüren, voller Verständnis und Liebe, und alles war in Ordnung: Sein Zynismus war besänftigt, seine Einsamkeit besiegt und seine Albträume waren vergessen.

Er war nicht so verrückt, dass er ihr einen Namen gegeben oder sich ein genaueres Bild von ihrem Aussehen gemacht hätte – so konnte er sich einreden, dass er sie vielleicht wirklich eines Tages treffen würde, in einer unauffälligen Ecke eines ansonsten grell erleuchteten und hoffnungslos überfüllten Ballsaals. Aber er war schwach genug, sich ihr Lächeln vorzustellen, ein Lächeln von solcher Vollkommenheit und Lieblichkeit, dass er nicht anders konnte, als in seinem Glanz glücklich zu sein. Sie lächelte nicht sehr oft, weil er nicht für häufiges Glücklichsein geschaffen war, selbst wenn er sich dies nur eingebildet hatte. Aber wenn sie lächelte, dann war das ein Gefühl, wie … als ob er wieder sechs Jahre alt wäre und zum ersten Mal ins Meer liefe.

Heute jedoch wollte er keinen Gefühlsüberschwang, sondern ruhige Gesellschaft. Daher spazierten sie gemeinsam auf einem Weg, den er bislang im echten Leben nur allein gegangen war. Zu dem Zeitpunkt, als sie durch das Tor von Woodley Manor fuhren, Lady Kingsleys gemietetem Anwesen, stand er neben ihr in den Ruinen von König Arthurs Burg, seine Hand ruhte auf ihrem Rücken, und sie blickten gemeinsam auf die Schaumkronen tief unter ihnen.

Und dort wäre er noch eine ganze Weile geblieben – er war recht gut darin, andere zu begrüßen oder sich zu verabschieden, während er in Gedanken war –, wenn nicht sein Bruder vor dem Haus gestanden und ihm zugewinkt hätte.

Das brachte ihn jäh in die Wirklichkeit zurück.

Er sprang aus der Kutsche und stolperte dabei über seinen Gehstock. Freddie fing ihn auf.

„Vorsichtig, Penny."

Vere war von dem Augenblick an, da er seinen ersten Atemzug getan hatte, Viscount Belgrave gewesen. Mit sechzehn war er mit dem Tod seines Vaters Marquess of Vere geworden. Bis auf seine verstorbene Mutter und ein paar sehr alte Freunde sowie Freddie nannte ihn niemand bei seinem Spitznamen, eine Abkürzung von Spencer, seinem Vornamen.

Er umarmte Freddie. „Was tust du denn hier, alter Junge?"

Vere war meist nicht der Ansicht, dass er sich in Gefahr begab – seine Ermittlungen verlangten nicht nach gezückten Pistolen, und seine Rolle bot ihm Schutz vor unangebrachten Verdächtigungen. Aber bisher war Freddie nie in der Nähe gewesen, wenn er einen Fall begonnen hatte.

Freddie war das, was sich in Veres Leben richtig entwickelt hatte. Der ängstliche Knabe, um den sich Vere früher Sorgen gemacht hatte, war zu einem feinsinnigen jungen Mann von achtundzwanzig Jahren herangewachsen – der beste in Veres gesamter Bekanntschaft.

Der beste, den man überhaupt kennen konnte, überlegte er mit beinahe übertriebenem Stolz.

Zwei Wochen auf dem Land hatten Freddies helle Haut gerötet und seine sandfarbenen Locken ein paar Schattierungen heller gebleicht. Er hob den Gehstock auf, den Vere hatte fallen lassen, und zog unauffällig das Halstuch seines älteren Bruders gerade, das wie gewohnt in einem Winkel von etwa dreißig Grad schief saß.

„Kingsley hat mich gefragt, ob ich nicht Lust hätte, mit zu seiner Tante zu kommen. Ich habe Ja gesagt, nachdem er mir verraten hatte, dass du auch erwartet wirst."

„Ich wusste gar nicht, dass die Wrenworths Kingsley eingeladen hatten."

„Nun, ich war nicht bei den Wrenworths. Ich bin letzte Woche von dort zu den Beauchamps gefahren."

Und dort hätte er besser bleiben sollen. Auch wenn seine Arbeit nicht direkt gefährlich war oder man zu befürchten hatte, bei ihrer Ausübung körperlich Schaden zu nehmen, wäre es Vere lieber gewesen, wenn Freddie nicht in der Nähe wäre.

„Ich dachte eigentlich immer, dir gefiele es bei den Wrenworths. Warum bist du dieses Mal so bald abgereist?"

„Ach, ich weiß nicht." Freddie rollte Veres Ärmel herunter, die der oft genug unterschiedlich weit hochgekrempelt trug. „Ich hatte Lust auf einen Ortswechsel."

Das verwunderte Vere. Rastlosigkeit war nichts, das er gewöhnlich mit Freddie in Verbindung brachte – es sei denn, Freddie war wegen irgendetwas beunruhigt.

Ein Schrei, als wäre eine Jungfrau mit Drachenzähnen konfrontiert worden, zerriss die ländliche Ruhe.

„Gütiger Himmel, was war das?", rief Vere mit sehr glaubhaft verwunderter Stimme.

Die Frage wurde durch mehr Schreie beantwortet. Miss Kingsley, Lady Kingsleys Nichte, kam aus dem Haus gelaufen und schrie dabei aus Leibeskräften. Sie prallte gegen Vere – er hatte eine erstaunliche Gabe, im Weg zu sein.

Vere fing sie auf. „Was ist denn los, Miss Kingsley?"

Miss Kingsley wehrte sich gegen seinen Griff. Sie hörte einen Augenblick lang auf zu kreischen, aber nur, um Luft zu holen. Dann öffnete sie ihren Mund erneut, ganz weit, und stieß den dämonischsten Schrei aus, den Vere je vernommen hatte.

„Ohrfeige sie", bat er Freddie.

Freddie war entsetzt. „Ich kann doch keine Frau schlagen!"

Also tat Vere es selbst. Miss Kingsley verstummte und erschlaffte. Um Atem ringend und verwirrt blinzelnd starrte sie Vere an.

„Miss Kingsley, geht es Ihnen gut?", erkundigte sich Freddie.

„Mir … mir geht … Gütiger Himmel, die Ratten, all diese Ratten …"

Sie begann, hilflos zu schluchzen.

„Halt sie." Vere schob sie in Freddies freundlichere und mitfühlendere Arme.

Er lief ins Haus, blieb aber in der Mitte der Eingangshalle jäh stehen. Ein oder auch zwei Dutzend Ratten, hatte er zu Holbrook gesagt. Aber da waren Hunderte, die sich wie ein nicht enden wollender Strom an den Wänden entlang und über die Flure ergossen, Geländer hoch- und Vorhänge herunterrannten. Eine Porzellanvase fiel um und zerbrach, während Vere weiterhin stocksteif dastand, von dem sich ihm bietenden Bild gleichermaßen abgestoßen wie gebannt.

„Aus dem Weg!"

Kingsley, Lady Kingsleys Neffe, kam mit einem Gewehr in der Hand herangeeilt. In genau dem Moment, als er die Mitte der Eingangshalle durchschritt, sprang eine kleine Ratte von dem Kronleuchter.

„Kingsley, über Ihnen!", rief Vere.

Zu spät. Die Ratte landete auf Kingsleys Kopf. Er schrie auf. Vere warf sich zu Boden, als sich ein Schuss aus Kingsleys Gewehr löste.

Kingsley schrie wieder. „Verdammte Hölle. Sie ist in meinem Rock!"

„Ich komme nicht in Ihre Nähe, solange Sie nicht das Gewehr weglegen! Und werfen Sie es bloß nicht, sonst geht es am Ende wieder los!"

„Aahh!" Kingsleys Gewehr landete mit einem dumpfen Aufprall auf dem Boden. „Helfen Sie mir!"

Er zuckte wild, gleichsam wie eine Marionette, die an allen

Fäden gleichzeitig gezogen wurde. Vere lief zu ihm und zerrte ihm den Rock von den Schultern.

„Ich fürchte, sie ist unter meiner Weste. Allmächtiger, lassen Sie nicht zu, dass sie in meine Hose kriecht."

Vere riss Kingsleys Weste auf. Und da war das kleine Ungeheuer auch schon, es steckte unter Kingsleys Hosenträgern. Vere packte das Tier am Schwanz und schleuderte es fort, ehe es sich drehen und ihn beißen konnte.

Währenddessen rannte Kingsley in Hemdsärmeln durch die Eingangstür ins Freie. Vere schüttelte den Kopf. Weitere Schreie drangen aus einem Zimmer zu seiner Rechten. Er eilte dorthin und öffnete die Tür. Augenblicklich hielt er sich am oberen Türrahmen fest und zog die Füße an, da eine wahre Flut von Ratten aus dem Raum schwappte.

Lady Kingsley, drei junge Damen und zwei Herren sowie ein Lakai standen auf verschiedenen Möbelstücken, unter ihnen ein Meer von Ratten. Zwei der jungen Damen schrien dabei Zeter und Mordio. Mr Conrad folgte ihrem Beispiel, in der gleichen Lautstärke und mit derselben Hingabe. Lady Kingsley, die auf dem Klavier Zuflucht gesucht hatte, benutzte den Notenständer, um mit grimmiger Miene alle Ratten wegzuschlagen, die es wagten, zu ihr emporzuklettern. Keines der Tiere durfte ihr diesen Ort streitig machen. Der Lakai wiederum hatte einen Feuerhaken in der Hand und verteidigte damit die jungen Damen.

Als fast alle Ratten den Salon verlassen hatten, half Vere den bedrängten Gästen von Lady Kingsley von den Möbeln herunter. Miss Beauchamp zitterte so sehr, dass er sie nach draußen tragen musste.

Lady Kingsley fand er mit einer Hand an die Wand gelehnt, die andere auf dem Bauch; sie hatte die Zähne zusammengebissen.

„Ist alles in Ordnung, Madam?"

„Ich glaube, ich werde mir nicht allzu viel Mühe geben müssen, mitgenommen auszusehen, wenn ich Miss Edgerton aufsuche", sagte sie mit einer Stimme, die kaum mehr als ein Flüstern war. „Und Lord Holbrook ist ein toter Mann."

„‚Auf dem höchsten Punkt des Plateaus befindet sich die kleine Kapelle Santa Maria del Soccorso, wo ein Einsiedler Wein verkauft und ein Buch führt, in das sich der geneigte Besucher eintragen kann. Die Aussicht von diesem Kap ist einzigartig reizvoll und beeindruckend, da der Steilhang praktisch senkrecht abfällt, und wohin der Blick sich auch richtet, nur Schönheit …'"

Elissande sah es klar vor sich: die Insel Capri, die sich sirenengleich aus dem Mittelmeer erhob. Sie selbst ging dort spazieren, folgte dem Weg entlang der felsigen Küste. Ihr Haar wehte im Wind, und in einer Hand hielt sie einen Strauß wilder Nelken. Die einzigen Geräusche um sie herum waren das Rauschen der Wellen und die Schreie der Möwen. Es war niemand in der Nähe, nur die Fischer am Strand, die ihre Netze flickten. Sie empfand nichts als die reine Freude und Unbeschwertheit vollkommener Freiheit.

Erst in letzter Sekunde fing sie ihre Tante auf, als die von dem Sitz des Wasserklosetts kippte.

Es war mehr als achtundvierzig Stunden her, seit Tante Rachel das letzte Mal Stuhlgang gehabt hatte – die Folge ihrer Bettlägerigkeit. Elissande hatte ihre Tante überredet, sich nach dem Mittagessen für eine Viertelstunde auf das Klosett zu setzen, während sie ihr laut aus einem Reiseführer über Süditalien vorlas, um ihr die Zeit zu vertreiben. Aber entweder aufgrund ihrer wenig aufregenden Vortragsweise oder aufgrund des Laudanums, das sie ihr einfach nicht abgewöhnen konnte, war Tante Rachel eingeschlafen – und die Schüssel unter ihr war immer noch beunruhigend leer.

Halb zog sie, halb trug sie Tante Rachel aus der Kammer mit dem Wasserklosett. Die ältere Frau wog in ihren Armen wenig mehr als ein Bündel Stöcke – und ihre Bewegungen und deren Koordination waren entsprechend. Und da es die Spezialität ihres Onkels war, herauszufinden, was die von ihm Abhängigen am wenigsten mochten, um sie genau dem in der Folge immer wieder auszusetzen, roch Tante Rachels Nachthemd stark nach Nelken – ein Geruch, den sie aus tiefster Seele verabscheute.

Den sie verabscheut *hatte*. Denn seit vielen Jahren befand sich Tante Rachel nunmehr nahezu ununterbrochen im Laudanum-Rausch und bemerkte daher wenig, solange sie nur pünktlich ihre nächste Dosis der Tinktur erhielt. Aber Elissande war es nicht egal – sie hatte ein geruchloses Nachthemd aus ihrem Zimmer mitgebracht.

Behutsam legte sie ihre schläfrige Tante aufs Bett, wusch sich die Hände und wechselte dann das Nachthemd ihrer Tante; schließlich sorgte sie noch dafür, dass sie auf ihrer rechten Seite lag. Sie führte sorgfältig Buch darüber, wie viele Stunden Tante Rachel auf jeder Seite schlief. Es geschah so leicht, dass Menschen, die den Hauptteil ihrer Zeit im Bett verbringen mussten, sich wund lagen.

Sie steckte die Decke um die Schultern der älteren Frau fest und holte den Reiseführer, der in ihrer Hast, ihre Tante aufzufangen, zu Boden gefallen war. Sie hatte die Seite verschlagen, aber das war nicht wichtig. Sie las genauso gern über das liebliche Manfredonia an der Adriaküste, das der Sage nach von einem Helden des Trojanischen Krieges gegründet worden war.

Das Buch flog ihr aus der Hand und krachte gegen das Bild, das gegenüber vom Bett ihrer Tante an der Wand hing – das Bild, das Elissande sich größte Mühe gab, nicht anzusehen. Anschließend fiel es dumpf zu Boden. Vor Schreck schlug sie sich die Hand vor den Mund. Danach wandte sie den Kopf und blickte zu Tante Rachel. Aber ihre Tante hatte sich nicht gerührt.

Elissande hob das Buch rasch wieder auf und umklammerte es fest. Vor drei Tagen erst hatte sie ihre Haarbürste genommen und ihren Handspiegel damit zertrümmert. Und vor zwei Wochen hatte sie lange auf eine Schachtel Arsen – Rattengift – gestarrt, die sie in einem Besenschrank entdeckt hatte.

Sie fürchtete, dass sie allmählich den Verstand verlor.

Sie hatte nicht die Krankenpflegerin ihrer Tante werden wollen. Eigentlich hatte sie vorgehabt, das Haus zu verlassen, sobald sie alt genug war, um irgendwo eine Anstellung zu finden.

Aber das hatte ihr Onkel gewusst. Er hatte Pflegerinnen ins

Haus geholt, damit sie sehen konnte, wie Tante Rachel sich ängstlich vor ihnen verkroch und unter ihrer groben, vermeintlich medizinisch korrekten Behandlung weinte. Es war ihr nichts anderes übrig geblieben als einzuschreiten, sodass sich Treue und Dankbarkeit, sonst durchaus erfreuliche Dinge, in hässlich rasselnde Ketten verwandelten, die sie an dieses Haus fesselten, an dieses Leben unter seiner Fuchtel.

Zur Flucht blieben ihr einige wenige Bücher, wenn sich ihre Gedanken nicht um die Regelmäßigkeit oder das Ausbleiben des Stuhlgangs ihrer Tante drehten. Doch nun hatte sie ihren kostbaren Reiseführer über Süditalien an die Wand geworfen, weil ihre Selbstbeherrschung, die eine Sache, auf die sie immer hatte zählen können, unter dem Gewicht ihrer Gefangenschaft in Schieflage geriet.

Das Geräusch einer Kutsche, die die Auffahrt entlangrollte, schreckte sie auf. Sie raffte ihre Röcke und lief aus Tante Rachels Zimmer. Ihr Onkel liebte es, ihr falsche Tage für seine Rückkehr anzukündigen: Wenn er vorzeitig heimkam, reduzierte das die ohnehin nur kurze Erholung in seiner Abwesenheit; wenn er sich jedoch verspätete, so weckte das falsche Hoffnungen in ihr, dass ihm vielleicht etwas zugestoßen wäre, ihn unterwegs sein verdientes Schicksal eingeholt hätte. Und schon früher hatte er das getan: von einer längeren Reise zu sprechen, um dann aber einfach nur eine Ausfahrt über Land zu unternehmen und nach wenigen Stunden wieder zurückzukommen. Jedes Mal hatte er dann behauptet, er habe seine Meinung geändert, weil ihm seine Familie so sehr fehle.

In ihrem eigenen Zimmer verstaute sie den Reiseführer schnell in der Schublade mit ihren Untergewändern. Vor drei Jahren hatte ihr Onkel aus dem ganzen Haus alle Bücher verbannt, die in englischer Sprache geschrieben waren – bis auf die Bibel und etwa ein Dutzend Bände mit Predigten, die wortgewaltig für allerlei Vergehen das Fegefeuer heraufbeschworen. Seitdem hatte sie ein paar vereinzelte Bücher gefunden, die der Säuberungsaktion entgangen waren, und fürderhin über sie mit dem ängstlichen Auge einer Vogelmutter, die ihr Nest in einem Katzengehege gebaut hatte, gewacht.

Nachdem das Buch sicher versteckt war, trat sie ans nächstgelegene Fenster, das auf die Auffahrt hinausging. Seltsam – vor dem Haus stand nicht der Einspänner ihres Onkels, sondern eine offene Viktoria-Kutsche mit in leuchtendem Blau gepolsterten Sitzen.

Es klopfte leise an ihre Tür. Sie drehte sich um. Mrs Ramsey, die Haushälterin auf Highgate Court, stand auf der Türschwelle. „Miss, da ist eine gewisse Lady Kingsley, die Sie sprechen möchte."

Der Squire und die Geistlichkeit vor Ort kamen gelegentlich zu ihrem Onkel. Aber Highgate Court hatte fast nie weibliche Besucher, da in der näheren Umgebung allgemein bekannt war, dass einerseits die Dame des Hauses gesundheitlich angeschlagen war und – dank der mit Bedacht fallen gelassenen Bemerkungen ihres Onkels – dass andererseits Elissande nicht von ihrem Krankenlager wich.

„Wer ist Lady Kingsley?"

„Sie hat Woodley Manor übernommen, Miss."

Elissande erinnerte sich vage daran, dass das Anwesen, etwa zwei Meilen nordöstlich von Highgate Court gelegen, vor einiger Zeit zur Vermietung gestanden hatte. Also war Lady Kingsley ihre neue Nachbarin. Aber sollte man als neuer Nachbar nicht erst nur eine Karte dalassen, ehe man persönlich vorsprach?

„Sie sagt, es sei ein Notfall auf Woodley Manor eingetreten, und bittet Sie, sie zu empfangen", erklärte Mrs Ramsey.

Da war Lady Kingsley leider genau zur falschen Person gekommen. Wenn Elissande irgendetwas für irgendjemanden tun könnte, wäre sie schon vor Jahren mit ihrer Tante auf und davon gegangen. Außerdem würde es ihrem Onkel nicht gefallen, wenn sie ohne seine Zustimmung Gäste empfing.

„Sagen Sie ihr, dass ich mit der Pflege meiner Tante beschäftigt bin."

„Aber Miss, sie ist ganz verstört, diese Lady Kingsley."

Mrs Ramsey war eine aufrechte und hochanständige Frau, der in ihren ganzen fünfzehn Jahren auf Highgate Court noch nicht aufgefallen war, dass die Damen des Hauses ebenfalls ganz verstört waren – ihr Onkel hatte ein besonderes Geschick dafür, Dienstboten einzustellen, die zuverlässig unaufmerksam ihrer Umgebung gegenüber waren. Statt den Kopf hochzuhalten und ein gewisses Maß an Würde zu wahren, hätte Elissande vielleicht auch ab und zu ein Schwächeanfall gutgetan.

Sie atmete tief durch. „In diesem Fall bringen Sie sie bitte in den Empfangssalon."

Es war nicht ihre Art, verstörten Frauen den Rücken zu kehren.

Lady Kingsley war immer noch völlig außer sich, nachdem sie die Heimsuchung ihres Hauses durch eine Rattenplage von nahezu biblischen Ausmaßen geschildert hatte. Nach ihrem Bericht benötigte sie eine Tasse heißen schwarzen Tees, bevor ihre fahle, leicht ins Grünstichige gehende Gesichtsfarbe allmählich zu weichen begann.

„Es tut mir so leid, von Ihrem Pech zu hören", sagte Elissande.

„Ich glaube, Sie haben noch gar nicht das Allerschlimmste vernommen", erwiderte Lady Kingsley. „Meine Nichte und mein Neffe sind zu Besuch gekommen und haben sieben Freunde mitgebracht. Jetzt wissen wir nicht, wo wir bleiben sollen. Squire Lewis hat selber fünfundzwanzig Gäste. Und das Wirtshaus im Dorf ist ausgebucht – offenbar findet dort in zwei Tagen eine Hochzeit statt."

Mit anderen Worten: Sie wollte, dass Elissande neun – nein, zehn – Fremde auf Highgate Court einquartierte. Elissande bezwang das hysterische Gelächter, das in ihr aufsteigen wollte. Im Grunde war es eine Zumutung – hier verlangte man viel von einem Nachbarn, den man kaum kannte. Und Lady Kingsley hatte keine Vorstellung, wie viel man wirklich verlangte.

„Wie lange wird Ihr Haus nicht bewohnbar sein, Lady Kingsley?" Das zu fragen, schien die Höflichkeit zu gebieten.

„Ich hoffe, es in drei Tagen so weit gesäubert und instand gesetzt zu haben, dass wir es wieder benutzen können."

Ihr Onkel würde allem Vernehmen nach drei Tage fort sein.

„Ich würde nicht im Traum daran denken, mit so einem Ansinnen an Sie heranzutreten, Miss Edgerton, wenn wir nicht in solch einer Zwickmühle steckten", sagte Lady Kingsley mit größter Aufrichtigkeit. „Ich habe schon so viel über Ihre bewundernswerte Hingabe an Mrs Douglas gehört. Aber sicherlich sind Sie manchmal einsam, so ganz ohne die Gesellschaft von Leuten in Ihrem eigenen Alter – und ich habe vier liebenswerte junge Damen und fünf gut aussehende junge Herren bei mir."

Elissande brauchte keine Spielgefährten, sie benötigte Geld. Wenn es nur um sie allein ginge, stünden ihr mehrere Wege offen – sie konnte Gouvernante werden, Schreibkraft oder Verkäuferin. Aber mit einer Invaliden, die ein Dach über dem Kopf und etwas zu essen auf dem Tisch benötigte, brauchte sie Geld, um auch nur die Chance auf eine erfolgreiche Flucht zu haben. Wenn ihr Lady Kingsley doch nur stattdessen hundert Pfund geboten hätte!

„Fünf gut aussehende *Junggesellen*."

Der Drang, in ein hysterisches Gelächter auszubrechen, kehrte zurück. Ein Ehemann. Lady Kingsley dachte, sie wollte einen Ehemann finden, wo sich doch die Ehe für Tante Rachel als Fluch erwiesen hatte?

In ihren Träumen von Freiheit kam kein Mann vor – nie. Es hatte immer nur sie gegeben, in herrlicher wunderbarer Einsamkeit, in jeder Beziehung ausreichend.

„Und habe ich bislang schon erwähnt", fuhr Lady Kingsley fort, „dass einer der jungen Herren, die bei mir zu Besuch sind, und zudem der bestaussehende von allen, zufällig ein Marquess ist?"

Elissandes Herz klopfte plötzlich schneller. An gutem Aussehen lag ihr herzlich wenig – ihr Onkel war ein sehr attraktiver Mann. Aber ein Marquess war ein bedeutender Mann, ein Mann mit Macht und Einfluss. Ein Marquess konnte sie – und ihre Tante – vor ihrem Onkel beschützen.

Vorausgesetzt, er heiratete Elissande binnen drei Tagen – oder welche kurze Zeitspanne auch immer ihr vergönnt war, bevor ihr Onkel heimkehrte.

Nicht sehr wahrscheinlich! Und wenn sie zehn Gäste aufnahm, die ihr Onkel nicht eingeladen hatte – mithin eine unverhohlene Geste der Auflehnung, wie sie sie nie zuvor gewagt hätte –, ihr Ziel aber nicht erreichte, was dann?

Vor sechs Monaten, am Jahrestag von Christabels Tod, hatte er Tante Rachel das Laudanum weggenommen. Drei Tage lang hatte sie gelitten wie eine Frau, die gezwungen war, eine Amputation ohne Chloroform zu durchleben. Elissande, der es verboten gewesen war, zu ihr zu gehen, hatte in die Kissen auf ihrem Bett geschlagen, bis sie die Arme nicht länger heben konnte, und sich die Lippen blutig gebissen.

Dann hatte er seinen Versuch wieder aufgegeben, Tante Rachel von dem Laudanum zu entwöhnen, ein Übel, mit dem *er* sie überhaupt erst bekannt gemacht hatte. „Ich ertrage es schlicht nicht mehr, sie länger leiden zu sehen", hatte er in Anwesenheit von Mrs Ramsey und einem Zimmermädchen gesagt. Sie hatten ihm geglaubt, keine Fragen gestellt und nicht weiter darüber nachgedacht, dass es nicht das erste, nicht das zweite, ja, noch nicht einmal das fünfte Mal war, dass das geschehen war.

Beim Dinner an diesem Abend hatte er gemurmelt: „Wenigstens ist sie nicht abhängig von Kokain." Und Elissande, die noch nicht einmal wusste, was Kokain war, war so kalt geworden, dass sie den Rest der Nacht vor dem Feuer in ihrem Zimmer gekauert hatte.

Die Chance auf Erfolg: verschwindend gering. Der Preis für ihr Aufbegehren: unvorstellbar.

Sie erhob sich von ihrem Platz. Die Fenster des Empfangssalons gewährten einen freien Blick auf das schmiedeeiserne Tor zum Besitz. Es war Jahre her, seit sie das letzte Mal weiter als bis zu diesem gegangen war. Und es war mindestens doppelt so lange her, seit ihre Tante das Haus verlassen hatte.

Ihre Lungen kämpften mit der plötzlich dünnen Luft. Ihr

Magen rebellierte, wollte das Mittagessen von sich geben. Sie umklammerte den Rand des Fensterrahmens. Ihr war schwindelig und schlecht, während hinter ihr Lady Kingsley immer weiter von der Liebenswürdigkeit und Höflichkeit ihrer Gäste schwärmte und davon redete, was für eine wunderbare Zeit sie alle miteinander verleben würden. Ja, Elissande müsse sich noch nicht einmal wegen der Versorgung der Gäste Gedanken machen – die Küche von Woodley Manor lag außerhalb des Haupthauses und war von der Rattenplage verschont geblieben.

Langsam drehte Elissande sich um. Und dann lächelte sie. Es war jenes Lächeln, das sie ihrem Onkel geschenkt hatte, als er verkündete, nein, er wolle doch nicht nach Südafrika reisen. Dabei hatte sie schließlich doch zu hoffen gewagt, dass er es wirklich tun würde. Nach monatelangen Reisevorbereitungen, die sie mit eigenen Augen verfolgt hatte, schienen Zweifel nicht mehr angebracht zu sein.

Lady Kingsley verstummte angesichts dieses Lächelns.

„Wir sind Ihnen liebend gerne behilflich", erklärte Elissande.

3. KAPITEL

Tante Rachel zeigte keine Reaktion auf die Neuigkeiten. Sie dämmerte weiter vor sich hin.

Elissande strich ihr die schlaffen Strähnen ergrauenden Haares hinter die zerbrechlich wirkenden Ohren. „Alles wird gut, das verspreche ich."

Sie legte zusätzlich eine weiche Wolldecke über sie – Tante Rachel, dünn wie Haferschleim im Armenhaus, war immer kalt. „Wir müssen es tun, weißt du. Es ist eine Gelegenheit, die sich uns nicht noch einmal bieten wird."

Noch während sie sprach, wunderte sie sich über den günstigen Zeitpunkt von Lady Kingsleys Rattenplage. Es war beinahe so, als hätten die Ratten die Stunde gekannt, zu der ihr Onkel aufgebrochen war.

„Und ich habe keine Angst vor ihm."

Es kam nicht auf die Wahrheit an. Es kam allein darauf an, dass sie selbst an das glaubte, was sie sagte.

Sie kniete sich neben das Bett und nahm Tante Rachels zartes Gesicht mit den feinen Zügen zwischen ihre Hände. „Ich werde dich hier herausholen, meine Liebste. Ich werde uns beide hier herausholen."

Die Chance auf Erfolg war vielleicht verschwindend gering, aber sie lag nicht bei null. Für den Moment würde das reichen müssen.

Sie hauchte einen Kuss auf Tante Rachels eingesunkene Wange. „Wünsche mir Glück. Ich werde heiraten."

„Wir müssen heiraten", teilte Vere seinem Bruder mit.

Lady Kingsley besaß zwei Kutschen, aber nur ein Pferdegespann. Daher waren die Damen zuerst nach Highgate Court aufgebrochen und hatten die Herren zurückgelassen, die nun auf ihre Fahrt warten mussten.

„Wir sind doch noch jung", sagte Freddie.

Die Herren Conrad und Wessex spielten 17 und 4; Kingsley

saß auf seinem Gepäck und las eine Ausgabe von *The Illustrated London News*; Vere und Freddie gingen entlang der Auffahrt spazieren.

„Ich bin fast dreißig – und bislang hatte ich praktisch keinen Erfolg."

Das war leicht zu bewerkstelligen gewesen, wenn man ausschließlich den gesuchtesten und umschwärmtesten Debütantinnen der Saison einen Heiratsantrag machte, besonders, wenn diese Anträge gewissermaßen von einem großzügigen Verschütten von Punsch über deren Kleider begleitet wurden. Vere lag viel daran, dass man ihn als Mann wahrnahm, der gern sesshaft werden und eine Familie gründen würde: Bemühungen dieser Art verliehen seiner Darstellung eine größere Glaubwürdigkeit – der arme Idiot, der zu dumm war zu begreifen, dass er seine Ansprüche herunterschrauben musste.

„Lass einem Mädchen mehr Zeit, ehe du um ihre Hand anhältst", riet ihm Freddie. „Ich kann nicht erkennen, wie eine Frau dich nicht lieben kann, wenn sie nur länger in deiner Gesellschaft verweilen würde."

Dreizehn Jahre war der Unfall her, aber Freddie sprach immer noch zu Vere, als habe sich nichts geändert. Noch immer war er der große Bruder, der Freddie vor ihrem Vater in Schutz genommen hatte. Doch dann hatte er die Rolle des Idioten angenommen. Vere hatte damit gerechnet, die vertrauten Gewissensbisse zu spüren. Doch nicht damit: Er hatte den Kopf abwenden müssen, um die Tränen zu verbergen, die ihm plötzlich in den Augen standen. Nach dem Douglasfall sollte er sich eine längere Auszeit gönnen – dieses Leben begann seinen Tribut von ihm zu fordern.

Aber Freddies Antwort verschaffte Vere den Ansatzpunkt, auf den er gewartet hatte. „Denkst du, ich sollte Mrs Canaletto einen Antrag machen? Sie kennt mich schon mein ganzes Leben."

„Nein!", rief Freddie entsetzt und wurde sogleich über und über rot im Gesicht. „Was ich sagen wollte, natürlich liebt sie dich, aber nur als Bruder."

„Verflixt. Was ist mit dir? Denkst du, sie liebt dich auch nur wie einen Bruder?“

„Ich … äh … hm …“

Während Vere eine große Begabung zum Lügen und Verstellen hatte, konnte bei Freddie davon keine Rede sein. Er war ein völlig hoffnungsloser Fall, wenn es darum ging, irgendwelche Ausflüchte zu finden.

„Ich weiß es nicht genau“, antwortete er schließlich.

„Warum findest du es nicht heraus? Sprich sie direkt darauf an“, schlug Vere unbekümmert vor. „Ich hab's: Wir fragen sie beide. Wie soll ich sonst wissen, ob sie nicht am Ende doch seit Jahren eine geheime Schwäche für mich hat?“

Kingsley, gelangweilt von seiner Zeitung, kam zu ihnen und fragte Vere nach einer Zigarette. Freddie wurde dadurch der Notwendigkeit, seinem Bruder eine Antwort zu geben, enthoben.

Aber Vere hatte bereits genügend Antworten bekommen.

Die Liebenswürdigkeit ihrer Gäste überwältigte Elissande schier. Sie waren so froh, sie kennenzulernen, so dankbar, dass sie ihnen ihr Heim öffnete, und so entzückt, dass sie mit so kurzer Vorbereitung in dem Stil und mit den Annehmlichkeiten untergebracht wurden, die sie gewohnt waren.

L'affaire des rats war in der Tat eine traumatische Erfahrung gewesen, gestand man Elissande einhellig. Aber sie waren jünger und konnten schneller vergessen als Lady Kingsley. Sie hielten dieses Erlebnis für etwas, das einem nur einmal im Leben passierte. Miss Kingsley amüsierte es, als sie daran erinnert wurde, wie sie einfach nicht hatte aufhören können zu schreien. Hätte Lord Vere es ihr im Nachhinein nicht erzählt, sie hätte nicht mehr gewusst, dass er ihr eine Ohrfeige hatte geben müssen, um sie aus ihrer Hysterie zu holen. Miss Beauchamp berichtete, wie sie nahe einer Ohnmacht war, als Lord Vere kam, um sie zu retten. Als sie von ihm ins Freie getragen wurde, hätte sie sich die ganze Zeit an seine Rockaufschläge geklammert.

Ihr heiteres Lachen erstaunte Elissande. Sie schienen ihr so gar nicht wirklich, diese rosigen, robusten jungen Frauen, denen Ängste, Sorgen und Nöte völlig fremd waren, als wäre ihnen nie der Gedanke gekommen, dass Spaß und Vergnügen Folgen nach sich ziehen könnten und daher genauso wenig offen gezeigt werden sollten wie Elend und Kummer.

Sie wusste kaum, was sie mit der fröhlichen Gesellschaft anfangen sollte. Daher verlegte sie sich auf das, was sie beherrschte – und lächelte. Was zur Folge hatte, dass ihre Gäste großes Aufhebens um sie machten. Ihre Zähne, die bei ihrem Lächeln zu sehen waren, wurden bewundert. Aber auch um ihren Teint, unbeeinträchtigt von Aufenthalten unter freiem Himmel, von Ausritten, Bootsfahrten oder häufigem Tennisspiel, wurde sie beneidet. Und um ihr Teekleid ebenfalls, das sie, wie Miss Kingsley erklärte, auf einer Schneiderpuppe in Madame Elises Salon in der Regent Street gesehen hatte, wobei ihre Mutter sich aber geweigert hatte, es ihr zu kaufen. Elissande fragte sich, wie lange Miss Kingsleys Interesse an Mode wohl anhalten würde, wenn *sie* gezwungen wäre, die neuesten Kreationen zum täglichen Nachmittagstee mit Elissandes Onkel zu tragen.

„Es ist eine wahre Schande, dass Sie vergangene Saison nicht in London waren“, erklärte Miss Beauchamp. „Ach, all diese herrlichen Jubiläumsfeierlichkeiten!“

„Zu viele“, bemerkte Miss Duvall. „Mir taten dauernd die Füße weh vom vielen Tanzen.“

„Und ich muss mindestens zwanzig Pfund zugenommen haben“, verkündete Miss Melbourne, die schlank und rank wie eine Gerte war.

„Miss Edgerton, hören Sie nicht auf Miss Melbourne“, verlangte Miss Kingsley. „Jedes Mal, wenn sie einen Schluck Wasser trinkt, schwört sie, jeden Augenblick würden die Seitennähte ihres Kleides platzen.“

„Meine Güte“, erwiderte Elissande. „Dann müssen die Herren ja geradezu Schlange stehen, um ihr etwas zu trinken zu besorgen.“

Die jungen Damen schauten Elissande einen Moment lang erstaunt dann, dann brachen sie in Gelächter aus, vor allem Miss Melbourne, die unter der Macht ihrer Belustigung fast vornüber gefallen wäre.

Elissande hätte fast eingestimmt. Sie tat es dann aber doch nicht, weil selbst aus freien Stücken zu lachen ihr noch viel fremder erschien, als andere lachen zu hören.

Plötzlich hielt Miss Beauchamp die Hände hoch. „Psst! Ich glaube, die Herren sind hier."

Gleichsam wie auf Kommando eilten die jungen Damen alle gleichzeitig zum Fenster, und Miss Kingsley zog Elissande einfach hinter sich her.

Die offene Barutsche war noch nicht vor dem Haus zum Stehen gekommen, als Elissandes Blick wie magisch von einem der Insassen angezogen wurde – einem unverschämt gut aussehenden Mann, dessen Gesichtszüge die perfekte Mischung aus Kraft, Männlichkeit und Ebenmaß aufwiesen. Er hielt den Kopf leicht in den Nacken gelegt, um das Anwesen besser betrachten zu können. Und dann drehte er sich zu dem Gentleman neben sich um und lächelte ihn mit offensichtlicher Zuneigung an.

Einen Augenblick lang vergaß sie die unmögliche Aufgabe, die vor ihr lag. Eine helle Freude, wie sie sie nie zuvor erlebt hatte, flammte in ihr auf, eine Freude, die sich aus etwas so Belanglosem nährte wie die Art und Weise, in der die Strahlen der Nachmittagssonne mit der Krempe seines Hutes spielten oder in der seine Hände auf dem Knauf des Gehstocks ruhten. Lässig balancierte er den zwischen seinen Knien.

„Kommen Sie weg von hier", verlangte Miss Kingsley und zog erneut an Elissandes Ärmel. „Wir wollen schließlich nicht, dass sie uns am Fenster stehen sehen wie ein Haufen dummer Schulmädchen."

Elissande erlaubte Miss Kingsley, sie zu einem Platz zu geleiten. Sie hatte keinen Zweifel daran, um wen es sich bei dem Herrn handelte – *der bestaussehende von allen*. Ihr Herz raste, als ein nervenzerreißendes Glücksgefühl sie zu überwältigen drohte.

Er rettete junge Frauen vor einer Rattenplage; er hatte ganz reizende Freunde; er sah aus wie ein Held der klassischen Antike. Und er war ein Marquess, ein bedeutender und einflussreicher Mann, der ihre Tante und sie schützen konnte.

Sie spürte es. Den Wechsel der Gezeiten, die unverhoffte Wendung des Schicksals, die unfassbare Kraft der Vorsehung.

Das hier war es. *Er* war es. Ihre drei Tage begannen in dieser Minute.

Die Kutsche blieb vor einem dreistöckigen Gebäude aus Stein stehen, im neogotischen Stil erbaut, wie es vor zwei Jahrzehnten noch Mode gewesen war. Efeu überzog die Fassade mit üppigem Grün, wodurch das Herrenhaus authentischer und älter wirkte. Die Fenster waren richtige Spitzbogenfenster, keine einfachen rechteckigen Fenster, denen man einen spitzen Steinbogen aufgesetzt hatte. Es gab sogar in das Mauerwerk eingefügte Wasserspeier, um den Regen von dem steilen Satteldach abzuleiten.

Das Herrenhaus war mehr als nur ansehnlich: Es war großartig. Doch trotz des schönen und streng geometrisch angelegten Gartens schien über allem eine Aura von Ödnis zu liegen.

Ein alter Landsitz, so wie der, auf dem Vere aufgewachsen war, ideal, um sich der Gartenbaukunst zu widmen und Viehwirtschaft zu betreiben. Es gab eine ummauerte Anlage, in der Obst und Gemüse für mindestens siebzig Leute reiften, ein Weingut, das wohl Hunderte Pfund Trauben beisteuerte, und etwa ein halbes Dutzend Gewächshäuser, die es ermöglichten, dass Erdbeeren zu Weihnachten aufgetischt werden konnten und Ananas im Januar. Der Wildpark war zum reinen Vergnügen da, aber der Ententeich, das Hühnerhaus und der Taubenschlag erfüllten nützliche Zwecke.

Highgate Court war ein Anwesen mit einem ausgeklügelt konstruierten und gestutzten Garten in einer Umgebung, die mitten im Nichts lag. Wirklich im Nichts: Shropshire galt als eine sehr ländliche und nur spärlich besiedelte Gegend, und

Highgate Court befand sich in einem der bevölkerungsärmsten Landstriche überhaupt.

Flüchtig sah er die jungen Damen dicht gedrängt an einem großen Fenster stehen, bevor sie wie ein aufgeschreckter Vogelschwarm rasch verschwanden.

„Ich muss mir unbedingt eine Diamantenmine zulegen“, erklärte Wessex bewundernd, aber auch leicht verbittert, da er ständig unter Geldmangel litt.

„Diamanten werden in Minen abgebaut?“, rief Vere aus, während sie auf das Eingangsportal zustrebten. „Ich dachte, sie wüchsen in Austern.“

„Das verwechselt du mit Perlen“, sagte Freddie, geduldig wie immer.

„Wirklich?“ Vere kratzte sich am Kopf. „Wie auch immer – nettes Haus.“

„Alles Ludwig XIV.“, bemerkte Kingsley mit Blick auf die Einrichtung der weitläufigen und eleganten Eingangshalle. Und Kingsley kannte sich mit so etwas aus.

Die Wände und das Inventar im Inneren mussten erst noch die Patina ansetzen – den Eindruck eines gewissen Alters bekommen. Aber davon abgesehen fand sich nichts, auf das sich hinweisen ließe, um an dem Geschmack des Hausherrn etwas aussetzen zu können. Der hatte nämlich darauf verzichtet, mit übertriebenem Prunk und Glanz seinen Reichtum zur Schau zu stellen. Sehr zum Erstaunen von Vere, der dies eigentlich erwartet hatte, zumal bei jemandem, der erst vor verhältnismäßig kurzer Zeit zu Reichtum gelangt war.

Augenblicklich rief er sich die spärlich vorliegenden bekannten Fakten zu Edmund Douglas’ Lebenslauf ins Gedächtnis. Sein Vater war entweder ein Faustkämpfer oder ein Dockarbeiter in Liverpool gewesen. Er hatte zwei oder drei Schwestern gehabt, wobei die Geburt der jüngsten von ihnen zum Tod der Mutter geführt hatte. Er war von zu Hause weggelaufen, als er vierzehn war, ein sehr vorteilhaft gewählter Zeitpunkt, denn kurz darauf fiel der Rest des Haushalts einer Grippeepidemie zum Opfer.

Schließlich war er nach Südafrika gelangt, hatte sich dort einen Ruf als Kneipenschläger erworben und bei der Entdeckung von Diamanten ein hübsches Vermögen gemacht.

Nichts, was Vere von Douglas wusste, deutete auf Zurückhaltung oder Feinsinn hin. Im südafrikanischen Kimberley erinnerten sich die Leute immer noch an die wilden und ausgelassenen Feste, die er gegeben hatte, nachdem er gewissermaßen über Nacht ein sehr reicher Mann geworden war. Natürlich legte auch nichts, was er von ihm wusste, die Vermutung nahe, dass er einmal fast so etwas wie ein Eremit werden würde.

Er blickte sich noch einmal in der Eingangshalle um, merkte sich die Korridore, die davon abzweigten, dann folgte er den anderen Herren in den Empfangssalon. Sobald Freddie aus seinem Sichtfeld trat, hatte er freien Blick auf Miss Edgerton in einem butterblumengelben Teekleid.

Lady Kingsley hatte gesagt, dass sie hübsch sei und ein wunderschönes Lächeln habe. Und sie war in der Tat sehr liebreizend, hatte schimmerndes erdbeerblondes Haar, hellbraune Augen – eine eher ungewöhnliche Kombination – und die weichen, beinahe melancholischen Züge einer gemalten Madonna von William-Adolphe Bouguereau.

Sie schien leicht überwältigt von der Zahl der Männer, die in ihren Salon drängten, denn bei jedem Gentleman zuckte sie ein wenig zusammen, wurde ihr Blick unsteter. Doch als sie ihn betrachtete, wurde er ruhig. Nach einem Augenblick teilten sich ihre Lippen – sehr weich und nachgiebig aussehende Lippen –, und er konnte eine Reihe gleichmäßiger und bemerkenswert weißer Zähne erkennen. Als Nächstes erschienen Grübchen, tief, rund und einfach unwiderstehlich. Und schließlich strahlten ihre großen Augen, er nahm ein überschwängliches und geradezu unfassbares Entzücken in ihnen wahr.

Es gab so viele Möglichkeiten, sich als Dummkopf zu präsentieren, wenn man einen Empfangssalon zum ersten Mal betrat. Er musste sich überlegen, wo er am besten über seine eigenen Beine stolpern konnte, ohne sich ernsthaft wehzutun, welchen

Nippes er versehentlich umzuwerfen vermochte, ohne die Sachen gleich zu zerbrechen, und immer, wenn er aus Gründen seiner Tätigkeit für die Krone ein Haus aufsuchte, hielt er Ausschau nach einem Fluchtweg aus jedem Zimmer; nur für alle Fälle.

Dieses Mal jedoch vergaß er all das. Er stand einfach nur da und starrte sie an.

Dieses Lächeln. Himmel, dieses Lächeln. Er erkannte es an dem Aufwallen überschäumender Freude. Beinahe hätte ihn das hier umgeworfen.

Hatte er wirklich geglaubt, er sei nicht zu dauerhaftem Glück imstande? Er hatte sich geirrt – und das gründlich. Von diesem süßen Hochgefühl würde er niemals genug bekommen. Er wollte darin baden, es eimerweise trinken, bis nichts als Seligkeit in seinen Adern pulste.

Das Mädchen aus seinen Träumen. Endlich hatte er sie getroffen.

Lady Kingsley trat zu ihnen. „Miss Edgerton, darf ich Ihnen den Marquess of Vere vorstellen? Lord Vere, Miss Edgerton."

„Es ist mir eine große Freude, Ihre Bekanntschaft zu machen, Mylord", erklärte das Mädchen aus seinen Fantasiegebilden und lächelte dabei weiter.

Er konnte kaum sprechen vor Aufregung. „Das Vergnügen liegt ganz auf meiner Seite, Miss Edgerton."

Das Vergnügen, die Bevorzugung durch das Schicksal und das verblüffende Glück. Alles seins.

Er brach mit seiner langjährigen Gewohnheit, die von ihm verlangte, dass er sich als harmloser und gutmütiger Tölpel von Anfang an unter Beweis stellte, und stand stattdessen ungefähr zehn Fuß von ihr entfernt und sonnte sich in ihrer Gegenwart, sagte nur ganz wenig, während Tee und Sandwiches herumgereicht wurden.

Aber sie bemerkte ihn auch in seinem Schweigen. Mehrere Male blickte sie ihn an und lächelte. Und jedes Mal, wenn sie das tat, verspürte er den inneren Frieden, der sich nie eingestellt hatte, ganz gleich, wie viel Unrecht er aufzudecken geholfen hatte und seine Verursacher der gerechten Strafe zugeführt.

Viel zu bald war es Zeit für die Damen, sich auf ihre Zimmer in den oberen Stockwerken zurückzuziehen und zum Dinner umzukleiden.

„Sie sind herzlich eingeladen, sich im Haus zu bewegen, wie es Ihnen beliebt", teilte Miss Edgerton den Herren mit. „Aber ich möchte Sie bitten, das Arbeitszimmer meines Onkels nicht zu betreten. Es ist sein Allerheiligstes, und er mag es gar nicht, wenn es durcheinandergebracht wird, besonders in seiner Abwesenheit."

Vere bekam nur wenig von dem mit, was sie da sagte, nur das Lächeln, das sie ihm schenkte. Als sie an der Tür war, drehte sie sich noch einmal halb um und lächelte ihn erneut geradewegs an. Er schwebte praktisch von einem Ende des Empfangssalons zum anderen, zupfte an Vorhängen, verrückte Porzellanfiguren und fuhr geistesabwesend mit den Fingern über Simse und Stuhlrückenlehnen.

Lady Kingsley musste ihn persönlich holen, um ihn zu Edmund Douglas' Arbeitszimmer zu bringen, damit er eine oberflächliche Durchsuchung vornehmen konnte. Er ging wie üblich vor, wenn Derartiges anstand. Im Schreibtisch entdeckte er zwei Geheimfächer: In dem einen befand sich ein Revolver, im anderen mehrere Hundert Pfund in verknitterten Banknoten. Der Besitz einer Waffe wie auch von Geld war nichts Ungewöhnliches und stand einem Mann vollkommen frei.

In den geräumigen Schränken hatte man verschiedene Dokumente angelegt. Sie enthielten Rechnungsbücher zur Verwaltung des Gutes, Briefe, Telegramme und Berichte von den Geschäftsführern der Diamantenmine. So viel Vere ersehen konnte, hatte Douglas in den Schränken Aufzeichnungen aufbewahrt, die über den Ursprung und das Gedeihen seines Reichtums Aufschluss gaben – dies umfasste eine Zeitspanne von einem Vierteljahrhundert.

Lady Kingsley wartete vor dem Arbeitszimmer auf ihn – sie stand Wache. „Und? Irgendetwas gefunden?“, fragte sie, als er aus dem Raum trat.

„Ausgezeichnete Ablage, alles dokumentiert und sortiert“, erwiderte er. „Und habe ich Ihnen eigentlich schon einmal gesagt, was für eine Freude es ist, mit Ihnen zu arbeiten, Madam?“

Sie betrachtete ihn mit gerunzelter Stirn. „Geht es Ihnen gut?“

„Mir ist es nie besser gegangen“, erklärte er und segelte an ihr vorbei.

4. KAPITEL

Stimmt es wirklich, dass Diamanten aus Minen kommen und nicht aus Austern stammen?", fragte Vere sein Spiegelbild über dem Waschtisch.

Verdammt und zur Hölle.

„Oder ist es nicht sogar so, dass man beim Aufbrechen einer Perle einen Diamanten in ihr findet?"

Mist.

Alles war verkehrt. Dies war die Frau, mit der er seit mehr als einem Jahrzehnt durch die Küstenregion Südwestenglands gestreift war, die Frau, die jede seiner Stimmungen und jeden seiner Wünsche wortlos verstand – sein sicherer Hafen, seine Zuflucht. Es war ihm gleichgültig, dass ihr Onkel höchstwahrscheinlich ein Verbrecher war. Es war ihm egal, dass er nun sein Verhalten dem anpassen musste, was die gute Gesellschaft gerade noch als hinnehmbar ansah. Aber warum, um Himmels willen, musste er ihr ausgerechnet jetzt begegnen, bei einem Fall, bei dem er unter gar keinen Umständen seine getarnte Erscheinung in Gefahr bringen durfte?

Als der Mann mit dem höchsten Rang unter den Anwesenden würde er neben ihr beim Dinner sitzen. Also mussten sie sich unterhalten. Möglicherweise ausgiebig. Und er musste den Idioten spielen, unabhängig davon, wie sehr er es sich anders wünschte.

Er fuhr sich mit den Fingern durchs Haar, und das Glücksgefühl der letzten Stunde war Verwirrung und zerrütteten Nerven gewichen. Es blieb ihm nichts anderes übrig: Er würde sie zunächst enttäuschen müssen. Er konnte nur hoffen, dass es eine milde Enttäuschung wäre und sie in ihrer Güte darüber hinwegsehen würde. Vielleicht würde sie sich stattdessen daran erfreuen, wie süß er war – diese Rolle konnte er wunderbar spielen, denn er ahmte dabei einfach Freddies Wesen nach.

Als er sich fertig umgekleidet hatte, setzte er sich hin und versuchte eine bessere Strategie für seine Ermittlungen zu entwickeln: eine mehr subtile Dummheit, wenn so etwas überhaupt möglich war. Aber seine Gedanken schweiften immer wieder ab, wanderten zurück zu den Klippen, zu den Mooren und zurück zu den atemberaubenden Küsten von Südwestengland.

Die Sonne ging unter und ließ den Himmel noch einmal aufstrahlen. Der Wind fuhr in ihren Mantel, dass er sich blähte, und spielte mit den Bändern an ihrem Hut. Als er ihr den Arm um die Schultern legte, wandte sie sich zu ihm um. Und wie wunderhübsch sie war – die Augen in der Farbe von frisch gebrühtem Tee, eine lange gerade Nase und Lippen so weich wie ein Flüstern.

Sie als reale Person zu treffen war vielleicht doch nicht der Glücksfall, für den er es zunächst gehalten hatte. Sie hatte nun ein Gesicht, einen Namen und eine Identität, eine eigene Geschichte. Sorge flackerte erneut in ihm auf.

Sie waren so lange eins gewesen. Jetzt waren sie zwei verschiedene Wesen, so weit voneinander entfernt, dass sie ihn praktisch gar nicht kannte. Und es war an ihm, sie wieder zu dieser lückenlosen Einheit zu führen, die er so liebte.

Und das zu allem Überfluss in seiner Rolle als Idiot.

„Du siehst gut aus, Penny“, bemerkte Freddie, als sie durch die Eingangshalle zum Empfangssalon schritten.

Vere hatte noch nie gefallen, wie er aussah – er hatte eine verblüffende Ähnlichkeit mit seinem verstorbenen, aber unbeweinten Vater. Heute Abend jedoch hegte er die Hoffnung, dass ihm sein Aussehen nützen würde. Heute Abend brauchte er jeden Pfeil in seinem Köcher, jede Waffe in seinem Arsenal.

Lady Kingsley zog ihn beiseite, sobald er den Salon betrat. Sie sprach mit gesenkter Stimme, aber er verstand kein Wort von dem, was sie sagte, weil die Menge sich gerade teilte und den Blick freigab auf Miss Edgerton.

Sie stand mit dem Rücken zu ihm, in einem Abendkleid aus perlenbesetztem blassblauem Tüll. Der Rock lag an den Hüften und Oberschenkeln eng an, anschließend lief er in weite Rüschen aus, die mit unzähligen kleinen Perlen besetzt waren, als ob sie die Göttin Venus wäre, gerade erst von einer Meermuschel geboren, an deren Schenkeln noch Schaumkronen hingen.

Und dann, als spürte sie die Macht seines Blickes, drehte sie sich um, und ihr Kleid glitzerte bei ihrer Bewegung. Das Oberteil war nicht tief ausgeschnitten. Aber selbst der beinahe züchtig zu nennende Ausschnitt konnte die Herrlichkeit ihres Busens nicht verbergen oder den tiefen Spalt zwischen ihren Brüsten, der ihn völlig überraschte, weil er sie bislang nicht unterhalb des Kinnes angesehen hatte.

Sein Herz klopfte schwer. Natürlich hatte er sie vorher schon körperlich geliebt, aber immer ganz zärtlich und sanft, mehr als Vorspiel dazu, in ihren Armen zu schlafen, als um irgendwelche Gelüste zu stillen. Er hatte nie damit gerechnet, dass sie Lustgefühle in ihm wecken würde.

Nun, es störte ihn nicht, dass er sich in diesem Punkt offensichtlich geirrt hatte.

Sie lächelte. Und es war ein Wunder, dass er sich nicht den Kopf an dem gotischen Kreuzrippengewölbe anstieß – denn er schwebte ganz bestimmt hoch genug über dem Boden.

Jemand sagte etwas zu ihr. Sie wandte ihr Gesicht dem Sprecher zu. Ein scharfer Schmerz an seinem Unterarm ließ ihn zischend nach Luft schnappen – Lady Kingsley hatte ihm einen harten Klaps mit ihrem Fächer gegeben.

„Lord Vere!“, flüsterte sie drängend, und ihre Stimme klang unheilvoll missbilligend. „Haben Sie überhaupt ein Wort von dem gehört, was ich gerade gesagt habe?“

„Verzeihung?“

„Schauen Sie mich an, wenn ich mit Ihnen rede.“

Widerstrebend riss er seinen Blick von Miss Edgerton los. „Wie bitte?“

Lady Kingsley seufzte. „Sie denkt, Sie seien intelligent.“

„Ach wirklich?“ Wie ein Blitz durchzuckte es ihn.

„Das soll sie nicht, schon vergessen? Wir sind schließlich nicht zum Spaß hier, mein Herr.“

Seine Fantasie erwies sich als zweitklassig. Wie oft war er Arm in Arm mit ihr gegangen? Wie viele Meilen weit? Und trotzdem hatte er nicht gewusst, dass sie nach Honig und Rosen duftete, und ebenso wenig, dass ihre Haut wie die Perlen auf Vermeers Gemälden schimmerte.

Gemeinsam den Speisesalon zu betreten, riss ihn jedoch aus seiner romantischen Träumerei. Über dem Kaminsims hing ein großes und – um es milde auszudrücken – merkwürdiges Gemälde: ein blonder weiblicher Engel im Flug, mit wehenden schwarzen Gewändern, die schwarzen Flügel ausgebreitet und ein blutiges Schwert in der Hand. Tief unter der Botin, auf dem Boden, lag ausgestreckt, mit dem Gesicht im Schnee, ein Mann. Eine rote Rose befand sich neben ihm in voller Blüte.

Vere war nicht der einzige Gast, der eine Bemerkung über das ungewöhnliche und recht beunruhigende Bild machte. Aber die allgemeine Stimmung war so fröhlich und durchdringend und Miss Edgertons Wesen so freundlich und zuvorkommend, dass die Gäste alle in unausgesprochener Übereinkunft beschlossen, die unverhohlene Darstellung von Tod auf dem Gemälde zu ignorieren.

Miss Edgerton sprach das Tischgebet. Vere betete, dass das Schicksal ihm wohlgesinnt sein möge und es ihm gelänge, auf dem dünnen Grad zwischen unverkennbarem Schwachsinn und liebenswerter Beschränktheit zu wandeln, ohne zu straucheln.

„Miss Edgerton“, sagte er, als die Suppe aufgetragen wurde, „sind Sie zufällig mit Mortimer Edgerton von Abingdon verwandt?“

„Nein, Lord Vere. Die Familie meines verstorbenen Vaters stammt aus Cumberland, nicht Berkshire.“

In ihrer Stimme lag so viel Herzlichkeit und Freude. Ihre Augen funkelten. Ihre Aufmerksamkeit war allein, vollkommen und ausschließlich auf ihn gerichtet, als habe sie ihr ganzes Leben auf ihn gewartet. Am liebsten hätte er ihr gleich an Ort und Stelle einen Heiratsantrag gemacht und sie mit sich genommen.

Sollte sich doch jemand anderes wegen Edmund Douglas den Kopf zerbrechen.

Am gegenüberliegenden Tischende stellte Lady Kingsley ihr Wasserglas vernehmlich auf den Tisch. Vere umklammerte seinen Löffel fester und zwang sich, mit seinen Fragen weiterzumachen. „Und was ist mit dem Bruder des alten Mortimer – Albermarle Edgerton. Sind Sie vielleicht mit ihm versippt?"

An dieser Stelle müsste ihre strahlend gute Laune das erste Mal ins Wanken geraten. Aber sie würde wahrscheinlich noch annehmen, dass er scherzte oder ihm ein dummer Fehler unterlaufen sei. Sie würde im Zweifel das Beste glauben wollen.

Ihre Fröhlichkeit ließ jedoch kein bisschen nach. „Auch nicht mit Mr Albermarle Edgerton, fürchte ich."

„Und was ist mit ihren Cousinen, den Brownlow-Edgertons aus der angrenzenden Grafschaft? Mit *denen* müsste es doch eine gemeinsame Abstammung geben!"

Jetzt konnte es keinen Zweifel mehr geben. Jetzt würde sie erkennen, dass er nicht nur unterdurchschnittlich intelligent war, sondern auch nicht die leiseste Ahnung von seiner geistigen Minderbemitteltheit hatte. Aber sie strahlte weiterhin nur ungetrübte Freude aus, als habe er sich erkundigt, ob die schöne Helena eine direkte Vorfahrin von ihr sei.

„Nein, auch mit denen nicht, fürchte ich. Aber Sie scheinen sie sehr gut zu kennen. Handelt es sich um eine weitverzweigte Familie?"

Hatte sie eigentlich irgendetwas von dem verstanden, was er gesagt hatte? Wie konnte sie nur so überhaupt nicht darauf reagieren? Es war nur menschlich, unverhohlener Dummheit wenigstens mit einem kurzen Innehalten zu begegnen. Wo blieb ihr Innehalten?

„Allerdings, ich kenne sie gut. Und ich war mir sicher, dass da eine Verwandtschaft hätte bestehen müssen. Wirklich wunderbare Leute! Doch eine Schande, dass weder der alte Mortimer noch sein Bruder je geheiratet haben. Und ihre Cousinen waren alle alte Jungfern."

Zu Beginn des Abends hatte er sich nicht vorstellen können, dass er in voller Absicht zu offener Blödheit übergehen würde. Aber er konnte nicht anders.

Sie nickte ernsthaft. „Umso mehr ein Grund, dass sie alle Kinder hätten haben müssen."

Kein Innehalten, ja, noch nicht einmal ein Stocken. Kein noch so winziges Anzeichen dafür, dass ihr seine Absurdität auffiel.

Er nahm einen Löffel Suppe, um sich Zeit zum Nachdenken zu verschaffen – und stellte fest, dass er das nicht konnte. Sein Kopf war wie gelähmt. So hatte es nicht ablaufen sollen.

Und er konnte nicht – und wollte auch nicht – begreifen, was dies bedeutete.

Er aß noch zwei Löffel Suppe, die direkt aus der Themse zu stammen schien, danach blickte er sie verstohlen an. Ihre Haltung und äußere Vollkommenheit zwang ihn in die Knie. Was war nur innerlich mit ihr nicht in Ordnung? Wie konnte sie mit ihm eine Unterhaltung führen, als fiele ihr an ihm nichts Besonderes auf?

Sein Blick streifte das Gemälde hinter ihr.

„Das Ölbild dort, ist das Raffaels *Die Befreiung Petri*?" Er war wild entschlossen, ihr eine Reaktion zu entlocken, und wenn es ihn umbrachte.

„Meinen Sie?", fragte sie gelassen, die Augen weit aufgerissen und voll von einer Bewunderung, die er ganz gewiss nicht verdiente.

Einen Augenblick lang hatte er in Erwägung gezogen – genau genommen sogar beinahe gehofft –, dass sie selbst ein wenig beschränkt sei. Aber mit der schmeichlerischen Bewunderung in ihrem Blick war sie zu weit gegangen.

Sie wollte ihn einfangen.

Das war jetzt nichts, was nicht zuvor schon geschehen war. Er war ein reicher Gentleman mit Titel, und von Zeit zu Zeit versuchte ein Mädchen, das bereits seit mehreren Saisons auf dem Heiratsmarkt war und keine anderen Aussichten hatte, sich ihn zu angeln, es mit einem solchen Verhalten. Aber er, so dumm, wie er nun einmal war, hatte nicht damit gerechnet, dass sie zu diesen Opportunistinnen gehören könnte.

„Nun, *Die Befreiung Petri* zeigt einen Engel und einen Mann“, bemerkte er.

Sie schaute einen Augenblick lang hinter sich, dann drehte sie sich zu ihm um und erklärte erfreut: „Und das Gemälde hier auch.“

Oh, sie war gut. Sehr gut sogar. Wenn er wirklich ein Idiot wäre, er wäre entzückt.

Nun, er war heute Abend tatsächlich ein Idiot gewesen, nicht wahr? Ein Lächeln von ihr, und er war bereit gewesen, ihr unvergängliche Liebe zu schwören.

Wie hatte er nur so dumm sein können? Wie hatte er nur so vorschnell ein hinterhältiges Frauenzimmer, das er gerade einmal ganze fünf Minuten lang kannte, mit dem unverstellten Mädchen seiner Träume in Verbindung bringen können? Sie waren nicht eins. Und sie waren auch nie eins gewesen.

Miss Edgerton blickte ihn an. Sie lächelte wieder, ein Lächeln, dessen Strahlkraft ausreichte, die Lampe am Schreibtisch zu ersetzen. Beinahe sofort verspürte er es wieder – das Hochgefühl, die Unbeschwertheit und das Aufwallen von Zufriedenheit. Und in der nächsten Sekunde unkontrolliertes Entsetzen.

Ein kindischer, sich der Vernunft widersetzender Teil von ihm wollte einfach nicht begreifen, dass sie eine abgebrühte Schauspielerin war. Dieser Teil sah nur das gleiche Lächeln, das ihn zuvor überglücklich gemacht hatte.

„Möchten Sie mir nicht mehr von Ihren Freunden, den Edgertons, erzählen?“ Ihre weißen Zähne blitzten beim Sprechen. Auch das noch.

Ihre Frage ärgerte ihn – ihre Frage, ihr Lächeln und seine dämliche Unfähigkeit, die Wahrheit von der Illusion zu trennen. Nie zuvor hatte er die Frauen bestraft, die versuchten, ihn einzufangen – sie gingen meist ohnehin stümperhaft vor, waren am Ende enttäuscht und voller Scham. Miss Edgerton hingegen …

die strahlende, selbstbewusste und gerissene Miss Edgerton bedurfte solch zarten Mitgefühls von seiner Seite nicht.

Er beugte sich ein wenig vor. „Nun, sicher“, antwortete er. „Ich kann stundenlang über sie reden.“

Und er redete wirklich stundenlang – nein, tagelang. Vielleicht auch Jahrzehnte. Elissandes Gesicht bekam Falten und erschlaffte im Lauf der Zeit.

Die Edgertons von Abingdon, die Brownlow-Edgertons aus der angrenzenden Grafschaft und die Fetherstonhaugh-Brownlows aus der übernächsten. Es handelte sich um eine Familie mit vielen Zweigen, Verästelungen und Ausläufern. Lord Vere kannte sich bestens mit jedem einzelnen Blatt an dem fruchtbaren Familienstammbaum aus.

Oder wenigstens glaubte er das.

Während er die Herkunft der Familie darlegte, blieb nicht eine einzige Person, die er mehr als einmal erwähnte, dieselbe. Aus Töchtern wurden Söhne; Söhne wurden zu Enkeln; ein Paar, das erst zwölf Kinder hatte, war plötzlich kinderlos. Frauen, die angeblich nie geheiratet hatten, wurden wiederholt zu Witwen. Ein Junge wurde sogar an zwei unterschiedlichen Orten geboren, nur um einmal in London und ein anderes Mal in Glasgow zu sterben und, als sei das nicht genug, noch ein weiteres Mal, fünf Jahre später, in Spanien.

Und Elissande gab sich größte Mühe, es zu leugnen.

Als er nach seiner Ankunft den Empfangssalon betreten hatte, war sie hingerissen gewesen. Er sah nicht nur gut aus, er war auch stark. Sie hatte bis zu diesem Augenblick gar nicht gewusst, dass sie von einem Mann eine gewisse Größe erwartete: Aber er erfüllte ihre Vorstellung von einem edlen Ritter – ab dem ersten Moment war er ihr Bollwerk, ihre Festung.

Er schien ganz genau wie sie zu empfinden, war im Schritt verharrt, als er sie zum ersten Mal sah. Dann, solange wie sie sich zusammen im Empfangssalon aufhielten, hatte er sie angeschaut, als verkörpere sie für ihn Natur und Poesie zugleich …

Tante Rachels abendliche Sitzung auf dem Wasserklosett war von Erfolg gekrönt gewesen! Elissande hätte nicht um ein günstigeres Omen bitten können. Als sie zum Dinner gegangen war, hatte sie praktisch vibriert vor Vorfreude, und das Blut rauschte ihr in den Ohren.

Aus der Nähe war er ebenso attraktiv wie aus der Entfernung. Seine Gesichtszüge waren makellos: weder zu markant noch zu fein gemeißelt. Seine Augen waren von einem wunderschönen Blau, im Kerzenlicht wirkten sie dunkel wie Indigo. Und seine Lippen – gütiger Himmel, seine Lippen lösten in ihr ein Gefühl von Schüchternheit aus, ohne dass sie dafür einen Grund nennen konnte.

Das war so geblieben, bis sie am Tisch Platz genommen hatten und diese Lippen sich zu bewegen begonnen hatten. Je mehr er sprach, desto weniger Sinn ergab das, was er sagte. Und je größer ihre Bestürzung wurde, desto hingerissener schien sie ihm zu lauschen und desto strahlender lächelte sie – ein Reflex, den sie über Jahre entwickelt hatte und den sie, wie sie jetzt erkannte, nicht so einfach abstellen konnte.

Er war ihre Hoffnung. Er war ihre Chance. Sie hoffte verzweifelt, dass ihre Unterhaltung irgendwie doch noch wieder in Ordnung kam, dass seine Irrtümer und Verwechslungen sich einfach als eine Folge von Nervosität herausstellten. Aber die Bitte, mehr von den Edgertons zu hören – sie hatte gedacht, wenn er von Personen sprach, die er kannte und schätzte, würde es ihm helfen, sich sicherer zu fühlen –, war ein furchtbarer Fehler von ihr gewesen. Statt mit Familienanekdoten überschüttete er sie mit einer Kopfschmerzen verursachenden Auflistung von langweiligen Fakten zu Geburten, Eheschließungen, Kindern und Todesfällen.

Dennoch hatte sie weiterhin gehofft, alles würde besser werden, bis Lionel Wolseley Edgerton zum dritten Mal ins Gras biss. Und zu diesem Zeitpunkt gab sie auch ihre Hoffnung auf.

Sie lächelte ihn an. Warum auch nicht? Was sonst blieb ihr denn zu tun übrig?

„Habe ich Ihnen schon das Motto der Edgertons gesagt?", erkundigte er sich, nachdem eine kleine Pause entstanden war.

„Nein, ich glaube nicht."

„Paedicabo ego vos et irrumabo."

Lord Frederick, der das aufgeschnappt hatte, begann zu husten, bekam einen wahren Anfall, als hätte er sich an seinem Essen verschluckt.

Lord Vere erhob sich voller Sorge, ging zu seinem Bruder und klopfte ihm mehrmals zwischen die Schulterblätter. Mit rotem Gesicht murmelte Lord Frederick ein Dankeschön, und Lord Vere kehrte wieder an seinen Platz zurück.

„‚Auch wir haben verstreute Pfeile.' Das bedeutet das Edgerton-Motto, nicht wahr, Freddie?"

„Ich ... ich denke schon."

Lord Vere kratzte sich unter der Achsel und nickte zufrieden. „Nun, dann haben wir es ja, Miss Edgerton. Ich habe Ihnen alles erzählt, was ich über die Edgertons weiß."

Sie war dankbar für die Taubheit, die seine genealogische Abhandlung bei ihr verursacht hatte. Sie konnte aber auch nicht denken. Daher war sie nicht in der Lage, das Entsetzen zu spüren, das die Einsicht mit sich brachte, den schlimmsten Fehler ihres Lebens begangen zu haben.

Doch der Marquess war noch nicht ganz fertig. „Mir fällt gerade auf, Miss Edgerton: Ist es nicht ungehörig für Sie, so viele Herren ganz allein zu Gast zu haben?"

„Ungehörig? Lady Kingsley ist doch die ganze Zeit anwesend." Sie lächelte ihn abermals strahlend an, während sie energisch an der Scheibe Wildbraten auf ihrem Teller säbelte. „Also, Mylord, es ist keineswegs ungehörig für mich. Außerdem ist ja meine Tante im Haus."

„Ach, wirklich? Das tut mir leid. Ich muss vergessen haben, ihr vorgestellt worden zu sein."

„Das ist gar nicht schlimm, Mylord. Sie haben sie noch nicht getroffen. Ihr Gesundheitszustand ist angeschlagen, und sie ist nicht kräftig genug, Besuch zu empfangen."

„Stimmt, stimmt. Also wohnen nur Sie und Ihre verwitwete Tante in diesem riesigen Haus."

„Meine Tante ist nicht verwitwet, mein Herr. Mein Onkel lebt noch."

„Ach wirklich? Ich entschuldige mich für meinen Fehler. Ist seine Gesundheit ebenfalls angeschlagen?"

„Nein, er ist verreist."

„Ah, verstehe. Fehlt er Ihnen?"

„Natürlich", antwortete sie. „Er ist das Herz und die Seele dieser Familie."

Lord Vere seufzte. „Das hätte ich auch gerne. Eines Tages möchte ich meine Nichte auch sagen hören, ich sei das Herz und die Seele meiner Familie."

In diesem Augenblick war Elissande gezwungen, sich der Erkenntnis zu stellen, dass Lord Vere nicht nur ein schlichter Idiot war, sondern einer von schwindelig machenden Ausmaßen.

„Ich bin sicher, das wird sie." Sie setzte ein beruhigendes Lächeln auf. „Ich bin überzeugt, Sie geben einen ganz wunderbaren Onkel ab, wenn Sie das nicht bereits sind."

Er ließ seine Augenlider flattern. „Meine liebe Miss Edgerton, Sie lächeln so wunderbar."

Ihr Lächeln war ihre Rüstung. Es war eine Notwendigkeit. Aber natürlich konnte ein Mann wie er den Unterschied nicht begreifen.

Daher schenkte sie ihm ein weiteres. „Danke, Mylord. Sie sind sehr freundlich, und ich bin so froh, Sie hier zu haben."

Schließlich drehte sich Lord Vere zur anderen Seite und unterhielt sich mit Miss Melbourne. Elissande nahm einen Schluck Wasser, um sich zu beruhigen. Ihr Kopf fühlte sich immer noch benommen an, aber das Gefühl der Enttäuschung, das sich in ihrem Körper ausbreitete, war ziemlich schrecklich.

„Ich habe Ihr überaus faszinierendes Gemälde betrachtet, Miss Edgerton", bemerkte Lord Frederick, der den größten Teil des Abends geschwiegen hatte. „Aber ich kann den Künstler einfach nicht erkennen. Wissen Sie vielleicht, von wem das Bild stammt?“

Elissande musterte ihn argwöhnisch. Idiotie war erblich, wenn sie sich richtig erinnerte. Aber er hatte ihr eine vernünftige Frage gestellt, und – so sehr sie sich auch wünschte, unter eine Decke kriechen zu können und sich mit Laudanum zu betäuben – das Gebot der Höflichkeit erforderte, ihm eine Antwort zu geben.

„Ich fürchte, ich habe mich nie danach erkundigt.“ Die Gemälde – es gab drei mit dem gleichen Motiv – hingen immer schon in diesem Haus. Und sie hatte sich stets größte Mühe gegeben, sie nicht weiter zu beachten. „Was meinen Sie?“

„Ich schätze, sie wurden von einem Vertreter des Symbolismus gemalt.“

„Was für eine Kunstrichtung ist Symbolismus, wenn ich fragen darf?“

Lord Frederick erklärte: Der Symbolismus sei eine Kunstrichtung, deren Vertretern es darauf ankäme, eine Idee niemals direkt auf eine Leinwand zu fixieren. Eine Variante davon sei die Décadence, da gehe es um Verfall und Untergang, Heil könne nur in einer übersteigerten Sinneslust gefunden werden … Elissande erkannte bald, dass Lord Frederick sich bestens in der bildenden Kunst auskannte, besonders in der zeitgenössischen Kunst.

Nachdem sie drei Gänge lang mit Lord Veres ausufernden Dummheiten zugebracht hatte, war es eine Erleichterung und ein Vergnügen, ein Gespräch zu führen, das intelligent war und auf den Punkt kam. Als sie eine allgemeine Vorstellung von den Ideen und Motiven des Symbolismus hatte, fragte sie Lord Frederick: „Was halten Sie von den Symbolen auf diesem Gemälde?“

Lord Frederick legte sein Besteck auf den Teller. „Hat es einen Titel?“

„Es heißt ‚Der Verrat des Engels‘.“

„Das ist allerdings interessant“, erklärte Lord Frederick und lehnte sich in seinem Stuhl zurück, um das Bild besser betrachten zu können. „Zunächst dachte ich, der Engel sei der Todesengel.

Aber da es seine Aufgabe ist, Menschen den Tod zu bringen, passt dies nicht zum Thema Verrat.“

„Könnte es Ihrer Ansicht nach sein, dass der Mann vielleicht eine Abmachung mit dem Todesengel getroffen hat, die der dann brach?“

„Das ist ein interessanter Gedanke. Vielleicht hatte er aber auch keine Ahnung, um was für einen Engel es sich handelte. Am Ende glaubte er, dieses Wesen gehöre zu denen, die auf einer Wolke sitzen und Harfe spielen.“

Elissande überlegte einen Moment. „Würde ein solcher Engel nicht weiße Gewänder und weiße Flügel haben?“

„Ja, allerdings, nicht wahr?“ Lord Frederick legte sich Daumen und Zeigefinger unters Kinn. „Womöglich kann er sich verwandeln? Wenn ich dieses Motiv malen sollte, würde ich den Engel vermutlich mitten bei der Umgestaltung darstellen. Die weißen Flügel und das Gewand werden auf einmal schwarz, während dieser Engel von ihm fortfliegt.“

Wenn *er* dieses Motiv malen sollte. „Sind Sie selbst Künstler, Sir?“

Lord Frederick nahm wieder seine Gabel und sein Messer zur Hand und beugte sich über seinen Teller. Offensichtlich brachte es ihn in Verlegenheit, über seine künstlerischen Ambitionen zu sprechen. „Ich male sehr gerne, aber ich bin nicht sicher, ob man so weit gehen kann, mich als Künstler zu bezeichnen. Meine Werke sind noch nie ausgestellt worden.“

Ich mag ihn, erkannte Elissande. Er war vielleicht nicht mit der klassischen Schönheit seines Bruders gesegnet, aber er hatte ein angenehmes Äußeres und Auftreten – nicht zu vergessen, dass er seinem Bruder geistig weit überlegen war.

„War Shakespeare etwa kein Schriftsteller, bevor er sein erstes Werk veröffentlichte?“

Lord Frederick lächelte. „Sie sind zu freundlich, Miss Edgerton.“

„Malen Sie Porträts oder klassische Motive oder gar biblische?“

„Ich habe ein oder zwei Porträts fertiggestellt, aber am liebsten ist mir die Darstellung von Menschen im Freien. Beim Spazierengehen, beim Picknick oder einfach beim Träumen.“ Er klang verlegen. „Ganz normale, übliche Sachen.“

„Das klingt sehr nett“, sagte sie ernst. Sie hatte einen so großen Teil ihres Lebens in diesem Haus eingesperrt verbracht, dass die Beschäftigungen, die Lord Frederick als selbstverständlich annahm, für sie überaus verlockend klangen. „Ich würde mich geehrt fühlen, wenn ich eines Tages Ihre Arbeiten sehen könnte.“

„Nun“ – sein bereits von der Sonne gerötetes Gesicht verfärbte sich tiefer – „vielleicht, wenn Sie einmal nach London kommen.“

Durch sein Erröten wurde er ihr noch lieber. Plötzlich wurde ihr etwas klar: Lord Frederick würde ebenso gut wie Lord Vere als Ehemann taugen.

Er war zwar kein Marquess, aber er war der Sohn von einem, und das war beinahe genauso perfekt. Mit dem Einfluss seiner Familie im Rücken und all ihren Verbindungen – sie verspürte wieder Hoffnung.

Außerdem durfte sie darauf vertrauen, dass er ihre schwierige Lage verstand. Sollte ihr Onkel bei Lord Vere vorsprechen, würde dieser ihm zweifellos beipflichten. Würde ihr Onkel sagen, Mrs Douglas würde sich danach sehnen, in ihr eigenes Zuhause heimzukehren, schon würde der Marquess dieser Bitte nachkommen – und schon wäre sie wieder da, wo sie nicht sein wollte. Lord Frederick, ein viel scharfsinnigerer Mann, würde das Böse in ihrem Onkel spüren und Elissande helfen, Tante Rachels zukünftiges Wohlergehen sicherzustellen.

„Oh, das werde ich versuchen“, erklärte sie. „Das werde ich sicherlich versuchen.“

5. KAPITEL

Lord Vere wäre nicht der Idiot, der er vorgab zu sein, wenn er nicht das Zimmer eines anderen mit seinem eigenen verwechselt hätte. Das fehlte noch bei einer Gesellschaft auf dem Lande. Ihm standen mehrere Möglichkeiten offen. Miss Melbourne würde am lautesten kreischen, Miss Beauchamp am heftigsten lachen und Conrad am meisten schimpfen.

Daher entschied er sich für Miss Edgertons Zimmer.

Er hatte sich bereits in ihrem Zimmer aufgehalten: Als die Damen sich nach dem Essen in den Salon zurückzogen, hatte er den Speisesaal unter dem Vorwand verlassen, sich seine besonderen kolumbianischen Zigarren von oben holen zu wollen.

Er hatte die Gelegenheit genutzt, sich einen Überblick zu verschaffen, welcher Raum von wem belegt war. Aber vor allem hatte er einen Augenblick für sich allein benötigt, den er auf dem verlassenen Korridor verbrachte, mit dem Rücken gegen seine eigene Tür gelehnt, die Hand vor dem Gesicht.

Er hatte nichts verloren. Wie konnte er etwas verlieren, das überhaupt gar nicht existiert hatte? Und trotzdem hatte er alles verloren. Er konnte nicht länger an seine treue Gefährtin denken, so wie sie immer in seiner Vorstellung gewesen war – liebevoll, hilfreich und verständnisvoll. Jetzt sah er nur Miss Edgertons raubtierhafte Schönheit, die Schmeicheleien, ihre aufblitzenden Augen.

Jetzt endlich verstand er, warum Jungen manchmal mit Steinchen nach hübschen Mädchen warfen. Es war diese wortlose Wut, dieser heftige Schmerz zerbrochener Hoffnungen.

Er war nun wieder hier, um mit Steinchen auf Miss Edgerton zu werfen.

Sie saß vor ihrem Frisiertisch, wandte ihm das Profil zu und kämmte sich langsam, fast geistesabwesend das Haar. Als sie den Arm zu ihrem Kopf hob, glitten die weit geschnittenen kurzen Ärmel ihres Nachthemds zurück und gaben den Blick frei auf ihren nackten Oberarm und – für eine Schrecksekunde – den seitlichen Ansatz ihrer Brust.

„Miss Edgerton, was tun Sie in meinem Zimmer?“, rief er von der Tür, die er lautlos geöffnet hatte.

Sie schaute sich um, schnappte nach Luft und sprang von ihrem Stuhl auf. Hastig griff sie ihren Morgenrock, streifte ihn sich über und knotete den Gürtel um ihre Mitte fest zu. „Mylord, Sie irren. Das hier ist *mein* Zimmer.“

Er legte den Kopf schief und feixte. „Das sagen sie alle. Aber Sie, meine liebe Miss Edgerton, sind noch nicht verheiratet. Daher gibt es für Sie kein Techtelmechtel. Und jetzt gehen Sie bitte.“

Sie starrte ihn mit offenem Mund an. Nun, wenigstens lächelte sie nicht.

Es hatte ihn nicht glücklicher gemacht, dass sie den Rest des Abends nicht in seine Nähe gekommen war, sondern stattdessen mit Freddie, Wessex und Miss Beauchamp Karten gespielt und dabei viel zu oft gelächelt hatte. Ein unvernünftiger Teil von ihm wollte ihr Lächeln weiterhin; schlimmer noch – seine Gefühle für sie bekamen eine Gewichtung, die ungut war. Sie hatten entschieden etwas Besitzergreifendes an sich.

Er schlenderte ins Zimmer und setzte sich ans Fußende ihres Bettes, was dazu führte, dass sein Blick auf das Gemälde fiel, das an der gegenüberliegenden Wand hing. Es handelte sich um eine ungefähr drei Fuß breite und vier Fuß hohe Leinwand, die in der Mitte eine einzelne blutrote Rose mit rasiermesserscharfen Stacheln zeigte. Am Bildrand waren Schulter und Arm eines Mannes zu sehen, der mit dem Gesicht nach unten im Schnee lag. Eine lange schwarze Feder befand sich neben seiner leblosen Hand – das Bildnis stand eindeutig in Verbindung mit dem Gemälde im Speisesalon.

Vere lockerte sein Halstuch und zog es sich aus.

„Sir!“ Ihre Hände umklammerten den Gürtel ihres Morgenrocks. „Sie können … Sie dürfen sich hier nicht entkleiden.“

„Natürlich werde ich mich nicht wirklich entkleiden, nicht solange Sie hier anwesend sind, Miss Edgerton. Warum eigentlich sind Sie noch hier?“

„Das habe ich Ihnen doch bereits gesagt, Sir. Dies ist mein Zimmer.“

Er seufzte. „Wenn Sie darauf bestehen, küsse ich Sie. Obwohl es nicht mein Bedürfnis ist, dies zu tun."

„Ich möchte nicht geküsst werden."

Er lächelte sie an. „Sind Sie sich da ganz sicher?"

Zu seiner Überraschung wurde sie rot. Seine eigene Reaktion bestand aus einem blitzartigen Aufwallen seines Bluts.

Er starrte sie an.

„Bitte, gehen Sie", bat sie mit nicht ganz fester Stimme.

„Penny! Penny, du bist im falschen Zimmer", rief Freddie, der liebe, gute Freddie, von der offenen Tür her.

Sie floh zu ihm. „Oh, danke, Lord Frederick. Ich wusste nicht, wie ich Lord Vere erklären sollte, dass ihm ein schlimmer Fehler unterlaufen ist und er sich im Zimmer geirrt hat."

„Nein, nein. Ich werde es beweisen", widersprach Vere laut. „Sehen Sie, Miss Edgerton, ich lege immer eine Zigarette unter meine Decke, damit ich noch einen letzten Zug rauchen kann, ehe ich einschlafe."

Er marschierte zu ihrem Bett und schlug – begleitet von einem erstickten Aufschrei von ihr – die Decke zurück. Natürlich lag nichts da.

Er riss die Augen auf und schaute sie vorwurfsvoll an: „Haben Sie etwa meine Zigarette geraucht, Miss Edgerton?"

„Penny. Das hier ist *wirklich* nicht dein Zimmer."

„Oh, na gut", erklärte Vere und hob die Hände. „Verflixt. Mir gefällt dieses Zimmer."

„Komm schon", drängte Freddie ihn. „Es ist schon spät. Ich bringe dich zu deinem Raum."

Er wollte gerade durch die Tür gehen, aber Freddie blieb auf der Schwelle stehen und fasste ihn am Arm: „Penny, solltest du nicht noch etwas zu Miss Edgerton sagen?"

„Richtig, natürlich." Er drehte sich zu ihr um. „Sie haben ein ganz reizendes Zimmer, Miss Edgerton."

Freddie stieß ihn an.

„Und ich entschuldige mich", fügte Vere hinzu.

Mit einiger Mühe riss sie die Augen von Freddie los. „Es ist ein verständlicher Irrtum, Sir – unsere Zimmer liegen nicht weit auseinander."

Das stimmte allerdings. Er war schräg gegenüber von ihr untergebracht. Freddie und Lady Kingsley waren je zwei Türen weiter. Ein weiteres Anzeichen für ihre sorgfältige Planung, um dem Marquess, den sie sich angeln wollte, umso leichter zufällig zu begegnen.

Wie um zu beweisen, dass sie ihm seinen Irrtum nicht weiter übel nahm, schenkte sie ihm ein Lächeln, so sonnig und liebreizend wie jedes andere Lächeln, das sie heute verteilt hatte. „Gute Nacht, Mylord."

Er wusste mittlerweile gut, dass ihr Lächeln nichts bedeutete. Er wusste, sie produzierte es wie ein Fälscher frische Zwanzigpfundnoten. Aber trotz dieses Wissens konnte er ein Aufkommen der sehr alten Sehnsucht in ihm nicht verhindern.

„Gute Nacht, Miss Edgerton." Er verbeugte sich. „Noch einmal meine Entschuldigung."

Zuerst genoss Elissande die Höhe. Ein Berg, hoch aus der Ebene herausragend, fast, als würde sie sich auf dem Olymp befinden, dem Herrschaftsgebiet von Zeus. Die Luft war dünn. Die Sonne schien hell, erbarmungslos. Weit oben am Himmel kreiste etwas Schwarzes. Sie hob eine Hand, um die Augen gegen das grelle Sonnenlicht zu beschatten.

Aber ihre Hand bewegte sich nur ein paar Zoll. Sie schaute verwundert zu ihr hin. Eine schwere Fessel umfasste ihr Handgelenk, daran schloss sich eine Kette, jedes einzelne Glied war so groß wie ihre Faust. Das andere Ende der Kette war am Bergfelsen angebracht.

Sie blickte zu ihrem anderen Handgelenk. Dasselbe. Wie Prometheus war sie an den Felsen gekettet. Sie riss an den Handfesseln. Es tat weh. Sie zerrte fester. Es tat nur noch mehr weh.

Entsetzen erfasste sie. Ihr Herz klopfte lauter. Ihr Atem ging abgehackt, keuchend. Bitte nein. Alles, nur das nicht.

Nur das nicht.

Ein Schrei zerriss die Luft. Der dunkle Fleck wurde größer, sank rascher und rascher zu ihr hinab. Es war ein Vogel – ein Adler, und sein Schnabel war scharf wie ein Messer. Fast schon war er bei ihr. Verzweifelt wehrte sie sich. Blut tropfte von ihren Handgelenken. Aber sie konnte sich nicht befreien.

Der Adler stieß einen weiteren Schrei aus, sein Schnabel bohrte sich in ihren Bauch. In ihrer Qual konnte sie keinen Laut von sich geben, sondern nur wild um sich treten.

Sie wachte auf – und trat immer noch um sich.

Es vergingen ein paar Minuten, bis das Entsetzen nachließ. Mit bebenden Fingern zündete sie die kleine Kerze auf ihrem Nachttischchen an und holte den Reiseführer von Süditalien aus der Schublade mit ihrer Unterwäsche.

„‚Westlich des Dorfes erhebt sich fast senkrecht eine Kalksteinklippe, die die Hochebene von Anacapri vom östlichen Teil Capris trennt'", las sie sich halblaut vor. „‚Früher war der einzige Weg, um nach Anacapri zu gelangen, eine Steintreppe vom Strand, achthundert grob in den Fels gehauene Stufen, die vermutlich aus Zeiten stammen, die noch vor der römischen Herrschaft lagen. Heutzutage führt ein geschickt gebauter Fahrweg für Kutschen nach Anacapri. Die Aussicht entlang dieser Straßen ist von außergewöhnlicher Schönheit.'"

Vere war zu dem Douglasfall dazugestoßen, weil Lady Kingsley eigens darum gebeten hatte. Er hatte nichts dagegen einzuwenden gehabt – er schuldete ihr noch einen Gefallen für ihre Hilfe beim Haysleighfall –, aber er war nicht restlos von Douglas' Schuld überzeugt. Douglas hatte beide Male im Brown's Hotel gewohnt, als die Spur der erpressten Diamanten dorthin führte. Jedes Mal war er auch von London nach Antwerpen gereist, wo eine größere Anzahl von Diamantenhändlern Opfer einer Nötigung geworden waren.

Aber Douglas hatte berechtigte Gründe, beide Städte aufzusuchen, beide waren wichtige Zentren des Diamantenhandels. Und selbst Lady Kingsley, die überzeugt war, dass sie den richtigen Mann verfolgten, konnte nicht erklären, warum jemand, der praktisch in Diamanten schwamm, noch mehr Diamanten haben wollte.

„Ein Grund könnte sein, dass er weniger hat, als wir annehmen – er muss den Reichtum seiner Mine übertrieben haben“, flüsterte Lady Kingsley Vere zu, nachdem sie drei Stunden lang Douglas’ Papiere in seinem Arbeitszimmer durchsucht hatten. „Den Gerüchten nach soll seine Ader so außergewöhnlich gewesen sein, dass jeder Eimer Geröll und Dreck ein Vermögen enthielt, das für ein ganzes Leben in Wohlstand gereicht hätte. Aber in Wahrheit war es eben nicht ganz so.“

Vere hievte eine Kiste Dokumente wieder in das richtige Fach. „Vielleicht hat es auch Unterschlagungen durch die Geschäftsführung gegeben.“

„Das ist natürlich immer möglich. Aber bei einer solchen Vermutung würde er doch persönlich nach Afrika reisen, um in der Mine nachzusehen. Wenigstens haben die Buchhalter und der Vorarbeiter nie etwas von einem derartigen Besuch vermerkt.“ Lady Kingsley hielt ihre Laterne hoch, sodass Vere besser sehen konnte, wohin die nächste Kiste gehörte. „Was ist mit den Haushaltsbüchern?“

Lady Kingsley hatte eine besondere Gabe für Geschäftsunterlagen; Vere war heute als ihr Gefolgsmann mitgekommen: Seine Hauptaufgabe bestand vor allem darin, Wache zu stehen und schwere Kästen zu heben. Jetzt hatte sie jedoch eine Pause gebraucht, weil es für die Augen sehr anstrengend war, im schwachen Licht zu lesen – und mehr Licht zu machen wagten sie nicht. Vere hatte die Gelegenheit genutzt, die Haushaltsbücher zu prüfen.

„Es gehört nicht viel Grundbesitz zu dem Anwesen, daher ist der Ertrag auch nur gering; demgegenüber stehen viele Ausgaben“, berichtete er. „Aber dennoch normale Ausgaben. Nichts, das ein Motiv liefert, warum er sich an kriminellen Machenschaften beteiligen sollte.“

„Manche machen es wegen des Nervenkitzels.“

„Aber die meisten nicht.“ Vere rückte die Kisten so zurecht, dass sie exakt nebeneinanderstanden, so, wie er sie vorgefunden hatte. „Haben Sie irgendetwas entdeckt, das mit künstlichen Diamanten zu tun haben könnte?"

„Nein, nichts."

Das Vorgehen gegen Edmund Douglas war eher zufällig ins Rollen gekommen: Ein Verdächtiger, den die belgische Polizei wegen einer vollkommen anderen Sache verhaftet hatte, prahlte damit, mithilfe eines Engländers die Diamantenhändler Antwerpens geschröpft zu haben. Für die belgische Polizei gab es keine Dringlichkeit, etwas näher zu untersuchen, das in ihren Augen bloß leere Angeberei war. Allerdings vermutete Vere, ihr mangelndes Interesse hätte auch mit der Tatsache zu tun, dass die Diamantenhändler von Antwerpen durchweg Juden waren.

Dem Desinteresse der belgischen Polizei, der ebenso großen Gleichgültigkeit von Scotland Yard und dem entschlossenen Schweigen der vermeintlichen Opfer zum Trotz hatte der Fall irgendwie Holbrooks Aufmerksamkeit erregt. In der Folge hatte er in Lady Kingsley eine Befürworterin gefunden, deren Vater Selbstmord begangen hatte, als es ihm nicht länger möglich war, den Forderungen seines Erpressers nachzukommen.

Monatelang hatte sie hartnäckig und entschlossen an dem Fall gearbeitet, dabei ein ausführliches Dossier zusammengestellt. Doch von Anfang an sah sich Vere vor ein Rätsel gestellt: Die belgischen Kriminellen hatten als Grund für die Erpressung der Händler angegeben, dass diese künstlich produzierte Diamanten als echte verkauften.

Soweit Vere wusste, hatte zwar der französische Chemiker Henri Moissan einen Artikel über seine erfolgreiche Herstellung künstlicher Diamanten unter Verwendung eines sogenannten elektrischen Lichtbogenofens veröffentlicht. Aber niemand war in der Lage gewesen, seine Resultate nachzuvollziehen. Synthetische Diamanten gab es also noch gar nicht. Und selbst wenn – es bestand keine Gefahr, dass der Welt die echten Diamanten ausgehen könnten. Die Händler von Antwerpen und London hatten somit keinen Grund, falsche Kristalle in Verkehr zu bringen.

Lady Kingsley verließ als Erste das Arbeitszimmer. Vere wartete mehrere Minuten, ehe er über die Dienstbotentreppe nach oben schlich. Die Tür am Treppenabsatz führte zu jenem Bereich des Hauses, in dem die Räume des Hausherrn und der Hausherrin lagen.

Er lauschte an der Tür zu ihrer Zimmerflucht, und als er nichts vernahm, schlüpfte er hinein. Ein Schlafgemach wie das von Edmund Douglas wurde häufig von Dienstboten aufgesucht: um das Bett zu machen, den Kamin zu säubern, die Kleider auszubürsten und die Möbel abzustauben. Es war unwahrscheinlich, dass Douglas irgendetwas wirklich Wichtiges hier herumliegen ließ, aber Vere erhoffte sich Einblicke in seinen Charakter.

Er holte einen Füllfederhalter aus seiner Tasche und schraubte ihn in der Mitte auf. Der Füller enthielt eine kleine Menge Tinte, sodass man damit ein paar Absätze schreiben konnte. Aber sein eigentlicher Nutzen bestand in der Trockenbatterie und der winzigen Glühbirne, die dort angebracht war, wo der Tintenbehälter hätte sein sollen.

Er ließ den schmalen Lichtstrahl durch das Zimmer schweifen – dies war viel besser, als ständig eine kleine Kerze mit sich herumzutragen oder eine Laterne, auch wenn das Batterielicht nicht lange brannte, weil diese Energiequelle immer wieder längere Phasen brauchte, um sich aufzuladen. Sein Licht fiel auf die gerahmte Fotografie auf Douglas' Nachttischchen. Es war die einzige Fotografie, die Vere bisher im gesamten Haus zu sehen bekommen hatte. Er ging in die Hocke, um sich die Aufnahme genauer anzusehen.

Das Bild zeigte ein außergewöhnlich gut aussehendes Hochzeitspaar. Die Frau besaß eine fast unwirkliche Schönheit; der Mann war von mittlerer Größe und schlanker Gestalt und hatte eine ähnlich gepflegte Erscheinung wie die Person an seiner Seite. Auf dem Rahmen stand eingraviert: „Wie lieb' ich dich – auf unzähl'ge Art."

Das Gesicht der Frau hatte etwas vage Vertrautes. Er hatte es schon einmal irgendwo gesehen, und es war noch nicht so lange her. Aber wo? Und wann? Er hatte ein gutes Gedächtnis für Gesichter und Namen. Aber selbst wenn er das nicht hätte, hätte er eine Frau mit einem Antlitz wie diesem nicht einfach vergessen.

Dann fiel es ihm ein: Das seltsame Gemälde im Speisesalon – das Gesicht des Engels.

War die junge Braut Mrs Douglas? Wenn es so war, dann würde das heißen, dass der Bräutigam Edmund Douglas sein musste. Natürlich wäre es mehr als merkwürdig, hätte ein Mann das Hochzeitsfoto eines anderen auf seinem Nachttisch stehen. Allerdings bereitete es Vere Schwierigkeiten, den schlanken und auf beinahe zarte Weise schönen Mann auf der Fotografie mit dem in Einklang zu bringen, was er über Edmund Douglas wusste.

Sollte er nicht von kräftigerer Gestalt sein? Wenn Vere sich nicht irrte, war Douglas früher Boxer gewesen. Und als ein kräftiger Faustkämpfer musste er Narben haben, womöglich auch eine krumme Nase. Davon war auf der Aufnahme aber nichts zu erkennen.

In Mrs Douglas' Zimmer lag der unverkennbare Geruch von Laudanum schwer in der Luft. Die Hausherrin schlief, ihr Atem ging langsam, und sie war so furchtbar dünn, dass sie fast zweidimensional wirkte.

Er hielt das Licht neben ihr Gesicht. Schönheit war von berüchtigter Vergänglichkeit. Dennoch erschreckte ihn der Anblick von Mrs Douglas. Sie war nur noch ein Zerrbild ihres früheren Ichs, ihr Haar war schütter, ihre Augen eingesunken und ihr Mund stand halb offen in ihrem durch Laudanum verursachten Dämmerzustand – ein Gesicht, das kleinen Kindern Angst einjagen würde, wenn sie es unvorbereitet erblickten.

Aber so war nun einmal das Leben. Alle Diamanten aus Afrika konnten einem Mann keine Ehefrau einbringen, die sich nicht mit der Zeit in eine Vogelscheuche verwandelte.

Auf dem Tisch neben ihrem Bett befand sich ebenfalls eine Fotografie, ein Porträt eines Babys in einem winzigen Sarg, umgeben von Blumen und einer Spitzenbordüre: ein Andenken an ein verstorbenes Kind. Darunter stand geschrieben: „Unsere geliebte Christabel Eugenia Douglas."

Vere stellte die Aufnahme zurück und hob sein Licht. Was er als Nächstes sah, ließ ihn innehalten. Es war die dritte Wiederkehr von *Der Verrat des Engels*, dieses Mal aus einer Perspektive gemalt, irgendwo zwischen den beiden anderen. Der leblos im Schnee liegende Mann nahm den Hauptteil des Bildes ein; neben ihm, wo eine Blutlache hätte sein müssen, befand sich die dunkle Rose in voller Blüte. Von dem Engel war nur der Rand eines schwarzen Flügels zu sehen und die blutige Spitze eines Schwerts in der oberen rechten Ecke.

Mit den Kuppen seiner behandschuhten Finger fuhr Vere unter den Rand des Rahmens. Da war ein Riegel. Das Gemälde bewegte sich zur Seite und gab den Blick auf einen dahinterliegenden Wandsafe preis. Das hier machte Sinn: Mrs Douglas' schlechter Gesundheitszustand bot einen verständlichen Vorwand, die Dienstboten von dem Zimmer fernzuhalten, und daher war ihr Raum viel besser geeignet, Sachen zu verstecken.

Er zog seinen Ring mit Dietrichen aus der Innentasche seiner Weste. Den Stift, der ihm als Taschenlampe diente, nahm er zwischen die Zähne. Danach machte er sich ans Werk. Nach ein paar Minuten des Ausprobierens verschiedener Metallstifte klickte das Schloss, und er konnte die Tür zu dem Safe öffnen – nur, um dahinter eine zweite Tür mit einem neuartigen amerikanischen Kombinationsschloss zu entdecken.

Schritte erklangen vom Flur. Vere schloss rasch den Safe und brachte das Bild in die richtige Position. Anschließend zog er sich in die hinterste Zimmerecke zurück und steckte währenddessen den Füllfederhalter wieder in seine Rocktasche.

Die Tür öffnete sich. Den Schritten zufolge bewegte sich die Person auf das Bett zu. Er presste sich flach an die Wand, halb hinter den Bettvorhängen verborgen, und zwang die Frau – so leichte Schritte gehörten einer Frau – mit der Kraft seiner Gedanken, nicht näher zu kommen.

Sie blieb tatsächlich auf der anderen Bettseite stehen. Dort blieb sie eine Weile. Es fiel ihm schwer, ruhig zu atmen. Ihre Anwesenheit wühlte ihn auf.

„Ich werde nicht aufgeben, das weißt du", erklärte sie mit seltsam flacher Stimme.

Er benötigte einen halben Herzschlag, um zu begreifen, dass sie nicht mit ihm sprach, sondern mit ihrer halb bewusstlosen Tante.

„Es ist möglich, nicht wahr?", fragte sie die teilnahmslose Mrs Douglas.

Was war *es*? Was wollte sie?

Sie beugte sich vor und küsste Mrs Douglas, dann ging sie.

Am nächsten Morgen verfügte Elissande, dass allen das Frühstück aufs Zimmer gebracht werde – mit Ausnahme von Lord Frederick. Sie selbst setzte sich in den Morgensalon und wartete darauf, dass Letzterer erschien, damit sie gemeinsam Zeit verbringen konnten.

Sie würde ihn bitten, ihr mehr über Kunst zu erzählen und vielleicht auch etwas über London. Sie würde ihm aufmerksam zuhören, nicken und gelegentlich sehr damenhaft von ihrem Tee nippen. Und dann – ja, was dann? Sie mochte Lord Frederick. Sehr gerne sogar. Aber sie hatte keine Ahnung, wie sie ihn am besten umgarnen konnte, es sei denn …

Es war zwecklos, es zu leugnen. Bei Lord Vere hatte sie sich keine Gedanken machen müssen, hätte sie weiter um ihn geworben. Das Einzige, was bei ihm zählte, war, dass sich der Abstand zwischen ihnen verringerte – sie hatte sich mit jeder Faser ihres Wesens danach gesehnt, ihm näher zu sein.

Bis jede Faser ihres Wesens sich von ihm abgestoßen fühlte.

Dennoch, bei seiner ach so ritterlichen Ankündigung, er wolle sie küssen …

Nein, sie hatte bei seinen ungelenken Flirtversuchen nichts empfunden, nichts außer Empörung und Widerwillen.

Lord Frederick erschien an der Tür. Ausgezeichnet, ihr Plan ging auf. Sie lächelte ihn an. Aber im nächsten Augenblick erstarrten ihre Züge. Lord Vere folgte ihm in den Frühstückssalon – Lord Vere, der Unmengen von Matsch an den Stiefeln kleben hatte und dem Strohhalme im Haar steckten.

„Hallo, Miss Edgerton“, trällerte Lord Vere. „Ich war draußen, bin spazieren gegangen. Kam zurück und habe Freddie getroffen, als er gerade die Treppe hinunterkam. Und hier sind wir – wir haben einen gesunden Appetit mitgebracht und unsere anregende Gesellschaft.“

Eigentlich sollte sie Mitleid mit ihm haben. Er konnte schließlich nichts dafür, dass er ein Idiot war. Aber das Einzige, was sie empfand, war heftige Verärgerung. Seine Anwesenheit verdarb ihre sorgfältig ersonnenen Pläne.

„Wie süß von Ihnen“, zwang sie sich zu antworten. „Und ich hatte mich schon damit abgefunden, allein zu frühstücken. Bitte bedienen Sie sich und setzen Sie sich zu mir.“

Wie war das Frühstück noch zu retten? Sie würde Lord Frederick mit Fragen zur bildenden Kunst – besonders aber zu seiner Kunst – bombardieren müssen, sobald er Platz genommen hatte.

Aber Lord Vere vereitelte auch dieses Vorhaben, indem er einfach weitersprach, während er am Sideboard stand und sich seinen Teller mit Spiegeleiern, Brathering und Buttermuffins füllte. Das Thema seines Vortrags heute war Viehzucht. Offenbar war er auf einer Landwirtschaftsmesse gewesen und betrachtete sich nun als Fachmann.

Er legte ausführlich sein Wissen über das Shropshireschaf dar, zählte die Vor- und Nachteile auf und verglich es dann mit dem Southdown-, dem Oxforddown- und dem Hampshireschaf, deren Hammel seiner Ansicht nach eine fast römisch anmutende Schnauze hatten.

Obwohl sie auf dem Land aufgewachsen war, wusste Elissande nichts über Schafe. Aber sie konnte sich dennoch gut vorstellen, welch grausame Fehler ihm bei seiner Abhandlung unterliefen. Am liebsten würde sie ihn an den Schultern packen und schütteln. Sie verlangte immer noch von ihm zu erfahren, wie nur um Himmels willen *Die Befreiung Petri* von Raffael im Speisezimmer hängen konnte, wenn es doch ein Wandfresko im Vatikanpalast in Rom war – sogar ein Teil der päpstlichen Wohnung selbst.

Irgendwann verlagerte Lord Vere seinen Fokus: Statt über Schafe referierte er über Rinder. Er hatte nicht nur landwirtschaftliche Messen besucht, ließ er Elissande wissen, sondern auch Einstufungslisten für Rinder inspiziert. „Meine Güte, diese herrlichen Tiere werden einer gnadenlosen Bewertung unterzogen – Kopf, Körper, Vorderteil, Hinterteil. Aber wissen Sie eigentlich, was der wichtigste Aspekt bei der Einschätzung einer Milchkuh ist?"

„Nein, und ich bin auch sicher, diesen nicht zu kennen, Mylord", antwortete sie und bohrte ihr Messer in das Muffin auf ihrem Teller.

„Die Euterentwicklung, Miss Edgerton, die macht erschütternde fünfunddreißig Prozent der Gesamtbewertung aus. Das Euter muss möglichst groß und weich sein. Die Zitzen müssen eine bestimmte Größe haben und gleichmäßig verteilt sein. Die Adern müssen ausgeprägt und die Milchgänge ergiebig sein."

Er schaute ihr nicht länger ins Gesicht, sondern auf ihre Brust. „Ich glaube, seitdem nehme ich Milchkühe mit anderen Augen wahr. Wenn ich jetzt eine solche erblicke, denke ich nicht einfach, oh, eine Kuh, sondern betrachte ihr Euter und die Zitzen in Hinblick auf die Anforderungen für die Viehzucht – und um der unbestreitbaren Freude des Betrachtens von Eutern und Zitzen willen! Natürlich!"

Elissande traute ihren Ohren nicht. Sie öffnete die Augen ein wenig weiter und nickte etwas heftiger. Dann warf sie Lord Frederick einen Blick zu, überzeugt, er müsse seinen Bruder mit gerunzelter Stirn ansehen, müsse ihn versuchen zu warnen, da seine Worte die Grenzen des Hinnehmbaren überschritten hatten.

Aber Lord Frederick achtete nicht auf seine Umgebung. Er aß langsam, die Augen auf seinen Teller gerichtet. Offenbar war er in Gedanken ganz woanders.

Lord Vere redete somit ungehindert weiter von Eutern und Zitzen, wobei er die ganze Zeit ihren Oberkörper anstarrte. In seiner Begeisterung ließ er zwei Gabeln und einen Löffel auf den Boden fallen, stieß seine Teetasse um und sorgte schließlich dafür, dass ein Spiegelei auf seinem Schoß landete. Bei dieser Gelegenheit warf er auch laut krachend seinen Stuhl um, weil er angesichts seines Malheurs von diesem aufsprang. Das Spiegelei fiel zu Boden, aber nicht ohne einen dicken Fleck klebrigen Dotters ausgerechnet dort zu hinterlassen, wo niemand hinsehen sollte.

Dieser Aufruhr riss endlich auch Lord Frederick aus seinen Gedanken. „Penny, was zum …“

„Oh je“, sagte Elissande. „Sie sollten sich besser rasch umziehen, Mylord, wenn Sie nicht wollen, dass Ihre Kleidung unrettbar ruiniert ist.“

Dieses Mal tat Lord Vere wirklich das Vernünftige und zog sich zurück. Elissande lockerte unter der Tischdecke ihre zu Fäusten geballten Hände. Es dauerte allerdings noch einen Moment, bis sie sich so weit unter Kontrolle hatte, dass sie Lord Frederick anlächeln konnte.

„Und wie geht es Ihnen heute Morgen, Sir?“

Das Frühstückstablett in seinem Zimmer und das Fehlen eines solchen in Freddies verriet Vere alles, was er wissen musste: Miss Edgerton hatte mit seinem Bruder allein frühstücken wollen.

An ihrem Geschmack war nichts auszusetzen: Freddie war der beste Mann überhaupt. Sie hingegen, mit ihrem ewigen Lächeln und ihrem kalkulierten Vorgehen, sie verdiente ihn nicht im Entferntesten. Aber sie sollte es ruhig versuchen. Er würde ihre Pläne vereiteln, sie durchkreuzen und vernichten. Mit dem Ränkeschmieden würde es ein für alle Mal vorbei sein.

Aber erst einmal musste er mit Lady Kingsley sprechen. Er schob ihr eine Nachricht unter der Tür durch. Fünf Minuten später trafen sie sich auf dem Absatz der großen Treppe, wo sich ihnen niemand unbemerkt nähern konnte.

„Ich habe Holbrook um Nye gebeten“, erklärte Vere.

Nye war ein Spezialist für das Aufbrechen von Tresoren. Nachdem Vere vergangene Nacht Mrs Douglas’ Zimmer verlassen hatte, hatte er sich umgezogen und eine scheinbar weitschweifige Nachricht, von der Holbrook wissen würde, wie er sie decodieren musste, verfasst. Anschließend war er ins Dorf gegangen, gerade rechtzeitig zur Öffnung des Telegrafenamts. Auf dem Rückweg konnte er auf einem Heuwagen mitfahren. Der Länge nach hatte er sich auf dem Stroh ausgestreckt und war nach der durchwachten Nacht sofort eingeschlafen. Auf Highgate Court war er eingetroffen, als Freddie gerade zum Frühstück die Treppe hinunterstieg.

„Wo ist der Tresor überhaupt? Und übrigens, Sie haben immer noch Stroh im Haar."

„Der Safe befindet sich in Mrs Douglas' Schlafzimmer, hinter dem Bild mit dem toten Mann", sagte Vere und fuhr sich mit den Fingern durchs Haar. „Wissen Sie inzwischen, ob und wann die Dienerschaft dort auftaucht?"

„Die Bediensteten sind in Mrs Douglas' Zimmer so gut wie nie anwesend, es sei denn, sie werden gerufen. Zweimal die Woche setzt Miss Edgerton ihre Tante in einen Rollstuhl und fährt sie auf dem Flur auf und ab. Das ist der Moment, in dem einige Angestellte ihre Räumlichkeiten sauber machen, die Bettbezüge und die Laken wechseln und so weiter. Sonst betreten nur Miss Edgerton und – davon gehe ich mal aus – Douglas selbst das Zimmer."

„Folglich kann sich Nye an die Arbeit machen, sobald Miss Edgerton zum Dinner nach unten kommt."

Lady Kingsley blickte nach oben und winkte ihrer Nichte zu, die zurückwinkte, ehe sie ihren Weg auf dem Korridor fortsetzte, vermutlich um eine Freundin zu besuchen. „Wie lange wird er benötigen?"

„Er hat einen Safe mit Kombinationsschloss schon in einer halben Stunde geöffnet. Aber da konnte er einen Bohrer einsetzen. Hier ist das ausgeschlossen."

Lady Kingsley runzelte die Stirn. „Letzte Nacht, als die Damen sich zurückzogen, ist Miss Edgerton in das Zimmer ihrer Tante gegangen, ehe sie sich in ihr eigenes begab."

„Wir müssen dafür sorgen, dass sie heute Abend nicht zu früh nach oben geht."

„Das wird zu schaffen sein", erklärte Lady Kingsley. „Ich werde mir einen Grund einfallen lassen, damit sie noch ein wenig bei mir bleibt, wenn die anderen sich schon zurückgezogen haben. Allerdings kann ich nicht garantieren, dass es für einen längeren Zeitraum funktioniert."

Miss Kingsley erschien am oberen Ende der Treppe. „Lord Vere, dürfte ich mir kurz meine Tante borgen? Miss Melbourne kann sich einfach nicht entscheiden, was sie anziehen soll."

„Sie sehen, was Sie erreichen können, und ich kümmere mich um den Rest", sagte Vere gerade laut genug, dass Lady Kingsley ihn verstehen konnte. Dann hob er seine Stimme und erklärte: „Natürlich dürfen Sie sie haben, Miss Kingsley. Hier, sie gehört ganz Ihnen – mit meinen besten Wünschen."

Es war eine gute Unterhaltung, über London und seine Umgebung, die Landschaften, die Lord Frederick gern malte. Aber es war kein aufregendes Gespräch. Nicht dass Elissande sich etwa mit aufregenden Gesprächen auskannte, aber sie spürte das Fehlen eines Funkens.

Lord Frederick schaute sie nicht an. Er schien gleichsam ein hungriges Rindvieh zu sein und sie nichts weiter als ein Ballen frisch duftenden Heus. Himmel, warum dachte sie in Bildern, die aus der Viehzucht stammten? Nie zuvor hatte sie das getan. Lord Frederick war höflich und zuvorkommend, aber er verriet durch nichts, dass er eine *Vorliebe* für Elissande hätte.

Die Schuld daran gab sie Lord Vere. Viel zu schnell kehrte er zurück, übrigens immer noch in der eigelbbefleckten Hose. Sein endloses Gerede von Schafen musste Lord Frederick allen Lebenssaft und alle Energie entzogen haben, der seinem Bruder ja schon Tausende und Abertausende von Stunden, deren genaue Zahl der Himmel allein kannte, hatte lauschen müssen.

„Penny, du hast vergessen, deine Hose zu wechseln." Lord Frederick wies seinen Bruder auf den Makel hin.

„Das war es also!", rief Lord Vere. „Ich bin in mein Zimmer gekommen, konnte mich aber partout nicht mehr erinnern, weswegen ich da war. Mist."

Idiot!

„Vielleicht sollten Sie einen erneuten Versuch unternehmen?“, schlug Elissande vor und verzog die Lippen. Sie wünschte sich, mit ihrem Lächeln könnte sie Pfeile auf ihn zielen, und zwar so viele, dass Lord Vere von mehr durchbohrt wäre als der heilige Sebastian.

„Ach, das nützt jetzt auch nichts mehr. Ich werde es nur wieder vergessen“, winkte Lord Vere ab. „Ich kann genauso gut warten, bis ich mich für die Jagd umziehe. Wie ist es hier übrigens um die Jagd bestellt, Miss Edgerton?“

Blickte er schon wieder auf ihren Busen? Seine Augen waren jedenfalls nicht auf ihr Gesicht gerichtet. „Ich fürchte, wir haben hier nicht genügend Wild dafür, Sir.“

Seine Augen schauten weiter auf die eine Stelle. „Nein? Hm, dann nehme ich an, wir werden Tennis spielen müssen.“

„Es tut mir leid, aber uns ermangelt es auch an einem Tennisfeld.“

„Und was ist mit Bogenschießen? Als Bogenschütze bin ich nicht so schlecht.“

Neben ihm begann Lord Frederick unbehaglich hin und her zu rutschen.

„Angesichts des Gesundheitszustands meiner Tante und der Rücksichtnahme meines Onkels darauf gibt es hier nichts, das Lärm verursachen kann. Vielleicht möchten Sie stattdessen einen Spaziergang unternehmen, Mylord?“

„Ich war schon vor dem Frühstück spazieren – erinnern Sie sich nicht mehr daran, Miss Edgerton? Ich nehme an, ich könnte mich mit einem Krocketspiel begnügen.“

Wie schaffte er das nur? Wie konnte er mit ihr eine Unterhaltung führen, während seine Augen irgendwo zwischen ihren Brüsten hängen geblieben waren?

„Es tut mir leid, aber für Krocket fehlt uns die nötige Ausrüstung.“

„Nun“, bemerkte Lord Vere, genügend genervt, um ihr endlich ins Gesicht zu sehen. „Womit vertreiben Sie sich denn sonst die Zeit, Miss Edgerton?“

Sie sandte ihm ein Lächeln, das ihn hätte für alle Ewigkeiten blenden müssen. „Ich kümmere mich um meine Tante."

„Das ist natürlich außerordentlich bewundernswert, aber doch auch sicher unerträglich langweilig, so ganz ohne vergnügliche Ablenkungen?"

Es gelang ihr, ihr Lächeln beizubehalten, aber es erforderte einige Anstrengung. Er reizte sie wie ein Stein im Schuh.

„Langweilig ist beileibe nicht das richtige …"

Sie brach ab. Das befürchtete Geräusch: Kutschenräder auf der Auffahrt. „Entschuldigen Sie mich", sagte sie und stand vom Tisch auf.

„Erwarten Sie jemanden?" Lord Vere folgte ihr ans Fenster.

Sie sagte nichts, war aber stumm vor Erleichterung. Es war nicht ihr Onkel. Diese Kutsche kannte sie nicht. Sie kannte allerdings auch nicht die Dame mittleren Alters mit den scharfen Zügen, die dem Gefährt in einem blauen Reisekleid entstieg.

„Ist das nicht Lady Avery, Freddie?", erkundigte sich Lord Vere.

Lord Frederick trat rasch zu ihnen ans Fenster. Lord Vere überließ ihm seinen Platz.

„Was tut die denn hier?", brummte Lord Frederick. Er fluchte lautlos, dann fiel ihm wieder ein, wo er sich befand. Er drehte sich zu Elissande um. „Ich bitte um Verzeihung, Miss Edgerton. Ich wollte nicht unhöflich über Ihre Besucherin sprechen."

Ach, er war so ein perfekter Gentleman. „Sie dürfen so unhöflich von ihr sprechen, wie es Ihnen beliebt, Sir. Ich versichere Ihnen, ich habe diese Dame nie zuvor gesehen."

„Oh, schauen Sie nur. Sie hat Gepäck mitgebracht", stellte Lord Vere ungerührt fest. „Denken Sie, sie ist gekommen, um zu bleiben?"

Lord Frederick schlug mit der flachen Hand auf die Fensterbank und entschuldigte sich sofort wieder bei Elissande.

„Es ist völlig in Ordnung", sagte Elissande. „Aber wer ist das?"

6. KAPITEL

Lady Avery war eine Klatschbase.

Elissande waren Klatschbasen nicht völlig fremd: Mrs Webster aus dem Dorf war eine, sie hatte sich, als es noch möglich war, das Haus des Onkels zu verlassen, fortwährend über die Frau des Metzgers oder den neuen Gärtner das Maul zerrissen. Aber Lady Avery betrachtete sich sicher als weit über solch provinziellen Tratschtanten wie Mrs Webster stehend. Sie war eine Frau von Welt, mit Zutritt zu den höchsten Gesellschaftskreisen.

Mit ihrer Ankunft verschwand Lord Frederick umgehend. Zu Elissandes wachsender Verzweiflung.

Um genau zu sein, ihre Verzweiflung hatte bereits vor Lady Averys unangekündigter Ankunft begonnen: Lord Frederick hatte es nicht eilig, um ihre Hand anzuhalten, während die Zeit, die ihr noch verblieb, ohnehin schon so beschränkt wie Lord Veres Verstand, Sekunde um Sekunde weiter schrumpfte.

Lady Avery war keine Hilfe, da sie sich sofort daran machte, Elissande über die Herkunft der Douglas' auszufragen, und sich gleichzeitig zu glauben weigerte, dass sie tatsächlich nichts über die Abstammung ihres Onkels und nur wenig mehr über die ihrer Tante wusste.

„Die West Cheshire Douglas' vielleicht?“, schlug Lady Avery vor. „Sicherlich müssen Sie doch mit den Douglas' aus West Cheshire verwandt sein.“

War Lady Avery eine Schülerin von Lord Vere? Führte sie seine besondere Art genealogischer Forschungen etwa fort?

„Nein, Madam. Ich habe nie von ihnen gehört.“

Lady Avery machte ein abfälliges Geräusch. „Das ist in höchstem Maße seltsam. Wer ist Ihre Familie dann? Die Edgertons aus Derbyshire?“

Das wenigstens wusste sie. „Die Edgertons aus Cumberland, Madam.“

Eine steile Falte erschien auf Lady Averys Stirn. „Die Edgertons aus Cumberland. Die Edgertons aus Cumberland", murmelte sie. Dann, nach einer Weile, rief sie triumphierend aus: „Sie sind die Enkeltochter des verstorbenen Sir Cecil Edgerton, nicht wahr? Die Tochter seines jüngsten Sohns?"

Elissande starrte sie erschreckt an. Sie hatte geglaubt, dass Lady Averys Kenntnisse als Klatschbase ebenso verlässlich waren wie die von Lord Vere auf dem Gebiet der Viehzucht. „Sir Cecil war mein Großvater, ja."

„Ah, das dachte ich mir", erklärte Lady Avery zufrieden. „Es war ein ganz schöner Skandal, als Ihr Vater mit Ihrer Mutter durchbrannte. Und so ein unglückliches Ende, beide tot innerhalb von drei Jahren."

Lady Kingsley, Miss Kingsley und Miss Beauchamp betraten den Empfangssalon. Mit einem Mal war Elissande ebenso beunruhigt wie zuvor Lord Frederick bei dem Anblick von Lady Avery. Die Liebesgeschichte ihrer Eltern war nicht nur tragisch, sondern auch nicht geeignet für höfliche Konversation, wie ihr Onkel ihr mehrmals eingeschärft hatte. Was, wenn Lady Avery beschloss, die pikanteren Details allen Anwesenden zu unterbreiten?

„Lord Vere sagt, Sie hätten seinen Bruder in die Flucht geschlagen, Lady Avery", rief Miss Kingsley fröhlich.

„Unsinn. Ich habe bereits während der Saison alles aus Lord Frederick herausgequetscht. Er hat gegenwärtig nichts von mir zu befürchten."

Miss Beauchamp setzte sich neben Lady Avery. „Oh, bitte, erzählen Sie mir, liebe Lady Avery. Was haben Sie aus Lord Frederick herausbekommen?"

„*Nun* ..." Lady Avery zog die Silbe gut drei Sekunden in die Länge. Sichtlich genoss sie ihre Rolle als Verkünderin interessanter Einzelheiten. „Er hat sie im Juni gesehen, als sie in der Stadt war, um diese amerikanische Erbin Miss Van der Waals zu verheiraten. Und Sie werden es mir nicht glauben, aber sie haben sich auch in Paris getroffen, in Nizza und in New York."

Alle wirkten entsetzt – und sie selbst, konnte Elissande sich vorstellen, vermutlich auch. Wer war diese „sie"?

„Ach wirklich?", bemerkte Lady Kingsley. „Was hält Lord Tremaine davon?"

„Nun, allem Anschein nach hat er keine Einwände. Die beiden Männer haben zusammen gespeist."

Lady Kingsley schüttelte den Kopf. „Meine Güte, hören die Wunder denn nie auf?"

„Nein, allem Anschein nach nicht. Ich habe Lord Frederick gefragt, ob sie gut aussähe, und er hat mich gefragt, wann sie jemals anders als gut ausgesehen hätte."

„Oh je!", entfuhr es Miss Beauchamp.

Bitte, lass es nicht so sein. „Ist Lord Frederick jemandem versprochen?", überwand sich Elissande zu fragen.

„Bitte entschuldigen Sie, dass ich das ganz vergessen habe, Miss Edgerton – Sie können es nicht wissen. Lord Frederick war jemandem versprochen, sozusagen: der Marchioness of Tremaine. Und im Frühling dreiundneunzig war sie drauf und dran, sich seinetwegen von ihrem Ehemann scheiden zu lassen. Es wäre fast zu einem handfesten Skandal gekommen, aber die Scheidung wurde nie vollzogen. Sie hat sich mit ihrem Ehemann versöhnt und ihre Petition zurückgezogen."

„Der arme Lord Frederick." Miss Kingsley seufzte.

„Nein, der Glückliche", verbesserte Lady Avery sie. „Jetzt kann er eine nette junge Dame wie Miss Edgerton hier heiraten statt jemanden, von dem immer nur als ‚diese geschiedene Frau' gesprochen worden wäre. Sind Sie nicht mit mir einer Meinung, Miss Edgerton?"

„Ich glaube nicht, dass Lord Frederick irgendwelche Absichten hegt, mich zu heiraten", antwortete Elissande ohne irgendwelche falsche Bescheidenheit. „Aber insgesamt betrachtet denke ich, es ist besser … angenehmer, wenn der Ehepartner nicht geschieden ist."

„Ausgezeichnet", erwiderte Lady Avery. „Meine liebe Miss Edgerton, Sie haben den Kern des Problems begriffen. In diesem

Leben darf man nicht romantisch sein – sehen Sie sich nur die ganzen Zyniker an; sie waren früher alle einmal Romantiker."

„Ist … ist Lord Frederick jetzt auch Zyniker?"

„Nein, dem Himmel sei Dank. Er ist immer noch romantisch, man glaubt es kaum. Ich nehme an, nicht jeder enttäuschte Romantiker wandelt sich zu einem Zyniker."

So ein guter Mensch, der liebe Lord Frederick. Wenn ich ihn nur irgendwie dazu verleiten könnte, um meine Hand anzuhalten, überlegte Elissande. Ich würde ihn viel mehr lieben als diese treulose Lady Tremaine.

Genau genommen, ich wäre sogar die beste Ehefrau in der Geschichte der Ehe überhaupt.

Vere musste eigentlich im Haus bleiben. Aber als Freddie auf der Suche nach Gesellschaft zu ihm kam, konnte er ihn nicht enttäuschen. Sie gingen mehrere Meilen in der Umgebung des Landsitzes spazieren, ruderten auf einem der zahllosen kleinen Seen, die überall in der äußersten nördlichen Ecke von Shropshire zu finden waren, und nahmen ihr Mittagessen im Dorfgasthof ein.

„Ich gehe zurück", erklärte Vere am Ende der Mahlzeit, stand vom Tisch auf und gähnte. Er musste herausfinden, welche Anweisungen Holbrook geschickt hatte, und sich mit Lady Kingsley abstimmen, wie man Nye am besten ins Haus und nach getaner Arbeit wieder herausschleusen konnte. „Ich brauche dringend ein Nickerchen. Letzte Nacht habe ich nicht gut geschlafen."

„Albträume?", fragte Freddie und erhob sich ebenfalls.

„Nein, die habe ich nicht mehr so oft." In seinem letzten Jahr in Eton hatte Freddie beinahe jede Nacht in Veres Zimmer kommen müssen, um ihn wachzurütteln. „Wie auch immer, du kannst gern hierbleiben, wenn du magst. Ich nehme die Kutsche des Wirtes zurück nach Highgate Court."

„Nein, ich komme mit", erwiderte Freddie ruhig.

Vere verspürte erneut Gewissensbisse. Freddie wäre vermutlich am liebsten den ganzen restlichen Tag fortgeblieben – Lady Tremaine war längst passé, aber dennoch lauerte ihm Lady Avery auf, als ob er erst kürzlich an den Rand eines Skandals geraten war. Aber Freddie hatte es sich angewöhnt, Vere stets zu begleiten, wenn sie sich in unbekannter Umgebung aufhielten.

Vere legte Freddie eine Hand auf die Schulter. „Dann lass uns aufbrechen."

Zurück im Haus wartete Lady Kingsley schon ungeduldig auf ihn. Nye würde kurz vor dem Abendessen eintreffen. Sie hatten sich darauf verständigt, dass Vere ihn über die Terrasse auf der Ostseite des Hauses hineinbringen würde. Es war die von der Küche abgewandte Seite, und daher war man weniger der Gefahr ausgesetzt, zufällig bemerkt zu werden.

„Und was tun wir, wenn ich Miss Edgerton heute Abend gehen lassen muss, Nye aber noch nicht fertig ist?", fragte Lady Kingsley.

„Ich lasse mir etwas einfallen."

„Achten Sie darauf, dass es nichts ist, was Sie später bereuen müssen, das nur als Warnung."

Es waren noch keine vierundzwanzig Stunden vergangen, seit er Miss Edgerton das erste Mal gesehen hatte. Kein Wunder, dass die Erinnerung an seine Vernarrtheit Lady Kingsley noch frisch im Gedächtnis haftete. Trotzdem schien die Schwärmerei Veres unfassbar weit in der Vergangenheit zu liegen, eine längst vergessene Unbedarftheit, eine Jugendsünde.

„Ich werde es berücksichtigen", sagte er kühl.

Nachdem er Miss Edgertons Ziel kannte, begann er unverzüglich nach seinem Tête-à-Tête mit Lady Kingsley nach seinem Bruder zu suchen. Er fand Freddie – und Miss Edgerton – in dem sonst verlassenen Speisesalon. Freddie schaute durch seinen Fotoapparat, seine Kodak Nr. 4, und Miss Edgerton, in einem ganz reizenden Tageskleid aus aprikosenfarbener Seide, blickte ihrerseits Freddie bewundernd an.

Die Begeisterung in ihren Augen ließ merklich nach, als sie Veres Anwesenheit bemerkte. „Lord Vere."

Vere ignorierte den Stich in seinem Herzen. „Miss Edgerton, Freddie."

Sein Bruder betätigte gerade den Filmtransportknebel. „Hallo, Penny. Wie war dein Nickerchen? Es ist ja nur" – er sah kurz zur Uhr – „eine knappe Dreiviertelstunde gewesen."

„Mein Nickerchen war herrlich. Was tust du hier?"

„Ach, ich mache nur ein paar Fotografien von dem Gemälde. Miss Edgerton war so freundlich, mir die Erlaubnis zu geben."

„Es wäre auch kleinlich von Miss Edgerton, es dir zu verwehren, oder?" Vere lächelte sie an.

Sie erwiderte sein Lächeln, und ihre Miene war mindestens ebenso sonnig wie seine. „Das wäre es ganz gewiss. Außerdem habe ich noch nie zuvor einen Fotoapparat gesehen."

„Ich habe schon zahllose zu Gesicht bekommen. Und sie machen alle dasselbe", erklärte er wegwerfend. „Übrigens, Miss Edgerton, Miss Kingsley sagte, die Damen würden sich freuen, wenn Sie sich zu ihnen in den Garten gesellten."

„Oh", sagte sie. „Sind Sie sich sicher, Lord Vere?"

„Natürlich. Ich habe sie erst vor drei Minuten im Rosensalon gesehen."

Das stimmte. Er hatte Miss Kingsley vor weniger als drei Minuten dort gesehen, allerdings war sie in ein Spiel Backgammon mit ihrem Bewunderer Mr Conrad vertieft gewesen – und hatte nicht die geringste Absicht gehabt, irgendwohin zu gehen. Aber bis Miss Edgerton das bemerkte, würde es zu spät sein. Vere würde Freddie in Sicherheit gebracht haben – sicher vor ihrem berechnenden Zugriff.

„Und sie war auf Ihre Anwesenheit sehr erpicht", fügte Vere noch hinzu.

„Nun, ich nehme an, in dem Fall gehe ich lieber zu ihr", erwiderte Miss Edgerton zögernd. „Danke, Lord Vere. Bitte entschuldigen Sie mich, Lord Frederick."

Vere beobachtete sie. An der Tür blieb sie stehen und schaute zurück. Aber Freddie war schon mit seiner nächsten Aufnahme beschäftigt. Stattdessen traf ihr Blick den von Vere. Er achtete darauf, seine Augen unverhohlen auf ihren Busen zu richten. Rasch ging sie davon.

Danach wandte er seine Aufmerksamkeit wieder Freddie zu. „Hättest du Lust auf eine Runde Billard?“

Natürlich hatte sich Lord Vere geirrt. *Natürlich.*

Miss Kingsley und Mr Conrad teilten Elissande lauthals lachend mit, sie solle sich nichts daraus machen. Vielleicht war es jemand anders gewesen, der Lord Vere gebeten hatte, eine Nachricht weiterzugeben. Und Lord Vere war dank seines leicht unkorrekten Gedächtnisses – eine überaus freundliche Umschreibung – der Fehler unterlaufen, Absender und Empfänger der Botschaft zu verwechseln.

Miss Kingsley war sogar so freundlich, aufzustehen und anzubieten, mit Elissande einen Spaziergang durch den Garten zu unternehmen, falls sie noch in der Stimmung dazu sei. Elissande, die nie in der Stimmung dafür gewesen war, bedankte sich herzlich bei Miss Kingsley und bat sie und Mr Conrad, ihr die Störung zu verzeihen und bitte ihr Spiel fortzusetzen.

Als Elissande zum Speisesalon zurückkehrte, war Lord Frederick fort. Zwar gelang es ihr, ihn eine Viertelstunde später im Billardraum aufzuspüren, aber der Raum war voller Männer – eigentlich waren alle da, mit Ausnahme von Mr Conrad, wie es schien.

„Miss Edgerton, möchten Sie nicht mitspielen?“, fragte Lord Vere sie gut gelaunt.

Die anderen Herren lachten leise. Selbst ohne irgendwelche Erfahrungen in dem Bereich, die ihr hätten helfen können, begriff Elissande, dass sie diese Einladung keinesfalls annehmen konnte. Es würde Lord Frederick ein völlig falsches Bild ihres Wesens geben – ein zutreffendes, um bei der Wahrheit zu bleiben, aber genau das wäre fatal.

„Danke, Sir“, antwortete sie in einem, wie sie hoffte, leichten Ton. „Aber nein, danke. Ich bin nur zufällig vorbeigekommen.“

Ihr blieb ja noch das Dinner, Lord Frederick würde dabei neben ihr sitzen.

Leider kam der nächste Rückschlag – und zwar genau, was

diese Sache betraf. Lady Kingsley hatte gestern Abend die Sitzordnung erstellt, da Elissande sich nie mit den Regeln befasst hatte, wer gesellschaftlich Vorrang vor wem hatte. Und sie hatte aufgrund ihrer Unkenntnis fest damit gerechnet, dass die Sitzordnung unverändert bleiben würde. Doch zu ihrer Bestürzung hatte Lady Kingsley eine neue ausgearbeitet, nach der Lord Frederick nun drei Stühle neben Elissande hatte Platz nehmen müssen.

Sie konnte kaum etwas essen. Die Enge in ihrer Kehle verhinderte jegliches vernünftige Schlucken – ein ganzer Tag war verstrichen, und sie hatte keinerlei Fortschritte gemacht. Die Rückkehr ihres Onkels rückte stündlich näher – sie fühlte nichts als eine große Kälte, eine Kälte, die kein noch so dicker Mantel und kein Feuer vertreiben konnte.

Der einzige Silberstreif am Horizont war, dass auch Lord Vere nicht mehr in ihrer unmittelbaren Nähe saß. Das war ein echter Glücksfall für ihn. Wenn sie ihn nur noch einmal dabei ertappte, wie er auf ihren Busen starrte, würde sie vermutlich mit dem kunstvollen Tafelaufsatz auf ihn losgehen.

Nach dem Dinner spielte die Gesellschaft Scharaden bis Viertel nach zehn. Für gewöhnlich war das die Zeit, zu der Elissande ihrem Onkel dankbar eine gute Nacht wünschte und sich in ihr eigenes Zimmer begab. Letzte Nacht hatten die Damen sich nach der Aufregung anlässlich der Rattenplage um dieselbe Zeit zurückgezogen. Lord Vere jedoch war entschlossen, dass es heute anders werden musste.

„Die Nacht ist noch jung“, erklärte er. „Lassen Sie uns noch etwas anderes spielen.“

Miss Kingsley war sofort begeistert. „Oh ja, bitte. Dürfen wir, liebstes Tantchen?“

Lady Kingsley schien zu zögern.

„Ach, kommen Sie, Lady Kingsley.“ Lord Vere verlegte sich aufs Betteln. „Es gibt keine in Stein gemeißelte Regel, die verlangt, dass Damen in ihrem Bett sein müssen, wenn die Uhr zehn schlägt.“

Elissande knirschte mit den Zähnen. Das schien sie jetzt immer zu tun, wenn Lord Vere sich bemerkbar machte.

„Genau. Ich finde auch, dass wir noch etwas anderes spielen sollten." Miss Beauchamp schlug sich auf seine Seite.

„Nun, die Entscheidung liegt nicht bei mir", antwortete Lady Kingsley. „Wir sind als Miss Edgertons Gäste hier."

Einhellig, gleichsam wie in einem Chor, richtete man entsprechende Bitten an Elissande. Sie konnte schließlich nichts anderes sagen als: „Natürlich können wir ein weiteres Spiel spielen. Aber was?"

„Wie wäre es mit ‚Päckchen weitergeben'?", schlug Miss Melbourne vor.

„Wir haben kein Päckchen vorbereitet", erwiderte Miss Duvall. „Eine andere Idee, vielleicht ‚*La vache qui tache*'."

„Von ‚*La vache qui tache*' bekomme ich immer Kopfschmerzen", beschwerte sich Lord Vere. „Ich kann mir einfach nicht merken, wer wie viele Flecken hat. Bitte etwas Einfacheres."

„Verstecken", warf Mr Kingsley in die Runde.

„Nein, Richard", sagte seine Tante. „Ganz gewiss nicht. Niemand rennt heute Abend durchs Haus und stört am Ende Mrs Douglas."

„Ich weiß es! Warum spielen wir nicht ‚Quietsch, Schweinchen, quietsch'?", rief Miss Kingsley.

Mr Conrad unterstützte den Vorschlag, ebenso Lord Vere. Die restlichen Gäste äußerten ebenfalls Zustimmung.

„Nun", erklärte Lady Kingsley, „es ist nichts, was ich uneingeschränkt billige, aber ich nehme an, da sowohl ich als auch Lady Avery anwesend sind, kann niemand ernstlich in Schwierigkeiten kommen."

Die jungen Damen klatschten begeistert in die Hände, weil sie länger aufbleiben durften. Die Herren stellten die Stühle um. Elissande, die sich mit Gesellschaftsspielen im Allgemeinen nicht wirklich auskannte, fragte Miss Beauchamp: „Es tut mir leid, aber könnten Sie mir sagen, wie man ‚Quietsch, Schweinchen, quietsch', spielt?"

„Oh, das ist ganz einfach“, erwiderte Miss Beauchamp. „Wir sitzen im Kreis. Einer von uns bekommt die Augen verbunden und wird in die Mitte des Kreises gestellt. Derjenige ist der Bauer und die anderen sind die Schweinchen. Jemand dreht den Bauer dreimal im Kreis, dann muss der Bauer zu einem Schweinchen gehen und sich ihm auf den Schoß setzen. Das Schwein quietscht, und der Bauer muss raten, um wen es sich handelt. Wenn er richtig rät, wird das Schweinchen Bauer. Wenn nicht, ist der Bauer noch einmal dran.“

„Verstehe“, sagte Elissande. Kein Wunder, dass Lady Kingsley zwei Anstandsdamen als notwendig ansah. Wenn so viele unverheiratete junge Leute wechselseitig den anderen auf dem Schoß saßen, war das zwar nicht direkt unanständig, aber immerhin alles andere als schicklich.

Mr Wessex meldete sich freiwillig, als Erster Bauer zu sein. Mr Kingsley verband ihm die Augen und drehte ihn nicht nur drei-, sondern wenigstens sechsmal um die eigene Achse. Mr Wessex, der einige Gläser Wein zum Dinner gehabt hatte, schwankte gefährlich. Er stolperte zu Miss Kingsley. Miss Kingsley quietschte und streckte die Arme aus, um zu verhindern, dass er auf sie fiel.

Der wiederum lehnte sich in voller Absicht gegen ihre Hände. Miss Kingsley quietschte erneut, die anderen jungen Damen kicherten leise. Mr Wessex, der auf einmal gar nicht mehr wankte, drehte sich um und setzte sich auf Miss Kingsleys Schoß.

„Gut, mein liebes Schweinchen, quiek für mich.“

Alle lachten, außer Elissande. Es war eine Sache, das Spiel beschrieben zu bekommen, und eine ganz andere, es tatsächlich umgesetzt zu sehen. Das Ausmaß des körperlichen Kontakts zwischen Miss Kingsley und Mr Wessex bestürzte sie. Die gewagte Atmosphäre, die plötzlich im Salon herrschte, war ihr unangenehm, machte sie aber auch irgendwie seltsam neugierig.

Miss Kingsley quietschte noch einmal.

„Hm, ja, dieses kleine Schweinchen kenne ich. Aber ich möchte auch gerne noch ein wenig länger der Bauer sein.“

Mr Wessex überkreuzte die Beine und sagte: „Ein echtes Dilemma."

Miss Kingsley lachte lautlos in ihre Hände. Mr Conrad vertrat nachdrücklich die Meinung, dass auch andere es verdienten, als Bauer an die Reihe zu kommen. Sofort fügte sich Mr Wessex dem Druck und erkannte Miss Kingsley richtig, die nun ihrerseits Bauer wurde und prompt auf Mr Conrads Schoß landete, wo sie eine – wie es schien – endlose Weile sitzen blieb und laut überlegte, welche Möglichkeiten ihr offenstanden.

Gütiger Himmel, es war unanständig.

Und Lady Kingsley und Lady Avery erlaubten es? Doch, das taten sie. Die beiden Damen saßen ein kleines Stück hinter Elissande, außerhalb des Kreises der Mitspieler, und Lady Avery unterhielt sich lebhaft, wie sie es immer tat.

„… vor Jahren schon, bei einem Versteckspiel, hat er sie zuerst gefunden und sich mit ihr in den Schrank gezwängt. Sie müssen geglaubt haben, dass ihr Versteck unauffindbar sei, und haben sich vergessen. Sie hätten sie sehen müssen – praktisch nackt. Und er erst! Jedenfalls habe ich die Schranktüren aufgemacht, und natürlich mussten sie heiraten." Lady Avery seufzte. „Ach, ich liebe Versteckspiele."

Elissande hätte aus Versehen fast aufgeschrien, als sich jemand plötzlich auf ihren Schoß setzte. Es war Miss Beauchamp, die kicherte, als hätte man ihr eine zu große Dosis Lachgas verabreicht.

„Ich kann schon sagen, dass es kein Herr ist", erklärte sie zwischen zwei Kichersalven.

„Woher wollen Sie das wissen?", fragte Lord Vere ehrlich verwundert.

Hinter Miss Beauchamps Kopf verdrehte Elissande die Augen.

„Wie dumm. Natürlich weiß ich das. Hinter meinem Rücken ist ein weiches Polster. Ich bin sogar sicher, dass ich noch nicht einmal ein Quietschen von dem Schweinchen hören muss, um zu wissen, wer sie ist. So ein herrlicher Busen kann nur unserer Gastgeberin gehören. Es ist Miss Edgerton. Und, habe ich recht?"

Elissande musste antworten. „Ja, Sie haben recht, Miss Beauchamp."

Miss Beauchamp sprang von Elissandes Schoß und riss sich die Binde herunter. „Ich wusste es!"

Jetzt wurden Elissande die Augen verbunden. Sie wurde gedreht, und wie es sich anfühlte mindestens viereinhalbmal nach rechts und dann wieder zweieinhalbmal nach links. Also musste sie ungefähr so stehen wie zuvor, als sie von ihrem Stuhl aufgestanden war.

Genau gegenüber von ihr war demnach Lord Vere. In die Richtung wollte sie ganz bestimmt nicht gehen. Sie wandte sich vorsichtig nach rechts. Noch ein bisschen. Und noch ein wenig? War das nicht der Platz, wo Lord Frederick war?

Wozu es gut wäre, auf seinem Schoß zu sitzen, konnte sie nicht sagen. Aber sie würde lieber auf seinem Schoß landen, wenn sich das schon nicht umgehen ließ.

Vorsichtig ging sie in die Richtung, die sie sich vorgenommen hatte, die Hände vor sich ausgestreckt. Aber nach ein paar Schritten blieb sie stehen. Das Feuer im Kamin hatte geknistert. Das Geräusch kam von direkt hinter ihr, was bedeutete, dass sie nicht auf dem Weg zu Lord Frederick war.

Sie vollzog eine Vierteldrehung nach links. Vor ihr pfiff jemand, und auf ihrer rechten Seite lachte eine Frau leise. Klang das wie Miss Kingsley? Wenn sie zu Lord Frederick wollte, sollte Miss Kingsley dann nicht mehr links von ihr sein statt rechts?

Sie tat einen Schritt zurück. Ging sie zur Mitte des Kreises zurück? Sie machte noch zwei weitere Schritte nach hinten – und stolperte über einen Fuß.

Augenblicklich schnappte sie nach Luft. Und schnappte erneut nach Luft, als zwei starke Hände ihre Taille umfassten. Geschickt stützte diese Person sie, bis sie wieder sicher stand. Diese Person war ein Er, dessen war sie sich ganz sicher. Sie hatte nicht das Gewicht einer Feder, keine der anwesenden Damen wäre imstande, sie so mühelos zu halten.

„Danke“, sagte sie.

Sie erhielt keine Antwort, aber von irgendwo sagte Lady Avery: „Nein, nein, Miss Edgerton, so leicht dürfen Sie es sich nicht machen. Sie waren auf dem Weg zu seinem Schoß. Und keinen Widerspruch, mein Herr. Sie war auf dem Weg zu Ihnen. Sie können sie nicht einfach woanders hinschicken.“

Lady Avery bewegte sich, sie ging umher. Elissande konnte nicht entscheiden, wo sie ihre Stimme zu orten hatte. Sie stand da, unsicher, was sie als Nächstes tun sollte.

„Ach, kommen Sie, Sir. Sie wissen doch, was Sie zu tun haben“, drängte Lady Avery.

Offenbar war auch der Angesprochene davon überzeugt, denn er hob sie hoch, als wöge sie nicht mehr als ein Kätzchen. Immerhin! Er setzte sie aber nicht auf seinen Schoß, sondern zwischen seine gespreizten Beine.

Sie schluckte – es war ein beunruhigendes Gefühl, einem Mann derart nahe zu sein, ihre Schenkel gegen seine gedrückt. Er strahlte eine Körperlichkeit aus, die in ihrer Unmittelbarkeit etwas Vereinnehmendes hatte, fast war es, als ob sein Körper sie mühelos einhüllen würde, wenn sie nicht aufpasste und sich dagegen wehrte.

Sie streckte die Hände aus, suchte nach den Armlehnen des Stuhles. Aber sie berührte nur seine Hände, bloß und warm, die auf den Lehnen ruhten. Sofort riss sie ihre Hände zurück. Durch die Bewegung wurde sie nach hinten gegen seine Brust gedrückt.

Sie hatte sich geirrt. Es war nicht so, dass er sie einhüllen könnte, nein, er tat es bereits. Sie war von ihm umgeben, von seiner stummen, reglosen Gegenwart, während sie unruhig dasaß, unfähig, die Berührung ihrer Körper mit Leichtigkeit und kleinen Neckereien zu behandeln, die von ihr erwartet wurden.

Er berührte sie wieder, legte seine Hände um ihre Oberarme, stützte sie. Und rückte sie von sich weg.

Vielleicht war sie doch bei Lord Frederick gelandet. Man konnte sich, das spürte sie, bei ihm darauf verlassen, dass er Anstand und Sittlichkeit inmitten solch überflüssiger Anzüglichkeiten wahrte. Um ihm dabei zu helfen, rutschte sie mit ihrem Hintern ein Stück nach vorne.

Nur, um beinahe vom Stuhl zu fallen. Rasch rückte sie zurück – direkt gegen ihn.

Dieses Mal konnte sie noch nicht einmal nach Luft schnappen. Hinter ihrem Po war er, lieber Gott, er war …

Hart.

Ihre Wangen wurden flammend rot. Alles andere überstieg ihr Verständnis. Sie erstarrte: Sie konnte nicht denken, nicht sprechen und keinen einzigen Muskel bewegen, um sich aus dieser Lage zu befreien.

Wieder war er es, der die Sache in die Hand nahm und sie hochhob. Aber als sie dieses Mal abgesetzt wurde, spürte sie keinen Stuhl unter sich. Jetzt saß sie auf seinem Schoß, allerdings mit etwas Abstand zu dem Teil von ihm, der die Ursache ihres Starreanfalles gewesen war.

Aber nicht annähernd weit genug, nicht solange sie seine kräftigen Oberschenkel so deutlich unter ihrem Po spüren konnte. Wessen Idee war es eigentlich gewesen, Tournüre abzuschaffen? Ein Reifrock wäre in diesem Moment die Rettung gewesen.

„Was … was muss ich jetzt tun?“, fragte sie endlich.

„Sie müssen ‚Quietsch, Schweinchen, quietsch‘ sagen“, antwortete jemand.

So etwas würde sie ganz bestimmt nicht zu dem Mann hinter ihr sagen. Schon unter normalen Umständen wäre es lächerlich genug, aber in dieser Situation wäre es restlos falsch. Ihr blieb nichts anderes übrig, als seine Identität auf andere Weise zu erraten.

Er schien eher groß zu sein, was Mr Kingsley ausschloss. Und höchstwahrscheinlich war es auch nicht Mr Wessex, der ein sehr aromatisches Duftwasser benutzte, das ihm in einer Wolke vorauseilte. Der Mann hinter ihr roch nur nach einem Hauch Zigarrenrauch und darunter nach Rasierpuder.

„Ich fürchte, Miss Edgerton gefällt es nur zu gut auf dem Schoß dieses Schweinchens“, erklärte Miss Beauchamp kichernd.

Miss Beauchamps Stimme war ganz nah, direkt links von Elissande, genau genommen. Und rechts von Miss Beauchamp hatte …

„Lord Vere“, sagte sie.

Und erhob sich sofort. Er begann zu klatschen, ehe sie nach ihrer Augenbinde greifen konnte.

„Woher wussten Sie, dass ich es war?“, wollte er wissen, während er noch applaudierte. Sein Lächeln war so ahnungslos und unschuldig, dass es von ihr stammen könnte. „Ich hatte ja nicht einmal gequietscht.“

„Gut geraten“, erwiderte sie knapp.

Miss Beauchamp hatte recht gehabt: Es hatte ihr wirklich gefallen, dieses erschreckende, fremde und peinliche, aber nicht völlig unangenehme Gefühl, praktisch in seinen Armen zu sein. Aber jetzt war sie abgestoßen – von ihm, von sich selbst und von der blinden Empfänglichkeit ihres Körpers für ihn.

Diese Abscheu verhinderte jedoch nicht, dass sie sich seiner Nähe neuerlich bewusst wurde. Sie konnte nicht umhin zu bemerken, wie weich sein Haar war, als sie ihm die Augen verband, wie breit seine Schultern waren, als sie ihn um die eigene Achse drehte, und wie fest und kräftig seine Armmuskeln, als sie ihn daran hinderte, auf sie zu fallen, als er, von dem Drehen ganz schwindelig geworden, torkelte.

Das Spiel ging weiter, erreichte um elf Uhr seinen lauten und übermütigen Höhepunkt, als Miss Beauchamp auf Lord Veres Schoß saß und beide lachten, als hätten sie sich nie zuvor besser amüsiert.

Eine halbe Stunde nach Mitternacht konnte Elissande endlich Lady Kingsleys Zimmer verlassen. Lady Kingsley war auf einer Stufe gestolpert, als sie nebeneinander die prächtige Treppe emporgestiegen waren. Elissande hatte sie aufgefangen. Sie hatte keine Klage laut werden lassen, aber Miss Kingsley hatte Elissande besorgt zugeflüstert, dass ihre Tante von Zeit zu Zeit unter entsetzlichen Migräneanfällen litt, und dass vielleicht die laute Fröhlichkeit des Abends für sie zu viel gewesen war.

Daher waren Miss Kingsley und Elissande bei Lady Kingsley geblieben, bis sie eingeschlafen war. Dann hatte Elissande eine ständig gähnende Miss Kingsley zu ihrem Zimmer gebracht. Sie selbst gähnte ebenfalls, als sie zu Tante Rachels Zimmer auf der anderen Seite des Hauses ging.

Mitten im Gähnen erstarrte sie. Jemand sang, lallte mit Hingabe den Refrain irgendeines albernen Liedchens.

„Vati will mir kein Wauwau kaufen, kein Wauwau kaufen! Ich hab ein Kätzchen, das ist ein Schätzchen. Aber ich will lieber ’nen Wauwau. Wau, wau, wau.“

Sie ging um die Ecke. Lord Vere. Natürlich. Er wankte und schwankte und musste sich an der Wand abstützen, ausgerechnet genau vor Tante Rachels Tür.

„Wir hatten zwei kleine Hundchen“, sang er unbeeindruckt weiter. „Zwei ganz süße Schlingel. Aber Vati musste sie verkaufen, weil die beiden immer rauften …“

Es fiel ihr nicht ganz leicht, die Kiefermuskeln zu entspannen, so fest hatte sie die Zähne zusammengebissen. „Lord Vere, bitte. Sie werden noch alle aufwecken.“

„Ah, Miss Edgerton. Wie reizend, Sie zu sehen – wie immer.“

„Es ist schon spät, mein Herr. Sie sollten sich auf Ihr Zimmer zurückziehen.“

„Zurückziehen? Nein, Miss Edgerton. Es ist eine Nacht – wie geschaffen zum Singen. Ist mein Gesang nicht einfach herrlich?“

„Sie singen ganz wunderbar. Aber Sie können es nicht hier tun.“ Wo war eigentlich Lord Frederick, wenn man ihn brauchte?

„Wo dürfte ich denn singen?“

„Sie sollten nach draußen gehen, wenn Sie denn singen müssen.“

„In Ordnung. Einverstanden.“

Er stolperte ein paar Schritte nach vorne und griff nach der Türklinke zum Zimmer ihres Onkels. Sie eilte zu ihm und riss seine Hand von dem Griff. „Was tun Sie da, Lord Vere?"

„Aber das ist doch die Tür nach draußen, oder?"

„Nein, das ist sie ganz gewiss nicht. Sie führt in das Zimmer meines Onkels."

„Ach ja? Entschuldigung. Gewöhnlich mache ich nicht solche Fehler, Miss Edgerton. Normalerweise habe ich einen unfehlbaren Orientierungssinn."

Oh wirklich?

„Vielleicht könnten Sie mir den rechten Weg nach draußen zeigen?", erkundigte er sich.

Sie atmete tief durch. „Selbstverständlich. Folgen Sie mir einfach. Aber bitte, seien Sie still, bis wir das Haus verlassen haben."

Er begann zwar nicht zu singen, aber still war er auch nicht. Er redete, während er neben ihr Zickzacklinien lief. „War das heute Abend nicht ein famoser Spaß, das ‚Quietsch, Schweinchen, quietsch'?"

„Ich habe mich nie besser unterhalten."

„Und ich werde die Erinnerung an das Gefühl Ihres Pos auf meinem Schoß wie einen kostbaren Schatz hüten!"

Die Erinnerung an seine Härte an ihrem Po schätzte sie ganz gewiss nicht. Es störte sie unendlich, dass ihr bei dem Gedanken daran Hitze in die Wangen stieg. Wie hatte sie auch nur die leiseste Regung für ihn verspüren können? Einen Tölpel wie ihn müsste man doch bei der kleinsten Berührung erkennen, unverwechselbar wie ein Fieber. Oder wie Aussatz.

Sie beschleunigte ihre Schritte. Irgendwie hielt er sich neben ihr. „Was glauben Sie, warum ist die Erinnerung an Ihren Hintern auf meinem Schoß denkwürdiger als beispielsweise an Miss Melbournes?"

Wenn sie auch nur im Geringsten den Eindruck gehabt hätte, dass er absichtlich vulgär war, hätte sie sich umgedreht und ihm einen Schlag ins Gesicht versetzt. Oder ihn vielleicht auch gegen das Bein getreten. Aber er war so aufreizend ahnungslos und blind dem gegenüber, was er da tat, dass es nicht anders wäre, als ein Kleinkind zu schlagen oder einen Hund zu prügeln.

„Zweifellos, weil mein Hintern doppelt so groß ist wie der von Miss Melbourne“, erwiderte sie knapp.

„Ach, ist er das? Herrlich. Warum bin ich nur nicht darauf gekommen?“

Sie kamen an der Eingangstür des Hauses an. Sie schloss sie auf und führte ihn ins Freie, ein Stück vom Haus entfernt. In dem Augenblick, als sie stehen blieben, begann er zu singen. Sie wandte sich um und wollte wieder zurück ins Haus.

„Nein, nein, Miss Edgerton. Sie können nicht gehen. Sie müssen sich meinen Vortrag doch auch anhören! Darauf bestehe ich, ich singe schließlich für Sie!“

„Aber ich bin müde.“

„Soll ich dann lieber unter Ihrem Schlafzimmerfenster für Sie singen? Wäre das nicht romantisch?“

Sie würde sich lieber scharfkantige Gegenstände in die Ohren stecken. „In dem Fall bleibe ich hier und lausche Ihnen.“

Er sang endlos. Lang genug, um eine Hindu-Hochzeit abzuhalten. Lang genug, dass eine Schnecke zum Gipfel des Montblanc kriechen könnte. Lang genug, dass in der Zeit Atlantis untergehen und wieder auferstehen könnte.

Es war windig und kühl – die Temperatur lag mit Sicherheit unter zehn Grad. In ihrem dünnen Dinnerkleid zitterte sie, und ihre bloßen Schultern und Arme bekamen eine Gänsehaut. Er sang betrunken, laut und schief. Und noch nicht einmal der Nachthimmel hatte ein Einsehen, sondern verschwor sich gegen sie: kein Regen in Sicht, der sie zwingen würde, wieder ins Haus zu gehen, und gleichzeitig zu viele Wolken, um wenigstens die Sterne sehen zu können.

Plötzlich brach er ab. Sie schaute ihn verwundert an. Sie hatte sich schon damit abgefunden, dass er am Ende vielleicht gar nicht mehr aufhören würde. Er verneigte sich – und fiel dabei fast um. Dabei schaute er sie erwartungsvoll an. Offenbar sollte sie Beifall klatschen. Was sie tat. Alles würde sie tun, um ihn endlich loszuwerden.

Ihr Beifall machte ihn glücklich, und er zögerte nicht, ihr das mitzuteilen. „Ich bin ja so froh, Miss Edgerton, dass ich Ihnen eine Freude bereiten konnte. Ich werde besser schlafen können in dem Wissen, dass Ihr Leben durch meine Stimme reicher und schöner wurde."

Nein, sie schlug ihn nicht. Das würde sicher einmal die Grundlage für ihre Seligsprechung in ferner Zukunft sein, weil jeder, mit Ausnahme eines echten Heiligen, ihm an ihrer Stelle ernsthaften körperlichen Schaden zugefügt hätte.

Sie brachte ihn zu seiner Zimmertür, öffnete sie sogar für ihn.

„Nun gute Nacht! So süß ist Trennungswehe." Er verneigte sich wieder und kippte zur Seite, stieß gegen den Türrahmen. „Wer hat das geschrieben, wissen Sie das?"

„Jemand, der schon lange tot ist."

„Ich fürchte, da haben Sie recht, Miss Edgerton. Sie haben das hier zu einer unvergesslichen Nacht für mich gemacht."

Sie schob ihn wortlos in sein Zimmer und schloss die Tür hinter ihm.

Tante Rachel schlief, natürlich – Laudanum ermöglichte es einem, dem Leben zu entkommen. Manchmal – in letzter Zeit sogar beunruhigend häufig – war Elissande ernstlich in Versuchung geführt. Aber sie fürchtete die Abhängigkeit. Freiheit war ihr einziges Ziel. Es war keine Freiheit, von einer grässlichen Tinktur abhängig zu sein, selbst ohne ihren Onkel, der sie ihr nach Lust und Laune vorenthalten würde.

Ihr blieben noch eine Nacht und ein Tag. Sie war ihrer Freiheit nicht näher als vor zwei Tagen. Genau genommen war sie sogar noch weiter von ihr entfernt als zuvor. Lord Vere konnte sie vergessen, nachdem sie ihn längere Zeit hatte reden hören. Und Lord Frederick, dieser freundliche, gütige und liebenswerte Lord Frederick, war auf seine eigene Weise für sie so unerreichbar wie der Mond.

Ihr gewagtes Spiel, alles auf eine Karte zu setzen, schien zum Scheitern verurteilt. Sie wusste einfach nicht mehr, was sie noch tun sollte.

„Geh“, flüsterte Tante Rachel unvermittelt.

Elissande trat an ihr Bett. „Hast du etwas gesagt, Tante?“

Tante Rachels Lider flatterten, aber sie öffnete die Augen nicht. Sie redete im Schlaf. „Geh, Ellie. Und komm nie wieder zurück!“

Als sie fünfzehn war, hatte Elissande einmal einen Ausbruchsversuch unternommen. Und das waren genau die Worte gewesen, die ihre Tante ihr ins Ohr geflüstert hatte, bevor sie die fünf Meilen nach Ellesmere gegangen war. Eine Lokalbahn hatte sie von Ellesmere nach Whitchurch gebracht, und die Regionalbahn in Whitchurch nach Crewe. Von Crewe wären es nur noch drei Stunden nach London gewesen.

In Crewe jedoch war sie eingeknickt.

Bis zum Ende des Tages war sie wieder zu Hause gewesen. Sie war dieselben fünf Meilen nach Highgate Court zurückgelaufen, war eine halbe Stunde, bevor ihr Onkel heimkehrte, wieder da. Tante Rachel hatte nichts gesagt. Sie hatte nur geweint. Sie hatten gemeinsam geweint.

„Geh“, sagte Tante Rachel wieder, dieses Mal schwächer.

Elissande presste sich die Hände vors Gesicht. Sie musste sich beim Nachdenken mehr anstrengen. Sie durfte nicht zulassen, dass ein so unbedeutendes Hindernis wie ihre Unfähigkeit, einen Heiratsantrag zu erhalten, sie aufhielt. Sicherlich hatte der Himmel Lady Kingsley nicht umsonst eine Rattenplage geschickt.

Ihr Kopf ruckte auf. Was hatte Lady Avery heute Abend gesagt? Sie hatte einen Mann und eine Frau so gut wie unbekleidet in einem Schrank gefunden – und sie hatten heiraten müssen.

Lady Avery könnte doch Elissande und Lord Frederick zusammen erwischen – unbekleidet. Und dann würden sie heiraten müssen.

Aber wie konnte sie das nur Lord Frederick antun? Wie konnte sie ihm absichtlich eine Falle stellen? Ihr Onkel war derjenige, der über ausreichend Raffiniertheit und Grausamkeit verfügte, der alles manipulierte. Sie hatte nie wie er sein wollen.

„Ellie", murmelte ihre Tante in ihrem unruhigen Schlaf. „Ellie. Geh. Und komm niemals wieder."

Elissandes Herz zog sich zusammen. Offenbar war ein Leben unter der Fuchtel ihres Onkels nicht spurlos an ihr vorübergegangen. Denn sie konnte es doch tun. Sie konnte es Lord Frederick antun. Sie war dazu imstande, ihn zu benutzen, um sich und Tante Rachel zu retten.

Und sie würde es tun.

Von seinem Zimmer aus verfolgte Vere, wann Miss Edgerton zurückkam. Nachdem der Lichtschimmer unter ihrer Zimmertür verloschen war, wartete er noch weitere fünf Minuten, ehe er sich auf den Flur wagte. Im Vorübergehen klopfte er einmal gegen Lady Kingsleys Tür.

Mrs Douglas schlief. Er betätigte abermals den Riegel unterhalb des Bildes und schwang es zur Seite. Lady Kingsley erschien gerade rechtzeitig, um ihm das Licht zu halten, während er erneut das Schloss der äußeren Tresortür mit dem passenden Dietrich öffnete – er hatte Nye angewiesen, den Safe zu verschließen, bevor er ging, sonst würde das Gemälde nicht richtig anliegen.

Dieses Mal benötigte er nur eine Minute. Lady Kingsley, die für Nye Wache gestanden hatte, während Lord Vere Miss Edgerton von diesem Ort ferngehalten hatte, war seitdem im Besitz der Nummernkombination für das zweite Schloss. Sie drehte das Rad und zog die innere Tür auf.

Es war die ganze Mühe wirklich wert.

Der Inhalt des Wandsafes belegte Edmund Douglas' Versagen. Die Diamantenmine existierte tatsächlich, aber nach seinem aufsehenerregenden Fund in Südafrika hatten seine anschließenden Geschäftsideen – die Suche nach einem Weg, mit seinem neuen Vermögen Gewinn zu erwirtschaften – zu nichts geführt als erheblichen Verlusten.

„Du meine Güte, er hat ja fast eine selbstquälerische Ader, nicht wahr?“, wunderte sich Lady Kingsley.

Die musste er haben. Aber für Vere ergab das alles trotzdem keinen Sinn. Warum beharrte Douglas auf diesen Geldanlagen? Sollte ein Mann nicht nach fünf, sechs Rückschlägen auf diesem Gebiet begriffen haben, dass er mit seiner Diamantenmine einfach unglaubliches Glück gehabt hatte, und alle Versuche einstellen, erneut einen großen Coup zu landen?

„Wenn man alles zusammenrechnet, könnte er sehr wohl Schulden haben“, flüsterte Lady Kingsley aufgeregt. „Sehen Sie, er braucht Geld. Da haben wir unser Motiv.“

Was Lady Kingsley in noch größere Erregung versetzte, war ein Dossier, das verschlüsselt verfasst war. Der Code, äußerst kompliziert, ging über das bloße Vertauschen von Buchstaben hinaus.

Nahm man an, dass Edmund Douglas seine Geheimnisse selbst verschlüsselt hatte, so besaß er eine sehr saubere Handschrift. Je mehr Vere über Douglas erfuhr, desto merkwürdiger erschien ihm der Mann. Ein geschmackvoll eingerichtetes Haus, eine gediegene Erscheinung und eine elegante Handschrift, von der gebildeten Ausdrucksweise gar nicht zu reden – hörte man seiner Nichte beim Sprechen zu, so war nicht einmal ein Hauch wahrzunehmen, der Rückschlüsse auf den Slang der Hafenarbeiter in Liverpool zuließ. Konnte ein Vermögen in Südafrika einen Mann wirklich so verändern?

„Einhundert Pfund darauf, dass alle Beweise, die wir brauchen, hier drin sind“, erklärte Lady Kingsley.

Vere nickte. Er tastete das Innere des Safes ab. Ah, er hatte noch nicht alle Geheimnisse aufgedeckt. Da war ein doppelter Boden.

Das Fach unter dem doppelten Boden enthielt nur einen Beutel, der oben zugezogen war. Vere rechnete damit, dass er voller Diamanten war, aber stattdessen entdeckte er fertigen Schmuck.

„Ziemlich gewöhnlich, nicht wahr?“, bemerkte Lady Kingsley und berührte ein Rubinhalsband. „Ich würde sagen, eintausend Pfund, höchstens.“

Vere sah plötzlich Miss Edgerton vor sich, mit ihrem bloßen Hals, den nackten Handgelenken und unberingten Fingern. Es war ihm vorher gar nicht aufgefallen, aber sie trug nicht ein einziges Schmuckstück, noch nicht einmal eine Brosche. Ein äußerst merkwürdiger Umstand für die Nichte eines Mannes, der eine Diamantenmine besaß.

Als er den Beutel in den Safe zurücklegte, fiel ihm auf, dass er sich geirrt hatte. Da war noch etwas in dem versteckten Fach, ein kleiner Schlüssel, weniger als ein Zoll lang, mit vielen kleinen Zacken und so dünn wie ein Zahnstocher.

Lady Kingsley hielt den Schlüssel ins Licht. „Wenn der hier für ein Schloss bestimmt ist, dann für eines, das ich mit bloßen Händen in zwei Teile brechen kann."

Sie taten alles zurück in den Safe, nur nicht das verschlüsselte Dossier. Lady Kingsley wollte es an sich nehmen.

„Fahren Sie damit morgen nach London?", fragte Vere im Flüsterton, auch um seine malträtierten Stimmbänder zu schonen.

„Ich kann meine Gäste nicht einfach im Stich lassen und acht Stunden lang verschwinden. Und Sie sollten besser ebenfalls nicht von der Bildfläche verschwinden. Oder Douglas' Verdacht fällt sofort auf Sie, wenn er herausfinden sollte, dass das Dossier fehlt, bevor wir es wieder in den Safe schaffen können."

Sie ging als Erste, die Akte mit den Dokumenten unter dem Arm. Vere schloss und versperrte den Safe. Als er das Bild wieder an die Wand geklappt und den Riegel eingehakt hatte, drehte er sich um – und erstarrte.

Als Miss Edgerton nach ihrer Tante gesehen hatte, musste sie Kohlen auf den Rost im Kamin gelegt haben. Im Schein des Feuers konnte er nun erkennen, wie Mrs Douglas ihn mit weit geöffneten Augen angstvoll beobachtete.

Jede andere Frau hätte geschrien. Aber sie blieb fast unheimlich ruhig, obwohl ihre Augen vor Furcht immer mehr hervortraten.

Vere bewegte sich vorsichtig, ging Zoll um Zoll zurück zur Tür. Sie schloss die Augen, zitterte am ganzen Körper.

Er holte tief Luft, schlüpfte aus dem Zimmer und lauschte. Wenn Mrs Douglas ihre Stimme fand und doch noch zu schreien begann, dann jetzt. Die Dienstbotentreppe war nicht weit. Über die würde er entkommen und den anderen Gästen, die ihr markerschütternder Schrei zweifellos herlocken würde, aus dem Weg gehen.

Aber kein Laut drang aus dem Raum, kein Schnappen nach Luft, ja noch nicht einmal ein Wimmern.

Er kehrte zurück zu seinem Zimmer, war aber ernstlich beunruhigt.

Die Standuhr schlug zur Stunde, drei blecherne Töne, die in der dunklen Stille dröhnten.

Es war immer drei Uhr.

Das geschnitzte Geländer fühlte sich kalt an. Die hohen Zimmerpalmen, die sein Vater stets mit Stolz betrachtet hatte, waren nun nichts weiter als Gespenster mit schwingenden Armen. Ein Palmwedel strich über seinen Handrücken. Er erbebte vor Angst.

Trotzdem ging er weiter hinunter, tastete sich eine Stufe nach der anderen vor. Am Fuß der Treppe war ein schwacher Lichtschein. Er wurde davon angezogen wie ein kleines Kind von einem tiefen Teich.

Zuerst sah er ihre Füße, zierlich und in blauen Tanzschuhen. Ihr Kleid schimmerte leicht schillernd in dem Licht, das aus dem Nichts kam. Ihre Arme steckten in langen weißen Handschuhen, einer von ihnen lag über ihrem Oberkörper.

Ihr weißer Schal hing ihr schlaff um die Schultern. Ihre Frisur war ruiniert. Federn und Kämme steckten in einem Gewirr aus dunklen Knäueln, alles wild durcheinander. Ihr viel bewundertes fünfsträngiges Saphirhalsband hatte sich verdreht und bedeckte nun Kinn und Mund – ein juwelenbesetzter Maulkorb.

Dann erst bemerkte er ihren Hals – in einem nicht möglichen Winkel.

Ihm war ganz übel. Aber sie war schließlich seine Mutter. Er streckte eine Hand aus, um sie zu berühren. Plötzlich schlug sie die Augen auf, Augen, die versteinert vor Angst waren und zugleich leer. Er zuckte zurück, sein Absatz verfing sich an der ersten Stufe. Er fiel die Treppe hinunter.

Hinunter, hinunter und weiter hinunter …

Vere fuhr in seinem Bett auf, keuchend rang er nach Luft. Der Traum kehrte regelmäßig wieder, aber nie so wie eben. Er hatte irgendwie Mrs Douglas' entsetzte Augen in seinen Albtraum eingebaut.

Seine Tür öffnete sich. „Geht es Ihnen gut, Lord Vere? Ich habe aus Ihrem Zimmer Geräusche gehört."

Miss Edgerton, jedenfalls ihr schattenhafter Umriss, stand auf der Türschwelle.

Einen Augenblick verspürte er das tiefe Verlangen, sie neben sich zu spüren. Sie sollte ihm mit der Hand die Wange streicheln, ihm versichern, es sei alles nur ein Traum gewesen. Sie würde ihn überreden, sich wieder hinzulegen, die Decke um ihn feststecken und lächeln …

„Himmel, nein, nein. Allerdings geht es mir gar nicht gut!", erwiderte er mit Nachdruck. „Wie ich diesen Traum hasse. Sie wissen schon, den, in dem man verzweifelt überall im Haus ein Wasserklosett sucht, aber es ist einfach keines zu finden – und auch keine Nachttöpfe oder wenigstens ein vernünftiger Eimer. Und überall sind Unmengen Leute, in jedem Zimmer, draußen im Garten, auf dem Rasen … Oh, Grundgütiger, ich hoffe, ich habe nicht …"

Sie machte ein ersticktes Geräusch.

„Dem Himmel sei Dank", fuhr er fort, „Ihrem Bettzeug ist nichts geschehen. Aber wenn Sie mich freundlicherweise entschuldigen wollen, ich muss …"

Die Tür schloss sich energisch.

Am Morgen fuhren alle mit Kutschen nach Woodley Manor, um sich den abstoßenden Berg toter Ratten anzusehen. Der Kammerjäger posierte zusammen mit seinen erschöpften Rattenhunden und einem triumphierenden Frettchen vor Lord Fredericks

Fotoapparat. Er zwirbelte seinen dunklen üppigen Schnurrbart, während das denkwürdige Ereignis für die Nachwelt festgehalten wurde.

„Meine Dienerschaft ist schon fleißig bei der Arbeit", erklärte Lady Kingsley an Elissande gewandt. „Man hat mir versichert, das Haus werde morgen Vormittag wieder uneingeschränkt bewohnbar sein. Ich verspreche Ihnen, wir werden in dem Moment umsiedeln, in dem das der Fall ist."

Elissande fühlte, wie in ihrem Innern die Alarmglocken schrillten. Es blieb ihr keine Zeit mehr. Es musste etwas geschehen.

Sie musste etwas geschehen lassen.

Der Herr half nur denen, die sich selbst zu helfen wussten.

7. KAPITEL

Elissande hatte ein paar Dinge von ihren Eltern geerbt: einen Satz Silberkämme von ihrer Mutter, eine Flasche Parfum, das eigens vom berühmten französischen Parfumhaus Guerlain für Charlotte Edgerton hergestellt worden war, den Rasierpinsel ihres Vaters und ein Bündel Briefe, die mit einer lilafarbenen Schleife zusammengebunden waren, sowie ein kleines Ölgemälde, das einen weiblichen Akt zeigte.

Sie war sich sicher, dass es Lord Frederick freuen würde, wenn er das Bild sehen könnte. Sie hatte es ihm aus einem einzigen Grund noch nicht gezeigt: Sie hatte Angst, dass es ihre Mutter darstellte, und man lief schließlich nicht einfach herum und ließ Männer einen Blick auf die eigene Mutter werfen, so wie der Herrgott sie geschaffen hatte.

Aber jetzt schlug sie alle Skrupel in den Wind.

„Meine Güte, aber das ist ja ein Delacroix!", rief Lord Frederick.

Der Name sagte ihr nichts. Die Bücher über Kunst, die früher mal in der Bibliothek zu finden waren, hatten sich auf die Kunst der klassischen Antike und der Renaissance beschränkt. Aber Lord Fredericks Gesichtsausdruck nach zu schließen, der Entzücken und Ehrfurcht erkennen ließ, war ein Delacroix nicht zu verachten.

„Glauben Sie wirklich, Lord Frederick, dass es ein Delacroix ist?"

„Ich bin mir beinahe zu hundert Prozent sicher." Er hielt das kleine Gemälde dichter vor seine Augen. „Die Unterschrift, der Stil, der Einsatz von Farbe – ich wäre entsetzt, wenn es kein Delacroix wäre."

Seine Begeisterung war ansteckend. Es musste ein Fingerzeig des Himmels sein. Wie sonst war es möglich, dass ihre Schatzkiste, die nichts von Wert – außer von sentimentalem – enthielt, sich ausgerechnet an diesem Tag als so überraschend hilfreich erweisen sollte?

„Es ist erlesen“, murmelte Lord Frederick hingerissen.

Sie starrte ihn an, ähnlich hingerissen von ihrem plötzlichen Glück.

„Wie kommt es, dass Sie einen Delacroix haben?“, wollte Lord Frederick wissen.

„Ich habe keine Ahnung. Ich nehme an, mein Vater muss das Gemälde erstanden haben. Er lebte in den frühen Siebzigern in Paris.“

„Das glaube ich eher nicht“, bemerkte Lord Vere spöttisch.

Lady Kingsley musste Briefe schreiben. Lady Avery war mit den anderen jungen Damen nach Ellesmere gefahren. Die meisten Herren waren gegangen, um das, was es auf Woodley Manor an Moorhühnern gab, zu jagen. Lord Frederick hatte dankend abgelehnt, sich daran zu beteiligen, unter Verweis auf sein mangelndes Interesse, die armen Vögel zu belästigen. Lord Vere, der ursprünglich die Absicht geäußert hatte, mit auf die Jagd zu gehen, hatte zu Elissandes geheimer Erbitterung daraufhin seine Meinung geändert und beschlossen, seinem Bruder Gesellschaft zu leisten.

Daher saß er am anderen Ende des Morgensalons und spielte Solitär. Elissande hatte sich größte Mühe gegeben, seine Anwesenheit zu ignorieren, aber jetzt blieb ihr nichts anderes übrig, als sich zu ihm umzudrehen. Er schaute nicht von den Karten auf, die er vor sich ausgebreitet hatte – und es war *nicht* Solitär, was er da vor sich liegen hatte, sondern einfach eine lange Kartenreihe, aus der er nacheinander willkürlich einzelne Blätter aufdeckte.

„Wie bitte, Sir? Sie glauben nicht, dass mein Vater in Paris gelebt hat?“

„Oh, ich bin mir sicher, das hat er, aber ich bin mir nicht so sicher, ob er auf ehrliche Art und Weise in den Besitz des Delacroix’ gekommen ist“, erklärte Lord Vere fast beiläufig. „Lady Avery hat mir beim Dinner gestern praktisch das Ohr abgeschwatzt. Sie hat mir erzählt, dass Ihr Großvater, Miss Edgerton, ein Kunstliebhaber war, und dass Ihr Vater ihm ein paar Stücke gestohlen hat, ehe er mit Ihrer Mutter durchgebrannt ist.“

Einen Augenblick lang war Elissande schlicht überwältigt. Ihr Onkel hatte eine Reihe unschöner Dinge über ihre Eltern gesagt, aber wenigstens hatte er ihren Vater nie des Diebstahls bezichtigt.

„Bitte, sprechen Sie nicht schlecht von den Toten, Mylord", sagte sie schließlich mit wutbebender Stimme.

„Die Wahrheit auszusprechen ist nicht das Gleiche, wie schlecht von jemandem zu sprechen. Außerdem ist es eine faszinierende Geschichte, zumal Ihre Mutter ja eine Frau war, die sich aushalten ließ. Wussten Sie eigentlich, dass sie die Mätresse Ihres Großonkels war, ehe sie Ihren Vater heiratete?"

Natürlich wusste sie das. Ihr Onkel hatte dafür gesorgt, dass sie die Schande, die ihre Eltern mit ihrer Ehe sich und ihren Familien bereitet hatten, genau verstand. Aber es war eine Verletzung aller Regeln der Höflichkeit, wenn Lord Vere öffentlich darüber sprach, und zudem mit solcher Missachtung der Auswirkungen.

Zum ersten Mal wies Lord Frederick, dessen Ohrenspitzen rot angelaufen waren, seinen Bruder zurecht. „Penny, es reicht."

Lord Vere zuckte nur die Achseln und schob die Karten zusammen, um sie neu zu mischen.

Es entstand eine längere unbehagliche Pause. Lord Frederick brach sie – der liebe, freundliche Lord Frederick. „Ich entschuldige mich", sagte er ruhig. „Manchmal bringt mein Bruder Sachen durcheinander. Ich bin überzeugt, er irrt sich bezüglich Ihrer Familie."

„Danke", murmelte sie.

„Nein, ich bin es, der Ihnen danken sollte, dass Sie mir die Gelegenheit geboten haben, einen Delacroix zu bewundern. Damit hatte ich am wenigsten gerechnet." Er gab ihr das Bild zurück. „Welche Freude solch eine dargestellte Schönheit bringen kann."

„Ich habe es letzte Nacht bei den Sachen meines Vaters gefunden. Wir haben unzählige Truhen und Kisten mit seinen früheren Besitztümern. Vielleicht finde ich noch mehr."

„Ich würde liebend gerne sehen, was Sie sonst noch finden können, Miss Edgerton."

„Sie hat ja nichts an", stellte Lord Vere fest, der plötzlich neben ihr stand. Sie hatte gar nicht gehört, dass er von seinem Stuhl aufgestanden und zu ihnen gekommen war.

„Es ist eine Nackte, Penny, ein Aktbild", erklärte Lord Frederick.

„Ja, das kann ich erkennen. Sie hat nichts an." Lord Vere beugte sich weiter vor. „Bis auf ein Paar weißer Strümpfe."

Sein Arm streifte nahezu ihr Haar. Sie hätte gedacht, dass seine Kleider nach Tomatensoße riechen müssten – es hatte einen kleinen Zwischenfall mit dem Kalbsbries vorhin beim Lunch gegeben. Aber er roch einfach nur frisch und sauber.

„Es ist eine Studie des weiblichen Körpers und in keiner Weise anzüglich", erläuterte Lord Frederick. „Es soll nicht lasziv wirken."

Seltsamerweise wurde Lord Frederick rot. Aber rasch sammelte er sich wieder. „Und nochmals danke, Miss Edgerton, für die unerwartete Freude. Ich hoffe, Sie finden weitere verborgene Schätze. Ich kann es kaum erwarten, sie zu Gesicht zu bekommen."

„Ich werde dafür sorgen, dass ich sie Ihnen alle zeige", sagte sie, lächelte und erhob sich. Es gab noch sehr, sehr viel zu tun.

Lord Vere rief ihr hinterher: „Ich würde sie auch gerne sehen, wenn sie wie diese Frau hier sind, nur mit Strümpfen bekleidet!"

Sie warf ihm *keine* Vase an den Kopf. An ihrer zukünftigen Heiligsprechung bestand jetzt kein Zweifel mehr.

Miss Edgertons Bewegungen und Gesten faszinierten Vere. Wie sie manchmal mit den Rüschen an ihren Ärmeln spielte. Die Art und Weise, wie sie ihr Haar berührte, als wollte sie absichtlich die Aufmerksamkeit auf die weiche, schimmernde Fülle lenken. Wie sie Freddie zuhörte, einen Finger am Kinn, den Oberkörper ihm leicht zugeneigt, sodass unmissverständlich, aber dennoch ganz diskret deutlich wurde, dass sie ihm näher sein wollte.

Aber nichts reizte Vere mehr – und stieß ihn mehr ab – als

ihr Lächeln. Wenn sie lächelte, geriet sein Herz trotz allem ins Straucheln.

Unechtes Lächeln war eine Wissenschaft und eine Kunst für sich. Er selbst war durchaus bewandert darin zu lächeln, gleichgültig, was er in Wahrheit empfand. Sie jedoch ... sie war wie die Decke der Sixtinischen Kapelle, das herrliche, ewige und unerreichbare Maß aller Dinge.

Woher hatte sie diesen mädchenhaften Charme, woher die Strahlkraft? Wie gelang es ihr, die ehrliche Naivität in ihren Augen zu bewahren und ihr Kinn zugleich so reizvoll zu halten? Ihr Lächeln blendete so sehr, dass er manchmal gar nicht sagen konnte, wie sie sonst aussah.

Aber sie hatte *nicht* gelächelt, als sie gemerkt hatte, dass sie auf *seinem* Schoß saß. Sie hatte nicht einmal während der anderthalb Stunden gelächelt, als er den Betrunkenen gegeben hatte, um sie vom Zimmer ihrer Tante fernzuhalten. Sie hatte auch eben nicht gelächelt, als er den alten Skandal und ihre wenig erstrebenswerte Abstammung ausgebreitet hatte. Und für sie war ein Nichtlächeln wie für andere Frauen ein Verlassen des Hauses ohne Unterröcke.

Das war es doch, was er wollte, oder? Ihr so auf die Nerven zu gehen, bis sie schreiend nach Bedlam ins Irrenhaus lief? Warum ärgerte es ihn dann aber dermaßen? Er war sogar ärgerlich auf Freddie, das Objekt ihrer offenkundigen Zuneigung, weil seinem Bruder alles herzlich egal zu sein schien – dabei konnte ihn Freddie für gewöhnlich nicht reizen oder aus der Fassung bringen.

„Ich gehe für eine Minute nach oben, Penny“, erklärte der und erhob sich von dem Schreibtisch, an dem er gesessen und einen Brief geschrieben hatte, nachdem Miss Edgerton gegangen war. „Ich brauche mein Etui mit den Visitenkarten.“

„Ich komme mit dir“, erwiderte Vere. „Ich habe gerade nichts Besseres zu tun.“

Stundenlang hatte er daran gearbeitet, den Code zu entschlüsseln, der in Douglas’ Dossier verwendet war. Er hatte die Karten mit den Buchstaben immer wieder neu angeordnet und dabei nach Mustern gesucht. Wenigstens war das sein erklärtes Ziel gewesen. Jedoch hatte er keinen Erfolg gehabt, und seine Konzentrationsfähigkeit war ohnehin den ganzen Tag über schon nicht die beste gewesen.

Außerdem lag Miss Edgerton immer noch irgendwo im Haus auf der Lauer.

„Warum brauchst du dein Kartenetui? Gehen wir jemanden besuchen?“, fragte er, während sie die Treppe hochstiegen.

„Nein“, antwortete Freddie. „Ich schreibe einen Brief an Leo Marsden. Er war in Indien, und nun kehrt er nach England zurück.“

„Wer?“

„Du erinnerst dich bestimmt an ihn – wir waren alle im selben Haus in Eton untergebracht. Ich habe seine Adresse bei meinen Karten.“

Nachdem sie in seinem Zimmer angekommen waren, öffnete Freddie die Schublade seines Nachttischchens, dann kratzte er sich am Kinn. „Das ist aber seltsam. Mein Kartenetui ist nicht hier.“

„Wann hast du es denn das letzte Mal gesehen?“

„Heute Morgen erst.“ Freddie runzelte die Stirn. „Vielleicht täusche ich mich auch.“

Freddie war wirklich liebenswürdig: Die meisten Herren hätten sofort die Dienstboten verdächtigt. Vere half Freddie bei der Suche, aber leider vergeblich.

„Du solltest es Miss Edgerton sagen, dass du es vermisst.“

„Ja, vermutlich sollte ich das.“

Aber sie sahen Miss Edgerton nicht wieder, bis alle anderen zum Tee zurückgekehrt waren und sich über das unterhielten, was sie heute erlebt hatten. Miss Edgerton brachte eine angemessene Mischung aus Erschrecken und Bestürzung zum Ausdruck, als sie von dem fehlenden Etui vernahm. Wie konnte so etwas nur in ihrem Hause geschehen? Sie versprach, alles in ihrer Macht Stehende zu unternehmen, um das Kartenetui Lord Frederick aushändigen zu können.

Aber während sie ihn beruhigte und ihm in aller Unschuld versicherte, man werde es gewiss wiederfinden, hatte Vere plötzlich *sie* im Verdacht. Was sie aber mit Freddies Kartenetui anfangen wollte, konnte er nicht erkennen. Er wusste nur, wenn sie nicht lächelte, war da eine gewisse Härte in ihren Augen – ja, beinahe Grimmigkeit.

Und er wusste, dass seine Instinkte beinahe immer recht behielten.

Lady Averys Verhalten beim Dinner verstärkte Veres ungute Vorahnung. Er kannte Lady Avery bestens: Ein Mann in seinem Betätigungsfeld wäre dumm, wenn er eine solche Quelle wichtiger Informationen nicht zu nutzen wüsste. Er kannte ihren Bluthundausdruck, die Augen halb zusammengekniffen, die Nasenflügel bebten, innerlich bereit, sich auf den nächsten saftigen Skandal zu stürzen, wenn sie die Fährte nur zu dem Ursprung der köstlichen Sensation zurückverfolgen konnte.

Etwas lag in der Luft. Das an und für sich war nicht bemerkenswert, wohl aber, dass es *plötzlich* in der Luft lag. Beim Tee noch hatte Lady Avery sich nicht anmerken lassen, dass sie irgendetwas witterte. Sie war zufrieden gewesen, Miss Melbourne und Miss Duvall mit Anspielungen aus der Welt des Klatsches zu quälen, die für ihre jungfräulichen Ohren nicht geeignet waren.

Was hatte Lady Avery in Alarm versetzt? Die Mädchen waren trotz ihrer Jugend und ihrer Lebensfreude nicht unbedingt eine skandalträchtige Gruppe. Miss Melbournes Hauptinteresse galt ihrer Figur, Miss Duvalls der Musik. Miss Beauchamp hatte eine ausgeprägte Schwäche für ihren Cousin zweiten Grades, der gegenwärtig nicht anwesend war. Und Miss Kingsley war trotz ihres Flirts mit Conrad mehr an ihrer weiteren Ausbildung interessiert als an einer Eheschließung. Sie wurde im Oktober wieder auf Girton erwartet, der ersten höheren Schule für junge Damen.

Womit nur ihre Gastgeberin übrig blieb.

Vere blieb in Freddies Nähe. Aber nichts geschah. Das Dinner wurde eingenommen, schließlich war es beendet. Die Abendunterhaltung war gesetzt und züchtig. Die Damen zogen sich zu einer schicklichen Zeit zurück. Als die Uhr halb zwölf schlug, begann er zu glauben, dass er vielleicht doch ausnahmsweise überreagiert hatte. Dass das, was er seiner eigenen Wahrnehmung zugeschrieben hatte, am Ende doch nur wilde Einbildung war.

Dann jedoch betrat etwa zwei Minuten später ein schläfrig aussehender Lakai den Salon, ein Silbertablett in der Hand, auf dem Freddies Kartenetui und eine versiegelte Nachricht lagen.

Vere sprang auf und lief quer durch das Zimmer. In letzter Sekunde blieb er stehen, um den Diener nicht umzurennen, dennoch war es seine Absicht gewesen, ihm das Tablett aus der Hand zu stoßen. Und es fiel auch tatsächlich zu Boden.

„Verzeihung!“, rief er und kniete sich hin, um die für Freddie bestimmten Sachen aufzuheben. Dann richtete er sich auf, klopfte dem Lakaien auf die Schulter und sagte: „Bitte entschuldigen Sie, guter Mann. Ich war zu aufgeregt. Wir haben den ganzen Tag schon nach dem Etui gesucht. Ich sage Ihnen etwas: Sie gehen zu Bett, und ich bringe das Etui meinem Bruder. Für den war es doch bestimmt, oder?“

Er deutete auf Freddie.

„Ja, Mylord. Aber ich habe Anweisung, Lord Frederick alles persönlich zu übergeben.“

„Ach, das ist doch kein Problem.“ Vere schlenderte zu Freddie und reichte ihm das Etui. „Sehen Sie, alles wie gewünscht. Es wurde Lord Frederick persönlich übergeben.“

„Danke, Sir“, sagte der Bedienstete und drehte sich, um den Raum zu verlassen.

Freddie überprüfte den Inhalt des Etuis. „Ich frage mich nur, wo sie es gefunden hat.“

„Das fragst du sie am besten morgen früh“, riet Vere. „Wenigstens kannst du nun deinen Brief an Marsden richtig adressieren.“

Er wartete noch ein paar Minuten, bevor er ebenfalls den Salon verließ, um die versiegelte Nachricht zu lesen, die er unbemerkt in seiner Rocktasche hatte verschwinden lassen.

Lieber Lord Frederick,
hier ist Ihr Kartenetui, das eines der Zimmermädchen auf der Dienstbotentreppe gefunden hat.

Und dürfte ich bitte eine Minute Ihrer Zeit beanspruchen? Soeben habe ich im Nachlass meines Vaters eine Zeichnung von solcher Schönheit und Kunstfertigkeit entdeckt, signiert mit einem so berühmten Namen, dass ich es nicht wage, ihn hier niederzuschreiben – ich fürchte mich davor, mich am Ende lächerlich zu machen.

Darf ich Sie bitten, einen Blick darauf zu werfen? Meine Erregung lässt nicht zu, dass ich noch warte. Wenn Sie sich daher bitte in einer Viertelstunde mit mir im Grünen Salon treffen würden, wäre ich Ihnen überaus verbunden.
Elissande Edgerton

Elissande. Ein schöner Name. Allerdings auch beinahe so scharf und spitz wie kantig geschliffene Edelsteine. Und diese liebreizende, durchtriebene Elissande wollte sich also kurz vor Mitternacht mit Freddie treffen, obwohl sich die Damen längst zur Nacht zurückgezogen hatten, weitab vom Empfangssalon und vom Billardraum, wo sich die Herren noch aufhielten.

Ein Stelldichein in einem abgelegenen Teil des Hauses – und Lady Avery hatte vor Aufregung und Vorfreude fast gebebt.

Er hatte Miss Edgertons Interesse an Freddie hoffnungslos unterschätzt, diesen Anschein hatte es jetzt jedenfalls für ihn.

Elissande zitterte. Das hier machte sie nervös. Ihre Tante war es sonst, die zitterte, nicht sie. Sie hatte stets eine ruhige Hand und offene Augen, die klar blickten, ohne zu blinzeln, egal wie verängstigt sie war.

Vielleicht ließ sich das Zittern zu ihrem Vorteil ausnutzen. Eine junge Dame, die sich mit einem Herrn zu einer ungewöhnlichen Stunde traf, sollte ein bisschen zittern, nicht wahr? Es würde ihrer plötzlich aufflammenden Leidenschaft einen Anflug von Glaubwürdigkeit verleihen, und das könnte im

Gegenzug Lord Frederick zu einer innigeren Reaktion inspirieren.

Sie berührte ihre Schultern. Sie hatte die Naht, die ihr Nachthemd oben zusammenhielt, fast ganz aufgetrennt, sodass es jetzt buchstäblich am seidenen Faden hing. Ein leichter Ruck – und es würde in zwei Teile fallen, die beiden Hälften haltlos zu Boden flattern.

Und, was haben Sie dieses Mal gefunden, Miss Edgerton?, würde Lord Frederick sie fragen.

Und sie würde zu ihm aufschauen, als ob er die Wiederkunft des Herrn selbst sei. *Oh, verzeihen Sie, Sir. Ich weiß, ich sollte es nicht, aber seit ich Sie kennengelernt habe, kann ich einfach nicht aufhören, an Sie zu denken.*

Der letzte Teil davon stimmte immerhin wenigstens teilweise.

Sie atmete ruhig, ein und aus, ein und aus. Es war Zeit. Sie zog den Morgenrock fester um sich und betete, dass sie ihr Nachthemd nicht vorzeitig auseinanderriss, dann verließ sie ihr Schlafzimmer.

Im Grünen Salon brannte Licht. Japanische Drucke mit Darstellungen der vier Jahreszeiten hingen an den Wänden. Vasen und Weihrauchschalen aus Jade griffen den Farbton des Lotusblattmusters der Seidentapete auf. Große Flaschen aus klarem Glas, die auf eigens angefertigten Ständern in Brusthöhe standen, enthielten kunstvoll angefertigte Modellschiffe – Gefangene, so wie sie.

Und sie war allein im Zimmer.

Das irritierte sie. Sie hatte vorgehabt, ein paar Minuten nach Lord Frederick einzutreffen. Er hätte eigentlich schon da sein müssen, leicht verwundert über ihre informelle Kleidung, vielleicht, aber auch ein wenig ungeduldig, weil er sich ansehen wollte, was für einen Schatz – letztlich fast zu schön, um wahr zu sein –, sie da entdeckt hatte.

Im Kamin brannte kein Feuer. Nachdem sie eine Weile verzweifelt im Zimmer umhergelaufen war, merkte sie, dass sie immer stärker zitterte – bedingt durch die Kälte im Raum, aber auch ausgelöst von der Panik, die sie plötzlich überfallen hatte – ihr Plan war ohne Lord Frederick nichts wert.

Sie hielt ihre Hände näher an die Flamme der Kerze, die sich vor ihr befand, um wenigstens ein bisschen Wärme abzubekommen. Ihr Atem ging flach und schnell. Die Luft roch nach Terpentin, von der Möbelpolitur, die die Zimmermädchen verwendeten.

Die Uhr auf dem Kaminsims schlug zur Stunde. Sie zuckte zusammen. Es war die Stunde, die sie auf dem nicht unterzeichneten Briefchen genannt hatte, mit dem bereits gebrochenen Wachssiegel, das sie vor Lady Averys Tür hatte liegen lassen. *Mitternacht. Im Grünen Salon. Mein Herz sehnt sich nach dir.* Und sie wusste, Lady Avery hatte die scheinbar versehentlich fallen gelassene Nachricht gefunden, denn den ganzen Abend über hatte sie die Versammelten der Reihe nach forschend angesehen und versucht herauszufinden, wer das liebesverrückte Pärchen war, das es wagte, direkt unter ihrer Nase ein mitternächtliches Rendezvous zu planen.

Und jetzt war alles umsonst gewesen.

Wie benommen löschte Elissande das Licht und ging zum Arbeitszimmer ihres Onkels – um Lady Avery nicht in die Arme zu laufen, die höchstwahrscheinlich den Weg über die Eingangshalle nehmen würde. Hinter dem Arbeitszimmer befand sich die Dienstbotentreppe – darüber würde sie zu ihrem Zimmer zurückkehren.

Vor dem Arbeitszimmer stockte sie. Sie hatte ihre Gäste ausdrücklich darauf aufmerksam gemacht, dass ihnen dieser Raum nicht zur Verfügung stand. Aber die Tür war einen Spaltbreit offen, und innen brannte Licht.

Voller Missmut stieß sie die Tür ganz auf. Lord Vere, wer anders konnte es sein, machte sich an den Aktenschränken ihres Onkels zu schaffen und öffnete ein Fach nach dem anderen. Dabei summte er vor sich hin.

„Lord Vere, was tun Sie hier?"

„Oh, hallo, Miss Edgerton", antwortete er unbekümmert. „Ich bin auf der Suche nach einem Buch. Ich würde gerne lesen, bevor ich schlafen gehe, wissen Sie. Es ist viel besser als Laudanum. Zwei Seiten – manchmal auch nur zwei Absätze –, und ich schlummere selig wie ein Baby. Nichts lässt sich damit vergleichen, besonders wenn es sich um lateinische Gedichte handelt. Ein paar Verse, und schon verlasse ich das Bett nicht vor zehn Uhr morgens."

Sie war erstaunt, dass er überhaupt lesen konnte, und ganz zu schweigen davon auch noch auf Latein. „Es tut mir leid, Sir, aber Sie sind im falschen Zimmer. Die Bücher befinden sich in der Bibliothek, nicht hier."

„Ach, dann ist es ja kein Wunder, dass ich nichts finde. Ich dachte, das hier sei die Bibliothek – obwohl ich zugeben muss, sie kam mir schon gleich etwas merkwürdig vor." Er trat zum Durchgang. „Aber sagen Sie, Miss Edgerton, was tun Sie hier? Sind die Damen nicht bereits zu Bett gegangen?"

„Ich hatte etwas vergessen."

„Was denn? Kann ich Ihnen vielleicht helfen, es zu suchen?"

Sie wollte gerade sagen, dass sie es bereits gefunden hatte, als ihr einfiel, dass sie ja nichts bei sich hatte, nur die Kerze in der Hand.

„Danke, aber ich schaffe es bestimmt allein, Sir."

„Bitte, lassen Sie mich Ihnen helfen."

Das war das Letzte, was sie gebrauchen konnte – am Ende von Lady Avery mit *ihm* zusammen erwischt zu werden. Aber bislang war Lady Avery gar nicht auf der Bildfläche erschienen. Und da zudem nirgends Schritte zu hören waren, würde sie auch in den nächsten Augenblicken nicht eintreffen – mehr als genug Zeit für Elissande, zurück nach nebenan in den Grünen Salon zu marschieren, irgendeinen Schnickschnack zu nehmen und zu erklären, sie habe es gefunden, bevor sie dann Lord Vere seiner Wege schickte.

Gesagt, getan. Nicht ohne Lord Vere im Schlepptau. Sobald sie im Grünen Salon waren, in dem nun einzig die Kerze in ihrer

Hand Licht spendete, trat sie zum Kaminsims, fasste den nächstbesten Gegenstand und erklärte: „Da. Ich habe es."

„Oh, was für eine schöne Schneekugel", stellte Lord Vere fest.

Sie hätte irgendetwas anderes nehmen können. Den Malachit-Kerzenständer zum Beispiel. Die schlichte chinesische Urne, die die Holzspäne zum Feuermachen enthielt. Aber nein, sie hatte nichts anderes genommen. Sie hatte nach der Schneekugel mit dem winzigen Dorf darin gegriffen: Kirche, Hauptstraße, schneebedeckte Häuser – das letzte Weihnachtsgeschenk, das Tante Rachel ihr überreicht hatte, vor acht Jahren.

Damals hatte es Weihnachten tatsächlich geschneit. Ihr Onkel, von einer seiner Launen getrieben, war irgendwohin verschwunden. Elissande hatte Tante Rachel überredet, deren Gesundheitszustand sich unter ihrer liebevollen Pflege stetig verbessert hatte, einen Spaziergang durch den Schnee zu machen. Sie hatten einen schiefen Schneemann gebaut. Und dann hatten sie irgendwie eine Schneeballschlacht begonnen.

Es war ein heißer Kampf gewesen. Tante Rachel konnte gut zielen – wer hätte das gedacht? Elissandes Mantel hatte zahllose Spuren von Treffern aufgewiesen. Aber sie selbst war auch nicht schlecht gewesen. Kreischend war Tante Rachel vor ihr weggelaufen und hatte ausgelassen gelacht, als Elissandes Schneeball sie auf dem Hintern traf.

Sie konnte ihre Tante noch vor sich sehen, wie sie an diesem Tag ausgesehen hatte – das noch nicht ergraute Haar war zu einem Knoten gebunden gewesen und nun in den Nacken gerutscht, das Gesicht rosafarben von der Anstrengung im Freien, durch das viele Bücken, wenn sie Schnee aufhob, um einen Schneeball zu formen. Genau in einem solchen Moment war sie plötzlich erstarrt, immer noch vornüber gebeugt, als sie bemerkte, dass ihr Ehemann zurückgekehrt war.

Elissande sollte nie den Gesichtsausdruck ihres Onkels vergessen: Wut, gefolgt von einem furchterregenden Aufblitzen von Freude, unseliger Vorfreude. Durch ihr Lachen, ihre rosigen Wangen und die Tatsache, dass sie im Schnee herumtollte, hatte

Tante Rachel sich verraten. Sie war noch nicht völlig gebrochen. In ihr war noch Jugend und Leben. Diese schwere Beleidigung konnte ihr Onkel nicht ungestraft durchgehen lassen.

Seitdem hatte Tante Rachel das Haus nicht mehr verlassen.

Elissande blickte zu Lord Vere, der von der Schneekugel fasziniert schien, die anzusehen sie selbst nicht ertrug. Er stand ganz dicht bei ihr. Sie betrachtete seine breiten Schultern, seinen kräftigen Hals und den unvorstellbar vollkommenen Bogen seiner Brauen. Heute Nacht roch er nicht nach Zigarrenrauch, sondern nur nach Laub – verspätet bemerkte sie seine Ansteckblume, ein Zweig fester grüner Beeren mit einem Stück Tannengrün.

Konnte sie sich dazu durchringen, *ihn* zu heiraten, in dem vollen Bewusstsein, dass hinter diesen leeren Augen nur das Nichts lag? Konnte sie ein Leben lang sein Geschwätz ertragen und sein beständiges Starren auf ihren Busen? Konnte sie ihn für den Rest ihrer Tage anlächeln?

Ihre Finger fassten die Kugel fester. *Ich dachte, sie sei größer und beeindruckender,* hatte ihre Tante zu ihr gesagt, als Elissande die Kugel zum ersten Mal geschüttelt hatte. *Ich wollte etwas besonders Schönes für dich.*

Verzweiflung. Sie hatte geglaubt, sie würde sich damit auskennen. Aber bis zu diesem Moment hatte sie in Wahrheit keine Vorstellung davon gehabt.

Entfernte Schritte. Lady Avery eilte herbei.

Sie stellte die Kerze und die Schneekugel ab und lächelte Lord Vere an. Sie zitterte wieder. Gut. Zittern passte ausgezeichnet zu den Worten, die ihr über die Lippen kamen.

„Oh, lieber Sir, verzeihen Sie mir. Ich sollte nicht. Aber seit ich Sie kennengelernt habe, kann ich nicht mehr aufhören, an Sie zu denken", sagte sie und band die Schleife um ihre Taille auf, streifte sich den Morgenrock ab und warf ihn hinter sich.

Lord Veres Augen wurden groß. Sie verschwendete keine Zeit und trat fest auf den Saum ihres Nachthemds. Die Fäden an ihrer Schulter rissen. Das Nachthemd raschelte leise, als es an ihrem nackten Körper zu Boden glitt.

8. KAPITEL

Zum ersten Mal in seinem Leben musste Vere nicht den Entgeisterten spielen. Er war es – wie vom Schlag getroffen, sprachlos und unfähig, irgendeinen Gedanken zu fassen oder sich auch nur von der Stelle zu rühren. Seine Glieder mussten zu Stein erstarrt sein, und auf seinen Verstand konnte er tatsächlich nicht mehr zählen.

Seine Augen allerdings waren voll einsatzfähig und versagten ihm nicht ihre Dienste. Elissande Edgerton war eine vollkommene Schönheit, vergleichbar mit einem Akt von Degas, herrlichste Rundungen, wohin er auch schaute, ganz weiche Haut, durch das Kerzenlicht geheimnisvolle Schattierungen. Und dann kam sie auf ihn zu, teilte die Lippen. Sie sah so wunderschön aus, zart und glatt, die dunkleren Brustspitzen in verführerischer Bewegung.

Sie hob die Arme und schlang sie ihm um seinen Hals. Sie duftete, so wie sie es immer tat, nach Honig und Rosen. Mit ihrem Mund, kühl und bebend, streifte sie seinen.

Eine Reaktion durchzuckte ihn. Lust, in Fülle und mit erstaunlicher Macht, aber nicht Lust allein. Endlich riss der Schreck ihn aus seiner Starre.

Wie hatte er sich nur so furchtbar täuschen können? Ihre Tante war eine gebrochene Frau, die nicht länger schreien konnte, selbst in Todesangst nicht. Miss Edgerton konnte immer und unter allen Umständen lächeln – und tat es auch. Alles deutete darauf hin, dass ihr Onkel ein Monster war. Sie wollte nicht einfach einen Ehemann. Sie wollten einen Weg, aus diesem Haus zu entkommen.

Und sie war so verzweifelt, dass sogar er ihr reichte.

Er löste ihre Arme von seinem Hals und wich zurück. Sie folgte ihm. Ohne nachzudenken, riss er den Vorhang neben sich vom Fenster und schleuderte mehrere Meter Musselin auf sie. Sie kämpfte gegen die Schwere des Stoffs an – die pornografische Vorstellung eines Mädchens, das einer Mumie ähnelte.

Er lief vor ihr weg. Aber obwohl sie durch die Stofffalten behindert wurde, stürzte sie sich auf ihn. Die Wucht, mit der sie gegen ihn prallte, brachte ihn derart aus dem Gleichgewicht, dass er mit ihr zusammen über die gebogene Polsterlehne der Chaiselongue fiel, wobei sie auch noch einen der Ständer umstießen.

Etwas aus Glas zerbrach laut – eines der Flaschenschiffe. Noch etwas zerbrach – der Halter mit der Kerze, die sie mitgebracht hatte. Das Zimmer war in Dunkelheit getaucht. Er versuchte sie von sich zu heben, aber sie verfügte über dämonische Kräfte; wie eine von Jules Vernes Riesenkraken schlang sie wieder ihre Arme um ihn. Er stellte einen Fuß auf den Boden und drehte sich um, sodass sie gegen die Rückenlehne des Sofas gedrückt wurde – und stemmte sich dagegen.

Ja, jetzt … langsam lockerte sich ihr Griff. Er wandte mehr Kraft auf. Sie ließ einen erstickten Ausruf der Erbitterung hören. Oder war es ein Schmerzenslaut? Es war ihm egal. Er musste sie irgendwie loswerden. Sie kämpfte mit neuerlichem Elan. Gütiger Himmel, fast hätte sie ihm das Knie in den Schritt gerammt.

Er war sich nicht sicher, was geschah, aber plötzlich kippte die Chaiselongue nach hinten, sodass sie beide auf dem Teppich landeten. Sie rollten umeinander, ehe sie liegen blieben, sie abermals auf ihm, dieses Mal aber ohne den Vorhang.

Ihr Haar hatte sich während des Gerangels komplett gelöst. Sie keuchte. Ihre wunderschönen Brüste hoben und senkten sich. Und gerade noch zu erkennen unter dem Wasserfall ihrer Haare kleine, fest zusammengezogene Brustspitzen …

Wie kam es eigentlich, dass er überhaupt etwas sehen konnte? War nicht eben die Kerze ausgegangen? Sein Blick suchte die Lichtquelle, doch seine Intuition hatte schon längst begriffen, was sein Verstand sich noch weigerte, zur Kenntnis zu nehmen.

Da war eine weitere Person im Zimmer.

„Oh je, oh je, oh je“, murmelte Lady Avery vor sich hin. Dann kicherte sie. „Ich muss schon sagen, *Sie* beide hätte ich nicht hier erwartet.“

Jetzt sprang Miss Edgerton von ihm. *Jetzt* wickelte sie sich hastig in den Musselinvorhang. *Jetzt* stammelte sie: „Es … es ist nicht das, was Sie denken."

„Nein? Was denken Sie, was es wohl ist, Lady Kingsley?"

Verdammt, nicht auch noch Lady Kingsley.

Ihre Blicke trafen sich. „Ich … äh …" Lady Kingsley stockte. Ihr Entsetzen war fast so groß wie das von Vere. „Es ist auf jeden Fall eine unangenehme Sache."

„Unangenehm, Lady Kingsley? Unangenehm ist es, wenn Ihr Lakai sich das Bein bricht und Sie niemand anderes als das Zimmermädchen haben, um Ihren Besuchern den Tee zu servieren. *Dies* hier ist unerhört. Und man denke nur, Lord Vere, dass Ihr Vater ein Schulkamerad von Sir Bernard Edgerton war, Miss Edgertons Onkel."

Bis zur Erwähnung seines verstorbenen Vaters war Vere nicht ein einziges Mal der Gedanke gekommen, dass Miss Edgertons Intrigen ihn tatsächlich zum Altar führen könnten. Schließlich kannte er sie erst drei Tage. In Wahrheit hatte er sie noch nicht einmal angefasst. Und er war ein Idiot! Sicherlich musste doch auf diesen Umstand Rücksicht genommen werden.

Offenbar dachte Lady Avery aber völlig anders. Er hatte eine junge Dame vornehmer Herkunft kompromittiert – und es schien unerheblich zu sein, dass die Mutter besagter junger Dame bekanntermaßen von zweifelhafter Moral gewesen war. Auch der Umstand, dass die junge Dame den Vorfall selbst inszeniert hatte, änderte nichts daran: Es musste eine Hochzeit folgen. Und Vere war wenigstens in den Augen der Gesellschaft ein netter, gutmütiger Idiot, jedenfalls niemand, der tatenlos zusehen würde, wie ein Mädchen mit ruiniertem Ruf noch weiter ins Verderben lief.

Er setzte seine dümmlichste Miene auf, rappelte sich umständlich auf, schnaubte und schaute sich um. „Tut mir leid wegen des hübschen Flaschenschiffs, Miss Edgerton."

„Ist schon in Ordnung", erklärte sie fast kleinlaut.

„Vorbereitungen, meine Kinder, Vorbereitungen", schalt Lady Avery. „Es müssen unverzüglich Vorbereitungen getroffen werden. Ist der Erzbischof von Canterbury nicht Ihr Cousin zweiten Grades, Lord Vere? Er wird Ihnen zweifellos nur zu bereitwillig eine Sondererlaubnis erteilen."

„Ach ja? Mein Cousin zweiten Grades? Ich hatte ja keine Ahnung. Vielleicht sollte ich ihn lieber nicht belästigen, falls er es am Ende doch nicht ist."

„Ein Aufgebot dann?", fragte Miss Edgerton zögernd.

Sie machte das sehr gut, diese jungfräuliche Ängstlichkeit.

„Ganz gewiss nicht. Althergebracht, sicher, aber jetzt so gar nicht angebracht, besonders nicht unter diesen Umständen", erklärte Lady Avery. „Sie müssen Ihren Onkel bitten, sich um eine Sondererlaubnis für Sie zu bemühen, Miss Edgerton."

„Oh, ich weiß nicht ..."

„Wenn Ihr Onkel heimkommt, werden Sie ihm die Angelegenheit erklären. Er wird sich mit Lord Vere zusammensetzen. Er besorgt eine Sondererlaubnis. Und alle werden nur zu gerne zu Ihrer Hochzeit kommen."

Miss Edgerton sagte nichts.

„Sehr schön. Und jetzt ins Bett", stellte Lady Avery befriedigt fest. „Und keine geheimen Treffen mehr zwischen Ihnen beiden. Sie werden heiraten. Und das heißt, dass die Tage der heimlichen Stelldicheins hinter Ihnen liegen."

Aber die Qual war noch lange nicht zu Ende.

Die übrigen Herren hatten sich vor dem kleinen Salon versammelt – zweifellos von dem Krach angelockt, den Vere und Miss Edgerton während ihres Ringens verursacht hatten. Lady Avery und Lady Kingsley hatten, nachdem sie Miss Edgerton rasch wieder in ihren Morgenrock gewickelt hatten, diese mit sich genommen und Vere zurückgelassen. Er musste selbst sehen, wie er sich durchschlug.

„Was ist geschehen?", fragte Wessex, obwohl kaum offensichtlicher sein konnte, was geschehen war.

Vere beachtete die Frage nicht weiter, ging an Wessex vorbei und zur Haustür. Er blieb erst stehen, als er im Garten angekommen war. Und das auch nur, um sich eine Zigarette zu nehmen und sie anzuzünden.

„Es tut mir leid“, sagte Freddie, der ihm nach draußen gefolgt war. „Ich hätte etwas sagen sollen.“

Vere stieß den Rauch aus, der sich in seiner Lunge gesammelt hatte. „Was hättest du denn sagen wollen?“

„Ich war … ich hatte überlegt, dich zu warnen, vorsichtiger zu sein.“

Was für eine Ironie des Schicksals. „Ich – vorsichtiger sein?“

Freddie steckte sich die Hände in die Rocktaschen. „Letzte Nacht habe ich noch zu später Zeit einen Spaziergang gemacht … da habe ich euch gesehen, ihr beide allein, wie ihr zusammen zurück zum Haus gegangen seid. Und heute Morgen, da dachte ich, du hättest wieder deinen Albtraum. Aber als ich meine Zimmertür öffnete, sah ich sie aus deinem Zimmer kommen.“

Vere nahm einen tiefen Zug von seiner Zigarette. *Himmel!*

„Ich dachte, dass es sicherlich eine unschuldige Erklärung für alles gibt – weißt du, dass sie deinen Albtraum gehört hat und erschienen ist, um nach dir zu sehen …“

Vere warf seine noch weitgehend ungerauchte Zigarette auf den Boden und zertrat sie unter seinem Absatz.

Freddie seufzte. Er nahm das Zigarettenetui und die Streichhölzer aus Veres Tasche, zündete eine Zigarette an und reichte sie ihm. Vere seufzte und nahm sie seinem Bruder aus der Hand. Wie sollte er auf Freddie böse sein?

„Es tut mir leid“, wiederholte Freddie.

Vere schüttelte den Kopf. „Es ist nicht deine Schuld.“

Freddie, der gewöhnlich keinen Tabak mochte, zündete sich selbst eine Zigarette an. Sie rauchten schweigend.

„Geht es dir wieder gut?“, fragte Freddie nach einer Weile.

Vere starrte in den Sternenhimmel. „Sicher, alles in bester Ordnung.“

„Nun“, sagte Freddie zögernd. „Ich habe gesehen, wie du sie anschaust. Und da sie deine Gefühle erwidert … ich meine, du bist doch schon eine Weile auf der Suche nach einer Frau, oder?“

Hatte sich irgendein Mann schon einmal so perfekt in seiner eigenen Schlinge verfangen? Als Nächstes würden sich die Leute am Ende noch aufrichtig für ihn freuen, dass es ihm schließlich doch noch gelungen war, sich eine Frau zu angeln. Und wenn sie dann erst einmal Gelegenheit gehabt hatten, seine vollbusige Schönheit zu sehen, würden ihm alle anerkennend auf die Schulter klopfen und ihn beglückwünschen.

„Sie hat ein fröhliches Gemüt", fuhr Freddie fort. „Und sie hört zu, wenn du sprichst."

Wenn du *sprichst,* wollte Vere entgegnen.

Er zerrte sich die Krawatte vom Hals. „Ich denke, ich unternehme jetzt einen Spaziergang, wenn es dich nicht stört."

Wie es sich herausstellte, blieb es nicht bei diesem einen Spaziergang. Lady Kingsley wartete in seinem Zimmer auf ihn – sie schlief auf einem Stuhl, als er um zwei Uhr morgens zurückkehrte. Das Gespräch, das sie mit ihm führen wollte, erforderte, wie er feststellte, ein erneutes Verlassen des Hauses.

Er hatte gedacht, sie wolle mit ihm über den Stand der Ermittlungen und die daraus resultierenden Schlussfolgerungen sprechen, aber das war nicht der Fall.

„Gerade eben war sie in meinem Zimmer und hat mich gebeten, ihr zu helfen", sagte Lady Kingsley.

Er warf ihr einen scharfen Blick zu.

„Sie hat gesagt, ihr Onkel werde sie umbringen, wenn er erfährt, was geschehen ist. Sie möchte nicht mehr auf Highgate Court sein, wenn er zurückkommt."

„Und Sie haben sich einverstanden erklärt, ihr zu helfen?"

„Ich weiß, Sie gehören nicht dazu, aber die Welt ist voll mit schrecklichen Männern, die Frauen, die von ihnen abhängig sind, die furchtbarsten Sachen antun. Ich habe keinen Grund, ihr nicht zu glauben. Und da Sie sie ohnehin heiraten müssen, habe ich ihr gesagt, dass ich mich um eine Sondererlaubnis kümmern würde und wir gleich morgen früh nach London aufbrechen."

„Ist das alles?", erkundigte er sich kühl.

„Sie möchte ihre Tante mitnehmen."

„Nun, warum nicht – je mehr, desto besser."

Lady Kingsley schaute ihn unsicher an, dann legte sie ihm eine Hand auf den Arm. „Ich weiß nicht, ob ich Sie trösten oder beglückwünschen soll. Ich weiß, Sie hatten nicht vor zu heiraten, als Sie den Auftrag übernommen haben. Aber wenn sie dafür sorgt, dass Sie sich derart vergessen, ist eine Heirat nicht das Schlimmste, was einem passieren kann."

Von Lady Kingsley hätte er Besseres erwartet. Er hatte erwartet, dass sie wusste, wie sehr es seinem Wesen widersprach, sich derart zu vergessen, und daher wenigstens den Hauch eines Verdachts hegte, dass Miss Edgerton mit gezinkten Karten spielen könnte.

Stattdessen schien sie ihm wie schon zuvor Freddie zu unterstellen, dass er, Vere, zu großen Teilen, wenn nicht sogar ganz für den Skandal verantwortlich war.

„Wenn Sie mich entschuldigen wollen", sagte er. „Ich bin restlos erschöpft."

9. KAPITEL

Elissande packte, erst in ihrem eigenen Zimmer, dann in dem ihrer Tante. Tante Rachel wachte manchmal mitten in der Nacht auf und nahm dann nochmals Laudanum – was es schwierig machte, sie am Morgen zu wecken. Elissande musste das unter allen Umständen verhindern.

Viertel vor fünf war sie mit dem Kofferpacken fertig. Um fünf Uhr begann sie, ihre Tante zu wecken. Tante Rachel war verwirrt und verschlafen. Aber Elissande war entschlossen. Sie kümmerte sich um die Morgentoilette, fütterte ihre Tante mit einer Portion Pfeilwurzbrei, putzte ihr die Zähne.

Erst als sie Kleider zum Ausgehen holte, begriff Tante Rachel, dass es nicht einfach ein weiterer gewöhnlicher Tag im Hause Douglas werden würde.

„Wir gehen", antwortete Elissande auf die unausgesprochene Frage ihrer Tante.

„Wir?", krächzte Rachel.

„Ja, du und ich. Ich werde heiraten, und ich brauche deine Hilfe bei der Gründung meines Haushalts."

Tante Rachel umklammerte Elissandes Hand mit ihrer. „Heiraten? Wen?"

„Wenn du ihn kennenlernen willst, dann zieh dich an und komm mit."

„Wo … wohin gehen wir?"

„London." Lady Kingsley hatte ihr versprochen, dass sie ihr helfen würde, von dem Bischof von London eine Sondererlaubnis zu erlangen.

„Weiß … weiß dein Onkel davon?"

„Nein."

Tante Rachel zitterte. „Was … was geschieht, wenn er es herausfindet?"

Elissande nahm Tante Rachel in die Arme. „Mein Verlobter ist ein Marquess. Mein Onkel kann mir nichts mehr anhaben, wenn ich erst verheiratet bin. Du kommst jetzt mit mir, und auch du wirst dann deinem Mann nie wieder begegnen: Lord Vere wird uns beschützen."

Tante Rachel zitterte heftiger. „Bist du ... bist du dir da ganz sicher, Ellie?"

„Ja." Sie war eine hervorragende Lügnerin: Ihr Lächeln war ihre beste Lüge, aber sie war auch nicht unbedarft, wenn es um Worte ging: „Wir können uns auf Lord Vere verlassen. Er ist ein Prinz unter den Männern."

Sie wusste nicht, ob es ihr gelungen war, Tante Rachel restlos zu überzeugen. Aber ihre Tante verlor ihre Anspannung, sodass Elissande keine Schwierigkeiten hatte, ihr ein Morgenkleid aus blassgrüner Seide mit einem Besatz aus weißem Chiffon anzuziehen und einen dazu passenden Hut aus grünem Samt aufzusetzen.

Unseligerweise betonten das Gewand und die Kopfbekleidung nur den graugrünen Ton im Gesicht ihrer Tante und ihren spindeldürren Körper. Man hatte den Eindruck, als wolle sie sich gänzlich in sich zurückziehen, als wolle sie am liebsten unsichtbar sein. Dennoch sah sie einigermaßen präsentabel aus. Um Tante Rachels willen konnte Elissande nur beten, dass Lord Vere, wenn er hier auftauchte, auch nur eine halb so beeindruckende Erscheinung abgab, wie sie es hatte durchscheinen lassen.

Tante Rachel zuckte zusammen, als sie ihren zukünftigen Schwiegerneffen zu Gesicht bekam. Elissande vermochte das Gefühl überraschter Freude nachzuvollziehen. Wenn sie ihn mit den Augen eines Fremden betrachtete, konnte sie nicht abstreiten, dass er ein gut aussehender Mann war.

Er war wunderschön angezogen: Alle Knöpfe steckten in den dazugehörigen Knopflöchern, seine Hose verunzierten keine Essensflecken, und sein Halstuch hing vollkommen gerade. Er redete nur das Nötigste. Er war sprachlos geworden angesichts der überwältigenden Realität, daran zweifelte sie nicht. Trotzdem erklärte er sich pflichtgemäß geehrt und entzückt über die „Überlassung von Miss Edgertons Hand".

Obwohl sie ihm die praktisch aufgezwungen hatte.

Er warf ihr einen Blick zu, dabei ließ er seine Augen rasch über ihre Gestalt gleiten. Sie war züchtig in einem feinen, grauen Gewand aus Baumwollchiffon gekleidet – nicht, dass sie Lord Vere weiter darüber hinwegtäuschen könnte, zu was für einer Sorte Frau sie in Wahrheit gehörte. Es kam ihr der Gedanke, dass es vielleicht gar nicht nötig gewesen wäre, völlig nackt zu sein, dass es auch gereicht hätte, wenn sie in ihrer Unterwäsche in seinen Armen gefunden worden wäre.

Stattdessen hatte er alles von ihr gesehen.

Sie schluckte, blickte nach unten und war froh, als Lady Kingsley anordnete, dass alle bitte in die Kutsche einsteigen sollten.

Vere sorgte dafür, dass er und Freddie in einem anderen Abteil reisten als die drei Frauen, einem, das ein Stück entfernt von ihrem lag. Er schlief, während Freddie neben ihm zeichnete. Als sie in London ankamen, warnte ihn Lady Kingsley, sich nicht zu weit von seinem Haus zu entfernen, damit sie ihn über Ort und Uhrzeit seiner Hochzeit unterrichten konnte.

Die Frauen betraten das Stadthaus von Lady Kingsley, um das zu tun, was Frauen immer taten, wenn sie mit einer bevorstehenden Hochzeit konfrontiert waren. Vere lehnte Freddies Angebot ab, ihm Gesellschaft zu leisten, und sandte Holbrook eine Nachricht, dass er sich bitte mit ihm in demselben Versteck treffen möge, das sie letztes Mal benutzt hatten.

Das Bordell – ihre spöttische Bezeichnung für diesen speziellen Treffpunkt – hatte Vere immer belustigt, wegen der grellen Farben und der unbeholfenen, aber beherzten Versuche, Eleganz zu verströmen. Aber heute schmerzten seine Augen, wenn er das künstliche Tigerfell betrachtete und die lilafarbenen Lampenschirme.

Holbrook traf kurz nach ihm ein. Vere warf das verschlüsselte Dossier auf den Tisch. „Aus Douglas' Safe. Es gehört einen Tag lang Ihnen."

„Danke, Mylord. Sehr schön, wie immer", bemerkte Holbrook. „Ich werde es binnen kürzester Zeit kopieren lassen."

Er reichte Vere ein Glas mit einem Williams-Birnen-Brand – Obstbrände aller Art faszinierten Holbrook. „Soweit ich es verstanden habe, sind Glückwünsche angebracht."

Vere verzichtete darauf zu erwähnen, dass Holbrook wohl kaum Grund hatte, anderen Männern zum Wechsel in den Ehestand zu gratulieren, da die verstorbene Lady Holbrook erwiesenermaßen einmal mit einem Messer auf ihn losgegangen war. „Danke, Sir."

„Was ist geschehen?"

Vere zündete sich eine Zigarette an, nahm einen Zug und zuckte die Achseln.

„Nicht unbedingt der stolzeste Augenblick in einer sonst makellosen Karriere, was?", stellte Holbrook beiläufig fest.

Vere schnippte die Asche von seiner Zigarette, obwohl sich bislang kaum welche entwickelt hatte.

Holbrook spielte mit den Perlenfransen des Schonbezugs. „Und dann auch noch die Nichte des Verdächtigen!"

„Meine Anziehungskraft kennt keine Grenzen." Vere leerte sein Glas. Genug geplaudert. „Es gab eine Verwandte, bei der Douglas eine Weile wohnte, als er in London war, nicht wahr?"

„Sicher. Mrs John Watts. London Street, Jabob's Island." Holbrook besaß ein unfehlbares Gedächtnis. „Aber sie ist schon lange tot."

„Danke." Vere stand auf. „Ich finde selbst zur Tür."

„Sind Sie sicher? An Ihrem Hochzeitstag?"

Was sonst sollte er schon an diesem Tag tun? Herumhuren und ein Gelage feiern? Sich restlos betrinken? Eine Opiumsucht entwickeln?

„Aber natürlich", antwortete er leise. „Wie sollte ich diesen Tag besser genießen und all das, was danach kommt?"

„Ich kann es immer noch nicht glauben – Penny heiratet", bemerkte Angelica Carlisle, verwitwete Canaletto, Freddies älteste und beste Freundin, lachend.

Sie und Freddie tranken Kaffee – ihre neueste vom Kontinent

stammende Angewohnheit – in dem Empfangssalon ihres Stadthauses, das früher ihrer Mutter gehört hatte.

Freddie hatte hier viele Tee- und Dinnergesellschaften besucht, die meisten Bücher im Studierzimmer gelesen, und sonntags war er regelmäßig in diesem Haus zu Gast gewesen, jenem Tag in der Woche, der strikt der Familie und den engsten Freunden vorbehalten war. Angelica hatte ihm bereits erklärt, welche Änderungen sie an der Einrichtung vorzunehmen plante. Aber sie war noch dabei, sich einzuleben – sie war erst seit einem Monat wieder zurück in England. Das Haus war unverändert. Und die Vertrautheit der Umgebung – gemütlich verblasste Tapeten in Rosa und Altweiß, liebevoll aufgehobene Aquarelle von längst verstorbenen und unverheirateten Tanten, Erinnerungsteller vom Silberjubiläum Ihrer Königlichen Hoheit vor fünfunddreißig Jahren – betonte die Veränderungen an ihr selbst nur umso stärker.

Er hatte sie immer für attraktiv gehalten, mit einer gesunden Ausstrahlung und ausdrucksstarken Zügen, insgesamt mehr apart als unbedingt hübsch. Aber während der kurzen Jahre ihrer Ehe und der folgenden Witwenschaft hatte sie eine gewisse verführerische Art hinzugewonnen. Ihre Augen waren nicht mehr so klar, nicht mehr so ehrlich-aufgeweckt, wie er sich von früher erinnerte, sondern strahlten etwas Geheimnisvolles aus. Ihr Lächeln, gewöhnlich nur ein leises Anheben ihrer Mundwinkel, verströmte jetzt eine große Sinnlichkeit, wobei sie sich vollkommen züchtig benahm. Es war, als ob sie hinter der Fassade von Sittlichkeit und Anstand insgeheim sehr unartige Gedanken hegte.

Und zu seiner Bestürzung begann er zum ersten Mal in seinem Leben in ihr jemanden zu sehen, für den er Verlangen verspürte. Angelica, die immer so etwas wie eine Schwester für ihn gewesen war, eine lästige und erbarmungslose kleine Schwester, die ihm in ihrer schonungslosen Offenheit mitgeteilt hatte, dass sein Schneider blind und unfähig sie, dass er sich seine Zähne mindestens drei Minuten länger putzen müsse und dass, wenn er mehr als zwei Tropfen Champagner getrunken habe, es ihm nicht länger gestattet sei, Walzer zu tanzen – zum Schutz der anderen.

Sie trank einen Schluck Kaffee, lachte wieder leise und schüttelte den Kopf. Eine Strähne ihres Haares, das kunstvoll locker frisiert war, streifte ihr Kinn, verlieh der Eckigkeit ihrer Züge eine neue Weichheit. Als wüsste sie um den Bann, in dem die Locke ihn hielt, zog sie sie zwischen zwei Fingern glatt, dann ließ sie sie los.

Irgendwie gelang es ihr, selbst in diese winzige Bewegung die ganze Kraft ihrer neu entwickelten Macht zu legen – gemeint war damit Evas Verführungskunst.

Ihm wurde klar, dass er ihr noch nicht geantwortet hatte, und so beeilte er sich zu sagen: „Penny ist neunundzwanzig. Irgendwann wird er heiraten müssen."

„Das stimmt natürlich, aber was mich so verwundert, ja erschreckt, ist der Skandal. Sicher, ich verdrehe angesichts von manchen seiner Streiche die Augen, aber Penny gerät gewöhnlich nicht in ernsthafte Schwierigkeiten."

„Ich weiß", sagte Freddie. „Vielleicht hätte ich besser aufpassen müssen."

Er war fünfzehn gewesen, als Penny seinen Reitunfall hatte. Es war eine der seltenen Sommerwochen gewesen, die sie getrennt voneinander verbrachten: Er mit dem Cousin ihrer verstorbenen Mutter in Biarritz, Penny in Aberdeenshire mit Lady Jane, ihrer Großtante väterlicherseits.

Die ersten paar Monate nach Pennys Unfall hatte sich Freddie entsetzliche Sorgen gemacht. Aber nach einer Weile wurde deutlich, dass Penny zwar nie wieder einen wissenschaftlichen Abriss über die Geschichte des Concilium Plebis, der allgemeinen römischen Volksversammlung, würde abliefern oder eine teuflisch überzeugende Rede würde halten können, in der es darum ging, Frauen das Wahlrecht zu verleihen; aber er brauchte auch nicht ständig ein Kindermädchen an seiner Seite. Das war immerhin ein kleiner Segen in einer sonst niederschmetternden Entwicklung, deren Ungerechtigkeit Freddie einfach keine Ruhe lassen wollte. Sein brillanter, tapferer Bruder, der vor ihrem stets alles missbilligenden Vater die Schuld für Freddies Fehler auf sich genommen hatte, dem eine bedeutende Karriere in der Regierung bevorgestanden hatte, war auf einmal darauf reduziert, sich bestenfalls mit seinem Tagesablauf auszukennen.

„Du glaubst aber nicht, dass Miss Edgerton nur an Penny interessiert ist, weil er diesen Titel führt und ein Vermögen hat."

„Ihr Onkel besitzt eine Diamantenmine in Südafrika und hat selbst keine Kinder. Daher kann ich mir nicht vorstellen, dass sie hinter seinem Geld her ist."

Angelica biss ein Stück von ihrem Madeirakuchen ab. Er verfolgte, wie sie sich gedankenversunken die Butter, die an ihren Fingern haftete, abwischte, beinahe sah es so aus, als ob sie die Serviette streichelte. Er stellte sich vor, dass sie stattdessen *ihn* streichelte.

„Also, was hältst du von Miss Edgerton?", fragte sie ihn.

Er musste seine Fantasie zügeln und sich von den sinnlichen und zuweilen auch schockierend eindeutigen Gedanken losreißen, denen nachzuhängen er dieser Tage eine nicht zu unterdrückende Neigung entwickelt hatte – Gedanken, in denen Angelica stets eine Rolle spielte, allerdings in verschiedenen Stadien der Entkleidung. „Miss Edgerton, äh … sie ist sehr hübsch, liebenswert und lächelt viel. Sie hat nicht viel zu einem Gespräch beizutragen, außer dem zuzustimmen, was ihr Gegenüber gerade sagt."

„Das müsste doch gut zu Penny passen. Er mag es, wenn man ihm zustimmt."

Was keiner von ihnen aussprach, vermutlich aus Loyalität Penny gegenüber, war, dass ein Mädchen von mittelmäßiger Intelligenz und nicht unbedingt vielen originellen Gedanken vermutlich das Beste war, was Penny sich erhoffen konnte.

„Es sind jetzt vierzehn Jahre seit seinem Unfall vergangen", stellte Angelica fest, „und er findet sich bemerkenswert gut zurecht. Das hier wird er auch bewältigen."

Freddie lächelte ihr zu. „Du hast recht. Ich müsste mehr Vertrauen zu ihm haben."

Eine Weile schwiegen sie. Sie biss wieder von ihrem Madeirakuchen ab, und er betrachtete einen Mandelkeks von allen Seiten.

„Nun denn", sagten beide fast zur selben Zeit.

„Du zuerst", bot er ihr an.

„Nein, nein, du, bitte. Du bist mein Besucher, ich bestehe darauf."

„Ich … ich möchte dich um einen Gefallen bitten", erklärte er.

„All die Jahre, die ich dich nun schon kenne, kann ich mich an kein einziges Mal erinnern, das du mich um einen Gefallen gebeten hättest. Ich räume natürlich gerne ein, dass es etwas damit zu tun haben könnte, dass ich dir ständig meine Wünsche, Meinungen und Ansichten ungefragt aufgedrängt habe." Ihre Augen funkelten. „Aber bitte, fang an. Ich bin ganz Ohr."

Er liebte die Form ihres Mundes, wenn sie nicht ganz lächelte. Warum war ihm eigentlich nie zuvor die nahezu magnetische Anziehungskraft ihres Beinahe-Lächelns aufgefallen?

„In Miss Edgertons Haus habe ich ein interessantes Gemälde gesehen. Niemand kennt den Künstler. Ich glaube jedoch, eine Arbeit in ganz ähnlichem Stil und von vergleichbarer Machart schon einmal gesehen zu haben. Aber ich kann mich nicht erinnern, wann und wo es war. Dein Gedächtnis ist meinem weit überlegen bei solchen Sachen, und dein Wissen in diesem Bereich sowieso."

„Hm, Komplimente. Ich liebe Komplimente – Schmeicheleien werden Sie weit bringen, junger Mann."

„Du weißt, ich habe gar keine Ahnung, wie man jemandem schmeichelt." Schon vor zehn Jahren war Angelica eine hervorragende Kunstkennerin gewesen. Jetzt war ihr Wissen mehr als eindrucksvoll. „Ich habe von dem Gemälde Aufnahmen gemacht. Dürfte ich sie dir zeigen, wenn sie entwickelt sind?"

Sie legte den Kopf schief und spielte erneut mit der Locke an ihrem Kinn. „Ich habe noch nicht eingewilligt, dir zu helfen.

Erst möchte ich deine Antwort auf meine Bitte hören. Wie dir vielleicht bewusst ist, warte ich seit Wochen darauf."

Seit Wochen hatte er an nichts anderes denken können.

Er wurde rot, obwohl er felsenfest entschlossen gewesen war, dass ihm das nicht passierte. „Du sprichst von dem Porträt?"

Sie wollte von sich einen Akt anfertigen lassen – und er sollte diese Aufgabe ausführen. Während er Penny versichert hatte, dass es überhaupt nichts Anzügliches an einem solchen Gemälde gäbe, dass ein Akt nichts anderes als eine Studie des weiblichen Körpers sei, ganz ohne Hintergedanken, war sein Kopf voll mit Bildern gewesen, Bildern von einer überaus reizvollen und sinnlichen Angelica.

„Ja, genau."

Sie war direkt, lässig und ungezwungen, während er sich unbeholfen fühlte. Er befand sich auf einem ihm unbekannten Terrain … und außerdem war ihm viel zu warm.

„Du weißt doch, ich bin kein Experte, was den menschlichen Körper angeht."

„Du warst immer schon viel zu bescheiden, Freddie, mein Lieber. Ich hätte dich nicht darum gebeten, wenn ich nicht vollstes Vertrauen in deine Fähigkeiten hätte. Ich habe die Arbeiten gesehen, die du angefertigt hast. Dir gelingt die Darstellung des menschlichen Körpers ganz ausgezeichnet."

Sie hatte recht, obwohl er es vorzog, nicht so oft Menschen zu porträtieren. Er war als Kind überaus ungeschickt gewesen und hatte sich oft verletzt, weswegen er sich viel im Haus hatte aufhalten müssen. Viel lieber wäre er draußen gewesen, wäre herumgetollt und hätte sich im Kreis gedreht, hätte einfach im Gras gelegen und die sich stetig wandelnden Farben des Himmels beobachtet. Wenn er Menschen malte, bedeutete es, dass er im Atelier sein musste, allemal bei einem Aktbild. Und noch immer zog es ihn mehr ins Freie, wo er, das üppige sahnige Rosa eines Kirschbaumes in voller Blüte oder die unterschwellig mitschwingenden Töne eines Tête-à-Tête bei einem Picknick einfangen konnte.

Doch während er sie ansah, überlegte er schon, in welchem Verhältnis er Neapelocker und Zinnoberrot unter Silberweiß mischen musste, um den warmen und gesunden Farbton ihrer Haut hinzubekommen.

„Du hast gesagt, es sei für deine Privatsammlung?"

„So ist es geplant."

„Also lässt du es nicht ausstellen?"

„Solche Sorge um meinen Anstand." Sie lächelte ihn schelmisch an. „Warum kann ich nur nicht halb so viel Schicklichkeit aufbringen?"

„Ich brauche ein Versprechen."

Die meiste Zeit war er ein umgänglicher Mensch, aber in diesem Punkt würde er nicht nachgeben.

„Ich möchte mit diesem Vorhaben allein meine Jugend auf Leinwand festhalten, um eines Tages über meine verlorene Schönheit seufzen zu können. Ich verspreche dir hoch und heilig, dass ich es noch nicht einmal in meinem eigenen Haus aufhängen werde. Stattdessen wird es in einer Kiste aufbewahrt, die nicht geöffnet wird – bis ich im Spiegel eine alte Hexe sehe." Sie lächelte wieder. „Stellt dich diese Antwort zufrieden?"

Er schluckte. „Gut. Dann mache ich es."

Sie stellte ihre Tasse ab und schaute ihn direkt an. „In dem Fall bin ich selbstverständlich nur zu gern bereit, dir dabei zu helfen, der Herkunft deines geheimnisvollen Gemäldes auf die Spur zu kommen."

Mrs Watts war schon ein Vierteljahrhundert tot. Vere schätzte sich überaus glücklich, als es ihm trotzdem innerhalb weniger Stunden gelang, jemanden ausfindig zu machen, der sie gekannt hatte.

Seine Suche hatte ihn von Bermondsey nach Seven Dials geführt. Obwohl keine Meile von den weitläufigen Grünanlagen und Plätzen in Mayfair entfernt, war Seven Dials zu Beginn des Jahrhunderts für die Kriminalität und die Armut, die hier herrschten, berüchtigt gewesen. In den letzten Jahren hatte sich vieles zum Besseren gewendet, allerdings würde Vere es weiterhin vorziehen, sich nicht unbegleitet des Nachts in die Seitenstraßen vorzuwagen.

Aber im Augenblick war heller Tag. Auf der St. Martins Lane lärmten Vögel, denn hier waren die Geschäfte für die Vogelliebhaber Londons versammelt. Er kam an einem Laden vorbei, in dem lauter Singvögel in Käfigen im Schaufenster standen: Gimpel, Lerchen und Stare, die alle unruhig zwitscherten und tschilpten. Ein anderes Geschäft war voller Holzkisten mit gurrenden Tauben. Falken, Eulen und Papageien verstärkten die Kakophonie. Er war dankbar, wenn er gelegentlich einen Laden passierte, der sich auf Wassertiere oder Kaninchen spezialisiert hatte, beide Arten waren himmlisch leise.

Jacob Dooley wohnte in der Little Earl Street, in der sich die Menschen auf einem belebten Freiluftmarkt drängten – allerdings konnte Vere nicht viel entdecken, das nicht aus zweiter oder dritter Hand zu haben war. Was eine Frau dieser Tage mit einem Satz Krinolinenringe anfangen sollte, konnte er sich nicht vorstellen. Trotzdem sah er, wie nicht ein solcher Satz, nicht zwei, sondern drei an verschiedenen Ständen als „Gipfel der Mode“ angepriesen wurden.

Dooleys Wohnung befand sich im obersten Stock eines viergeschossigen Hauses. An der Fassade des Gebäudes warb in großen Lettern der Lebensmittelhändler im Erdgeschoss – „Milchbauer, Metzger, Milchlieferant und Handel en gros“. Das enge düstere Treppenhaus roch streckenweise nach Urin.

Veres Klopfen brachte einen Mann dazu, die Tür zu öffnen. Er war zwischen sechzig und siebzig, breitschultrig und stark behaart, mit vollem grau-schwarz meliertem Haupthaar sowie einem Bart in demselben Farbmuster. Er stand in der Spaltbreit geöffneten Tür und musterte Vere misstrauisch. Vere hatte sich verkleidet. Er war ein stämmiger Bierkutscher mit einem Bart, der, was seine Üppigkeit betraf, dem von Dooley Konkurrenz machen konnte. Seine grobe Arbeitskleidung roch so, wie es erwartet wurde: gleichermaßen nach Pferd und Bierbrauerei.

„Wer sind Sie? Und warum fragen Sie nach Mrs Watts?" Dooleys irische Herkunft verriet sich in seiner Sprache.

Vere hatte eine Antwort parat. Im Liverpooler Dialekt sagte er: „Mrs Watts war die Tante meines Vaters, jawohl, das war sie. So hat es mir wenigstens meine Ma immer erzählt. Mein Vater ist nach London gegangen, wollte bei Mrs Watts leben."

Dooleys Augen wurden groß. „Aber Ned war erst ein junger Bursche, als er zu ihr kam, ganz gewiss. Ich, ich habe ihn nie gesehen. Aber Mag – Mrs Watts – hat gesagt, er sei vierzehn gewesen, als er aufkreuzte, und sechzehn, als er ging."

„Nun, er hat meine Ma und mich gehabt, bevor er von Liverpool weg ist. Oder wenigstens hat meine Ma es mir so immer erzählt."

Dooley trat einen Schritt zurück. „Kommen Sie rein. Ich mache Ihnen eine Tasse Tee."

Die Wohnung bestand aus nur einem Zimmer mit einem dünnen gelben Vorhang in der Mitte, um das Bett von dem übrigen Mobiliar zu trennen. Dooley besaß einen erstaunlich schwer aussehenden Tisch, zwei Stühle und ein paar selbst gezimmerte Regale, auf denen in ordentlichen Stapeln Zeitungen und zwei große Bücher lagen – von denen das eine eine Bibel zu sein schien und das andere vielleicht ein Andachtsbuch.

Dooley goss Wasser aus einem Krug in einen Topf mit einer Handvoll Teeblätter und hängte den behelfsmäßigen Kessel an einen Haken über einen Spiritusbrenner. „Haben Sie Ihre Mutter noch?"

„Letzten Dezember ist sie gestorben. Kurz vorher hat sie mir von meinem richtigen Pa erzählt. Ich suche nach ihm, seit ich sie beerdigt habe."

„Dann haben Sie Glück, mein Lieber", sagte Dooley, der neben dem Spirituskocher stand. „Das Letzte, was ich von ihm gehört habe, war, dass er ein reicher Mann in Südafrika wurde. Diamanten."

Vere hielt für mehrere Sekunden die Luft an. Er blickte Dooley hoffnungsvoll an. „Sie erlauben sich keinen Scherz mit mir, oder, Mr Dooley?"

„Nein. Das letzte Mal, als ich Maggie sah – Ihre Mrs Watts –, da hatte sie gerade ein Telegramm von ihm bekommen. Er war stinkreich und auf dem Heimweg, um sie zu einer eleganten Dame zu machen. Wirklich, ich habe mich für sie gefreut, aber ich war auch sehr traurig. Ich wollte, dass sie mich heiratet. Sie war zwar ein paar Jahre älter als ich, aber sie war eine gute Frau, ja, das war Maggie Watts. Und sie konnte auch schön singen, ganz gewiss. Aber es war klar: Sie würde einen armen Seemann wie mich nicht haben wollen, wenn ihr Neffe ihr ein prächtiges Haus auf dem Land baute und sie der Königin vorstellte, nicht wahr?

Ich bin auf einem Dampfer nach San Francisco gefahren, und als ich zurückkam …“ Dooleys Kinnmuskeln verspannten sich. „Als ich wieder zurückkam, da war sie schon unter der Erde.“

„Das tut mir furchtbar leid.“ Vere musste sein Mitgefühl nicht spielen. Er kannte sich zu gut aus mit der Trauer und der Fassungslosigkeit nach einem solchen Verlust.

Dooley schwieg eine Weile, stellte aber zwei Tassen auf den Tisch – die nicht angeschlagene vor Vere – und schnitt einen halben Laib von einem dunklen Brot auf. Obwohl die Teeblätter im Wasser aufgekocht waren, war der Tee, den Dooley einschenkte, kaum dunkler als Limonade – wie so vieles, das unten auf der Straße verkauft wurde, waren auch die Teeblätter bereits in Gebrauch gewesen.

„Danke, Sir“, sagte Vere.

Dooley ließ sich schwer auf einem Stuhl nieder. „Es hat mir all die Jahre keine Ruhe gelassen, wie sie gestorben ist.“

„Aber wie ist sie denn gestorben?“

„Laut dem Bericht des Gerichtsmediziners an einer Überdosis Chloralhydrat. Das ist ein Schlafmittel, künstlich hergestellt. Sie ist einfach eingeschlafen und nie wieder aufgewacht. Ich habe versucht, dem Gerichtsmediziner klarzumachen, dass sie weder so etwas genommen noch herumliegen hatte. Sie war eine hart arbeitende Frau, die nachts wie eine Tote schlief – Sie hätten sie schnarchen hören sollen! Natürlich hat es nichts genützt, dass ich das gesagt habe. Man schien anzunehmen, sie sei eine Frau mit lockerer Moral. Der Gerichtsmediziner – dieser Narr – erwiderte nur, eine Frau wie sie würde solche Sachen wegräumen, ehe sie einen Mann in ihr ‚Domizil' kommen lässt. Außerdem solle ich die Klärung der Todesursache Männern der Wissenschaft überlassen."

„Sie denken, es war nicht Chloralhydrat?"

Dooleys Gesicht war von Sorgen zerfurcht. „Ich habe alle ihre Nachbarn gefragt. Es gab da zwei junge Mädchen. Sie meinten, sie hätte sich kalt angefühlt – nicht kalt wie ein Stein, eher merkwürdig kühl, wobei sie immer kälter wurde. Auch hätte sie noch geatmet, als sie sie fanden. Der Arzt, den sie holten, sei aber ein Quacksalber gewesen und konnte nichts feststellen."

Er stand auf und holte das Buch, das Vere für eine Andachtensammlung gehalten hatte, aus dem Regal. In Wahrheit trug es den Titel: *Gifte: Wirkung und Nachweis – Ein Handbuch für analytische Chemiker und Experten.* Dooley schlug das Buch an einer Stelle mit mehreren Eselsohren auf. „Es war Choralhydrat gewesen, wenn es stimmte, dass sie sich kalt anfühlte und immer kälter wurde. Hätte der Arzt etwas von seinem Fach verstanden, hätte etwas Strychnin ihr das Leben retten können."

Normalerweise verursachte Strychnin tödliche Muskelkrämpfe. Aber aus genau diesem Grund war es ein Gegenmittel bei einer Überdosis des Schlafmittels Chloralhydrat: Es unterstützte die Herztätigkeit und hielt den gefährlichen Abfall der Körpertemperatur auf. Eine Spritze Strychnin war es gewesen, die der Arzt im Haysleighfall verabreichte – bei dem Vere auf die Hilfe von Lady Kingsley angewiesen war –, um Lady Haysleigh zu retten.

„Also war es doch Chloralhydrat?"

„Ja. Ich hätte vor jedem Richter geschworen, dass sie nie welches benutzt hat. Aber der Gerichtsarzt gab mir zu verstehen, sie hätte dreißig Gramm davon in ihrem Körper. Er zeigte mir sogar die Flasche." Dooley schloss das Buch, senkte den Kopf. „Vielleicht kannte ich sie gar nicht so gut, wie ich glaubte."

„Es tut mir leid", sagte Vere noch einmal.

Als er einen Schluck von dem heißen aber recht geschmacklosen Tee trank, fiel ihm plötzlich ein schon lange ruhender Fall ein, in dem es um einen Mann namens Stephen Delaney ging. Delaney war ebenfalls an einer Überdosis Chloralhydrat gestorben. Aber da es sich bei Delaney nicht um eine arme Frau gehandelt hatte, die eine außereheliche Affäre zu einem Seemann unterhielt, sondern um einen Wissenschaftler, der zu allem Überfluss auch noch der Bruder eines Bischofs war, war seinem Tod wesentlich mehr Aufmerksamkeit durch die Behörden zuteilgeworden. Auch hier hatte seine Familie vehement widersprochen, überzeugt davon, Delaney hätte nie Chloralhydrat genommen.

Die Ermittlungen waren ergebnislos geblieben. Als Vere vor sieben Jahren die Akte gelesen hatte, befand sich eine dicke Schicht Staub auf ihr. Er selbst hatte zugeben müssen, nachdem er sie studiert hatte, dass es nichts gab, an dem man anknüpfen konnte.

„Und schon tue ich es wieder", erklärte Dooley, „rede nur von meiner armen Maggie, und dabei wollten Sie doch etwas über Ihren Vater hören."

„Wenn er mein Pa war, dann war sie auch meine Tante – meine Großtante."

„Ja, stimmt. Stimmt." Dooley legte seine kräftigen schwieligen Hände auf das Giftbuch. „Aber ich kann Ihnen nicht viel mehr erzählen."

„Haben Sie nicht gesagt, er wollte kommen und sie zu einer feinen Dame machen?"

„Das hat er nur nie getan. Sein Sekretär tauchte bei ihr auf, aber er selbst nicht."

Vere musste sich um einen enttäuschten Tonfall bemühen. „Sein Sekretär?"

„Das wenigstens hat Fanny Nobb gesagt. Sie meinte, ein feiner Herr sei bei Maggie aufgetaucht, ungefähr ein paar Tage, bevor sie starb. Ihr Vater musste in Kimberley bleiben, auf den Diamantenfeldern, daher hatte er seinen Sekretär geschickt, der sich um alles kümmern sollte. Der Sekretär hatte den Auftrag, nach einem eleganten Haus für Maggie zu suchen und ihr alles zu kaufen, was sie nur wollte. Vielleicht brauchte sie deswegen das Chloralhydrat. Sie war zu aufgedreht, um zu schlafen."

Veres Herz klopfte schneller. Statt des Kneipenschlägers Edmund Douglas war an seiner Stelle ein „feiner Herr" erschienen. Und kurz darauf war Mrs Watts an einem Mittel gestorben, von dem ihr Liebhaber überzeugt war, dass sie es nie genommen hatte.

Wenn sein Verdacht richtig war, wenn Douglas noch nicht einmal aus eigenem Glück an seine Diamantenmine gekommen war, dann ergab sogar auf eine verquere Weise sein Hunger nach geschäftlichem Erfolg auf anderen Gebieten Sinn. Er versuchte zu beweisen, dass er auch erfolgreich sein konnte, ohne ein Verbrechen zu begehen. Nur – er hatte keinen geschäftlichen Erfolg.

„Mein Pa, ist er dann wenigstens zu Mrs Watts Beerdigung gekommen?", fragte Vere.

„Dafür war nicht genug Zeit. Sie ist im Juli gestorben, und sie mussten sie ziemlich schnell unter die Erde bringen. Aber er hat das Geld für ihre Beerdigung geschickt, das jedenfalls hat Fanny gesagt."

Vere nickte und stand auf. „Danke, Mr Dooley."

„Tut mir leid, dass ich nicht mehr erzählen kann."

Dooley hielt Vere die Hand hin. „Viel Glück, junger Mann."

Vere schüttelte dem anderen die Hand – ein Risiko, denn er wusste, dass an diesem Punkt seine Verkleidung auffliegen konnte: Er hatte nicht die rauen Hände eines Arbeiters. Aber Dooley war noch zu sehr in der Vergangenheit gefangen, um es zu bemerken.

Für Dooley würde es keine Gerechtigkeit mehr geben: Er hatte die Frau verloren, die er liebte. Aber Vere konnte jetzt vielleicht die ganze Wahrheit aufdecken, was mit Mrs Watts geschehen war. Und das würde er auch tun.

10. KAPITEL

Das Innere der Kirche war aus Stein, die Bauweise normannisch-romanisch. Graues und feuchtkaltes Licht fiel durch die oberen Fenster des Kirchenschiffs. Hie und da wurde die kühle Düsterkeit des Altarraumes durch den goldenen Lichtschein einer der dicken weißen Kerzen durchbrochen, die auf Kerzenständern so hoch wie Vere standen.

Freddie, der draußen gewartet hatte, kam mit Mrs Douglas herein und half ihr in die Kirchenbank. Lady Kingsley trat zum Altar und nickte Vere zu – sie übernahm den Part der Trauzeugin.

Die Kirchentür wurde geöffnet – und kurz darauf wieder geschlossen, begleitet von einem Hauch feuchter, kalter Luft. Erschienen war die Frau, die bald Lady Vere sein würde. Vere schluckte. Er war bei Weitem nicht so ruhig und unbeteiligt, wie er es sich gewünscht hätte.

Sie hatte den Mittelgang bis zur Hälfte absolviert, als er sie schließlich anschaute.

Sie trug das schlichteste Hochzeitskleid, das er je gesehen hatte, völlig schmucklos – keine Spitze, keine Federn, nichts Glitzerndes. Ihre Accessoires beschränkten sich auf einen Veilchenstrauß in der Hand, einen Schleier im Haar und ihr Lächeln.

Es war das wunderschönste Lächeln, das er je bei einer Braut gesehen hatte. Es hatte nichts Hämisches an sich oder gar Prahlerisches, nur eine schlichte und irgendwie schüchtern-heitere Freude – als heirate sie den Mann ihrer Träume und könne ihr Glück einfach nicht fassen.

Er wandte den Kopf ab.

Die Zeremonie dauerte und dauerte – der Pfarrer gehörte zu den geschwätzigeren Vertretern seiner Zunft und sah keinen Anlass, seine Predigt abzukürzen, auch wenn ihm die Regelwidrigkeit des Verfahrens nicht verborgen geblieben sein konnte. Der Regen, der mit Beginn der Feierlichkeiten einsetzte, hatte sich zu einem handfesten Dauerregen verstärkt, als Vere und seine Braut endlich Arm in Arm aus der Kirche traten.

Er half ihr in die wartende Kutsche, dann stieg er selbst ein. Sie war überrascht, als sich die Tür hinter ihm schloss. Sie schaute ihn an. Angesichts der plötzlichen Anspannung ihres Körpers war davon auszugehen, dass ihr gerade aufgegangen war, was es hieß, verheiratet zu sein. Dass sie mit ihm allein war, und dass niemand da war, der über sie und die Wahrung des Anstands wachte.

Niemand, der ihm sagen konnte, was er zu tun und zu lassen hatte.

Sie lächelte ihn an, ganz wie es sich gehörte, ein beseeltes Brautlächeln – es war ihre Methode, über jede nur mögliche Situation Kontrolle zu erlangen. Und dennoch fühlte er, der es besser wissen müsste – und das er ja auch tat –, ein Aufflackern von Glück.

Er versuchte das Bild einer treuen Gefährtin heraufzubeschwören, aber er konnte sie nicht mehr als eine reine und unverdorbene Frau sehen, nicht mehr ihre herzliche Unbekümmertheit wahrnehmen. Lady Vere hatte dieses Bild ruiniert, verzerrt durch kalte Berechnung.

Er erwiderte das Lächeln der Frau, die er geheiratet hatte, nicht. Ihm kam der Gedanke, dass der Weg von der Kirche zum Hotel nur zwei Meilen war, aber der Regen behinderte das Vorankommen erheblich. Er hatte genug Zeit, sich genüsslich auszumalen, wie er sie im Hotel in ihrer Hochzeitsnacht nehmen würde.

Da würde ihr das Lächeln vergehen.

Mit den Fingern schnippte sie Regentropfen weg, die auf der schimmernden Seide ihres Kleides gelandet waren. Der Stoff war schwer, züchtig in seiner Strenge und Schlichtheit. Sie war darin eingehüllt, jeder Zoll ihrer Haut unterhalb ihres Kinns war bedeckt. Selbst ihr Haar war unter dem Schleier kaum zu sehen. Aber er wusste ja bereits, wie seine süße Lügnerin völlig entkleidet aussah, nicht wahr?

Wenn er die Fensterblenden nach unten zog, könnte er sie hier an Ort und Stelle ausziehen, von oben nach unten oder von unten nach oben, ganz, wie es ihm beliebte. Taten zogen bloß Folgen nach sich. Und für sie konnten diese so aussehen: erst Entsetzen und Abscheu, schließlich Erregung. Immerhin: Ihre Nacktheit wäre einzig durch die mit schwarzem Leder bespannten Wände seiner Clarence-Brougham-Kutsche geschützt. Dazu kamen die Laute, die sie machen würde, unter ihm, gedämpft durch das Prasseln der Regentropfen auf dem Dach, das Klappern der Hufe, das Klirren der Kutschen und den ständigen Lärm, der zu London einfach dazugehörte.

Sie drehte sich um und schaute aus dem Rückfenster. „Ah, sie sind direkt hinter uns."

Als ob das irgendetwas änderte.

Er erwiderte darauf nichts, sondern wandte seinen Kopf der nassen Welt draußen zu, während seine Braut ihm still gegenübersaß und ruhig und sehr gleichmäßig atmete.

Elissande stand auf dem Balkon ihrer Suite im obersten Stock des Savoy-Hotels. London drang nur als gedämpftes Gemurmel zu ihr. Das Licht der Uferstraße Victoria Embankment spiegelte sich im dunklen Wasser der Themse. Die großen Turmspitzen der Innenstadt erhoben sich groß und dunkel vor den Schatten der Nacht.

Sie war seit vier Stunden verheiratet.

Bis zum jetzigen Zeitpunkt würde sie ihre Ehe bestenfalls als einsilbig bezeichnen.

Und sie würde sie auch als lang bezeichnen.

Sein Schweigen auf der Fahrt von der Kirche zum Hotel war nervenzehrend gewesen. Dort hatte sie entdeckt, dass weder Lady Kingsley noch Lord Frederick ihnen beim Dinner Gesellschaft leisten würden: Erstere hatte es eilig, zu ihren Gästen zurückzukehren, Letzterer musste, da er vor Kurzem einen Auftrag angenommen hatte, die notwendigen Materialien besorgen, um gleich mit der Arbeit beginnen zu können. Nachdem sie dafür gesorgt hatte, dass Tante Rachel ihr Essen erhalten hatte und anschließend zu Bett gebracht wurde, hatten sie und Lord Vere in einem Privatsalon allein ihr Dinner eingenommen. Nicht ein einziges Wort war über seine Lippen gekommen – außer einem kaum hörbaren „Amen" am Ende des Tischgebets. Und jetzt dieses endlose Warten in ihrer Suite, das ihr Kopfschmerzen bereitete und sie in Anspannung versetzte.

Vielleicht waren daran aber auch die drei Gläser Champagner schuld, die sie der Reihe nach getrunken hatte.

Hätte sie nie das Buch über das Eherecht gelesen, das früher einmal in der Bibliothek ihres Onkels gestanden hatte, würde sie sich jetzt vielleicht sogar freuen, dass sie verheiratet war und in Ruhe gelassen wurde. Aber mit dem Wissen kam die Angst: Eine nicht vollzogene Ehe barg ernste Risiken.

War ihr Onkel inzwischen nach Highgate Court zurückgekehrt? Hatte er bereits erfahren, was geschehen war und sich an ihre Verfolgung gemacht? Suchte er sie vielleicht gerade in diesem Augenblick schon hier in London?

Und wo war Lord Vere? Rauchte er? Trank er? War er allein irgendwohin gegangen, auch wenn sein kleiner Koffer in die Suite gebracht worden war?

Was, wenn ihr Onkel ihren Ehemann ausfindig gemacht und sich mit ihm zu einer Unterhaltung hingesetzt hatte, um ihm all die völlig vernünftigen Gründe vor Augen zu führen, warum er nicht mit Elissande verheiratet sein wollte. Sobald er Lord Vere erst einmal davon überzeugt hatte, war es nur ein kleiner Schritt zu einer Annullierung ihrer Verbindung, was sie ohne Ehemann zurückließe, ohne Schutz und ohne das Recht, behaupten zu können, sie sei einmal verheiratet gewesen.

Die Höhe des Hotelgebäudes machte sie mit einem Mal schwindelig. Sie zog sich in den Salon zurück, wo auf dem Tisch eine kleine, wunderschön verzierte Torte stand, mit blassen Marzipanrosen, die üppig an grünen Marzipanranken blühten – ihre Hochzeitstorte, ein Geschenk des Hotels. Mit der Torte waren ein Messer, Servietten, Teller und Kuchengabeln gebracht worden sowie eine Flasche Champagner und eine Flasche Dessertwein aus Sauternes.

Aber niemand, mit dem sie es teilen könnte.

Sie war sich so sicher gewesen, dass sich während der Hochzeitsfeier irgendein Missgeschick ereignen würde. Lord Vere würde sich beim Eheversprechen nicht an die Worte erinnern, die er zu äußern hatte. Er würde den Namen irgendeiner anderen Frau sagen. Oder er würde in letzter Sekunde beschließen, dass er die Hochzeit nicht durchziehen könne, wobei er seinen Ruf und ihr Ansehen zum Teufel geschickt hätte.

Stattdessen war er ernst gewesen und standhaft, verlässlich. Und sie war es gewesen, die sich bei seinem Namen versprochen hatte – Spencer Russell Blandford Churchill Stuart war aber auch ein langer Name. Und sie war es auch, die nicht nur einmal, sondern sogar zweimal bei ihrem Text stecken geblieben war.

Verheiratet.

Sie wagte nicht, es wirklich zu begreifen.

An der Türklinke wurde leicht gerüttelt. Sie sprang auf. Sie hatte die Tür abgeschlossen, aus Angst, ihr Onkel könnte plötzlich auftauchen.

„Wer ist da?" Ihre Stimme klang unsicher. Und beinahe atemlos.

„Ist das hier Lady Veres Zimmer?"

Lord Vere – das war die Stimme ihres Ehemanns.

Sie kniff einen Moment lang die Augen zusammen, dann bewegte sie sich vorwärts.

Lächle.

Sie hatte ihr Lächeln aufgesetzt, bevor sie die Tür öffnete. „Guten Abend, Lord Vere."

„'n Abend, Lady Vere."

Er trug den formellen grauen Anzug, in dem sie geheiratet hatten – und der wundersamerweise immer noch makellos sauber und ohne irgendwelche Flecken war.

„Darf ich eintreten?", erkundigte er sich höflich, den Hut in der Hand.

Sie merkte, dass sie ihm im Weg gestanden und ihn angestarrt hatte. „Natürlich. Ich bitte um Verzeihung."

Würde er ihr gerötetes Gesicht bemerken? Vielleicht, wenn er sie ansehen würde. Aber er ging einfach an ihr vorbei zur Mitte des Salons und schaute sich danach um.

Die Suite war wie das Domizil eines Gentleman eingerichtet, die Tapete in einem ruhigen Blau, die Möbel solide, aber unaufdringlich. In Tante Rachels Suite gab es chinesische Vasen mit einem Muster in einem rötlichen Ockerton, in diesem Raum standen in einem Halbkreis angeordnet blaue Delfter Teller auf einem Mahagoni-Sideboard.

„Hier ist die Torte", sagte sie, um nur überhaupt irgendetwas zu sagen, und schloss die Tür wieder.

Er drehte sich um, nicht so sehr aufgrund ihrer Worte, sondern wegen des Geräuschs der sich schließenden Tür. Anschließend ließ er seinen Blick über ihr Gesicht gleiten.

Er hatte ihr Abschließen der Tür falsch verstanden. Er dachte, sie wollte ihm damit zu verstehen geben, dass sie bereit sei, seine Frau zu sein. Doch genau das schien sie ihm nicht signalisieren zu wollen. Für ihn war das fast so etwas wie eine Herausforderung.

Sie wiederum stellte fest, dass sie ihm nicht in die Augen sehen konnte. Stattdessen senkte sie den Blick auf die Ansteckblume an seinem Jackett, eine einzelne blaue Ritterspornblüte, die Farbe so dunkel und satt, dass es fast schon ein Lilaton war.

„Die Torte ...", wiederholte sie. „Möchten Sie, dass ich sie aufschneide?"

„Es wäre eine Schande, sie zu essen – sie ist zu schön."

Sie eilte zu dem Tischchen und griff nach dem Tortenmesser. „Selbst etwas zu Schönes wird nur verderben, wenn niemand es isst."

„Wie wahr", murmelte er.

War das ein Anflug von Ironie, den sie da in seiner Stimme hörte?

Sie sah ihn an und bemerkte erst jetzt, dass er in seiner linken Hand eine Flasche Whisky hielt.

Sie schluckte. Natürlich war er nicht froh oder glücklich. Er war schrecklich missbraucht worden. Er wusste sehr gut, dass er hereingelegt worden war.

Jeder Idiot wüsste das.

Sie verzog das Gesicht angesichts dieser Wortwahl, senkte den

Kopf und machte sich an der Torte zu schaffen. Auf seinen Teller legte sie ein viel zu großes Stück. Er stellte die Whiskyflasche ab, nahm den Teller und ging damit auf den Balkon.

Sie wünschte sich, er würde wieder in seine alte Angewohnheit zurückverfallen, Unsinn zu reden. Sie hatte sich nicht vorstellen können, dass sein Schweigen so schwer zu ignorieren sein würde … oder mit eigenen Worten zu füllen.

„Möchten Sie gern etwas zu der Torte trinken?“, fragte sie. „Etwas Whisky vielleicht?“

„Whisky passt nicht gut zu Torten.“ Er klang fast ungeduldig.

„Dann vielleicht lieber Dessertwein?“

Er zuckte die Achseln.

Sie sah sich die Weißweinflasche an. Unter dem Wachssiegel war ein Korken. Man würde wohl einen Korkenzieher brauchen. Und wirklich, da lag ja einer, zwischen den beiden Flaschen. Sie nahm ihn und drehte ihn in ihrer Hand. Wie benutzte man den? Zu Hause entkorkten immer Diener die Weinflaschen.

„Soll ich jemanden kommen lassen?“, schlug sie schüchtern vor.

Er kam ins Zimmer zurück und stellte sein unberührtes Stück Torte ab. Danach nahm er ihr den Korkenzieher ab. Nach ein paar geschickten Drehbewegungen und einem entschlossenen Ruck war der Korken draußen. Er schenkte ein Glas mit dem Süßwein ein und stellte es vor sie hin, anschließend goss er sich einen Whisky ein und kehrte damit zum Balkon zurück.

Der Regen hatte nachgelassen, war nur noch ein leises Nieseln, als sie nach dem Dinner wieder in der Suite angelangt waren. Aber jetzt wehte draußen ein kräftiger Wind, und die Wolken am Himmel sahen aus, als wollte es gleich wieder zu regnen beginnen. Er trank langsam, aber stetig aus seinem Glas. Das elektrische Licht des Salons beleuchtete sein Profil.

Er müsste unruhig stehen, mit den Fingern auf die Glasscheibe klopfen oder mit den Füßen auf dem Boden scharren. Er sollte keinesfalls so still dastehen, wie er es jetzt tat. Angesichts des aufziehenden Unwetters wirkte er geradezu unheilvoll.

Sie konnte den Blick nicht von ihm abwenden.

Um sich abzulenken, hob sie ihr Glas. Sie machte sich nicht viel aus Wein oder Alkohol ganz allgemein, aber der Dessertwein war süß, beinahe selbst eine Süßspeise. Sie trank aus Nervosität, und binnen kurzer Zeit schaute sie in ein leeres Glas.

„Es ist ein langer Tag gewesen", erklärte er. Er stand auf der Schwelle zwischen Salon und Balkon. „Ich denke, ich gehe früh zu Bett."

War das ihr Stichwort? Wollte er sie nun ins Bett holen? Ihr Magen fühlte sich an, als ob jemand an ihm zog – allerdings spürte sie kein grässliches Ziehen, wie sie es erwartet hätte. Es musste an dem Wein liegen und dem Champagner zum Dinner. Sie war nur leicht beunruhigt.

„Möchten Sie die Torte gar nicht probieren?", fragte sie, ratlos, was sie sonst sagen sollte. *Gute Nacht. Ich komme dann gleich nach?*

„Nein, danke." Er stellte sein leeres Glas ab und fuhr sich mit der Hand durchs Haar. Sie dachte, er hätte braunes Haar mit dunkelblonden Strähnen, aber da hatte sie sich geirrt. Es war genau anders herum – er hatte überwiegend dunkelblondes Haar mit ein paar kastanienbraunen Strähnen. „Gute Nacht, Lady Vere."

Er verschwand im Bad. Sie goss sich ein weiteres Glas Wein ein. Ein paar Minuten später, als auch dieses Glas geleert war, trat er aus dem Bad heraus, ging geradewegs in eines der beiden Schlafzimmer und schloss die Tür.

Nur, um Sekunden später wieder auf der Bildfläche zu erscheinen, die Whiskyflasche, die vor ihr stand, zu nehmen und sich erneut mit einem knappen Nicken zu verabschieden.

Sie war verwirrt. Sie wollte nicht unbedingt ein Bett mit ihm teilen, aber wenn sie daran dachte, wie er sie angesehen hatte, als sie auf Highgate Court waren – und in der Kutsche heute Nachmittag –, wäre ihr nicht in den Sinn gekommen, dass er sie in ihrer Hochzeitsnacht einfach ignorieren könnte.

So ging es jedenfalls nicht. Sie konnte ihrem Onkel unmöglich einen so leichten Ansatzpunkt liefern, wie eine nicht vollzogene

Ehe es war. Er würde nicht mit irgendeiner Scheinbehauptung bezüglich der Ungültigkeit der Ehe durch die Gerichtshöfe ziehen. Oh nein. Er würde sich mehr Mühe geben müssen, mindestens beweisen, dass sie nicht ganz richtig im Kopf war.

Diese Ehe würde vollzogen werden, keine Widerrede.

Leichter gesagt, als getan.

Eine halbe Stunde später, ohne etwas vom Dessertwein in der Flasche gelassen zu haben, befand sich Elissande immer noch allein im Salon.

Worauf wartete sie? Zum Vollzug der Ehe kam es nicht von allein. Wenn er nicht zu ihr wollte, dann musste sie eben zu ihm gehen.

Sie rührte sich nicht vom Fleck. Sie war so ahnungslos, was diese Dinge anging. Und, ehrlich gesagt, der Gedanke, erneut in Körperkontakt mit Lord Vere zu treten, bannte ihren Hintern auf den Stuhl.

Sie musste zu einem brutalen Mittel greifen. Sie musste sich allen Ernstes ein Bild ihres Onkels in ihrem Kopf heraufbeschwören, und dabei hatte sie sich ihr ganzes Leben lang immer nur Mühe gegeben, genau das nach Kräften zu vermeiden. Die kalten Augen, die Adlernase, die schmalen Lippen, die unter der Maske der Sanftmut lauernde Grausamkeit und die Ursache ihrer Albträume – das alles hatte sie immer verdrängt.

Sie atmete ein paar Mal tief durch, dann erhob sie sich. Sie schwankte so sehr, dass sie sich gleich wieder hinsetzen musste. Ihr Onkel billigte es nicht, wenn Frauen Wein tranken. Bis Lady Kingsley mit ihren Gästen und ihrem Weinvorrat aufgetaucht war, hatte man auf Highgate Court praktisch keinen Wein serviert.

Sie hatte die Wirkung einer ganzen Flasche Dessertwein – nicht zu vergessen die drei Gläser Champagner – auf ihren Gleichgewichtssinn vollkommen unterschätzt.

Sie umklammerte die Tischkante, während sie sich erneut erhob, dieses Mal aber mit viel größerer Vorsicht. Da, jetzt stand sie aufrecht. Sie tastete sich am Tisch entlang. Bestimmt sah sie wie eine unerfahrene Bergsteigerin an der Nordwand des Matterhorns aus.

Die andere Seite des Tisches war näher an Lord Veres Schlafzimmer. Sie drehte sich um, sodass der Tisch in ihrem Rücken war, und machte sich langsam daran, die paar Meter zu seiner Zimmertür zu überwinden.

Es war, als würde sie auf Wasser gehen. Kein Wunder, dass er gestolpert war, als er zu viel getrunken hatte; man konnte wirklich nichts dafür. Besonders wenn der Boden sich hob und senkte, noch dazu ohne die kleinste Vorwarnung.

Dankbar umfasste sie die Klinke, als sie die Tür erreicht hatte, und lehnte sich einen Moment lang an den Rahmen. Gütiger Himmel, der Raum, in dem sie stand, glitt vor und zurück – besser, sie machte weiter, bevor ihr zu schwindelig wurde. Sie drückte die Klinke herunter.

Er lag schon im Bett, nackt von der Taille aufwärts. Sie blinzelte, damit er aufhörte, in ihrem Sichtfeld vor und wieder zurück zu kippen. Wer hätte gedacht, dass etwas, das wie Sirup schmeckte, solch faszinierende Auswirkungen haben würde?

Langsam gewann er an Schärfe. Seine Umrisse wurden weniger verschwommen, sein Oberkörper war klarer zu erkennen. Himmel, was war dieser muskulös; Michelangelo hätte ihn zu schätzen gewusst.

Und nicht minder erstaunlich war: Er hatte ein Buch vor sich. Vage erinnerte sie sich daran, was er darüber gesagt hatte, Bücher als Schlafmittel zu benutzen. Nein, das stimmte so nicht. Laudanum, das war es. Er benutzte Bücher als Laudanum.

Aber das war jetzt auch unerheblich. Er sah nämlich halbwegs intelligent aus mit dem sehr dicken Buch auf dem Schoß.

Es gefiel ihr.

„Mylord“, sagte sie.

Seine Augen wurden schmal – oder war das wieder eine optische Täuschung? „Mylady.“

„Es ist unsere Hochzeitsnacht.“ Es war wichtig, das Offenkundige auszusprechen, falls er es vergessen haben sollte.

„Stimmt.“

„Daher bin ich gekommen, um Ihnen zu Willen zu sein“, erklärte sie. Sie fühlte sich großartig, tapfer, pflichtbewusst und erfinderisch.

„Danke, aber das wird nicht nötig sein.“

Was für eine alberne Bemerkung. „Ich bin anderer Ansicht. Es ist überaus notwendig.“

Sein Tonfall war spitz. „Warum?“

„Nun, natürlich für das Gedeihen unserer Ehe, Sir.“

Er schlug das Buch zu und stand auf. Hm, hätte er nicht schon aufstehen sollen, als sie eintrat? Sie konnte sich nicht entscheiden.

„Unsere Ehe ist für uns beide doch recht überraschend gekommen. Ich möchte mich Ihnen keinesfalls aufdrängen, angesichts des Umstandes, dass alles so überstürzt und … bizarr war. Warum gehen wir nicht gemächlicher voran?“

„Nein.“ Sie schüttelte den Kopf. „Dazu haben wir nicht die Zeit.“

Er schaute sie mit einem Ausdruck an, der beinahe höhnisch war. „Wir haben ein Leben lang Zeit – das hat wenigstens der Pfarrer gesagt.“

Sie musste in Zukunft besser auf ihren Konsum von Dessertwein achten. Nicht nur ihre Augen verrichteten ihren Dienst nur noch fragwürdig, auch ihre Zunge war dick und ungelenk geworden. Sie hatte ein zusammenhängendes Argument bezüglich der Notwendigkeit des Vollzugs ihrer Ehe im Kopf fertig ausformuliert, aber sie konnte ihre Kiefer nicht dazu bringen, sich zu bewegen, damit sie es aussprechen konnte. Sie weigerten sich schlicht.

Daher legte sie den Kopf schief und lächelte ihn stattdessen an, nicht weil sie es musste, sondern weil sie es wollte.

Seine Reaktion bestand daraus, nach dem Whisky auf seinem Nachttischchen zu greifen und einen langen Zug direkt aus der Flasche zu nehmen. Oh je, das war sehr männlich. Sehr eindrucksvoll und energisch.

Attraktiv.

Allerdings war er natürlich insgesamt attraktiv. Auffallend gut aussehend. Dieses dichte, leicht zerzauste Haar, das wie polierte Bronze schimmerte. Die Wangenknochen. Die breiten sehnigen Schultern.

„Ich habe vergessen, welche Farbe Ihre Augen haben", murmelte sie.

Wie absonderlich, dass sie nach vier Tagen Bekanntschaft – und einer Hochzeitsfeier – sich nicht daran erinnern konnte, welche Farbe seine Augen hatten.

„Sie sind blau."

„Wirklich?" Sie war gefesselt. „Wie schön. Dürfte ich sie mir mal ansehen?"

Damit ging sie zu ihm und schaute zu ihm hoch. Er war sehr groß, viel größer, als sie sich erinnerte. Sie musste ihm die Hände auf die Arme legen und sich auf die Zehenspitzen stellen, um ihm tief in die Augen zu blicken.

„Viele Menschen haben blaue Augen", bemerkte er.

„Aber Ihre sind außergewöhnlich." Das waren sie wirklich. „Sie haben die gleiche Farbe wie der Hope-Diamant."

„Haben Sie je den Hope-Diamanten gesehen?"

„Nein, aber ich weiß jetzt, wie er aussehen muss." Sie seufzte. „Und Sie riechen so gut."

„Ich rieche nach Whisky."

„Ja, das auch, aber" – sie atmete tief ein – „besser."

Sie konnte es nicht bestimmen oder beschreiben. Es war ein warmer Duft, wie von frischer Wäsche. Oder der von der Sonne erwärmter Steine.

„Sie haben zu viel getrunken, nicht wahr?"

Sie starrte auf seinen Mund, fest, aber verlockend. „Deine Lippen, meine Lieber, sind wie triefender Honigseim; Honig und Milch sind unter deiner Zunge, und der Geruch deiner Kleider ist wie der des Libanon."

„Sie *haben* zu viel getrunken."

Sie lächelte. Er war dazu noch so amüsant. Sie spreizte die

Finger auf seinen Armen. So fest, aber gleichzeitig auch so weich und glatt. Sie musste wieder an die Nacht denken, als sie „Quiek, Schweinchen, quiek“ gespielt hatten. Schon da hatte sie ihn gerne angefasst. Kein Wunder – er fühlte sich einfach herrlich an, und er roch wirklich wie der Libanon.

Sie schaute auf, in seine Augen. Er erwiderte ihr Lächeln nicht. Aber er war auch so sehr schön, wenn er ernst und abweisend war.

„Er küsse mich mit dem Kusse seines Mundes“, murmelte sie. „Denn deine Liebe ist lieblicher als Wein.“

„Nein“, sagte er.

Sie schlang die Arme um seinen Hals und berührte mit ihrem Mund seinen. Aber nur einen Augenblick lang, denn er schob sie energisch von sich. „Sie sind restlos betrunken, Lady Vere.“

„Nein, nicht betrunken. Beschwipst“, verbesserte sie ihn stolz.

„In jedem Fall sollten Sie in Ihr Zimmer gehen und sich hinlegen.“

„Ich will mit Ihnen liegen“, hauchte sie. „Mein Liebster ruht an meiner Brust die ganze Nacht.“

„Jesus!“, entfuhr es ihm.

„Nein, Elissande. Ich heiße Elissande.“

„Es reicht, Lady Vere. Sie dürfen sich jetzt zurückziehen.“

„Aber ich möchte nicht.“

„Dann gehe ich eben.“

„Aber das geht nicht.“

„Nein? Warum nicht?“

Ihre Zunge, die eben noch so mühelos das Hohelied Salomos rezitiert hatte, weigerte sich jetzt, ihr in irgendeiner Weise behilflich zu sein. „Bitte, gehen Sie nicht. Wir müssen – für meine Tante. Bitte.“

Sicherlich war ihm aufgefallen, wie zusammengesunken und blass ihre Tante im Haus ihres Onkels ausgesehen hatte. Sicherlich verstand er, wie wichtig es war, sie vor weiterer Unterdrückung zu bewahren. Sicherlich war er so mitfühlend und einfühlsam, wie er attraktiv war.

Fantastisch gut aussehend, ehrlich. Sie konnte nicht genug davon bekommen, ihn anzuschauen. Gütiger Gott im Himmel, was für ein hinreißendes Kinn. Und diese herrlichen Wangenknochen. Und diese Hope-Diamanten-Augen. Sie könnte ihn den ganzen Tag lang nur ansehen.

Und die ganze Nacht lang.

„Nein", sagte er.

Sie warf sich ihm an den Hals. Er war so solide gebaut. Wie sehr hatte sie sich immer jemanden wie ihn gewünscht, jemanden, an dem sie sich in den dunkelsten Tagen ihres Lebens festhalten konnte. Tante Rachel zu umarmen hatte sie immer nur noch trauriger gemacht, aber Lord Vere, bei Lord Vere fühlte sie sich sicher. Er war eine Festung.

Sie küsste seine Schulter – sie liebte den Geschmack und die Oberfläche seiner Haut. Sie küsste seinen Hals, sein Ohr und sein Kinn, das nicht so glatt war, sondern leicht rau, was eine köstliche Reibung erzeugte.

Sie küsste ihn auf den Mund, bedeckte diese so verführerischen Lippen mit ihren und genoss den Whiskygeschmack, der noch in seinem Mund war, fuhr mit der Zungenspitze über seine Zähne.

Oh je. Sein … sein …

Sie stand so dicht vor ihm, dass ihre Hüften sich berührten, und sie spürte ihn. Ihn. Hart und immer härter werdend.

Und dann spürte sie ihn gar nicht mehr, denn sie segelte plötzlich durch die Luft. Die Landung auf der Matratze raubte ihr den Atem, und das Zimmer drehte sich wie ein Kaleidoskop um sie. Aber, gütiger Himmel, wie stark er war! Sie wog gute hundertzwanzig Pfund, aber er hatte sie hochgehoben und geworfen, als sei sie nicht schwerer als ein Brautstrauß.

Sie lächelte ihn an.

„Hör auf zu lächeln", sagte er. Es klang, als bisse er dabei die Zähne zusammen.

Nie wieder zu lächeln war genau das, was sie für die Zukunft vorhatte. Dass er sie so gut verstand, dafür lächelte sie ihn nur noch strahlender an. Vielleicht sollte sie den gänzlichen Verzicht aufs Lächeln noch einmal überdenken. In Zeiten wie diesen war ein solches Lächeln eigentlich ganz nett, dann, wenn sie unter keinem wie auch immer gearteten Zwang stand, wenn sie entspannt und glücklich war – in Frieden mit sich und der Welt.

Sie winkte ihn mit dem Zeigefinger zu sich. „Komm her."

Endlich einmal gehorchte er. Er ragte einen Augenblick lang über ihr auf, danach beugte er sich vor und nahm ihr Kinn zwischen Daumen und Zeigefinger.

„Hör mir zu, und hör mir gut zu, wenn du dir überhaupt irgendetwas angesichts deines umnebelten Hirns merken kannst: Du kannst mich in eine Ecke drängen und mich zwingen, dich zu heiraten. Aber du kannst mich nicht dazu zwingen, dich zu nehmen. Sag noch ein Wort – und ich lasse diese ganze Ehe noch heute Nacht annullieren. Dann schicke ich dich zurück in das Irrenhaus, aus dem du gekommen bist. Und jetzt geh."

Sie lächelte weiterhin. Seine Lippen bewegten sich auf eine so faszinierende Weise, wenn er sprach. Sie würde ihn bitten, ihr vorzulesen, dann konnte sie ihn die ganze Zeit über anschauen.

Endlich drangen aber seine Worte zu ihrem Verstand durch. Sie schüttelte den Kopf. Nein, das konnte er nicht so gemeint haben. Er war ihre Festung. Er würde sie nicht wieder ihrem Onkel ausliefern.

„Das ist mein Ernst", wiederholte er. „Raus!"

Sie konnte ihm diese Forderung nicht erfüllen. Sie konnte nur hier liegen und hilflos den Kopf schütteln. „Zwing mich nicht zu gehen. Bitte, zwing mich nicht zu gehen."

Zwing mich nicht, zu einem Ort zurückzugehen, wo ich nicht einen freien Atemzug machen kann, wo kein Augenblick vergeht ohne Angst und Abscheu.

Er riss sie aus dem Bett und stellte sie auf die Füße, wobei er ihre Arme festhielt, damit sie nicht wieder umfiel. Ohne jegliches Mitleid zerrte er sie zur immer noch offenen Tür und gab ihr einen Schubs, der sie in die Mitte des Salons stolpern ließ.

Hinter ihr schlug er die Tür zu.

Eine Stunde später kam Vere aus seinem Zimmer, um sich Torte zu holen. Den ganzen Tag über hatte er nicht viel gegessen, und selbst der viele Whisky konnte den nagenden Hunger nicht vertreiben.

Er war bei seinem zweiten Stück, als ihm auffiel, dass sie in ihrem Zimmer schluchzte. Das Geräusch war sehr leise – beinahe gar nicht zu hören. Er aß das Stück auf seinem Teller auf und kehrte in sein Bett zurück.

Fünf Minuten später stand er wieder im Salon. Aber warum? Warum kümmerte es ihn überhaupt? Was er zu ihr gesagt hatte, war eigens so gewählt, um jede Frau zum Weinen zu bringen. Und weibliche Tränen hatten absolut keine Wirkung auf ihn: Frauen, die kriminell veranlagt waren oder geistesgestört – und ganz zu schweigen von denen, die andere zu ihren Zwecken manipulierten –, neigten dazu, grandiose Heulsusen zu sein.

Er ging zurück ins Bett und setzte die Whiskyflasche für den letzten Tropfen an die Lippen. Aber wie der Teufel es wollte, keine drei Minuten später war er schon wieder im Salon.

Er öffnete die Tür zu ihrem Zimmer, konnte sie aber nicht sehen. Er musste um das Bett herum auf die andere Seite gehen, bis er sie fand: Sie saß auf dem Boden, die Beine angezogen und schluchzte – ausgerechnet – in ihren Hochzeitsschleier.

Der Schleier war nur noch ein nasser Stoffklumpen. Ihr Gesicht war rot und fleckig, die Augen geschwollen. Sie hatte einen krampfhaften Schluckauf, auch ihr Hochzeitskleid war – wie er bemerkte – tränendurchweicht.

„Ich kann nicht schlafen, wenn du so weinst“, teilte er ihr unwillig mit.

Sie schaute auf, verständnislos blickte sie ihn an – höchstwahrscheinlich wartete sie darauf, dass ihre dumpfen und umnebelten Augen wieder etwas klarer sahen. Als das geschah, erschauerte sie.

„Entschuldigung“, sagte sie. „Ich höre sofort auf. Bitte, schicken Sie mich nicht zurück.“

Er konnte nicht sagen, welche von beiden er mehr hasste: die teuflische, wahnsinnig lächelnde Lady Vere oder die verschlagene und kläglich kriecherische.

„Geh schlafen. Heute Nacht schicke ich dich auf keinen Fall weg."

Ihre Lippen zitterten. Vor Dankbarkeit – um Himmels willen. Aus Verärgerung – den Groll über sie hätte selbst ein Meer von Alkohol nicht vertreiben können – beging er den Fehler, einige Worte nachzuschieben: „Ich werde bis morgen früh warten."

Sie biss sich auf die Unterlippe. Ihre Augen füllten sich erneut mit Tränen. Sie liefen ihr über das bereits nasse Gesicht und unter das schon feuchte Oberteil ihres Hochzeitskleids. Aber es war kein Geräusch zu hören, ihr Weinen war so lautlos wie der Tod.

Sie schaute in eine andere Richtung und begann vor und zurück zu schaukeln, wie ein Kind, das verzweifelt Trost suchte.

Er wusste nicht, warum es ihm etwas ausmachte, warum sie ihn überhaupt etwas anging. Sie war die Frau, die vorgehabt hatte, sich Freddie aufzudrängen. Aber sie tat es, sie berührte ihn. Etwas in ihrer wortlosen Verzweiflung schmerzte auch ihn.

Sie hatte niemanden, an den sie sich wenden konnte.

Es war zum Teil der Whisky. Aber eine Flasche Whisky reichte nicht als Erklärung, warum er nicht einfach wieder aus ihrem Zimmer herausmarschierte, jetzt, da er sie so wirksam zum Schweigen gebracht hatte. Er kämpfte dagegen an, gegen das vom Alkohol beflügelte Mitleid mit ihr, die Macht ihres bodenlosen Elends und das dumme Gefühl, ausgerechnet er sollte etwas dagegen tun.

Schließlich hatte sie es sich ganz allein selbst zuzuschreiben, oder etwa nicht?

Sie schnappte nach Luft, als er sie einfach hochhob. Aber dieses Mal warf er sie nirgends hin. Stattdessen setzte er sie auf die Bettkante. Er bückte sich und begann, ihr die Schuhe auszuziehen. Dann fasste er hinter sie und hakte ihr Kleid auf. Ihr Kleid, ihre Unterröcke, ihr Leibchen und schließlich auch das Korsett glitten von ihrem Körper.

Er nahm ein Taschentuch aus seiner Tasche und wischte ihr das Gesicht – sehr sorgfältig. Neue Tränen stiegen in ihr auf. Jahrelang hatte sie immer Tante Rachels Tränen weggewischt. Aber niemand hatte es je für sie getan.

Sie griff nach dem Taschentuch, als er es sich wieder in die Tasche stecken wollte, und hielt es sich unter die Nase. „Es riecht ja auch nach Libanon", stellte sie verwundert fest.

Er schüttelte kurz den Kopf. „Lass dich von mir zu Bett bringen."

„In Ordnung", sagte sie.

Ihre Blicke trafen sich. Wirklich, er hatte schöne Augen. Und so unerträglich verlockende Lippen. Sie erinnerte sich daran, ihn geküsst zu haben. Selbst wenn sie mit Tante Rachel fliehen musste, sie würde nie vergessen, ihn geküsst zu haben.

Daher küsste sie ihn erneut.

Er ließ sich von ihr küssen, ließ zu, dass sie mit den Zähnen sanft über seine Unterlippe strich, an seinem Kinn nagte und ihn leckte, ganz kurz an seinem Halsansatz. Er stieß einen kleinen erstickten Laut aus, als sie ihn ganz leicht dort biss, wo sein Hals in seine Schulter überging.

„Wo hast du das gelernt?", fragte er mit unregelmäßig gehendem Atem.

Musste man so etwas lernen?

„Ich tue doch nur, was ich tun möchte." Am liebsten hätte sie ihn richtig gebissen, so wie man auf eine Goldkette biss, wenn man ihre Echtheit überprüfen wollte.

„Du wirst ganz schön lüstern, Lady Vere, wenn du betrunken bist", murmelte er.

„Was heißt das?"

Sie wartete seine Antwort nicht ab, sondern küsste ihn wieder. Es war so himmlisch, ihn zu küssen, ihn zu berühren.

Er übte einen leichten Druck gegen ihre Schulter aus. Nach einem Moment begriff sie: Er wollte, dass sie sich hinlegte. Sie gehorchte, ließ ihn aber nicht los und unterbrach den Kuss auch nicht.

„Ich sollte nicht hier sein", erklärte er, obwohl er sich neben ihr ausstreckte. „Am Ende erweise ich mich auch noch als lüsterner Betrunkener."

Keiner von ihnen beiden sollte hier sein. Lady Kingsleys Haus hätte niemals von Ratten überrannt werden sollen. Und die Cumberland Edgertons hätten den Anstand besitzen sollen, Elissande nach dem Tod ihrer Eltern bei sich aufzunehmen.

Sie war außerordentlich reuevoll. Natürlich hatte er alles Recht der Welt, auf sie böse zu sein. Sie hatte ihn manipuliert – genau genommen sogar gezwungen –, sie zu heirateten. Und er war so freundlich gewesen und so geduldig. War es da ein Wunder, dass sie bei ihm Sicherheit suchte und Anleitung in solch verwirrenden und unsicheren Zeiten?

Sie stützte sich auf die Ellbogen und küsste ihn erneut, diesmal entlang seines Oberkörpers.

Er hinderte sie daran, dass sie weitermachte, aber nur, um ihr Haar zu lösen. Es ergoss sich in einer langen Kaskade über ihre rechte Schulter. „So viel davon, aber so leicht wie schönste Daunenfedern."

Sie lächelte über das Kompliment und senkte den Kopf auf seinen Bauchnabel. Wieder hielt er sie auf, umfasste ihre Schulter.

Plötzlich schoss ihr eine Frage durch den Kopf. „Was lässt dich eigentlich hart werden?"

Sein Blick verriet abermals diese seltsame Anspannung. „Wenn du mich küsst und mich ins Bett ziehst, unter anderem."

„Warum?"

„Erregung ist notwendig, wenn ich meine ehelichen Rechte wahrnehmen will."

„Und jetzt bist du erregt?"

Einen Moment Schweigen, dann: „Ja."

„Woraus besteht dieses Wahrnehmen denn?"

„Ich sollte wirklich nicht ...", sagte er, während sein Körper sich schon zu ihr umdrehte und sie seine Erregung deutlich spürte. „Ich denke nicht mit meinem Kopf."

„Gibt es denn noch etwas anderes, womit du denken kannst?", fragte sie verwundert.

Er lachte leise. Dann endlich berührte er sie. Er hatte sie schon vorher berührt, natürlich, aber immer, um etwas anderes zu tun: Sie zu ihrem Platz am Dinnertisch zu führen oder sie von sich wegzuschieben beispielsweise. Das hier war das erste Mal, dass er sie berührte um der Berührung willen.

Bevor Tante Rachel restlos schwach geworden war, hatte sie Elissande den Kopf gestreichelt oder die Hand getätschelt. Aber das war schon viele Jahre her. Elissande hatte bis zu diesem Moment gar nicht gewusst, wie verzweifelt ihr das gefehlt hatte, die Wärme, die in einer Berührung lag. Er streichelte sie langsam, ihr Gesicht, ihre Schultern, ihre Arme und ihren Rücken.

Dann küsste er sie. Sie badete in Wonne. Als er sich zurückzog, teilte sie ihm mit: „Ich will mehr."

„Mehr was?"

„Mehr dich."

Er begann, sie ganz auszuziehen. Er zog ihr Hemd und Unterröcke aus, sodass sie schließlich nur noch ein Paar weißer Strümpfe trug.

Es müsste ihr peinlich sein, so nackt sich ihm zu zeigen, aber das war es nicht. Sie fühlte sich nur ein wenig schüchtern.

„Was tue ich nur?", murmelte er, als er Küsse auf ihr Schlüsselbein presste.

Sie erschauerte wohlig, so herrlich fühlte sich das an. „Du machst mich sehr glücklich", flüsterte sie.

„Ach wirklich? Wirst du dich morgen früh überhaupt an mich erinnern?"

„Warum sollte ich nicht?"

Er lächelte geheimnisvoll und küsste ihren Oberkörper, so wie sie es bei ihm getan hatte. Sein Atem umhüllte ihre Brustspitzen. Sie streckte sich unter den unbeschreiblichen Empfindungen, die hundertmal unbeschreiblicher wurden, als er die Brustspitze in den Mund nahm.

„Es scheint mir nicht sehr schwierig zu sein, dich glücklich zu machen", sagte er.

Das war es wirklich nicht. Ein bisschen Freiheit, ein bisschen Sicherheit und ein wenig Liebe. Das war alles, was sie sich immer gewünscht hatte.

Er fuhr fort, ihr köstliche Gefühle zu entlocken. Und sie fuhr fort, vor Glück beinahe zu weinen. Als er sich endlich seiner Hosenkleider entledigte, überraschte sie die Größe seines erregten Gliedes kaum. Sie vertraute darauf, dass er wusste, was er da tat, obwohl sie Schwierigkeiten hatte, sich vorzustellen, was er damit in Bezug auf sie tun würde.

„Ich werde es morgen früh bereuen", sagte er beinahe unhörbar.

„Ich nicht", versicherte sie ihm ernsthaft, voller Eifer.

Er küsste sie aufs Kinn. „Ich habe die starke Vorahnung, dass du es wirst – sehr sogar. Aber ich scheine einfach nicht aufhören zu können."

Er nahm ihren Mund, schob sich mit seinem Körper auf sie. Er war heiß und hart. Und er … er …

Sie schrie. Sie hatte das nicht gewollt, aber es tat weh. Es tat so weh.

Alle Küsse und Zärtlichkeiten, die zu diesem Augenblick geführt hatten, waren also nur dazu gedacht, es erträglicher zu machen. Aber es funktionierte nicht. Es war ein so furchtbares Brennen an einer so empfindlichen Stelle.

Tränen strömten ihr von Neuem über das Gesicht. Alles war so schwierig. Alles. Selbst dieses hier, angefangen so süß und so wunderbar, musste am Ende in solchen Schmerzen enden. Aber es war nicht seine Schuld. Hieß es nicht schon im Buch der Bücher: „Unter Schmerzen gebierst du Kinder"? Kein Zweifel, das hier war es, was mit dieser unheilvollen Beschreibung gemeint war.

„Es tut mir leid", sagte sie zitternd. „Furchtbar leid. Bitte, mach weiter."

Er zog sich zurück. Sie schnappte angesichts des Schmerzes nach Luft, wappnete sich für den nächsten. Aber er verließ das Bett. Sie hörte, wie er sich anzog. Als er zurückkam, hatte er das

Taschentuch in der Hand, das nach Libanon roch. Er wischte ihr die frischen Tränen fort.

„Ich bin fertig“, erklärte er. „Du kannst jetzt schlafen.“

„Wirklich?“ Sie konnte ihr Glück kaum fassen.

„Ja, wirklich.“

Er zog die Decke über sie und machte das Licht auf dem Nachttischchen aus. „Gute Nacht.“

„Gute Nacht“, sagte sie und bebte vor Erleichterung. „Danke, Sir.“

Im Dunkeln hörte sie ihn seufzen.

11. KAPITEL

Das graue Licht des Morgens zeigte sich am Horizont. Sie schlief unruhig – und sie war nackt; das Laken hatte sich wie eine Schlange um sie gewickelt. Er berührte sie, ihre Wange, ihr Ohr, ihr Haar. Er sollte sie nicht wieder berühren. Aber das Wissen machte das unerlaubte, verbotene Gefühl, sie spüren zu wollen, aufs Höchste erregend.

Sie drehte sich um, und ein kleiner Blutfleck war auf den Laken zu sehen, ein Anblick, der ihn mit der Wucht eines Steins an der Schläfe traf. Er erinnerte sich noch gut an das, was letzte Nacht geschehen war, aber den Beweis vor Augen zu haben, zu wissen, dass sie ihn ebenfalls sehen würde …

Er deckte sie wieder zu und machte einen Schritt zurück von dem Bett. Von ihr. Was war nur mit ihm geschehen? Seine Pläne waren doch so einfach gewesen, so simpel: Die Ehe würde nur dem Namen nach bestehen, bis die Zeit günstig war, eine Annullierung vorzunehmen. Die Ausführung eines solchen Vorgehens versprach ebenfalls unkompliziert zu sein: Sie wollte ihm doch nicht wirklich nahe sein.

Und trotzdem hatte er versagt.

Er hatte sie nur ins Bett bringen und warten wollen, bis sie schlief. Stattdessen hatte er sich von einer machiavellistischen Jungfrau verführen lassen.

Ihre Haut war wie Samt gewesen, ihr Haar wie Seide und ihr Körper eine real gewordene Fantasie aus Kurven. Und trotzdem waren sie ihm nicht zum Verhängnis geworden. Es hatte keinen Untergang gegeben. Einzig hatte er Freude erlebt, die ihr seine Gegenwart brachte, ein rückhaltloses, betrunkenes und naives Entzücken. Sie war wirklich betörend gewesen.

Ein Teil von ihm war sich vollkommen darüber im Klaren, dass sie beschwipst, dass sie nicht sie selbst gewesen war, dass die Sterne in ihren Augen einzig Ergebnis des genossenen Dessertweins gewesen waren. Aber letzte Nacht hatte nicht dieser Teil von ihm die Oberhand behalten. Es war sein einsames, benachteiligtes und dummes Selbst gewesen, nur zu gerne bereit, eine Flasche Whisky als Entschuldigung gelten zu lassen. Als sie dieses Selbst mit Verwunderung und Staunen ansah, als sie murmelte, dass er sie glücklich mache, wenn sie ihn berühren könne – in diesem Moment hatte nichts anderes gezählt. Er hatte sich gefühlt, als hätte ihn Gott persönlich geschaffen.

Illusionen, es waren alles Illusionen. Er hatte sich ihrer Verführung frohen Herzens unterworfen, dem falschen Gefühl von Intimität und Verbundenheit. Und wenn nicht ihr Schmerzensschrei gewesen wäre …

Er schaute zu ihr zurück. Sie regte sich, wimmerte dabei leise.

Ich will mehr.

Was mehr?

Mehr dich.

Und er hatte ihr geglaubt. Was für ein hoffnungsloser Narr.

In dem Zimmer, das er letzte Nacht in Beschlag genommen hatte, befanden sich ihre Sachen. Das meiste war in zwei großen Truhen untergebracht, aber es lagen auch Stiefel, Handschuhe, Hüte und Mäntel überall verstreut herum.

Auf dem Schreibtisch stand ihre Schatzkiste, ungefähr vierzehn Zoll breit, neun Zoll tief und elf Zoll hoch, mit einem Deckel, der nach oben gewölbt und unten abgeflacht war. Vere hatte den Inhalt bereits durchgesehen, der, mit Ausnahme des Delacroix, Souvenirs waren, die nur für sie einen Wert besaßen.

Er öffnete die Kiste erneut und betrachtete das Hochzeitsfoto ihrer Eltern. Solche Vorfahren – seinen Vater hätte der Schlag getroffen. Er hatte vor Freddie noch nicht einmal das Schlimmste erwähnt. Lady Avery hatte ihm erzählt, dass angesichts des Datums ihrer Geburt, sechs Monate nach der Hochzeit, nicht sicher war, ob Andrew Edgerton überhaupt ihr Vater war oder nicht doch Algernon Edgerton, Andrew Edgertons Onkel und Charlotte Edgertons früherer Beschützer.

Geistesabwesend fuhr er mit dem Daumen über den Rand an der Unterseite des Deckels. Dabei fiel ihm etwas auf – eine winzige Öffnung, dann noch eine und noch eine. Er drehte das elektrische Licht heller und besah sich die Stellen genauer.

Die Kiste selbst war außen mit Elfenbein und Perlmutt verkleidet und innen mit grünem Samt ausgeschlagen. Die Unterseite des Deckels war ebenfalls mit grünem Samt bespannt, nur am Rand nicht, der mit geschnitzten Schnörkeleien und Schneckenornamenten verziert war.

Die fast unsichtbaren Schlitze waren fingernageldünn und kaum länger als ein Viertelzoll.

Was bedeuteten diese winzigen Schlitze? Weitere Verzierungen?

Ein Klopfen erschreckte ihn. Zögernd ließ er die Kiste stehen, um die Tür zur Suite zu öffnen: Es war sein Frühstück und ein Telegramm von Lady Kingsley.

Mein lieber Lord Vere, liebe Lady Vere,
mit großer Erleichterung darf ich Ihnen mitteilen, dass alle Rattenspuren aus Woodley Manor beseitigt sind. Und obwohl wir erst noch die Schuldigen hinter diesem abscheulichen Streich ermitteln müssen, so ist der Konstabler des Ortes bereits mit dem Fall befasst.

Lady Vere wird es mit Erleichterung zur Kenntnis nehmen, dass meine Gäste ohne Zwischenfälle gestern unter Lady Averys Obhut aus Highgate Court abgereist und nach Woodley Manor umgesiedelt sind. Ebenso wird es sie vielleicht erleichtern zu hören, dass Mr Douglas bis zum Zeitpunkt des Verfassens dieser Nachricht nicht heimgekehrt ist – mir kam auf dem Weg ins Dorf ein Lieferjunge entgegen, der eben erst auf Highgate Court gewesen war und mir versicherte, der Herr sei weiterhin abwesend.

Ich übersende Ihnen nochmals meine besten Glückwünsche zu Ihrer Hochzeit.
Eloisa Kingsley

Er steckte sich das Telegramm in seine Rocktasche, kehrte ins Schlafzimmer zurück und widmete sich abermals der Kiste. Mit der Klinge seines Rasiermessers schnitt er ein Stück von einer Visitenkarte ab und faltete es zu einem dünnen, aber recht festen Streifen zusammen. Die Schlitze waren nicht tief, jedenfalls die meisten nicht. Einzig zwei Schlitze – auf jeder Seite des Deckels einen – machten davon eine Ausnahme.

Plötzlich fiel ihm der winzige Schlüssel im Safe in Mrs Douglas' Zimmer ein.

Elissande wachte durch ein lautes Dröhnen in ihrem Kopf auf. Es war gigantisch. Oder vielleicht doch eher titanenhaft? Waren es nicht die Titanen gewesen, die von Zeus besiegt worden waren? Auf jeden Fall musste ein Blitz ihren Kopf gespalten haben, denn genau so fühlte es sich an. Sie öffnete vorsichtig die Augen, kniff sie aber sofort wieder zu. Das Licht im Zimmer war unerträglich grell, als hätte ihr jemand eine Fackel direkt in die Augen gedrückt. Aus Protest klaffte ihr Kopf weiter auf. Ihre inneren Organe hingegen beschlossen, einen langsamen und qualvollen Tod zu sterben.

Sie stöhnte. Etwas explodierte in ihren Ohren, wodurch Splitter in ihr Gehirn drangen. Sie spürte nichts als Schmerz.

Dabei war sie noch nicht einmal tot, obwohl sie sich mitten in der Hölle befand.

Jemand entfernte die Decke, mit der sie zugedeckt war. Das konnte sie noch wahrnehmen. Sie zitterte. Die Person, bemüht, sie nicht anzustoßen, befreite sie aus den weiteren Laken, die um sie herumgewickelt waren. Sie zitterte wieder. Vage war sie sich bewusst, dass sie nicht viel anhatte – wenn überhaupt irgendetwas. Aber es kümmerte sie nicht, der Beelzebub hatte sie sowieso schon aufgespießt.

Etwas Kühles und Seidiges legte sich auf einmal um sie. Ihre Arme wurden angehoben und in Ärmel gesteckt. Ein Morgenmantel?

Langsam wurde sie umgedreht. Sie wimmerte: Die Bewegung hatte das Pochen in ihrem Schädel vervielfältigt. Sobald sie mit dem Gesicht nach oben lag, wurde ihr Kopf angehoben, was ihr einen Schmerzensschrei entlockte.

„Hier“, sagte eine Männerstimme, wobei ein starker Arm sie stützte. „Medizin für deinen schlimmen Kopf. Trink das.“

Die Flüssigkeit, die auf einen Löffel in ihren Mund geschoben wurde, war das ekligste Gebräu, das sie je gekostet hatte – es roch nach verdorbenen Eiern und morastigem Sumpf.

Sie würgte. „Nein.“

„Schluck es runter. Du wirst dich danach viel besser fühlen.“

Sie wimmerte. Aber in der Stimme des Mannes schwang etwas mit, das zugleich befehlsgewohnt und beschwichtigend war. Ebenso hatte die Art und Weise, wie er sie hielt, etwas Befehlsgewohntes und Beschwichtigendes an sich. Also gehorchte sie.

Alle paar Schluck hielt sie inne, weil sie würgen musste. Aber er hielt ihr immer wieder einen Löffel von dem Zeug an die Lippen, und sie trank es, keuchend und röchelnd zwar, aber sie trank.

Nachdem sie die eklige Brühe bis zum letzten Tropfen getrunken hatte, gab er ihr Wasser, und sie hatte nie zuvor etwas so Herrliches gekostet. Sie trank hastig, durstig, freute sich, als sie spürte, wie ihr das Wasser übers Kinn lief. Als sie schließlich genug hatte, wandte sie sich von dem Glas ab und drückte ihr Gesicht gegen seine Brust.

Seine Weste war aus feinem Material, das Leinen seines Hemdes weich und warm. Ihr Kopf schmerzte immer noch entsetzlich, aber sie war … sie war in Sicherheit. Sie hatte einen Beschützer, zum ersten Mal jemanden, der sie hielt und sie umsorgte und der dabei auch noch wunderbar roch.

Libanon, dachte sie … ohne einen bestimmten Grund.

Dieser Zustand der Geborgenheit dauerte jedoch nicht lange an. Ihr Beschützer ließ sie aufs Bett zurücksinken, zog die Decke über sie, und obwohl sie enttäuscht aufstöhnte und sich mit einer Hand an seine Weste klammerte, ging er.

Als sie erneut Schritte kommen hörte, öffnete sie die Augen – und schloss sie sogleich wieder.

Lord Vere.

Nein.

Nicht er.

„Kommen Sie, Lady Vere“, rief er mit unangebrachter Fröhlichkeit. „Ich weiß, die Versuchung ist groß, einfach im Bett zu bleiben, aber Sie müssen jetzt aufstehen. Das Badewasser wartet.“

Was hatte er in ihrem Zimmer zu suchen? Und warum siezte er sie wieder? Sie musste immer noch träumen.

Erinnerungen an die letzte Woche kehrten mit Macht zurück. Lady Kingsleys Rattenproblem. Ein Haus voller Junggesellen. Der reizende Lord Frederick. Das Gerangel im Arbeitszimmer ihres Onkels. Die Hochzeit.

Sie war *verheiratet*. Mit *Lord Vere.*

Sie hatte die Nacht mit ihm verbracht.

„Soll ich Ihnen ein Liedchen singen, damit Sie wach werden?“, erkundigte er sich voller Eifer. „Ich weiß auch schon was. ‚Daisy, Daisy, ich lieb dich ja so, bin halb verrückt nach dir, jucho‘ …“

Sie rappelte sich hoch. „Danke. Ich bin schon wach.“

Als sie sich auf dem Bett bewegte, verrutschte die Decke und gab den Blick frei auf einen Blutfleck auf den Laken. Ihre Hand hob sich zu ihrem Hals, als mehr Erinnerungen auf sie eindrangen, ihren Kopf überfluteten. Sie erinnerte sich an das Gefühl seiner Zähne an ihrer Zunge – was für eine überaus bizarre Sache. Sie erinnerte sich, wie er sie auf sein Bett geworfen hatte – gütiger Himmel! Und an Schmerz – entsetzlichen, brennenden Schmerz zwischen ihren Beinen. Sie zuckte angesichts dieses Erlebnisses zusammen.

Aber wie verlässlich waren diese Erinnerungen? Hatte sie nicht über den Hope-Diamanten gesprochen? Und gab es da nicht noch ein Taschentuch, das wie der Libanon gerochen hatte? Und was konnte sie nur dazu verleitet haben, das Lied der Lieder zu erwähnen?

„Aber ich habe doch gerade erst mit dem Singen angefangen“, beschwerte sich Lord Vere. „Lassen Sie mich doch das Lied zu Ende bringen.“

Sie schluckte, dann schwang sie entschlossen die Beine aus dem Bett. Als sie sich aufrichtete, merkte sie, dass sie praktisch mit nichts bekleidet war, nur mit ihrem Seidenmorgenrock. Gott sei Dank war es im Zimmer dämmerig, nur ein schwacher Lichtschimmer drang durch die Vorhänge – sie wusste nicht mehr, warum sie vorhin geglaubt hatte, es sei unerträglich hell hier. „Ich wäre entzückt, wenn Sie zu einem anderen Zeitpunkt singen würden. Aber entschuldigen Sie mich jetzt, Sir. Ich glaube, mein Bad wartet."

Er lief vor ihr her und öffnete die Badezimmertür für sie. „Noch einen Rat, meine Liebe. Beeilen Sie sich – sonst lösen Sie sich noch auf."

Sie blinzelte verwundert. „Wie bitte?"

„Nun, das Wasser ist heiß. Bleiben Sie nicht länger als eine Viertelstunde darin, sonst beginnen Sie sich aufzulösen", wiederholte er ganz ernst.

So eine alberne Behauptung konnte man nur auf demselben absurden Niveau beantworten. „Aber würde sich das Wasser nach einer Viertelstunde nicht schon etwas abgekühlt haben?"

Er starrte sie mit offenem Mund an. „Himmel, daran habe ich ja noch nie gedacht. Das ist bestimmt auch der Grund, warum man nicht häufiger davon hört, dass Leuten das passiert ist."

Sie schloss die Tür, ließ sich in die Badewanne sinken und starrte auf ihre angezogenen Knie. Sie verbot sich zu weinen. Sie weigerte sich zu weinen. Sie war sich völlig bewusst gewesen, auf was sie sich einließ, als sie vor Lord Vere ihre Kleider hatte fallen lassen.

Nach exakt einer Viertelstunde stieg sie aus dem kühler gewordenen Wasser und verließ das Badezimmer. Ihr Mann saß am Tisch im Salon, wo er in die Betrachtung einer Gabel versunken war. Als er sie näher kommen hörte, schaute er auf, legte die Gabel hin und lächelte sein trotteliges Lächeln.

„Wie geht es Ihrem Kopf, meine Liebe? Sie haben gestern eine ganze Flasche Dessertwein getrunken."

Konnte es tatsächlich möglich sein, dass er derjenige war, der ihr vorhin die Kur für ihren schmerzenden Kopf verabreicht hatte? Derjenige, in dessen Armen sie so zufrieden gelegen hatte?

Besser, sie dachte nicht weiter darüber nach. Es würde nur die Süße der Erinnerung ruinieren.

„Meinem Kopf geht es viel besser. Danke."

„Und dem Magen? Hat er sich beruhigt?"

„Ich glaube schon."

„Dann kommen Sie, essen Sie etwas. Ich habe Ihnen Tee und etwas trockenen Toast bestellt."

Tee und trockener Toast, das klang nicht so, als würde ihr Magen diese Dinge gleich wieder angewidert von sich geben wollen. Sie ging langsam zum Tisch und nahm Platz.

Er schenkte ihr Tee ein, wobei er so viel verschüttete, dass die halbe Tischdecke überschwemmt war. „Ich habe gestern Abend vielleicht selbst ein wenig zu viel Alkohol getrunken, um der Wahrheit die Ehre zu geben, meine Liebe. Aber man heiratet ja auch nicht jeden Tag, oder? Eines schmerzenden Kopfes durchaus würdig, sage ich."

Sie kaute ihren Toast, schaute ihn nicht an.

„Was halten Sie eigentlich von dem Sprachrohr hier? Ich bin von der Erfindung begeistert. Ich rede in diesem Zimmer, gebe eine Bestellung auf, die dann von dem Personal in der Küche gehört wird. Allerdings war ich schon ein wenig überrascht, dass ein Mann kam, um das Frühstück zu bringen. Ich dachte, der Tee und der Toast würden auch direkt aus dem Sprachrohr fallen. Darum habe ich mich auch nicht vom Fleck zu rühren gewagt. Es erschien mir nicht richtig, wenn die Teekanne es von dort unten bis hier nach oben schaffen würde, nur um hier zu zerbrechen, bloß weil ich nicht zur Stelle bin, um sie aufzufangen."

Das Pochen in ihrem Kopf verschlimmerte sich. Und auch die Stelle zwischen ihren Beinen begann sich unangenehm bemerkbar zu machen.

„Eben habe ich einige Zeitungen gelesen, bevor Sie erschienen", schwatzte Lord Vere unbekümmert weiter. „Und ich muss Ihnen eines sagen, ich war entsetzt. Ja, sogar in der *Times* stand, man könne von dem deutschen Kaiser als dem Enkel unserer geliebten Königin sprechen. Wie kann man nur Ihre Königliche Hoheit derart mit Dreck bewerfen und diesen preußischen Esel zu ihrer makellosen Familie zählen? Ich bin fest entschlossen, einen Brief an die Zeitung zu schreiben und zu verlangen, dass sie es richtigstellen."

Der Kaiser war der Enkel der Königin, da er der Sohn ihrer ältesten Tochter war, der ehemaligen königlichen Prinzessin. Das Haus Hannover war nun einmal durch und durch deutsch – und war das immer schon gewesen.

Sie lächelte matt. „Ja, das sollten Sie wohl tun."

Sie würde ihm eine gute Frau sein, das hatte sie sich fest vorgenommen: Ihm verdankte sie alles. Vielleicht morgen, wenn ihr Kopf nicht länger so schmerzte, wenn ihn reden zu hören in ihr nicht mehr den Wunsch weckte, stattdessen tausend Krähen krächzen zu hören, würde sie sich mit ihm hinsetzen und mit allen Bänden der *Encyclopaedia Britannica* ein paar seiner irrigen Vorstellungen korrigieren.

Aber jetzt war alles, was sie tun konnte, ihn anzulächeln und ihn so falsch sein zu lassen wie eine kaputte Uhr.

Elissande stöhnte erbittert. Ihrem Kopf ging es noch nicht gut genug, um ihn zur Seite zu drehen und in den Spiegel hinter sich zu schauen. Aber ohne ihr Spiegelbild zu sehen, konnte sie ihr Korsett nur unzureichend schließen, das im Rücken zu schnüren war.

An der Tür klopfte es kurz. „Kann ich Ihnen vielleicht behilflich sein, meine Liebe?"

„Nein, danke. Es ist alles in bester Ordnung." Das Letzte, was sie jetzt gebrauchen konnte, war seine Hilfe. Am Schluss wären sie nur beide mit ihren Korsettschnüren an einen Stuhl gefesselt, wenn er sich daran zu schaffen machte.

Als hätte er sie nicht gehört, trat er ein, in einen blauen Straßenanzug gekleidet. Ihr Onkel trug immer einen Gehrock, wenn er das Haus verließ, aber Herren ihrer Generation schienen weniger formelle Kleidung zu bevorzugen.

„Sir!“

Sie hielt sich das Korsett vor den Oberkörper. Sie war nicht angezogen – sie hatte nur ihre Leibwäsche an –, und in diesem Zustand sollte er nicht in ihrer Nähe sein. Dann fiel ihr Blick auf das Bett. Allein der Himmel wusste, was während der Nacht geschehen war.

Der Himmel und Lord Vere. Was auch immer es war, was sich dort zugetragen hatte, es hatte seine Einstellung zu dieser Ehe auf jeden Fall gewandelt. Das bedrückte Schweigen von gestern war verschwunden; heute strotzte er wieder vor Elan, sein gewohnter linkischer Eifer schien vor nichts haltmachen zu wollen. Sie umklammerte das Korsett fester.

„Wirklich, ich brauche keine Hilfe“, wiederholte sie.

„Aber gewiss brauchen Sie die“, erklärte er. „Was für ein Glück für Sie, dass ich ein Experte für Damenunterwäsche bin.“

Ach ja?

Er drehte sie um und bewies zum ersten Mal in ihrer Gegenwart so etwas wie echtes Können, als er die Bänder ihres Korsetts effizient und ohne sie zu verheddern in ihrem Rücken zuschnürte.

Sie war ehrlich erstaunt. „Wo haben Sie gelernt, ein Korsett zu schnüren?“

„Nun, Sie wissen doch, wie es ist. Wenn man den Damen beim Ausziehen behilflich ist, ist es nur ein Gebot der Höflichkeit, ihnen auch beim Anziehen eine Stütze zu sein.“

Es gab Damen, die sich von ihm aus ihren Korsetts helfen ließen, ohne durch einen Eheschwur dazu verpflichtet zu sein? Sie konnte nicht sagen, ob sie schockiert oder abgestoßen war.

Er zog die Schnüre fest. Alle Luft wich aus ihr – eine tagtägliche Notwendigkeit, wenn sie in ihre Kleider passen wollte.

„Aber das war, bevor ich Sie getroffen habe. Jetzt gibt es natürlich nur noch eine für mich – Sie.“

Das war ein erschreckender Gedanke. Aber sie hatte nicht die Zeit, lange darüber zu grübeln, weil er mit den Unterröcken weitermachte.

„Rasch“, sagte er. „Wir müssen uns beeilen. Es ist schon Viertel nach zehn.“

„Viertel nach *zehn*? Sind Sie sicher?“

„Natürlich.“ Er holte seine Taschenuhr hervor und zeigte sie ihr. „Sehen Sie, ganz genau.“

„Und Ihre Uhr geht auch richtig?“ Sie hatte kein noch so geringes Vertrauen zu ihm fassen können.

„Ich habe sie heute Morgen erst mit den Schlägen von Big Ben abgeglichen.“

Sie rieb sich die immer noch empfindlichen Schläfen. Sie hatte irgendetwas vergessen, aber was nur? Es war etwas Wichtiges.

„Meine Tante! Meine Güte, sie muss halb verhungert sein.“ Und völlig verängstigt, ganz allein in fremder Umgebung, ohne Elissande weit und breit.

„Oh, nein. Kein Grund zur Sorge, es geht ihr bestens. Sie haben ihren Zimmerschlüssel im Salon liegen lassen, daher habe ich sie vorhin aufgesucht, als Sie noch im Bett lagen. Wir haben sogar zusammen gefrühstückt.“

Er musste scherzen. Das hier war der Mann, der, wenn er vom Frühstückssalon zu seinem Zimmer gegangen war, vergessen hatte, dass er seine mit Eigelb bekleckerte Hose gegen eine saubere tauschen musste. Wie kam es, dass er sich an ihre Tante erinnerte?

„Ich habe sie eingeladen, heute mit uns zu kommen und Ihren Onkel zu besuchen, aber sie …“

„Wie bitte?“ In ihrem Kopf drehte sich alles. „Ich dachte … einen Moment lang dachte ich, Sie sagten, wir wollten heute zu meinem Onkel.“

„Nun, ja, das habe ich auch vor.“

Sie konnte nicht sprechen, sie konnte ihn nur anstarren.

Er tätschelte ihr den Arm. „Machen Sie sich keine Gedanken. Ihr Onkel wird entzückt sein, dass Sie so gut verheiratet sind – Sie waren schließlich auf bestem Wege, so etwas wie ein Ladenhüter zu werden, meine Liebe. Und ich bin nun einmal ein Marquess, wissen Sie, ein Mann von Ansehen und Einfluss.“

„Aber … mein … sie …“ Elissande brach ab. In ihrer Angst hatte sie zu stottern begonnen. „Mrs Douglas, was hat sie gesagt?“

Er half ihr in ihre Bluse, die sie über dem Korsett trug. „Nun, ich habe ihr gesagt, ich wäre entzückt, wenn sie uns begleiten könne, dass es aber ebenso verständlich sei, wenn sie, noch erschöpft von der gestrigen Reise, lieber in ihrem Zimmer bleiben möchte. Sie meinte, es wäre ihr lieber, wenn sie heute noch ruhen könne.“

Elissande bemerkte kaum, dass er ihr die Bluse zuknöpfte. „Das dachte ich mir schon“, erwiderte sie. „Aber sehen Sie, ich kann sie nicht allein lassen. Wenn ich nicht da bin, geht es ihr nicht gut.“

„Unsinn. Ich habe sie mit meiner Haushälterin bekannt gemacht, und sie kommen famos miteinander aus.“

„Ihre Haushälterin?“ Sie vermutete, dass er eine besaß, da man kaum von ihm erwarten konnte, dass er sein eigenes Haus führte. Aber in der Eile der letzten sechsunddreißig Stunden hatte sie nicht einen Gedanken daran verschwendet, wo er lebte oder wie er seinen Haushalt eingerichtet hatte. „Ihre Haushälterin ist in der Stadt?“

„Natürlich. Gewöhnlich schließe ich das Stadthaus nicht vor Anfang September.“

Er hatte ein Haus in der Stadt, aber sie waren in einem Hotel?

„Ich würde gern meine Tante sehen“, erklärte sie. Sie hatte ebenso wenig Vertrauen in seine Fähigkeiten, gutes Personal einzustellen.

Mrs Dilwyn jedoch, besagte Haushälterin, entpuppte sich als ausgesprochen angenehme Überraschung. Sie war eine kleine, rundliche Frau Ende vierzig, die leise und ruhig sprach und peinlich genau war. In ihrem Notizbuch hatte sie alles aufgezeichnet, was seit ihrer Ankunft um acht Uhr am Morgen geschehen war: die Menge Flüssigkeit, die Tante Rachel zu sich genommen hatte, ihre Besuche auf dem Wasserklosett und sogar die exakte Zahl Laudanum-Tropfen, nach denen sie verlangt hatte. Elissande fiel auf, dass es drei Tropfen mehr als sonst waren, zweifellos um das Entsetzen zu lindern, das Lord Vere über sie gebracht hatte mit seinem Vorschlag, sie nach Highgate Court zurückzubringen.

„Sehen Sie, ich habe es ja gesagt“, stellte Elissandes Ehemann fest. „Mrs Dilwyn wird Mrs Douglas nach Strich und Faden verwöhnen. Mich jedenfalls hegt und pflegt sie jedes Mal aufopfernd, wenn mir nur ein bisschen die Nase läuft.“

„Meine Ma war die letzten beiden Jahre ihres Lebens bettlägerig – Lord Vere war so freundlich, mir zu erlauben, dass sie meine Räume mitbewohnt, sodass ich sie versorgen konnte“, erläuterte Mrs Dilwyn.

„Es hat mir gut gefallen, sie in der Nähe zu haben. Sie hat mir immer erzählt, ich sei der bestaussehende Mann auf der Welt.“

„Oh, das sind Sie ja auch“, antwortete Mrs Dilwyn mit, wie es schien, aufrichtiger Zuneigung. „Das sind Sie.“

Lord Vere warf sich stolz in die Brust.

Mrs Dilwyn beugte sich währenddessen zu Elissande vor und erkundigte sich mit gesenkter Stimme: „Mrs Douglas, hat sie vielleicht Schwierigkeiten mit dem Stuhlgang? Ich weiß, bei meiner Ma war es so.“

„Ja, leider“, erwiderte Elissande. „Sie mag kein Gemüse und hasst Trockenpflaumen.“

„Meine Ma hat Trockenpflaumen auch nicht gemocht. Ich werde sehen, ob Mrs Douglas vielleicht gedünstete Aprikosen besser schmecken.“

„Danke“, sagte Elissande halb betäubt. Sie war es nicht gewohnt, dass jemand ihr beim Tragen ihrer Lasten half.

Sie sah nach Tante Rachel, die in ihrem Bett lag und vor sich hindämmerte. Aber Lord Vere ließ ihr nicht viel Zeit, sondern scheuchte sie kurz darauf aus dem Schlafzimmer und aus Tante Rachels Suite.

„Jetzt aber schnell, sonst verpassen wir unseren Zug.“

Sie unternahm einen letzten Versuch, ihn von seinem Vorhaben abzubringen, als er mit ihr über den Flur zum Aufzug ging. „Müssen wir wirklich? Und schon so bald?“

„Natürlich", erwiderte er. „Möchten Sie nicht, dass der Mann, der Sie großgezogen hat, Ihren vornehmen Ehemann kennenlernt? Ich muss sagen, ich bin richtiggehend aufgeregt. Ich habe nie zuvor einen Schwiegeronkel getroffen. Wir werden uns blendend verstehen, er und ich."

Freddie verdankte viel von seiner Weiterentwicklung als Maler Angelica. Sie war diejenige, die seine Bleistiftskizzen gesehen und ihm geraten hatte, dass er sich an Wasserfarben versuchen solle, und später dann an Ölfarben. Sie hatte das entmutigend dicke Buch über die Chromatografie von Ölfarben gelesen und das Wesentliche für ihn zusammengefasst. Sie hatte ihn mit den Werken der Impressionisten vertraut gemacht, über die Kunstzeitschriften, die sie von ihren Familienferien in Frankreich mitgebracht hatte.

Er war nie in der Lage gewesen zu malen, wenn jemand neben ihm stand – mit Ausnahme von ihr. Sie war von Anfang an dabei gewesen, gewöhnlich mit einem dicken Wälzer auf dem Schoß, ganz in ihre eigenen Gedanken versunken. Von Zeit zu Zeit las sie ihm etwas laut aus ihrem Buch vor, etwa über den wissenschaftlichen Hintergrund, warum Bleizucker in Ölfarben dazu führte, dass fertige Gemälde rasch nachdunkelten. Einmal rezitierte sie ein pikantes Sonett von Michelangelo an einen schönen jungen Mann, gab einen Bericht über den berüchtigten *Salon des Refusés* von 1863 wieder, jenen Salon, den die Maler ins Leben riefen, die nicht an der Pariser Weltausstellung teilnehmen durften, da ihre Werke zurückgewiesen wurden.

Auf gewisse Weise also war er es gewohnt, mit ihr in der Nähe zu arbeiten.

Bis auf den Umstand, dass sie jetzt nackt war.

Sie lag auf dem Bett, das er von seinen Dienern in seinem Atelier hatte aufstellen lassen, auf der Seite, mit dem Rücken zu ihm, den Kopf in die Hand gestützt, und las in dem Buch *Kunstschätze in Großbritannien.*

Ihr Haar fiel ihr in einem üppigen Durcheinander auf die Schultern, es war Umbrabraun, durchzogen von einem natürlichen Sienarot. Ihre Haut schimmerte, als leuchtete sie von innen. Die Weichheit ihres Pos ließ ihn seinen Stift fester fassen. Und das, bevor er ihre Brüste betrachtete und das schattige Dreieck zwischen ihren Schenkeln, das er in dem Spiegel sehen konnte, den sie an strategisch wichtiger Stelle platziert hatte.

Er musste sich nahezu minütlich daran erinnern, dass er Kunst schuf und die Schönheit an sich feierte. Die Attraktivität ihres Körpers war ebenso Teil der Natur wie die Rinde einer Birke oder die im Sonnenlicht glitzernde Wasseroberfläche eines Sees im Sommer. Es sollte ihm keine Schwierigkeiten bereiten, ihn als Form und Farbe, als Spiel mit dem Licht zu bewundern …

Dennoch hätte er am liebsten seinen Stift hingeworfen und wäre zu dieser besonderen Kombination aus Form, Farbe und Lichtspiel gegangen und …

Stattdessen blickte er auf sein Skizzenbuch. Nicht, dass es ihm viel half. Er hatte bereits mehrere Zeichnungen angefertigt, eine allgemeine Skizze der Szene an sich, eine Studie ihres Profils und ihrer Haare, eine ihrer Mitte und eine von dem, was er im Spiegel sah.

„Weißt du, Freddie“, sagte sie, „bevor ich nach England zurückkam, war ich davon überzeugt, deine Erfahrung mit Lady Tremaine hätte dich grüblerisch und verbittert werden lassen. Aber du bist derselbe Mann, der du immer warst.“

Es war typisch für Angelica, unerwartete Themen anzusprechen. Er blickte auf die leere Leinwand.

„Es ist lange her, Angelica. Vier Jahre.“

„Aber hast du dich vollkommen von ihr erholt?“

„Es war ja schließlich keine Krankheit.“

„Dann davon, sie verloren zu haben?“

„Sie war ja nie wirklich mein.“ Er wählte einen spitzen Bleistift aus seiner Schachtel. „Ich denke, ich wusste von Beginn an, dass unsere gemeinsame Zeit begrenzt war, sozusagen nur geborgt.“

Mit Lady Tremaine war er glücklich gewesen, aber dieses Glück war nie ganz frei von Schatten gewesen. Als sie sich mit ihrem Ehemann wieder versöhnt hatte, war er am Boden zerstört gewesen, aber nicht gekränkt. Ihre Entscheidung bedeutete für ihn keinen Verrat, sondern schlicht das Ende einer wunderbaren Zeit in seinem Leben.

Er schlug eine neue Seite in seinem Skizzenbuch auf und zeichnete Angelicas wohlgeformte Kurven. Dabei wünschte er sich, seine Hände wären seine Stifte, sodass er, während das Bild entstand, mit ihnen über ihre kühle, glatte Haut fahren könnte.

Lady Tremaine hatte ihm einmal gesagt, Angelica sei in ihn verliebt. Es geschah nur selten, dass Freddie Lady Tremaines Aussagen bezweifelte, aber diese hatte sie geäußert, als sie beschlossen hatte, sich mit ihrem Ehemann zu versöhnen, als sie sich zweifellos wünschte, dass Freddie auch jemanden fände, mit dem er glücklich sein konnte. Egal mit wem.

Wenn Angelica in ihn verliebt war, dann hatte sie jedenfalls nie ein Wort darüber verloren, so viel stand fest. Und sie war keine Person, die ihre Worte auf die Goldwaage legte, wenn sie mit ihm sprach. Und selbst wenn Lady Tremaine recht gehabt hätte, inzwischen waren vier Jahre vergangen, eine lange Zeit, in der selbst standhafte Gefühle ins Wanken geraten konnten, besonders wenn viele Meilen dazwischenlagen.

Er blickte zu Angelica. Sie hatte den Kopf gesenkt, ihre Aufmerksamkeit ganz ihrem Buch gewidmet. Sie machte sich sogar am Rand Notizen. Das hier war keine versuchte Verführung.

„So, ich denke, das reicht für heute", erklärte er und klappte sein Skizzenbuch zu. „Ich gehe mal kurz nach draußen."

Angelica würde niemals sagen, dass sie Freddie schon immer geliebt hatte. Für immer, das hätte die Jahre ihrer Kindheit mit eingeschlossen. Nein, ihre Liebe hatte einen genau bestimmbaren Beginn, damals war sie siebzehn und er achtzehn gewesen.

Er war heimgekehrt nach seinem ersten Jahr in Oxford. Und sie, fest entschlossen in diesem Sommer zu Lady Margaret Hall zu stoßen, hatte sich auf eine Picknickdecke gelegt, nicht weit von der Stelle entfernt, wo er stand und die Uferböschung des

River Stour malte. Sie hatte ihm alle möglichen Fragen zu Oxford gestellt, die ihr nur einfielen, und seine Arbeit kommentiert. (Sie malte zwar nicht selbst, aber sie hatte ein ausgezeichnetes Auge. Sie war außerordentlich stolz auf die Tatsache, dass sie diejenige war, die ihm vier Jahre zuvor erklärt hatte, dass man nicht einfach reines Weiß für Glanzlichter verwendete, sondern eine hellere Schattierung der Farbe dessen, was man hervorheben wollte.)

Sie hatte einen saftigen Pfirsich gegessen und Kieselsteine in den Fluss geworfen, der an dieser Stelle kaum breiter als eine Badewanne war, und ihm gesagt, er müsse mehr Blau in das Grün mischen, wenn er den richtigen Farbton des tiefdunklen Sommerlaubs treffen wolle. Sie war sich nie sicher gewesen, ob er diesen besonderen Rat gehört hatte, weil er nichts darauf erwiderte, sondern einfach den Katzenzungenpinsel, mit dem er gerade gemalt hatte, zwischen die Zähne klemmte und sich einen angeschrägten Pinsel nahm.

In diesem Moment hatte sie der Blitz der Erkenntnis getroffen. Sie starrte ihn an, als hätte sie ihn nie zuvor gesehen. Ihr ältester Freund war erwachsen geworden, und sie wünschte sich nichts sehnlicher, als der Katzenzungenpinsel zu sein und den festen Druck seiner Zähne zu spüren.

Aber während sie immer eine selbstsichere und auch gebieterische Freundin gewesen war, die sich stets darauf verlassen hatte, dass ihre Freundschaft alle Ratschläge und Kritik, die sie auf ihn abfeuerte, schadlos überdauern würde, hatte sie sich als Verführerin als hoffnungsloser Fall erwiesen.

Er bemerkte die neuen Kleider und frivolen Hüte gar nicht, die sie gekauft hatte, um ihn zu bezirzen. Er hatte nicht begriffen, dass ihre Bemühungen, ihn zu einem besseren Tänzer zu machen, dazu gedacht waren, ihm einen Anlass zu bieten, sie zu küssen. Und wenn sie ausführlich über einen anderen Mann gesprochen hatte, in der Hoffnung, in Freddies Brust Eifersucht zu wecken, hatte er sie nur zweifelnd angesehen und sie gefragt, ob das nicht genau der Mann war, den sie vor Kurzem nicht hatte ausstehen können.

Die bessere Vorgehensweise wäre es vermutlich gewesen, ihm ihre Liebe einfach zu gestehen und sich unumwunden zur Bewerberin um seine Hand zu erklären. Aber je mehr ihrer raffinierten Versuche, sein Herz zu gewinnen, scheiterten, desto feiger wurde sie. Und gerade, als sie zu der Überzeugung gekommen war, dass er sich vielleicht nicht in eine unabhängige Frau verlieben könne, musste er den Reizen der zauberhaften und wagemutigen Lady Tremaine erliegen, die auf niemandes Meinung etwas gab, außer es war ihre eigene.

Als Lady Tremaine Freddie verlassen hatte, um zu ihrem Ehemann zurückzukehren, war Angelicas Chance endlich gekommen. Er war verzweifelt. Er war verwundbar. Er brauchte jemanden, der Lady Tremaines Platz in seinem Leben einnahm. Aber als sie ihn aufsuchte, war ihr dummerweise ein „Ich hab's dir ja gesagt" herausgerutscht, worauf er sie in unmissverständlichen Worten aufgefordert hatte, ihn doch bitte in Ruhe zu lassen.

Sie zog sich weiter an, bis sie vollkommen angekleidet war. Er stand vor dem Atelier, wartete auf sie. Während der vier Jahre, die sie fort gewesen war, hatte er den Babyspeck verloren, den er noch gehabt hatte, als er vierundzwanzig war. Und auch wenn er nie so perfekt gemeißelte Züge wie Penny haben würde, so fand sie ihn einfach wunderschön; sein Gesicht war so sanft wie sein Wesen.

Selbst als er noch pummeliger war, hatte sie ihn unglaublich attraktiv gefunden.

„Darf ich dir eine Tasse Tee anbieten?", fragte er.

„Du darfst", antwortete sie. „Aber hattest du mich nicht um einen Gefallen gebeten? Sind die Aufnahmen fertig, die du von den Gemälden gemacht hast?"

„Sie befinden sich noch in der Dunkelkammer."

„Lass sie uns ansehen."

Sein Atelier befand sich im obersten Stockwerk, um ausreichend Licht zu haben. Seine Dunkelkammer lag darunter, ein Raum, der nicht viel größer war als ein Schrank. In dem orangegoldenen Schimmer der Dunkelkammerleuchte waren die ordentlich aufgereihten Apparate für die Entwicklung zu erkennen, das Spülbecken, die Wannen und die Negativlampe an der einen Wand, der Arbeitstisch an der anderen. Fein säuberlich beschriftete Flaschen mit verschiedenen Chemikalien standen in den eingebauten Wandregalen.

„Wann hast du dir hier eine Dunkelkammer eingerichtet?" Er hatte mit der Fotografie begonnen, nachdem sie gegangen war – nachdem Lady Tremaine ihn verlassen hatte, um genau zu sein. Einmal hatte er Angelica ein Foto von sich geschickt, das sie in ihr Tagebuch geklebt hatte.

„Ich kann mich nicht mehr an das genaue Datum erinnern, aber es muss um die Zeit gewesen sein, als dein Ehemann gestorben ist."

„Du hast mir ein sehr freundliches Kondolenzschreiben geschickt."

„Ich wusste kaum, was ich sagen sollte. Du hast ihn so gut wie nie in deinen Briefen erwähnt."

Er übte leichten Druck auf ihr Kreuz aus, um sie tiefer in die Dunkelkammer zu führen. Sie liebte es, die Wärme seiner Hand dort zu spüren – er hatte große Hände, die dennoch außerordentlich kleine Details zeichnen konnten. Jahrelang hatte sie sich vor dem Einschlafen vorgestellt, von diesen starken, geschickten Händen gestreichelt und liebkost zu werden.

„Es war eine Vernunftehe", erklärte sie verspätet. „Wir haben getrennte Leben geführt, schon bevor er starb."

„Ich habe mir um dich Sorgen gemacht", bemerkte er ruhig und mit der ihm angeborenen Würde, wegen der sie ihn so liebte. „Als du fast noch ein Kind warst, hast du gesagt, du wärest lieber eine auf sich allein gestellte alte Jungfer als eine gleichgültige Ehefrau."

Ihr hatte es schmerzlich an dem Mut gefehlt, ihre Überzeugung zu leben. Als sie überzeugt war, dass sie ihn nie würde haben können, hatte sie praktisch einen Fremden geheiratet und England so rasch verlassen, wie es nur möglich war.

„Mir ging es gut", antwortete sie schärfer, als sie es beabsichtigt hatte. „Mir geht es gut."

Er sagte darauf nichts, es war, als glaubte er ihren Beteuerungen nicht, wollte es aber nicht offen aussprechen.

Sie räusperte sich. „Gut, Freddie. Und jetzt zeig mir deine Fotografien."

Die Aufnahmen hingen zum Trocknen an einer Leine.

„Meine Güte", rief Angelica und blieb vor dem Bild mit den erlegten Ratten stehen. „Wie konnte es dazu kommen?"

Sie hatte ihr Haar aufgesteckt, aber es war nur ein sehr lockerer Knoten, der in Gefahr schwebte, sich jederzeit aufzulösen. Oder war es nur sein Wunsch, ihn zu lösen? Der Geruch der Entwicklerflüssigkeit und des Fixierbades hing in der Luft, aber Freddie stand dicht genug hinter ihr, um das Neroli in ihrem Eau de Toilette wahrzunehmen, süß und würzig.

„Du hättest das Geschrei hören sollen. Penny musste eine der jungen Damen sogar ohrfeigen, damit sie aufhörte."

„Ich kann mir nicht vorstellen, wie Penny eine Frau ohrfeigt."

„Es war eine sehr Respekt einflößende Ohrfeige", bemerkte Freddie trocken. Aber letztlich hatte auch ihn das Verhalten seines Bruders ziemlich überrascht. „Hier sind die Bilder von dem Gemälde."

Er knipste ein weiteres Speziallicht an. Sie betrachtete mit zusammengekniffenen Augen die noch feuchten Abzüge.

„Ich verstehe, was du meinst", sagte sie. „Ich habe tatsächlich einmal ein Bild gesehen, in ganz ähnlichem Stil und ähnlicher Machart. Es zeigte einen weiblichen Engel in Weiß – riesige weiße Flügel, ein weißes Gewand und eine weiße Rose in der Hand. Und auf dem Boden war ein Mann, der zu diesem Engel aufschaute."

„Meine Güte, dein Erinnerungsvermögen ist wirklich bewundernswert."

„Danke sehr." Sie schenkte ihm ein strahlendes Lächeln. „Wenn ich heimkomme, werde ich mein Tagebuch zurate ziehen und sehen, ob ich mir dazu Aufzeichnungen gemacht habe. Manchmal tue ich das, wenn ein Kunstwerk mich auf irgendeine Weise berührt hat."

Er überlegte, ob sie später auch etwas in ihr Tagebuch über ihre heutige Sitzung notieren würde, etwas in der Art wie: „Las in dem dicken Band *Kunstschätze in Großbritannien*; war unbekleidet, eine Strähne meines losen Haares umspielte eine meiner Brustspitzen, während ich mit einer Zehe geistesabwesend Kreise auf das Laken malte."

Ihre Blicke verfingen sich. Ihrer war hell und erwartungsvoll.

„Ging es dir wirklich gut?", hörte er sich fragen.

Das Licht in ihren Augen erlosch. „Es war nicht wirklich schmerzlich, aber es war die Mühe auch keinesfalls wert – einen Ehemann zu haben, nur um einen Ehemann zu haben. Ich hatte mich schon nach den Bedingungen einer Annullierung erkundigt, als Giancarlo starb. Ich werde nie wieder denselben Fehler machen."

„Gut", sagte er, obwohl er mit ihr litt, hatte sie doch zwei Jahre in einer trostlosen Ehe verbracht. Er drückte ihr kurz die Hand. „Ich bin sehr froh, dass du es mir erzählt hast. Du brauchst mir nie schmerzhafte Antworten zu ersparen, das weiß du ja."

„In Ordnung, das werde ich beim nächsten Mal berücksichtigen." Sie lächelte ein wenig. „Hast du noch mehr Fragen, auf die du eine ehrliche Antwort möchtest?"

Er wurde rot. Wenn sie nur wüsste. Aber wie, um Himmels willen, fragte man seine älteste, seine beste Freundin, ob sie mit einem ins Bett gehen wollte? Er konnte sich ihre Antwort augenblicklich vorstellen: *Freddie, du dummer, dummer Mann. Wie kommst du nur auf die Idee?*

„Nun, ja", sagte er. „Hättest du jetzt gerne Tee?"

Sie senkte einen Moment lang den Blick. Als sie ihn wieder ansah, hatte sie sich gefasst. Er fragte sich, ob er sich den flüchtigen Schatten in ihren Augen nur eingebildet hatte.

„Hast du vielleicht auch Kaffee?", fragte sie.

12. KAPITEL

Vere hatte gehofft, vor Edmund Douglas auf Highgate Court einzutreffen: So wäre es viel einfacher, das verschlüsselte Dossier zurück in den Wandtresor zu legen und einen Abdruck von dem flachen Schlüssel zu nehmen. Unseligerweise kam Edmund Douglas aber aus dem Haus geschlendert, als Vere gerade seiner Ehefrau aus der Viktoria-Kutsche half, die Lady Kingsley ihnen zum Bahnhof geschickt hatte.

Falten umgaben seine Augen- und Mundwinkel, und der Großteil seines dunklen Haares war grau geworden. Aber ansonsten hatte sich Douglas' Erscheinung seit dem Tag seiner Hochzeit wenig verändert. Er war immer noch schlank, immer noch gut gekleidet und er besaß immer noch feine Gesichtszüge, kurz, er sah gut und gepflegt aus.

Als er die Veres erblickte, blieb er stehen, seine Augen so unergründlich wie die einer Schlange.

Vere schaute zu seiner ihm seit weniger als vierundzwanzig Stunden angetrauten Ehefrau. Zum ersten Mal seit mindestens zehn Jahren hatte er in einem Zug nicht schlafen können. Stattdessen hatte er sie unter halb gesenkten Lidern beobachtet.

Sie hatte den Schleier ihres Hutes nicht hochgeschlagen, sodass es ihm nicht möglich gewesen war, in ihrer Miene zu lesen. Aber den meisten Teil ihrer Reise hatte sie mit einer Hand am Hals da gesessen, während sie die andere zur Faust ballte und wieder öffnete, erneut ballte und wieder öffnete. Von Zeit zu Zeit schüttelte sie langsam den Kopf, als wollte sie durch die Bewegung ihren Kragen lockern. Und sehr, sehr selten atmete sie seufzend aus.

Sie war außer sich vor Angst.

Sobald sie aber Douglas' ansichtig wurde, war es, als habe sich der Vorhang gehoben. Ihr Lampenfieber, oder wie immer man ihre Angst hätte beschreiben können, war auf einmal nichts weiter als eine dumpfe Erinnerung. Sie hatte ihre Rolle eingenommen.

„Hallo Onkel." Sie raffte ihre Röcke, eilte die Stufen hoch und küsste ihn auf beide Wangen. „Willkommen zurück. Wann bist du eingetroffen? War deine Reise angenehm?"

Douglas starrte sie kühl an, ein Blick, unter dem erwachsene Männer in die Knie gegangen wären. „Meine Reise war gut. Allerdings habe ich bei meinem Eintreffen statt des herzlichen Empfangs, auf den ich mich schon gefreut hatte, das Haus leer vorgefunden, verlassen von meiner Familie. Und Mrs Ramsay erzählte mir gleichsam eine Geschichte aus Tausendundeiner Nacht, mit fröhlichen Feiern, alkoholischen Exzessen und gewissen Zerstörungen. Sie gipfelte dann in einer überstürzten Abreise deinerseits."

Sie lachte, und es war ein perliges Lachen, wie die Bläschen in einem Glas Champagner. „Ach Onkel! Mrs Ramsay ist ja so eine liebenswerte Frau, aber ihre Ansichten sind ein wenig angestaubt, wirklich. Es hat keine fröhlichen Feiern gegeben, noch weniger alkoholische Exzesse: Lady Kingsley und ihre Bekannten waren so reizende Gäste. Aber leider muss ich gestehen, als Lord Vere mir den Heiratsantrag machte, habe ich in meinem Überschwang ein Flaschenschiff umgeworfen."

Sie hob ihre linke Hand mit dem recht schlichten Ehering und erklärte stolz: „Sir, Sie sehen vor sich die neue Marchioness of Vere. Darf ich meinen Ehemann vorstellen?"

Sie winkte Vere zu sich. „Stehen Sie nicht einfach herum, Mylord. Kommen Sie und lassen Sie sich mit meinem Onkel bekannt machen."

Sie hielt ihn immer noch für einen unverbesserlichen Dummkopf. Wäre sie weniger abgelenkt gewesen, weniger verängstigt, dann wäre ihr mit Sicherheit aufgefallen, wie das alles zu seinem sonstigen Verhalten passte. Er hatte sich am gestrigen Tag – und in der Nacht – völlig untypisch benommen. Aber er hatte Glück: Sie hatte nichts bemerkt.

Vere nahm immer zwei Stufen auf einmal und schüttelte Douglas mit der Begeisterung eines jungen Hundes, der sich über eine alte Socke hermacht, die Hand. „Ist mir ein Vergnügen, Sir."

Douglas entzog ihm seine Hand. „Du bist *verheiratet*?"

Die Frage war eigentlich an seine Nichte gerichtet, aber Vere schaltete sich ein. „Oh ja, mit allem Drum und Dran, Kirche, Blumen und … na ja, eben allem, was dazugehört", antwortete er und kicherte ein wenig.

Sie klopfte ihm auf den Arm. „Benimm dich, Sir!"

Sich Douglas zuwendend, sagte sie ernster: „Ich entschuldige mich für die Eile. Wir sind so ineinander verliebt, dass wir es einfach nicht ertragen haben, auch nur einen Tag zu warten."

„Aber wir sind danach sogleich hergeeilt, um Ihnen die frohe Botschaft persönlich zu überbringen", fügte Vere hinzu. „Offen gesagt, Lady Vere war ein wenig in Sorge, wie Sie mich empfangen würden. Aber ich habe ihr gesagt, es sei ausgeschlossen, dass es mir nicht gelänge, Ihre Billigung zu erringen – mit meinem Aussehen, meiner Gewandtheit und meinen Verbindungen."

Er stieß sie leicht an. „Siehst du, ich hatte recht, oder?"

Sie schenkte ihm ein Lächeln, so sonnig, dass sich ein Feld Sonnenblumen ihr zugewandt hätte. „Natürlich hattest du das, Liebster. Ich hätte nicht an dir zweifeln dürfen. Nie wieder."

„Elissande, wo ist deine Tante?"

Douglas' Gesicht war während des gekünstelten Wortwechsels der beiden Veres ausdruckslos geblieben. Sein Tonfall jedoch war alles andere als das. Etwas brodelte in ihm: furchtbare Wut.

„Sie befindet sich an deinem Lieblingsort in London, Onkel. Sie ist im Brown's Hotel. Dort wird sie von vorne bis hinten bedient."

Vere fiel es schwer einzuschätzen, wie es um ihre Nerven stand. Sie konnte ja unmöglich wissen, ob er ihre Lüge nicht als solche entlarvte. Aber nichts in ihrem Verhalten verriet die geringste Nervosität oder Unsicherheit.

„Allerdings", sagte er, „war ich derjenige, der vorgeschlagen hat, dass Mrs Douglas im Hotel bleiben sollte. Sie hätte ihre Gesundheit unnötig aufs Spiel gesetzt, hätte sie so bald erneut eine so weite Reise unternommen. Lady Vere hat lediglich die Weisheit meines Rates erkannt und ihn befolgt."

Douglas kniff die Augen zusammen, sein Schweigen verkündete Unheil. Vere sah zu seiner Ehefrau. Sie blickte Douglas mit großer Zuneigung an, als habe er ihr soeben versprochen, mit ihr nach Paris zu fahren, in den Ausstellungsraum des Modehauses Worth.

Vere hatte gewusst, dass sie die beste Schauspielerin war, die er je kennengelernt hatte. Aber so gut sie auch während ihrer kurzen Bekanntschaft ihre Rollen beherrschte, der Auftritt vor ihrem Onkel war einfach atemberaubend. Alles, was Vere bis zu diesem Moment von ihr gesehen hatte, waren nichts weiter als Kostümproben gewesen. Jetzt hingegen war sie auf ihrer Bühne, die große Mimin im Rampenlicht, die Zuhörer gebannt auf ihren Sitzen haltend.

„Nun, dann lasst uns nicht länger hier draußen stehen“, murmelte Douglas schließlich. „Gehen wir hinein und setzen uns auf eine Tasse Tee zusammen.“

Sobald sie im Empfangssalon Platz genommen hatten, begann Lord Vere auch schon, sehr unverhohlen und peinlich berührt auf seinem Stuhl hin und her zu rutschen. Er presste die Lippen aufeinander, als würde das sein Verdauungssystem beeinflussen. Schließlich wischte er sich mit der Hand die Stirn und krächzte: „Wenn Sie mich einen Augenblick lang entschuldigen wollen, ich muss … ich fürchte … ich muss …“

Er lief aus dem Zimmer.

Elissandes Onkel sagte kein Wort, als wäre ihr Ehemann kaum mehr als eine lästige Fliege, die den Verstand besessen hatte, sich rechtzeitig zu entfernen. Elissande jedoch spürte seine Abwesenheit schmerzlich – ein Zeichen, wie völlig starr vor Angst sie war. Seine Gegenwart, so hirnlos er auch war, hatte ihr Mut eingeflößt.

Als sie den verrückten Plan einer Heirat gefasst hatte, um ihrem Onkel zu entkommen, hatte sie nicht mit einem nutzlosen Ehemann gerechnet und auch nicht damit, dass sie ihrem Onkel noch einmal schutzlos ausgeliefert sein würde. Aber jetzt war sie hier, ganz allein, einem Zorn ausgesetzt, der bis dahin hauptsächlich auf ihre Tante gerichtet war.

„Wie gefällt dir London, Elissande?", erkundigte sich ihr Onkel mit aalglatter Stimme.

Sie hatte nicht weiter auf London geachtet, dazu war viel zu viel passiert. „Ach, groß und schmutzig, überfüllt, aber aufregend, das muss ich zugeben."

„Du sagtest, du warst im Brown's Hotel. Hast du dem Management gegenüber erwähnt, dass du eine nahe Verwandte von mir bist?"

Ihr Herz klopfte rasend schnell – sie musste an das Flügelschlagen eines Kolibris denken –, ihre Angst machte sie schwindelig. Bevor ihre Tante krank und bettlägerig wurde, hatte er, wenn sie alle zusammen den Nachmittagstee eingenommen hatten, in exakt diesem glatten, interessierten Tonfall gesprochen, seiner Ehefrau ähnlich alltägliche und gänzlich harmlose Fragen gestellt. Tante Rachels Antworten waren mit jeder Frage kürzer und langsamer geworden, als verlangte jede Antwort, dass sie sich ins eigene Fleisch schnitt, bis sie in Schweigen verfiel und ihr die Tränen kamen.

Zu diesem Zeitpunkt geleitete er sie zurück in ihre Räume, und Elissande lief zu der entlegensten Ecke des gesamten Landsitzes, sprang über Zäune und Gräben, tat so, als würde sie nie wieder zurückgehen.

„Ach, jetzt stehe ich wie eine Landpomeranze da", stöhnte sie. *Und spiele nicht mit deinen Händen. Lass sie ganz ruhig und entspannt auf deinem Schoß ruhen.* „Mir ist gar nicht die Idee gekommen, dass ich anders behandelt werden könnte, wenn ich deinen Namen genannt hätte. Wie dumm von mir."

„Du bist noch jung. Du wirst es schon noch lernen", erwiderte ihr Onkel. „Und dein Ehemann, ist er gut zu dir?"

„Oh ja, sehr gut sogar", antwortete sie mit Nachdruck. „Er ist so überaus freundlich und rücksichtsvoll."

Ihr Onkel stand von seinem Platz auf und trat an eines der Fenster. „Ich weiß kaum, was für einen Reim ich mir auf all das hier machen soll. Mein kleines Mädchen, erwachsen und verheiratet", sagte er nachdenklich.

In ihren Ziegenlederstiefeln krümmte sie ihre Zehen. Wenn ihr Onkel nachdenklich klang, jagte ihr das immer einen Schauer über den Rücken. In genau diesem Ton sagte er auch Sachen wie: *Ich glaube, es gibt viel zu viele überflüssige Bücher in meiner Bibliothek.* Oder: *Deine Tante würde nie etwas sagen, Gott segne ihre sanfte Seele, aber heute Nachmittag hat sie sich so nach deiner Gesellschaft gesehnt, als du nicht hier warst. Du solltest mehr an sie denken und nicht immer nur an dein eigenes Vergnügen.* Der ersten Äußerung folgte die Verbannung der Bücher aus dem Haus – eine Woche lang hatte sie heimlich in ihrem Bett geweint –, die zweite hatte dazu geführt, dass Elissande nahezu ebenso ans Haus gefesselt war wie ihre Tante.

Der Tee wurde gebracht. Elissande schenkte ein, atmete vorsichtig, sodass ihre Hand nicht zitterte. Der Lakai ging, schloss die Tür sachte hinter sich.

Ihr Onkel trat zum Tisch. Elissande bot ihm seine Tasse an, ohne äußere Unruhe – die unter seiner Vormundschaft verbrachten Jahre kamen ihr in diesem Augenblick zugute.

Plötzlich sah sie die Teetasse aus ihrer Hand fliegen, ehe sie den brennenden Schmerz auf ihrer Wange fassen konnte. Noch ein Schlag kam, dieses Mal weit härter, sodass sie vom Stuhl fiel. Sie lag da, wo sie hingefallen war, völlig verblüfft. Sie hatte immer geahnt, dass er ihrer Tante Unaussprechliches antat, aber gegen *sie* hatte er nie zuvor die Hand erhoben.

Sie schmeckte Blut in ihrem Mund. Einer ihrer Backenzähne hatte sich gelockert. Sie konnte kaum sehen, weil ihr Tränen in den Augen standen.

„Steh auf", befahl er.

Sie blinzelte die Tränen zurück und kniete sich hin. Bevor sie auf die Füße kommen konnte, packte er sie am Kragen, schleifte sie quer durch den Raum zur Wand und schleuderte sie dagegen.

Mit einem Mal begriff sie, dass ihr Skelett recht zerbrechlich war. Es bestand schließlich aus Knochen. Und Knochen brachen unter Anwendung von Gewalt.

„Du denkst, du bist so klug. Du denkst, du kannst einfach mit meiner Frau von hier weggehen – *mit meiner Ehefrau.*“

Mit einer Hand umklammerte er ihren Hals, schnitt ihr die Luft zum Atmen ab.

„Überleg dir das besser noch einmal, Elissande!“

Das würde sie ganz bestimmt nicht. Sie war so froh, dass sie Tante Rachel endlich vor ihm in Sicherheit gebracht hatte.

„Du wirst mir Mrs Douglas zurückbringen, und zwar bald. Wenn nicht …“

Er lächelte. Sie erschauerte – sie konnte es diesmal nicht verhindern. Er lockerte seinen Griff um ihren Hals ein wenig. Sie schnappte gierig nach Luft. Er drückte wieder fester zu.

„Wenn nicht“, fuhr er fort, „fürchte ich, dass deinem gut aussehenden Schwachkopf, den du zu lieben behauptest, ein Unglück widerfahren wird.“

Ihr Herz erstarrte. Sie biss die Zähne zusammen, damit sie nicht klapperten.

„Denk an den armen, zu groß geratenen Idioten. Du hast ihn bereits schamlos ausgenutzt, indem du ihn dazu verleitet hast, dir seine Hand und seinen Namen zu geben. Muss er wirklich deinetwegen auch noch einen Arm verlieren … und vielleicht sein Augenlicht obendrein?“

Sie wollte hochmütig sein. Sie wollte ihm zeigen, dass sie auf seine Drohungen keinen Deut gab. Aber es war entsetzlich schwer, stark und mächtig zu wirken, wenn sie kaum Luft bekam. „Das würdest du nicht wagen“, stieß sie mühsam hervor.

„Falsch, meine liebe Elissande. Es gibt nichts, das ich für die Liebe nicht wagte. Nichts.“

Dass er von Liebe sprach – der Teufel selbst konnte ebenso gut von Seelenheil reden. „Du liebst sie nicht. Du hast sie nie geliebt. Du hast ihr immer nur Grausamkeiten zugefügt, große und kleine.“

Er holte mit der freien Hand aus und versetzte ihr eine so

heftige Ohrfeige, dass sie einen Moment lang fürchtete, ihr Genick sei gebrochen. „Du weißt nichts von Liebe“, schrie er sie an. „Du weißt nichts davon, wie weit ich gegangen bin, um ...“

Er brach ab. Sie schluckte das Blut in ihrem Mund herunter und starrte ihn an. Sie hatte in ihrem ganzen Leben kein einziges Mal gehört, dass er laut geworden wäre.

Sein Ausbruch schien ihn selbst überrascht zu haben. Er atmete mehrmals tief durch. Als er wieder sprach, war es kaum lauter als ein Murmeln. „Hör mir gut zu, meine Liebe. Ich gebe dir drei Tage Zeit, sie zu mir zurückzubringen. Hier gehört sie her; kein Gericht im Land wird mir mein Recht als Ehemann streitig machen. Bring sie zurück, dann darfst du für den Rest deiner Tage an deinem Idioten deine Freude haben. Oder du kannst ihn dir geblendet und verstümmelt ansehen, solange ihr lebt, und wissen, dass du für das, was ihm angetan wurde, verantwortlich bist. Und vergiss nicht – wie auch immer du dich entscheidest, ich werde meine Ehefrau wieder zurück und bei mir haben.“

Um seinen Standpunkt zu unterstreichen, legte er ihr seine beiden Hände um den Hals. Sie wehrte sich schwach. Sie musste atmen. Sie wollte verzweifelt Luft holen. Sich im Auge eines Zyklons befinden, hoch und frei in der Luft, umgeben von nichts als Luft, Luft und mehr Luft.

Die Luft kam, als ihr Ehemann ihren Onkel von ihr riss und ihn – buchstäblich – hochhob und von sich schleuderte. Ein Blumenständer fiel krachend um: Ihr Onkel war über den Boden gerutscht und hatte ihn umgeworfen. Ihr Ehemann zog sie in seine Arme. „Geht es dir gut?“

Sie konnte nicht antworten. Sie konnte sich nur an ihm festhalten – ein sicherer Hafen in einem Sturm.

„Schämen Sie sich“, erklärte Lord Vere. „Dies ist Ihre Nichte, die ihre Jugend geopfert hat, um Ihre Frau zu pflegen. Ist das die richtige Art und Weise, ihr ihre Hingabe in all diesen Jahren zu vergelten?“

Ihr Onkel lachte leise.

„Wir haben unsere Flitterwochen unterbrochen, um Sie zu besuchen. Ich erkenne nun, dass das ein Fehler war. Sie verdienen weder unsere Zeit noch unsere Höflichkeit", erklärte Lord Vere hitzig. „Sie können sich als aus dem Kreis unserer Bekannten gestrichen betrachten."

Er küsste sie auf die Stirn. „Es tut mir leid, meine Liebste. Wir hätten nicht kommen sollen. Und du musst nie wieder hierher zurückkehren."

Vere fiel es schwer, sich so weit zu fassen, dass er wieder vernünftig denken konnte.

Er hatte drei Telegramme im Amt des Dorfes aufgegeben: eines an Lady Kingsley, in dem er sie bat, Douglas' Bewegungen zu allen Zeiten zu verfolgen, eines an Mrs Dilwyn im Savoy-Hotel, um Mrs Douglas' Umsiedlung in Veres Stadthaus zu veranlassen, und eines an Holbrook, in dem er um Personenschutz bat.

Es schien, als habe er alles getan, was von ihm im Moment verlangt wurde. Aber etwas nagte im Hintergrund an ihm – etwas Wichtiges, eine noch fehlende entscheidende Verbindung. Wenn er seinen Kopf nur für eine halbe Stunde klären könnte, würde er sie vielleicht erkennen …

Aber genau dazu war er im Augenblick nicht in der Lage. Er drehte sich, um aus dem Fenster des Telegrafenamts zu schauen. Draußen stand die Viktoria-Kutsche mit hochgeklapptem Verdeck, seine Frau saß im Innern des Gefährts.

Als er ins Zimmer gekommen war und Douglas' Hände um ihren Hals gesehen hatte, wusste er, dass ihr Onkel sie nicht an Ort und Stelle umbringen würde – es passte nicht zum Stil des Mannes. Dazu plante er viel zu sorgfältig und achtete peinlich genau auf die Ausführung seiner Vorhaben. Aber trotzdem spürte er einen unbändigen Zorn in sich, und er hatte alle Selbstbeherrschung aufbringen müssen, Douglas nicht halb bewusstlos zu prügeln.

Es war ein sehr alter Zorn, der nie ein richtiges Ventil gefunden hatte.

Er verließ das Telegrafenamt und stieg in die Kutsche. Sie hatte den Hutschleier eng vors Gesicht gezogen, ihre Finger krampften sich um ihre Handschuhe, sodass die Knöchel weiß schimmerten. Er hob den Schleier an und ließ ihn sogleich wieder sinken. Douglas' Handabdruck verunzierte immer noch ihre Wange.

„Ich habe meiner Dienerschaft ein Telegramm geschickt", erklärte er, dann wandte er sich an den Kutscher und wies ihn an: „Zum Bahnhof, Gibbons."

Kurz darauf befanden sie sich auf dem Bahnsteig, außer Hörweite vielleicht neugieriger Dienstboten.

„Hat Ihr Onkel das oft getan?", fragte er sie.

Sie schüttelte den Kopf. Der blassgraue Schleier wehte leicht. „Er hat nie zuvor gegen mich die Hand erhoben. Aber bei meiner Tante bin ich mir nicht sicher."

„Es tut mir leid", sagte er.

Es hatte ihn mit einer gewissen Schadenfreude erfüllt, sie gegen ihren Willen nach Highgate Court zurückzuschleppen. Er hatte sogar seinen Spaß an ihrer panischen Angst gehabt, die zu verbergen sie sich solche Mühe gegeben hatte: Es war nur recht, wenn sie ein wenig dafür litt, was sie ihm angetan hatte.

Jetzt fühlte er sich schrecklich. Er hatte ihr nicht vergeben, bestimmt nicht, aber seine hämische Freude von vorhin hatte sich in Luft aufgelöst. Selbst in der Nacht im Grünen Salon hatte er das wahre Ausmaß ihrer Angst und ihrer Verzweiflung nicht wirklich begriffen.

Ihre Hände, die nun in den Handschuhen steckten, kneteten ein Taschentuch. „Er möchte, dass ich ihm meine Tante binnen drei Tagen zurückbringe."

„Und wenn nicht?"

Sie schwieg eine lange Weile.

„Er hat nicht damit gedroht, Ihnen oder Mrs Douglas ein Leid anzutun, oder?", hakte er nach.

Sie begann, sich das verdrehte Taschentuch um den Zeigefinger zu wickeln. „Er hat gedroht, *Ihnen* etwas anzutun."

„Mir?“ Es erstaunte ihn, dass er mit hineingezogen wurde. „Hm. Bislang wurde ich mit einer solchen Angelegenheit noch nie konfrontiert. Sicher, gelegentlich treten mir Damen gegen das Schienbein, wenn ich Getränke auf sie verschütte – aber daraus kann ich ihnen keinen Vorwurf machen …“

„Er hat gesagt, er würde Sie dafür mit einem Arm oder dem Augenlicht bezahlen lassen“, verkündete sie ausdruckslos.

Das verwunderte ihn noch mehr. „Nun, das ist nicht nett von ihm, oder?“

„Haben Sie Angst?“ Es hatte den Anschein, dass sie das hatte. Wenn sie weiter so an dem Taschentuch zerrte, würden bei ihrer Ankunft in London nur noch ein paar Fetzen davon übrig sein.

„Nein, Angst nicht“, antwortete er, einmal aufrichtig. „Aber es macht mich schwerlich froh, dass er Sie im einen Moment würgt und im nächsten Drohungen gegen mich ausstößt.“

Sie zurrte noch fester an dem Taschentuch – ihr Finger musste schon ganz blau angelaufen sein. „Was sollen wir nur tun?“

Beinahe lächelte er – es war kaum zu glauben, dass die so äußerst gewitzte Lady Vere ihren dämlichen Ehemann um Rat fragte. Er griff nach ihrer Hand und wickelte das Taschentuch auf. „Das weiß ich noch nicht, aber wir werden uns etwas einfallen lassen. Und Sie gehen doch nicht wirklich davon aus, dass es so leicht ist, mir etwas anzutun, nicht wahr?“

„Ich hoffe nicht“, erwiderte sie. Sie misshandelte schon wieder das Taschentuch. „Aber er ist sowohl grausam als auch raffiniert. Er kann Sie verletzen, ohne auch nur den Hauch eines Beweises zurückzulassen – ich habe nie herausfinden können, womit er bei meiner Tante solche Angst hervorrufen konnte.“

Plötzlich formten sich die losen Gedanken in Veres Kopf zu einer konkreten Theorie. Edmund Douglas’ Rücksichtslosigkeit, gekoppelt mit Raffiniertheit. Der Tod von Stephen Delaney, so ähnlich wie der von Mrs Watts, aber zugleich entfernt von dem gegenwärtigen Fall. Der Niedergang von Douglas’ Diamantenmine und sein Geldbedarf, geboren aus seinem unersättlichen

Appetit, sich auf anderen Investitionsgebieten erfolgreich zu zeigen, dabei aber zu versagen.

Er rieb seine Hände aneinander. „Wissen Sie, was wir tun sollten?"

„Nein …", sagte sie. Sie klang überrascht, aber auch hoffnungsvoll.

Fast hasste er es, sie zu enttäuschen. „Wir sollten keinesfalls hungern. Ich weiß nicht, wie es bei Ihnen ist, aber ich bin immer klüger und mutiger, wenn ich etwas gegessen habe. Sie bleiben hier. Ich gehe rasch in die Bäckerei. Darf ich Ihnen etwas mitbringen?"

Sie ließ die Schultern sinken. „Danke, nein. Ich habe keinen Hunger. Aber seien Sie vorsichtig."

Er kehrte noch einmal in das Telegrafenamt zurück und sandte ein viertes Telegramm ab, dieses aber an Lord Yardley, von dem Lord Holbrook immer halb im Scherz als seinem Vorgesetzten sprach – der Delaneyfall stammte aus der Zeit vor Holbrook, und zudem war Holbrook immer mehr an dem Gegenwärtigen interessiert als an Vergangenem.

Er wollte von Lord Yardley nur eines erfahren: Hatten Delaneys wissenschaftliche Experimente irgendetwas mit der Herstellung künstlicher Diamanten zu tun gehabt?

Lord Vere schlief.

Er schien eine besondere Vorliebe dafür zu haben, in Zügen zu schlafen, da er auch schon auf dem Weg nach Shropshire ausgiebig geschlafen hatte. Aber es war Elissande ein Rätsel, wie jemand, dem so Schwerwiegendes angedroht worden war, derart unbeeindruckt davon sein konnte. Er hatte reagiert, als hätte sie ihm mitgeteilt, er werde eine Krawatte einbüßen statt entscheidende Körperteile.

Wenigstens war er nicht damit herausgeplatzt, dass sich Mrs Douglas im Savoy und nicht im Brown's Hotel aufhielt. Vielleicht hatte er inzwischen auch einfach vergessen, in welchem Hotel sie die Nacht verbracht hatten, so wie er auch seine gestrige Unzufriedenheit darüber, sie geheiratet zu haben, vergessen zu haben schien.

Sie rieb sich die Schläfe. Ihr Onkel, heimtückisch und gerissen wie immer, hatte das perfekte Opfer für seine Drohung gewählt. Elissande und Tante Rachel kannten die Gefahr, die von ihm ausging; sie waren bereit, alles zu tun, um sich zu retten.

Aber wie sollte sie Lord Vere beschützen, der die gefährliche Lage gar nicht erfasste, in der er sich befand. Doch beschützen musste sie ihn, zweifellos. Es hatte einzig an ihr gelegen, dass er in ihre Schwierigkeiten verwickelt worden war.

Er war mit einer Schachtel aus der Bäckerei zurückgekehrt, kurz bevor sie in den Zug gestiegen waren, und hatte ihr daraus etwas angeboten. Sie hatte mit heftigem Kopfschütteln abgelehnt. Aber jetzt setzte sie sich neben ihn und öffnete die Schachtel. Er hatte ihr zwei Rosinenbrötchen und ein kleines Wiener Törtchen übrig gelassen.

Ohne es wirklich vorgehabt zu haben, aß sie beide Rosinenbrötchen und die Hälfte des Wiener Törtchens auf. Vielleicht hatte er ja recht und sie würde sich weniger verängstigt fühlen, nachdem sie etwas im Magen hatte. Und vielleicht hatte er auch einen guten Grund, vor ihrem Onkel keine Angst zu haben: Nie zuvor in ihrem Leben hatte sie gesehen, dass jemand Edmund Douglas so in seine Schranken verwiesen hatte, wie ihr Ehemann es getan hatte.

Er war so stark. Sie wünschte sich so sehr, mehr wie er zu sein, unerschütterlich und unbesorgt.

Sie seufzte und legte ihm die Hand auf den Arm.

Er hatte nicht mit ihrer Berührung gerechnet. Und er hatte noch weniger damit gerechnet, dass es sich so anfühlen würde, wie es das tat: unendlich vertraut.

Nach einer Weile nahm sie ihren Hut ab und lehnte ihren Kopf gegen seinen Oberarm. Er öffnete die Augen, damit er nicht vergaß: Es war bloß Lady Vere, die allein aufgrund von arglistiger Täuschung und tätlichen Übergriffen seine Frau geworden war.

Aber während er ihr schimmerndes Haar betrachtete und ihrem gleichmäßigen leisen Atem lauschte, schien nichts die Süße ihrer Beinaheumarmung mindern zu können.

Da war das, was er von ihr hielt. Und dann war da das, was er dennoch empfand. Und es gab sehr wenig in der Mitte.

Zu seiner Verwunderung war das Nächste, was er merkte, dass der Zug langsamer wurde, als er in London einfuhr, und sie leise seinen Namen rief, um ihn aus tiefem Schlaf aufzuwecken.

Sie verließen den Zug und gingen zu dem Brougham, der geschickt worden war, um sie abzuholen. Darin fuhren sie zu seinem Stadthaus, das ihm von seinem verstorbenen Großvater mütterlicherseits vererbt worden war, zu seiner Zeit einer der reichsten Männer Englands.

Mr Woodbridge hatte das Gebäude in der Absicht erworben, es abzureißen und an seiner Stelle ein größeres und höheres Stadthaus zu errichten, aber er war gestorben, bevor sein Architekt den neuen Plan fertiggestellt hatte. Vere, der keinen Bedarf für etwas Größeres oder Höheres erkennen konnte, hatte die Rohrleitungen erneuern, elektrische Leitungen verlegen und einen Telefonanschluss installieren lassen – doch der Rest des Hauses blieb unverändert.

Das Stadthaus befand sich auf halbem Weg zwischen Grosvenor Square und Berkeley Square und war ein beeindruckendes klassizistisches Gebäude mit emporstrebenden ionischen Säulen und einem Ziergiebel, der einen Dreizack schwingenden Poseidon auf einem von einem Hippokamp gezogenen Streitwagen zeigte. Lady Vere hob den Schleier und ließ ihren Blick über sein beeindruckendes Zuhause schweifen – es freute ihn zu sehen, dass die Schwellung in ihrem Gesicht bereits wieder zurückging.

„Das hier ist nicht das Savoy-Hotel“, stellte sie fest.

„Nun, nein. Es ist mein Haus.“

„Aber meine Tante, sie ist doch noch im Hotel. Wir müssen sie abholen, wenn wir hierbleiben.“

„Sie ist bereits hier. Schon vergessen, heute Morgen hatte ich doch bereits gesagt, dass Mrs Dilwyn sie nach Hause bringen würde, nachdem sie sich ausreichend ausruhen konnte?"

„So etwas haben Sie nie gesagt."

Natürlich hatte er das nicht. Er hatte auch Mrs Dilwyn ihrer Tante gar nicht zur Verfügung stellen wollen. Genau genommen war er entschlossen gewesen, seine Ehefrau und ihre Tante von seinem Heim fernzuhalten und von allen anderen Bereichen seines Lebens. Doch nun blieb ihm keine andere Wahl, als sie bei sich aufzunehmen.

Er tätschelte ihr die Hand. „Das ist verständlich, meine Liebe. Sie waren kaum Sie selbst heute Morgen – der ganze Dessertwein. Kommen Sie, die Dienerschaft wird schon ungeduldig warten, Sie kennenzulernen."

Sobald die Diener ihr vorgestellt worden waren, bat sie, ihre Tante zu sehen. Mrs Dilwyn begleitete sie und erstattete ihr Bericht über Mrs Douglas' Tag, während sie die Stufen emporstiegen.

Vere war zurückgeblieben und las die Post, die für ihn in seiner Abwesenheit eingetroffen war. Danach stieg er selbst die Treppen nach oben. In unausgesprochener Übereinkunft trafen er und Holbrook sich nur selten in der Öffentlichkeit oder suchten einander in ihren Häusern auf. Aber sie gehörten demselben Herrenklub an. Heute Nacht würde Vere ihn dort treffen können – und dazu musste er Abendgarderobe anlegen.

Seine Ehefrau und Mrs Dilwyn befanden sich im Korridor vor den Räumen der Hausherrin.

„Hätten Sie denn gerne eines von Mrs Douglas' Nachthemden für heute Nacht gehabt, Madam?", fragte Mrs Dilwyn sie.

Lady Vere runzelte die Stirn, ein ungewöhnlicher Umstand für sie.

„Worin besteht das Problem?", fragte er. „Ist alles mit Mrs Douglas in Ordnung?"

„Es geht ihr sehr gut, danke. Und es gibt kein wie auch immer geartetes Problem", antwortete sie. „Ich habe nur vergessen,

Nachthemden für mich einzupacken – und die Zimmermädchen haben die restliche Kleidung von Mrs Douglas wegbringen lassen, damit sie gewaschen wird."

„Was ist denn mit Mrs Douglas' Nachthemden?"

„Sie riechen nach Nelken. Sie mag keine Nelken und ich auch nicht."

„Dann haben Sie recht – das ist kein Problem", antwortete er. „Ich werde Ihnen für die heutige Nacht eines meiner Nachthemden leihen. Meine Nachthemden riechen kein bisschen nach Nelken."

Es dauerte zwei Sekunden, bis sie ihm ein strahlendes Lächeln schenkte, dann sagte sie: „Danke. Aber ich möchte Ihnen keine Mühe machen, Sir."

Zwei ganze Sekunden. Sonst kam ihr Lächeln immer sofort.

Sie hatte Angst, dass er sie anrühren würde.

Als sie im Zug seine Nähe hatte spüren wollen, da hatte sie sich frei gefühlt, ihn einfach anzufassen. Und als sie mit dem Kopf an seiner Schulter eingeschlafen war, ihr Duft ihm sanft und süß in die Nase stieg, hatte er gedacht …

Da hatte er gedacht, dass er sie längst nicht mehr abstoßend fand.

Doch die Ironie in diesem Moment bestand darin, dass er sie jetzt gar nicht anfassen wollte. Sein Angebot war kein wie auch immer gearteter Trick gewesen. Er hätte Mrs Dilwyn geschickt, ein Nachthemd aus seinem Ankleidezimmer zu holen.

Aber ihre unangemessene Reaktion bewirkte, dass der fantasievolle Teil seines Selbst sich herausgefordert fühlte.

„Nein, nein, das ist doch keine Mühe", erwiderte er. „Kommen Sie."

Er ging in sein Schlafzimmer, und ihr blieb nichts anderes übrig, als ihm zu folgen. Während er zu seinem Ankleidezimmer weiterlief, zog er sich seinen Gehrock aus.

„Wie gefällt Ihnen eigentlich Ihr neues Heim?", erkundigte er sich, als er sich die Weste abstreifte. Danach drehte er sich zu ihr um.

Es gelang ihnen wirklich recht ordentlich, es wie eine gewöhnliche Ehe aussehen zu lassen, das musste er zugeben.

„Und Mrs Dilwyn, war sie hilfreich?"

„Überaus." Ihr Lächeln blieb an Ort und Stelle, aber sie selbst stand nur auf der Schwelle zum Ankleidezimmer.

„Treten Sie ein, damit Sie sich etwas aussuchen können."

„Oh, ich bin sicher, was Sie aussuchen, wird richtig sein."

„Unsinn, kommen Sie."

Sie lächelte weiter, aber sie musste tief Luft holen, bevor sie das Zimmer betrat.

Er zog sich das Hemd über den Kopf. Ihr Lächeln ließ sie im Stich.

Er war nicht das ganze Jahr über so muskulös. Aber es war das Ende des Sommers: Seit Mitte April war er in London beschäftigt gewesen, was bedeutete, dass er jeden Morgen drei Meilen in seinem Sportklub geschwommen war. Er war in der bestmöglichen Verfassung. Und wenn er in bester Verfassung war, war er rein körperlich durchaus Furcht einflößend.

Das Ankleidezimmer war groß. Aber es war auch voller Regale, Kommoden mit Schubladen, Schränke und anderem Mobiliar, sodass man nicht immer optimale Bewegungsfreiheit hatte. Sie stand mit dem Rücken zu einer Kommode mit Schubladen. Er kam zu ihr, stützte sich mit einem Arm neben ihrer Schulter ab und tat einen Moment lang sonst nichts – er war nicht darüber erhaben, sie ein wenig zu quälen –, ehe er den Siegelring von seinem Finger zog und auf ein Tablett mit Accessoires warf, das sich auf der Kommode befand.

„Kommen Sie", wiederholte er leise.

Sie schluckte.

„Sie haben gesagt, Sie wollten sich ein Nachthemd aussuchen, das Ihnen gefällt. Dann müssen Sie das auch tun."

Er konnte in ihren Augen den Wunsch lesen, ihn zu verbessern, zu widersprechen, darauf zu beharren, dass sie so etwas nie gewollt hatte, dass er es gewesen war, der sie nötigte, sich ein Nachthemd selbst auszusuchen. Aber sie sagte nur: „Gewiss."

Er hatte mehrere Stapel Nachthemden, alle weiß, aus Leinen, Flanell, Seide und Merinowolle. Sie nahm sich das oberste Nachthemd vom ersten Stapel.

„Ich nehme das hier."

„Aber die anderen haben Sie sich ja gar nicht genau angesehen. Hier, fühlen Sie mal."

Er drückte ihr die Nachthemden in die Hände, eines nach dem anderen, und hielt ihr dazu Vorträge über die Stoffe und Webarten. Bald schon standen sie knietief in einem Haufen von Nachtwäsche. Und noch immer gab er ihr ein weiteres zur Begutachtung.

Das, was sie nun in Händen hielt, war aus chinesischer Seide, aufwendig verarbeitet. Sicher hatte es einen weiten Weg hinter sich, von Chang'an nach Damaskus und dann nach Europa. Dieser Aufwand war zu verstehen, wenn man es anfasste.

„So weich", sagte er. „Wie Ihre Haut."

Ihre Hände umklammerten das Nachthemd. „Darf ich dieses haben?"

„Sicher, nehmen Sie es nur. Es hat ja lang genug gedauert, bis Sie sich für eines entscheiden konnten."

Aber so leicht sollte sie ihm dann doch nicht entkommen. Er bestand darauf, dass sie ihren Griff lockerte, damit sie den Stoff nicht zerknitterte. Anschließend nahm er ihre Hand und rieb mit dem Daumen über ihre Handfläche. Er schenkte ihr sein beschränktestes Lächeln, begleitet von einem Seufzen. „Ach ja, so herrlich, wie ich mich erinnere."

Und er erinnerte sich … und erinnerte sich.

Langsam kam ihm die Erkenntnis, dass er niemanden außer sich selbst mit diesem kleinen Spielchen quälte.

Er ließ ihre Hand los und machte einen Schritt zurück. „Gut, dann ab mit Ihnen."

Sie schaute ihn unsicher an. Er begann, am Verschluss seiner Hose zu nesteln. Mehr benötigte sie nicht, sie verschwand rasch und ohne einen Blick zurück.

13. KAPITEL

Holbrook hatte ein blaues Auge.

Vere musste bei dem Anblick lächeln. „Also hat Lady Kingsley nicht vergessen, Ihnen einen Besuch abzustatten, als sie in London war."

Behutsam betastete Holbrook die verfärbte Haut um sein Auge. „Sie hätte es Ihnen übertragen sollen. Sie hätten vorsichtiger zugeschlagen."

„Sicher." Vere schob die zigarettenschachtelgroße Form mit Knetmasse, die er auf Highgate Court verwendet hatte, zu Holbrook. „Ich brauche einen Schlüssel von diesem Abdruck."

Sie saßen bei White's, so weit von dem Bogenfenster entfernt wie nur möglich. Es war mehr als statthaft, wenn zwei Bekannte, die beide Mitglieder im selben Klub waren, miteinander dinierten. Aber es war gewiss nicht hilfreich, alle zufällig Vorübergehenden in St. James darüber in Kenntnis zu setzen.

„Was öffnet der Schlüssel?", erkundigte sich Holbrook.

„Etwas von Edmund Douglas."

„Hm", bemerkte Holbrook und steckte die Form mit dem Abdruck ein. „Und was haben Sie bei Ihrem Besuch in Mrs Watts' alter Wohngegend erfahren?"

„Dass Douglas vermutlich Mrs Watts umgebracht hat."

„Seine eigene Großtante?"

„Ich glaube nicht, dass sie seine Großtante war", antwortete Vere und schnitt ein Stück von seinem Kalbskotelett ab. „Genau genommen glaube ich gar nicht, dass er in Wahrheit Edmund Douglas ist."

Holbrook zog seine Brauen hoch. „Wo ist dann der echte Edmund Douglas?"

„Meine Vermutung? Ebenfalls ermordet."

„Das sind aber wirklich schwere Verbrechen, derer Sie Ihren Schwiegeronkel verdächtigen."

„Ich bin bestimmt ein pflichtbewusster Schwiegerneffe." Er wünschte sich fast, sein Vater wäre noch am Leben. *Ich habe die*

Nichte eines Mörders *geheiratet, Vater. Das ist doch eine wunderbar passende Verbindung für mich, nicht wahr?* „Gibt es irgendwelche Fortschritte bei Ihren Entschlüsselungsspezialisten?"

„Ein wenig, aber der Code ist noch nicht geknackt."

Für Vere bestand kein Zweifel daran, dass man Douglas früher oder später erwischen würde – die Schlinge um seinen Hals zog sich bereits immer weiter zu. Außerdem war er momentan noch so davon abgelenkt, dass seine Nichte mit seiner Frau auf und davon war, dass er nicht die geringste Ahnung hatte, wie sein geheimes Leben Schicht um Schicht aufgedeckt wurde. Von einer strikt professionellen Sichtweise aus betrachtet gab es keinen Grund zur Eile. An der Erpressungsfront hatten sie noch keinen Diamantenhändler gefunden, der bereit war, mit der Polizei zusammenzuarbeiten. Und wenn sie ihn des Mordes anklagen wollten, benötigten sie noch Zeit, alte Bekannte des echten Edmund Douglas zu finden, die bereit waren, von Südafrika nach England zu reisen, um vor Gericht ihre Aussage zu machen.

Aber ein Edmund Douglas auf freiem Fuß war ein Edmund Douglas, der in der Lage war, eine Reihe von weiteren Gräueltaten zu begehen. Wenn er erst einmal erkannt hatte, dass es schwer war, Vere etwas anzutun, würde er seine Aufmerksamkeit zweifellos seiner Ehefrau und seiner Nichte zuwenden. Vere hatte vorhin zwar nicht im Bewusstsein das Haus verlassen, dass er große Stücke auf seine Frau hielt. Das änderte jedoch nichts an dem Umstand, dass er nun für ihre Sicherheit verantwortlich war.

„Ich möchte, dass *Sie* daran arbeiten", sagte er zu Holbrook.

Holbrook war einer der Besten, die das Land hatte, wenn nicht der ganzen Welt, was das Entschlüsseln von geheimen Botschaften betraf. Wie Lady Kingsley war auch Vere instinktiv davon überzeugt, dass sich in dem codierten Dossier etwas befand, das es ihnen erlaubte, Douglas unverzüglich zu verhaften.

Holbrook, dem Veres Ungeduld gewiss nicht entgangen war, lehnte sich gegen die Rückenlehne seines Stuhls. „Himmel, Lord Vere, Sie wissen doch, wie sehr ich echte Arbeit verabscheue."

Natürlich hatte Holbrooks Hilfe immer einen Preis. „Was wollen Sie?"

Holbrook lächelte. „Erinnern Sie sich noch daran, dass ich vor einiger Zeit einmal davon erzählt habe, dass ein gewisser Angehöriger des Königshauses erpresst werde? Ich benötige immer noch einen hervorragenden Agenten mit der richtigen Einstellung, um besagten Angehörigen der Königsfamilie aus der Klemme zu retten. Aber da Sie ja so ein überzeugter Republikaner sind und keinen Finger rühren würden, um der Monarchie einen Dienst zu erweisen, habe ich es bislang nicht wieder angesprochen."

Vere seufzte. Unter gewöhnlichen Umständen hätte er abgelehnt: Nutzlosen Königshausmitgliedern zu helfen, zählte er nicht zu den lohnenswerten Aufgaben. Aber dieses eine Mal würde er es tun, und sei es lediglich, um sein Gewissen zu beschwichtigen, das sich immer noch darüber empörte, dass er seine Frau so schadenfroh einer Gefahr ausgesetzt hatte.

„Was muss ich wissen?"

Der Erpresser war ein gewisser Mr Boyd Palliser. Holbrooks Informationen nach fürchtete Palliser, der in Schwierigkeiten mit gewissen raueren Elementen der Gesellschaft steckte, um seine Sicherheit. Sein Haus war aufwendig gegen Einbruch gesichert, und der einzige Weg, hineinzugelangen, bestand darin, vorgelassen zu werden.

„Ich möchte, dass Sie gegen ihn genug Geld beim Glücksspiel verlieren, dass er Sie zu sich einlädt. Sobald Sie dort sind, trinken Sie ihn unter den Tisch, nehmen die Beweise an sich und entfernen sich – und vergessen Sie nicht Ihre Schuldscheine", teilte ihm Holbrook mit.

Vere verdrehte die Augen. „Eines Tages sollten Sie Ihre Pläne einmal selbst umsetzen müssen. Ich trinke nicht mehr gern übermäßig."

„Unsinn. Sie können ein Rhinozeros unter den Tisch trinken."

In seiner späteren Jugend, bis er Anfang zwanzig war, hatte Vere eine ganze Elefantenherde unter den Tisch trinken können, ohne am nächsten Tag irgendwelche Nachwirkungen zu spüren. Dieser Tage jedoch hatte seine Leber Einwände gegen eine solche Misshandlung. Aber so kurzfristig gab es nicht viel, was er sonst tun konnte.

Er verließ White's und fand Palliser in dessen Lieblingsspielhölle. Es waren Verluste in unvorstellbarer Höhe am Kartentisch notwendig, genügend Rum, um die *RMS-Campania* zu Wasser zu lassen, und Dämlichkeit in einem Ausmaß, das sogar ihn beeindruckte, aber schließlich wurde er doch gegen Ende der Nacht in Pallisers Haus eingeladen.

Sie tranken. Sie sangen. Sie taten alles, außer gemeinsam zu huren. An einem Punkt, als sie gefährlich schwankend durchs Zimmer torkelten, schwang Palliser ein Schränkchen mit Kuriositäten und Nippes von der Wand weg und zeigte ihm den Tresor dahinter. Dann, nachdem er jede seiner Taschen abgeklopft hatte, zog er eine Kette von seinem Hals, öffnete den Safe und holte eine Jadestatue heraus, die eine derart heikle und unanständige Szene darstellte, dass Vere in seinem alles andere als nüchternen Zustand eine Weile benötigte, um anerkennend zu brummen.

Und erst als Palliser den Safe erneut öffnete, um die Statue zurückzulegen, bemerkte er, dass sich darin zusätzlich ein Bündel Briefe befand.

Es blieb ihm nichts anderes übrig: Palliser musste so viel trinken, dass er bewusstlos wurde. Danach konnte er sich das Bündel Briefe schnappen und hoffentlich unbemerkt entkommen – ein Ziel, das jedoch in weitere Ferne rückte, je mehr Vere trank. Denn Palliser hatte die unangenehme Angewohnheit, Vere anzustarren, bis der sein Glas leerte. Auf diese Weise war es ihm unmöglich, sein Getränk unbemerkt in den Blumentopf hinter sich zu schütten.

Palliser griff wieder einmal über den Tisch nach der Rumflasche und warf dabei eine Zinnvase um. Sie fiel laut scheppernd zu Boden.

„Haben Sie das gehört?“, fragte Vere.

„Natürlich habe ich das.“

„Nein, etwas anderes“, erwiderte Vere. Er erhob sich unsicher von seinem Stuhl, um die Vase aufzuheben, nur um dabei einen Stuhl umzuwerfen, der plötzlich aus dem Nichts aufgetaucht war.

Der Stuhl landete krachend auf dem Boden.

„Haben Sie das gehört?“, fragte Vere erneut.

„Selbstverständlich habe ich es gehört“, entgegnete Palliser, mittlerweile ein wenig gereizt.

„Nein, etwas anderes.“

Palliser fasste nach seinem Spazierstock und richtete sich auf. Er lauschte. Dann fuchtelte er mit dem Stock und erklärte: „Ich höre nichts.“

Der Stock traf unglücklich eine Marmorbüste in einem Regal, die prompt zu Boden fiel und zerbrach.

„Mist!“

„Psst“, verlangte Vere. „Da ist ein Handgemenge.“

„Wo? Ich höre nichts.“

Vere machte einen Schritt nach hinten und stieß das Beistelltischchen um. Es fiel mit einem gewaltigen Scheppern um. „Ich glaube, jemand ist auf dem Weg hierher.“

„Das wird aber auch Zeit. Wie es hier aussieht, ist eine Schande. Hier muss dringend einmal Ordnung geschaffen werden, und zwar sofort. Genau genommen …“

Die Tür öffnete sich, und ein Fremder kam hereingerannt. Ein Fremder mit einem Revolver in der Hand. Er hob den Revolver, wie es Vere schien, äußerst stockend. Oder verhielt es sich vielmehr so, dass seine Wahrnehmung und seine Reflexe unendlich langsam geworden waren? Vere blickte Palliser an. Der Mann hatte den Eindringling noch gar nicht bemerkt; er starrte immer noch stupide und fasziniert auf die zwei Hälften der Marmorbüste.

Der Eindringling schoss. Der Knall drang nur mit Mühe zu Vere durch. Er verfolgte, wie Palliser zu Boden ging. Der Schuss hatte den anderen auf der linken Seite in die Brust getroffen und ein sauberes Loch in der Mitte der kitschigen Pfingstrose hinterlassen, die Palliser im Knopfloch trug.

Der Fremde wandte sich nun Vere zu. Er betätigte den Abzug. Vere duckte sich. Der scharfe Schmerz in seinem rechten Arm vertrieb auf einmal die Schwere in seinem Kopf und weckte seine zuvor in Rum ertränkten Instinkte. Seine Hand schloss sich um die Zinnvase auf dem Boden.

Sie flog durch die Luft und traf den Eindringling mitten auf der Stirn. Der Mann schrie auf und wankte. Ehe er sich erholen konnte, erwischte ihn ein Stuhl. Schließlich wurde er mit dem Beistelltischchen umgeworfen, mit all der Kraft, die Vere aufbringen konnte.

Der Mann brach zusammen. Näher kommende Schritte waren zu hören. Vere presste sich mit dem Rücken gegen die Wand, aber es waren lediglich zwei von Pallisers Dienern, nicht seine Leibwächter.

„Sie, gehen Sie und holen Sie einen Arzt", trug er dem einen der beiden auf, obwohl es ihn wundern würde, sollte Palliser noch am Leben sein. Der angesprochene Lakai lief los. Dem anderen sagte er: „Und Sie kümmern sich darum, dass der Konstabler benachrichtigt wird."

„Mr Palliser will aber nichts mit der Polizei zu tun haben."

„Nun, dann benachrichtigen Sie eben, wen auch immer er benachrichtigt haben will, wenn jemand ihn erschossen hat."

Der Lakai zögerte. „Ich weiß nicht, Sir. Ich bin neu hier."

„Dann holen Sie den Konstabler!"

Nachdem er auch den zweiten Lakai losgeworden war und sich davon überzeugt hatte, dass nicht noch mehr Dienstboten auf dem Weg hierher waren, um Zeugen der Leichenfledderei zu werden, zog Vere die Kette von Pallisers leblosem Kopf. Er wickelte den Schlüssel in sein Taschentuch – heutzutage nahm die Polizei in solchen Fällen grundsätzlich Fingerabdrücke –, öffnete den Safe und entfernte das Bündel Briefe daraus. Er blätterte sie durch – ja, es wäre ziemlich peinlich geworden, hätte man sie veröffentlicht. Danach zählte er sie rasch nach. Sieben. Das war genau die Anzahl, nach der er hatte suchen sollen.

Er war mit einem ähnlichen Briefbündel hergekommen, ebenfalls von dem besagten Mitglied des Königshauses, aber völlig unverfänglichen Inhalts. Holbrook hatte es bestens präpariert. Er legte diese Briefe an die Stelle der richtigen, steckte seine Beute ein und legte den Schlüssel wieder um Pallisers Hals. Wie es schien, weilte er längst nicht mehr unter den Lebenden.

Erst jetzt blickte er auf seinen rechten Arm. Die Kugel hatte ihn unterhalb seiner Schulter gestreift, nur eine oberflächliche Wunde. Die würde er später versorgen, wenn er wieder sicher und ungestört in seinem Haus war.

Jetzt aber musste er den Tatort verlassen, ehe der Arzt, der Konstabler oder sonst jemand hier auftauchte.

Als er sich vor seinem Stadthaus befand, erkannte Vere, dass es besser gewesen wäre, hätte er sich zu einem von Holbrooks Verstecken begeben. Er hatte zwar daran gedacht, die Perücke abzunehmen, den falschen Schnurrbart zu entfernen und die Brille, die auch zu seiner Verkleidung für den heutigen Abend gehört hatte, aber leider vergessen, dass er besser nicht verletzt nach Hause kam.

Und jetzt war er zu desorientiert und erschöpft, um sich zu einem anderen Ort zu begeben. Er wankte und beschloss, blutender Arm hin oder her, dass es am besten sei, wenn er das Haus betrat.

Er schloss die Tür auf – und verzog dabei das Gesicht. Er war Linkshänder, sodass eine Wunde im rechten Arm ihn nicht sonderlich behinderte. Doch unabhängig davon verringerte diese Tatsache nicht den Schmerz, den er empfand.

Irgendwo in der Nähe schlug eine Uhr. Es war Viertel nach vier. Er schleppte sich in sein Zimmer und machte gerade genug Licht, um sehen zu können. Das Bündel Briefe wanderte unverzüglich in ein abschließbares Fach in seinem Schrank – wobei ein Wort wie „unverzüglich“ Auslegungssache war. Für ihn bedeutete es: sobald es ihm gelang, den Schlüssel in das Schloss zu stecken. Die Zimmermädchen würden bald mehrere Kratzer um das Schlüsselloch herum entdecken.

Er brummte, als er seinen Umhang auszog. Die Weste bereitete ihm keine Schwierigkeiten, aber der Stoff des Hemdes klebte an der Wunde, sodass er unwillkürlich vor Schmerz stöhnte, als er sich den Ärmel herunterzerrte.

Es war schlimmer, als er vermutet hatte. Die Kugel hatte eine tiefere Fleischwunde hinterlassen, ihn nicht nur gestreift. Er würde sich jetzt so gut wie möglich versorgen und danach ins Bett gehen. Wenn er aufwachte – vorausgesetzt, sein schmerzender Kopf brachte ihn nicht sofort um –, würde er Needham rufen, ein weiterer Agent Holbrooks, der gleichzeitig praktizierender Arzt war.

Das Wasser, das sich in dem Krug auf dem Waschtisch befand, schüttete er in eine Schale. Anschließend tat er in dieses mehrere Taschentücher, bis sie vollkommen nass waren. Dann säuberte er mit ihnen die Wunde, wischte das herausgetretene Blut ab. Zwischen seinem Rasierzeug stand ein Fläschchen mit destilliertem Alkohol, den er auf ein weiteres Taschentuch goss.

Das Brennen, als er das alkoholgetränkte Tuch auf die Wunde presste, ließ ihn zischend einatmen. Sein Kopf schmerzte. Jetzt, da die Aufregung der sich überschlagenden Ereignisse nachließ, machten sich die Unmengen Spirituosen, die er sich einverleibt hatte, erneut unangenehm bemerkbar. Er konnte sich glücklich schätzen, wenn er nicht auf dem Boden landete.

Plötzlich erstarrte er. Er war sich nicht sicher, was er gehört hatte, aber er wusste mit einem Mal, dass er nicht länger der Einzige im Haus war, der wach war.

Er drehte sich um. Die Verbindungstür öffnete sich, und seine Frau stand, in sein Nachthemd gehüllt, vor ihm. Er bemerkte, dass das Gewand den Boden berührte. Seltsam, wie sein Sehvermögen, das sonst unter dem Genuss von Alkohol litt, dennoch ausreichend intakt war, um ihn erkennen zu lassen, wie sich der Stoff des Nachthemds an ihre Brüste schmiegte, wie ihre Brustspitzen sich in der kühlen Nachtluft aufrichteten.

„Es ist so spät. Ich habe mir Sorgen gemacht, und ich dachte …“ Sie schnappte nach Luft. „Was ist geschehen? Hat mein Onkel …“

„Nein, nichts dergleichen. Ein Droschkenkutscher wollte meine Brieftasche, aber ich wollte sie ihm nicht überlassen. Er hat eine Pistole gezogen und damit in der Luft herumgefuchtelt. Aus Versehen ist sie losgegangen. Er ist Hals über Kopf davongefahren, und ich musste den Rest des Weges nach Hause zu Fuß gehen."

Eine zusammenhängende, wenn auch gelogene Äußerung, das war mehr, als er sich normalerweise unter diesen Umständen zugetraut hätte. Er war von sich selbst beeindruckt.

Sie starrte ihn an, als habe er ihr erzählt, er sei nackt nach Hause gelaufen und habe dabei getanzt. Ihre Reaktion ärgerte ihn – in ihrem Blick lag die Annahme, dass er eine große Dummheit begangen haben musste, um diese Wunde zu erhalten. Dennoch war es gar nicht so abwegig: Droschkenfahrer schossen manchmal auf ihre Passagiere. Selbst eine Landpomeranze wie sie sollte sich so etwas vorstellen können.

Er wandte sich wieder seinem Arm zu und tupfte noch mehr Alkohol auf die Wunde. Sie kam zu ihm und nahm ihm das Taschentuch ab.

„Ich mache das", erklärte sie.

Das war wirklich großherzig von ihr, zumal er heute Abend das Haus in nicht unbedingt großherziger Stimmung ihr gegenüber verlassen hatte. Und diese Stimmung hatte sich in den vergangenen Stunden wahrlich nicht gebessert.

Ich bin nicht so dämlich, dass ich nicht selbst eine einfache Schusswunde säubern kann.

Sie ging in ihr Zimmer und kam mit einem in Streifen gerissenen Unterrock wieder. In der Zwischenzeit hatte er einen Tiegel mit borhaltiger Wundsalbe gefunden, den er ihr nun reichte. Sie schaute von dem Tiegel zu ihm, und in ihrem Blick zeigte sich Verwunderung – ein weiteres Anzeichen dafür, dass er in ihren Augen unangefochten ein Idiot war, wenn eine gewöhnliche und völlig vernünftige Handlung von ihm solche Ungläubigkeit in ihr hervorrief.

Sie machte mehr Licht an, strich die Salbe auf ein rechteckiges Stofftuch und legte es dann auf seine Wunde und verband sie.

Sie arbeitete schnell und effizient, wischte seine Blutstropfen vom Boden auf und sammelte zum Schluss seine blutbefleckten Kleider ein.

„Ich weiß, London ist gefährlich, aber ich hatte nicht den Eindruck gewonnen, dass es so gefährlich ist. Dass einem gesetzestreuen Gentleman allein dadurch Gefahr droht, dass er unterwegs ist." Sie stopfte die schmutzigen Sachen in seinen Abendrock und band das Bündel mit den Ärmeln zu. „Wo waren Sie, als Sie angeschossen wurden?"

„Ich … bin mir nicht sicher."

„Wo waren Sie, bevor Sie in die Droschke stiegen?"

„Äh … da bin ich mir auch nicht sicher."

Sie runzelte die Stirn. „Geschieht Ihnen das häufiger? Sie scheinen nicht sonderlich beunruhigt darüber."

Er wünschte, sie würde ihn einfach in Ruhe lassen. Das Letzte, was er jetzt gebrauchen konnte, war ein Kreuzverhör. „Nein, natürlich nicht." Die meiste Zeit – den bei Weitem überwiegenden Teil seiner Zeit – erledigte er mit einem Minimum an Aufsehen und einem Blutvergießen, das nicht der Rede wert war. „Ich bin nur ein bisschen beschwipst, das ist alles."

Die Falten auf ihrer Stirn vertieften sich. „Was für eine Sorte Droschkenkutscher hat denn eine Pistole dabei?"

„Die Sorte, die um drei Uhr morgens Passagiere befördert", sagte er, ein wenig die Geduld verlierend. Warum musste sie nur ständig diese Fragen stellen?

Sie schürzte die Lippen. „Bitte, scherzen Sie nicht. Sie hätten getötet werden können."

Ihre scheinheilige Sorge ärgerte ihn.

„Es hätte Ihnen wohl kaum etwas ausgemacht, Witwe zu werden", erwiderte er scharf, nicht länger imstande, seine Zunge zu hüten.

Ihre Miene änderte sich, wurde reserviert, aber sie konnte nicht ganz ihren Schreck und ihre Angst verbergen.

„Es ist doch Freddie, für den Sie eine Schwäche haben, nicht ich. *So* dumm bin ich nun auch wieder nicht."

Krampfhaft hielt sie etwas mit den Händen fest, wahrscheinlich irgendein Stück Stoff. „Ich habe keine Schwäche für Lord Frederick."

„Schwäche, Vorliebe – was ist der Unterschied? Und da wir ohnehin gerade bei dem Thema sind, es gefällt mir nicht, was Sie getan haben, um mich in diese Ehe zu zwingen."

Sie biss sich auf die Unterlippe. „Das tut mir leid", erklärte sie. „Wirklich. Ich werde versuchen, es wiedergutzumachen."

Hübsche Worte. Und so substanzlos wie Schmetterlinge. Er hätte heute Nacht nicht all den widerlichen Rum trinken müssen. Das hatte er für sie getan, damit Holbrook seinen faulen Hintern in Bewegung setzte und sich aufraffte, das codierte Dossier selbst zu entschlüsseln, damit ihr Onkel früher verhaftet werden konnte, damit sie und ihre Tante frei von der Bedrohung durch ihn sein konnten.

Und so dankte sie es ihm. *Ich werde versuchen, es wiedergutzumachen.*

„Dann los. Machen Sie es wieder gut."

Sie wich zurück.

Er hätte noch viel betrunkener sein müssen, damit es ihn wirklich störte. Jetzt verspürte er das Gegenteil. Je mehr sie vor ihm zurückwich, desto heftiger bedrängten ihn die Erinnerungen an ihre süße Hingabe.

„Zieh dich aus", verlangte er.

Er war gefährlich, wenn er getrunken hatte.

Allein sein Körper reichte aus, sie dazu zu zwingen, ihn wahrzunehmen. In einem Buch über klassische Kunst hatte sie einmal eine Radierung einer Poseidon-Statue gesehen. Sie hatte sie fasziniert angestarrt, das, was die alten Griechen als Inbegriff männlicher Schönheit angesehen hatten. Sie hatte es für nicht mehr als eine Fantasie gehalten, die steingewordene Vorstellung des Bildhauers. Niemals konnte sie der Wirklichkeit gerecht werden.

Doch sie hatte sich getäuscht. Er hatte einen solchen Körper!

Er besaß diese unglaublichen Muskeln, die wie gezeichnet erschienen. Und genau darüber, oberhalb seines Hosenbunds, die Ansätze von tief ausgeprägten Furchen an den Hüften, die – bei Poseidon wenigstens – bei ihr einen lang andauernden Eindruck hinterlassen hatten.

Und erst die Art und Weise, wie er sich hielt: den Kopf leicht in den Nacken gelegt, sein Körper eine einzige Linie. Das löste in ihr ein ungehöriges Begehren aus.

Ja, ein Begehren. Lust. Rein körperlich war er bemerkenswert attraktiv. Etwas, das Appetit machte.

Sie bekam beinahe nicht mit, was er sagte. „Verzeihung?"

„Ich möchte, dass Sie sich ausziehen", wiederholte er fast beiläufig.

Ihr fehlten die Worte.

„Es ist ja schließlich nicht so, als hätte ich Sie nicht schon zuvor gesehen. Wir sind verheiratet, wenn ich Sie freundlich daran erinnern darf."

Sie räusperte sich. „Würde das wirklich wiedergutmachen, dass ich Sie ausgenutzt habe?"

„Ich fürchte nicht. Aber es könnte dazu beitragen, diese Ehe in der Zwischenzeit wieder erträglicher zu machen – wenn ich mich daran erinnere, mich rechtzeitig zurückzuziehen."

„Was … was ist rechtzeitig zurückziehen?"

„Lass uns mal sehen! Da Sie sich ja so gut in der Heiligen Schrift auskennen … War es Onan? Ja, genau, der Kerl muss es gewesen sein. Das, was er getan hat."

„Seinen Samen auf den Boden fallen lassen?"

„Was für ein beachtliches Gedächtnis Sie besitzen. Das gesamte Hohelied und das auch noch."

Die Bibel war eines der wenigen englischsprachigen Bücher, die ihr Onkel im Haus belassen hatte.

„Und ja", fuhr ihr Ehemann fort, „es wäre sehr schön, wenn ich Sie nehmen könnte, mein Same aber woanders hinfiele. Nicht unbedingt auf den Boden, natürlich. Aber vielleicht auf Ihren weichen Bauch oder vielleicht sogar auf Ihren wundervollen

Busen. Und vielleicht, wenn ich in wirklich übler Stimmung bin, verlange ich, dass Sie ihn schlucken."

Sie blinzelte, fragte aber nicht, ob er scherzte. Denn das tat er wahrscheinlich nicht.

Er war ihr gegenüber recht anständig gewesen und auch überaus nett zu ihrer Tante, nach allem, was sie getan hatte. Ihrem Onkel gegenüber war er angemessen nachdrücklich gewesen. Und sie hatte seiner Kraft und Verlässlichkeit vertraut, als sie heute neben ihm im Zug geschlafen hatte.

Aber als er sich heute Abend ausgezogen und sie in die Tiefen seines Ankleidezimmers gelockt hatte, verspürte sie Angst – die Erinnerung an den Schmerz, den er ihr bereitet hatte, war noch frisch. Und wieder stieg diese Angst in ihr hoch. Es schien ihr irgendwie falsch, wenn er verlangte, dass sie ihre Kleider ablegte, obwohl er es eindeutig nicht aus Leidenschaft, sondern aus Zorn tat.

„Gewiss", entgegnete sie halblaut, „aber möchten Sie sich nicht doch lieber ausruhen?"

Er hob eine Augenbraue. „Habe ich nicht eben erst etwas anderes gesagt? Ich möchte, dass Sie sich ausziehen"

„Aber Sie sind doch verletzt, und es ist zudem sehr spät."

„Sie müssen noch viel über Männer lernen, wenn Sie denken, ein Kratzer am Arm könnte uns von solchen Dingen abhalten. Nun los, gehen Sie und ziehen Sie alles aus, was Sie anhaben. Danach legen Sie sich aufs Bett."

Ihre Stimme wurde leiser und leiser. „Vielleicht ist jetzt nicht der beste Zeitpunkt. Sie haben mehr Rum intus, als ein Piratenschiff mit sich führt, und Sie …"

„Und ich möchte mit meiner Frau schlafen."

Sie wusste nicht, weshalb er plötzlich so sprechen konnte, so entschieden und nachdrücklich. Er drohte ihr nicht, aber es war ihr unmissverständlich klar gemacht worden, dass sie sich in keiner Position befand, ihm etwas zu verwehren.

Sie atmete langsam aus, ging zu seinem Bett und schlüpfte unter die Decke. Dort zog sie sich ihr Nachthemd so unauffällig wie möglich aus und ließ es dann, als Zeichen, dass sie ihm gehorcht hatte, auf die Bettkante fallen.

Das Erste, was er tat, war die Bettdecke zurückzuschlagen und sie zu entblößen. Sie biss sich auf die Unterlippe und zwang sich dazu, ganz ruhig liegen zu bleiben.

Sein Atem ging ungleichmäßig. So, wie er sie anschaute – er verschlang sie bereits.

„Spreiz die Beine."

„Nein!"

Er lächelte und bewegte seine linke Hand zum Verschluss seiner Hosen. „Eines Tages werden Sie das."

Sie schloss die Augen, als er seine Hosen zu Boden fallen ließ. Die Matratze senkte sich unter seinem Gewicht, als er zu ihr ins Bett stieg. Und dann kam der Schock – ihre nackten Körper nebeneinander; sie berührten sich überall.

Überall.

„Ja, halt die Augen geschlossen, ganz fest, und stell dir vor, ich wäre Freddie", flüsterte er, wieder hatte er sie geduzt. Sein Atem kitzelte sie, sandte Hitzewellen durch ihre Nervenbahnen.

Sie schüttelte den Kopf, und dann schnappte sie nach Luft, als seine Lippen ihr Ohr streiften. Er küsste ihren Hals, ihre Schulter. Schließlich ein scharfer kleiner Biss – besitzergreifend, zornig.

Aber es tat eigentlich nicht weh. Stattdessen krümmte sie unter einem unerklärlichen Aufwallen von Wonne die Zehen.

„Und jetzt stell dir vor, dass es Freddie ist, der mit seinem Mund deinen herrlichen Busen berührt", sagte er, während er weiter ihren Körper mit Küssen und Bissen überzog.

Sie schüttelte wieder den Kopf. Sein Sarkasmus und seine Bestimmtheit stellten etwas mit ihr an. Ein Teil von ihr, wohl ein primitiver, wurde zum Leben erweckt, reagierte auf seine Macht, die er ausstrahlte. Dabei war er betrunken, grob und ganz Mann.

„Meinst du, Freddie liegt nachts wach und denkt an deine großartigen Titten?", fragte er sie.

Sie öffnete entsetzt die Augen. Das ging dann doch zu weit.

Sie starrte in seine Augen – Himmel, waren sie der Grund, weswegen sie sich daran erinnerte, in ihrer Hochzeitsnacht angeregt über den Hope-Diamanten gesprochen zu haben?

„Nein, das glaube ich nicht."

„Vielleicht tut *er* das nicht", erwiderte ihr Ehemann ganz leise, „aber *ich* schon."

Und damit senkte er den Kopf und nahm ihre Brustspitze in den Mund.

Die Lust war so heftig, dass es beinahe grausam war.

Er rieb seine Zähne an ihren Spitzen. Ihr blieb nichts anderes übrig, als den Rücken durchzudrücken und hörbar nach Luft zu schnappen. Schließlich küsste er die Unterseite ihrer Brüste. Dann liebkoste er mit seinem Mund ihren gesamten Oberkörper, ihren Bauch. Er tauchte mit der Zunge in ihren Nabel, entlockte ihr ein Keuchen.

Sie dachte, weiter würde er nicht bereit sein zu gehen, aber er bewies ihr, dass sie irrte. Er wollte mehr. Beunruhigt presste sie die Schenkel aneinander. Sicher hatte er das nicht vor. Hatte Gott nicht Sodom und Gomorra für diese Verderbtheit mit dem Untergang gestraft?

Aber er hatte es vor. Er zog ihre Schenkel auseinander und begann an ihren Innenseiten zu knabbern.

„Nein, bitte nicht."

„Pst", sagte er, und dann berührte er sie da mit dem Mund.

Sie war nie wirkungsvoller zum Schweigen gebracht worden. Er genoss sie. Er kostete sie. Er labte sich an ihr. Sie war unendlich verlegen, dann erregt und dann unerträglich erregt. Er trieb sie weiter und weiter, nahm nicht die geringste Rücksicht auf ihre Empfindsamkeit, ihre Unerfahrenheit und auf ihren Wunsch, dem Anstand entsprechend leise zu sein.

Er hörte nicht eher auf, bis sie sich wild hin und her warf und in die Decke biss, um nicht das ganze Haus aufzuwecken.

Aber er war noch nicht fertig. Er spreizte ihre Beine auf höchst unanständige Weise noch weiter, hob ihren Po an und drang in sie. Himmel, wie groß und stark er war. Einen Moment lähmte sie die Erinnerung an ihre früheren Qualen. Aber es war noch nicht einmal unangenehm. Er war ganz Geduld, Geschick und Beherrschung. Und sie stellte fest, dass sie immer noch mehr wollte. Mehr von ihm, mehr Lust, mehr von dieser wahnsinnigen Vereinigung.

„Öffne die Augen“, verlangte er.

Sie hatte gar nicht bemerkt, dass sie die Augen geschlossen hatte – um besser zu fühlen, was er mit ihr anstellte, die seltsame, süchtig machende Empfindung auszukosten, vollständig ausgefüllt zu sein, von ihm.

„Öffne die Augen, und sieh mich an.“

Sie gehorchte. Er zog sich zurück und kam wieder, langsam, ganz langsam, drang tiefer und tiefer in sie. Und als sie glaubte, er könne unmöglich noch tiefer kommen, tat er genau das.

Sie schnappte nach Luft, so herrlich fühlte es sich an – wie er von ihr Besitz ergriff, ohne den Blick von ihr zu nehmen.

„Kein so tun als ob“, verlangte er leise. „Siehst du, wer dich nimmt?“

Er stieß wieder in sie. Sie konnte nicht antworten. Sie konnte nur erneut nach Luft schnappen.

Er war wie ein Gott über ihr, machtvoll, schön und überlebensgroß. Das Licht brachte den Goldschimmer in seinen Haaren zum Vorschein. Die Schatten betonten die Perfektion seines Körpers. Licht und Schatten flossen in seinen Augen zusammen, helle Lust, dunkler Zorn und noch etwas. Etwas ganz anderes.

Sie erkannte es wieder, weil sie es selbst oft genug im Spiegel gesehen hatte: eine trostlose, öde Einsamkeit.

Mit ihren Händen, mit denen sie die Laken umklammert hatte, strich sie ihm über die Arme. „Ich habe nie so getan, als sei es jemand anders als du.“

Jetzt war er es, der die Augen schloss, das Gesicht verzog und nach Luft rang. Sie folgte seinem Beispiel und spürte … spürte und spürte. Eine Welle der Erregung erhob sich in ihr, umzingelte sie. Etwas wie eine Explosion erfasste sie. Sie befand sich noch in den Nachwehen dieses Höhepunkts, als auch seine

Beherrschung in sich zusammenfiel. Er stieß so heftig in sie, als gälte es, einen Ozeanriesen zu Wasser zu lassen. Und er bäumte sich auf, bebte, als habe er Schmerzen, erlesene, atemberaubend herrliche Schmerzen.

Sie öffnete die Augen wieder und bemerkte, dass er sie anschaute, wie man einen verfluchten Schatz ansah. Er strich ihr mit einer Hand über die Stirn.

„Jetzt bist du mein", flüsterte er.

Sie erschauerte.

Verspätet bemerkte sie das Blut auf seinem Verband. Die Wunde hatte erneut zu bluten begonnen.

Wegen der körperlichen Anstrengung.

„Dein Arm", warnte sie ihn unsicher.

Er blickte zu dem Verband, dann senkte er sich auf sie und knabberte an ihrem Kinn. „Ob ich mich je dazu durchringen kann, dich zu verlassen, meine liebe Lady Vere? Hast du gemerkt, ich habe vergessen, mich zurückzuziehen? Und ich denke, dass ich dazu auch nicht imstande gewesen wäre, selbst wenn das Schicksal der Menschheit davon abgehangen hätte."

Sie wurde rot. Wer war er? Das hier war nicht der ungeschickte, Unsinn redende Mann, den sie geheiratet hatte. Seine Worte waren scharf wie Messer, sein Liebesspiel so gefährlich wie Waterloo.

„Dein Arm", wiederholte sie mit brennend heißen Wangen.

Er seufzte. „Na gut. Dann machen wir, was du willst."

„Schließ die Augen", verlangte sie, sobald er sich von ihr gelöst hatte. „Bitte."

Er seufzte erneut, gehorchte aber. Sie warf sich ihr Nachthemd über und schnitt einen weiteren Unterrock in Streifen. Aus seinem Schrank holte sie ein sauberes Taschentuch, verteilte die Heilsalbe darauf und nötigte ihn, sich aufzusetzen, damit sie seinen Arm richtig verbinden konnte.

„Reinige dich mit einer Lösung aus keimfreiem Wasser und Rotweinessig", sagte er, während sie die Enden des neuen Verbands verknotete. „Du kannst das, was du brauchst, bei einem Apotheker namens McGonnagall kaufen – sein Laden liegt in der Nähe von Piccadilly Circus."

Sie schaute ihn an, verstand nicht, was er meinte.

„Du willst dich doch nicht mit einem Schwachsinnigen fortpflanzen, oder?", erkundigte er sich liebenswürdig, aber ihr entging der scharfe Unterton nicht.

Der Mann, den sie zu kennen geglaubt hatte, hätte von sich nie als Schwachsinnigem gesprochen. Er hatte sich beständig immer wieder selbst beglückwünscht und schien mit sich im Reinen zu sein. War das alles nur vorgetäuscht gewesen?

„Wasser und Essig – nehmen Frauen das, wenn sie nicht schwanger werden wollen?"

„Unter anderem."

„Du scheinst eine Menge über solche Sachen zu wissen."

„Ich weiß genug", sagte er und legte sich zurück aufs Bett. „Versteck alles unter dem Bett und lass morgen früh Eugene Needham kommen. Er hat eine Praxis in der Euston Road. Er kann sich darum kümmern, dass die Sachen verschwinden."

Sie schob das Bündel unter sein Bett und machte das Licht aus. Dann stand sie in der Mitte des dunklen Zimmers und versuchte zu verstehen, an welchem Punkt ihr Ehemann sich in diesen starken und einschüchternden Fremden verwandelt hatte.

„Geh", sagte er vom Bett aus.

„Bist du ... bist du noch böse auf mich?"

„Ich bin auf das Schicksal böse. Du bist nur ein passender Sündenbock. Und jetzt geh."

Hastig eilte sie aus dem Zimmer.

14. KAPITEL

„Was für ein reizender Garten“, murmelte Tante Rachel. Lord Veres Haus besaß auf der Rückseite einen Privatgarten, zu dem nur die Häuser Zugang hatten, die daran angrenzten – was ein glücklicher, aber für London doch sehr seltener Umstand war, wenn man Mrs Dilwyn Glauben schenken konnte.

Mehrere elegante Platanen wuchsen in dem eingefassten Grundstück. Ihre breiten Kronen erhoben sich in die Höhe, spendeten jenen Schatten, die über den ziegelgepflasterten Gartenweg schlenderten, der die glatt gestutzte Rasenfläche zweiteilte. Ein dreistufiger italienischer Springbrunnen plätscherte freundlich in der Nähe.

Mrs Dilwyn hatte zu einem täglichen Aufenthalt an der frischen Luft geraten. Elissande, die entschlossen war, das Richtige für ihre Tante zu tun, war darauf gefasst gewesen, stundenlange Überzeugungsarbeit leisten zu müssen, um Tante Rachel aus ihrem Bett und nach draußen zu locken. Zu ihrer Überraschung war Tante Rachel sofort einverstanden gewesen, sich ein schlichtes blaues Tageskleid anziehen zu lassen.

Elissande hatte ihr in einen Stuhl geholfen, und dann hatten zwei beeindruckend gebaute Lakaien den Stuhl mit Tante Rachel in den Garten getragen.

Ein Blatt schwebte aus der Baumkrone herab zu ihnen. Elissande fing es auf und zeigte es Tante Rachel.

Die starrte das völlig gewöhnliche Blatt beinahe ehrfürchtig an. „Wie wunderschön“, hauchte sie.

Elissande vergaß, was sie darauf antworten wollte, als eine Träne über Tante Rachels Gesicht rann. Sie drehte sich zu Elissande. „Danke, Ellie.“

Panik erfasste Elissande. Diese Zuflucht, dieses Leben, dieser Hafen in der Mitte Londons, diese Sicherheit, von der Tante Rachel glaubte, dass sie sie gefunden hatten, war so flüchtig wie eine Seifenblase.

Es gibt nichts, das ich für die Liebe nicht wagte. Nichts.

Liebe, das war ein Furcht einflößendes Wort, wenn es aus dem Mund ihres Onkels kam. Er war bereit, den Zorn, der in der Hölle auf ihn wartete, in Kauf zu nehmen, um seine Frau zurückzubekommen.

Ich befürchte, irgendetwas Schreckliches könnte dem gut aussehenden Trottel zustoßen, den du so zu lieben behauptest.

Der gut aussehende Trottel, der sie in den dunklen Stunden vor Tagesanbruch so unwiderruflich zur Seinen gemacht hatte.

Außer dass er gar kein Trottel war. Er war zornig, unhöflich, und seine Sprache war sogar geradewegs abstoßend gewesen. Aber er war nicht dumm gewesen. Er hatte sehr klar erkannt, was sie ihm angetan hatte. Was die Frage nach sich zog: Hatte er ähnlich wie sie vorgegeben, jemand zu sein, der er gar nicht war?

Der Gedanke war gleichsam ein Haken, der durch ihr Herz ging.

Der goldene Schimmer seiner Haut, seine Bisse an ihrer Schulter. Die dunkle Erregung, die sie bei dem Gefühl erfasst hatte, ihn hart und fest in sich zu spüren.

Aber mehr als alles andere war da die rohe Kraft und Stärke, die er ausstrahlte.

Zieh dich aus.

Sie wollte, dass er es noch einmal sagte.

Sie hob die Hand, legte sie sich an den Hals, die Finger auf der Ader, die wie verrückt klopfte.

War es möglich – war es tatsächlich möglich, dass sie bei ihrer verzweifelten Wahl am Ende einen Mann bekommen hatte, der so listenreich und klug wie Odysseus war, der wie Achilles aussah und wie Paris liebte?

Und ihr Onkel hatte gedroht, ihm bleibenden Schaden zuzufügen.

Nur zwei Tage blieben ihr noch.

Needham kam, verband Veres Arm und nahm beim Gehen sowohl das Bündel Briefe mit, die Vere aus Pallisers Safe entwendet hatte, als auch das Bündel mit der blutbefleckten Kleidung unter Veres Bett. Und alles, ohne ein einziges Wort darüber zu verlieren. Der gute alte Needham.

Am späten Nachmittag war Vere in der Lage, sein Bett zu verlassen, ohne unverzüglich den Wunsch zu verspüren, sich eine Pistole an den Kopf zu halten und abzudrücken. Er läutete nach Tee und Toast.

Als es jedoch an seine Tür klopfte, war die Person, die eintrat, seine Ehefrau – mit einem Lächeln auf dem Gesicht.

„Wie geht es dir, Penny?"

Nein, das war *nicht* der Mensch, den er sehen wollte, nicht, wenn das Einzige, an was er sich erinnern konnte, war, wie er sich in ihrem weichen und überaus willigen Körper verloren hatte. Er konnte nur schlussfolgern, dass sie ihm bei der Versorgung seiner Wunde geholfen und er ihr aufgetragen hatte, Needham rufen zu lassen. Aber wie waren sie von einer Betätigung, die so gar nicht wollüstig war, wie das Verbinden einer Schusswunde, zu einer so leidenschaftlichen und zügellosen Vereinigung gekommen, dass sogar *er* bei der Erinnerung daran errötete?

Nun, es blieb ihm nichts anderes übrig, als so zu tun, als sei nichts gewesen.

„Oh, hallo, meine Liebe. Wie siehst du heute wieder bezaubernd aus, so frisch und liebreizend."

Ihr Kleid war weiß, ein reiner, züchtiger Hintergrund für ihr unschuldiges Lächeln. Der modisch enge Rock schmiegte sich an ihre Hüften – wie es ihm schien, beinahe grimmig entschlossen –, ehe er weiter unten in sittsamere Falten fiel.

„Bist du sicher, dass es dir gut genug geht, etwas zu essen?"

„Ganz bestimmt. Ich bin halb verhungert."

Sie klatschte in die Hände. Ein Zimmermädchen kam herein und stellte das Teetablett ab, knickste und ging wieder.

Seine Frau schenkte ihm eine Tasse ein. „Wie geht es deinem Arm?"

„Tut weh."

„Und dein Kopf?"

„Tut auch weh. Aber es ist schon besser." Er trank durstig den Tee, den sie ihm anbot, gab sich Mühe, etwas davon auf seinen Morgenmantel zu kleckern. „Weißt du, was mir zugestoßen ist? Meinem Arm, meine ich. Mein Kopf tut immer höllisch weh, wenn ich so viel Whisky getrunken habe."

„Ich dachte, es sei Rum gewesen, den du getrunken hast", verbesserte sie ihn. „Und du hast erzählt, ein Droschkenkutscher habe auf dich geschossen."

Das war dumm von ihm gewesen. Er hätte gar nicht erst eine Schusswaffe erwähnen sollen. „Bist du sicher?", fragte er. „Ich kann Rum eigentlich gar nicht ausstehen."

Sie goss sich selbst Tee in eine Tasse. „Wo *warst* du letzte Nacht?", fragte sie leise und mit ehefraulichem Interesse. „Und warum warst du so spät noch unterwegs?"

Sie war gekommen, ihn auszufragen.

„Daran kann ich mich nicht mehr erinnern."

Sie schien gänzlich damit beschäftigt, Zucker und Sahne in ihren Tee zu rühren. „Du kannst dich nicht mehr daran erinnern, angeschossen worden zu sein?"

Nein, so ging es nicht. Er war viel besser, wenn er die Offensive übernahm. „Nun, du solltest doch aus erster Hand die schädliche Wirkung des übermäßigen Genusses von alkoholhaltigen Getränken auf das Erinnerungsvermögen kennen."

„Wie bitte?"

„Kannst du dich an irgendetwas aus unserer Hochzeitsnacht erinnern?"

Ihr Löffel verharrte. „Natürlich. Ich erinnere mich ... an das eine oder andere."

„Du hast zu mir gesagt, meine Lippen schmeckten nach Bienenwachs."

Man musste ihr zugutehalten, dass sie ihre Tasse an die Lippen hob und trank, ohne sich zu verschlucken. „Meinst du Honigseim?"

„Verzeihung?"

„Honigseim, nicht Bienenwachs."

„Genau, das habe ich doch gesagt. Honigseim. ‚Deine Lippen sind triefender Honigseim, und Honig und Milch sind unter deiner Zunge‘, das hast du mir erzählt, und ‚der Geruch deiner Kleider ist wie der Geruch des …‘ Hm. Lass mich nachdenken, was war es? Sinai? Syriens? Damaskus?“

„Libanon“, sagte sie.

„Genau. Und natürlich, nachdem wir dich ausgezogen hatten“ – er seufzte übertrieben zufrieden – „warst du sogar ein viel schönerer Anblick als die Dame auf dem Delacroix, den dein Vater gestohlen hat. Denkst du, wir könnten dich in dieser Pose für Freddie Modell sitzen lassen? Und auch nicht auf einem winzigen Stück Leinwand, nein, viel besser: Ich bestehe auf einem lebensgroßen Gemälde. Das können wir dann in den Speisesaal hängen, nicht wahr?“

„Das wäre fast schon eine Erregung öffentlichen Ärgernisses.“

Ihr Lächeln nahm allmählich wieder dieses unglaubliche Strahlen an, das er so genau kennengelernt hatte. Gut, irgendetwas musste er richtig machen.

„Verflixt. Wäre eine klasse Sache gewesen, mit dir vor meinen Freunden zu prahlen. Ach, wie würden sie dich anschwärmen.“

Er schaute sie verliebt wie ein Mondkalb an.

„Aber, aber, Penny“, wandte sie ein, und ihre Stimme klang nur ein wenig angespannt. „Wir müssen unseren Freunden unser Glück ja nicht unter die Nase reiben.“

Glücklich verzehrte er vier Scheiben Toast. Als er fertig war, sagte sie: „Dr. Needham hat mir mitgeteilt, dein Verband müsse heute Nachmittag gewechselt werden und dann noch einmal abends vor dem Zubettgehen. Sollen wir?“

Er krempelte den Ärmel seines Morgenrocks hoch. Sie untersuchte die Wunde und wechselte den Verband. Als er seinen Ärmel wieder herunterrollte, hielt sie plötzlich inne und fragte: „Was ist das denn?“

Sie zeigte mit dem Finger auf eine Reihe kleiner halbmondförmiger Abdrücke, direkt über seinem Ellbogen.

„Mir sieht das nach Fingernagelabdrücken aus."

„Hat der Droschkenkutscher dich auch festgehalten?"

„Hm, mir kommt es doch eher vor, als stammten sie von einer Frau. In der Hitze der Leidenschaft, weißt du? Sie umklammert die Arme des Mannes, und ihre Fingernägel bohren sich in seine Haut." Er lächelte sie an. „Hast du etwa meine Unzurechnungsfähigkeit letzte Nacht ausgenutzt, Lady Vere?"

Sie wurde rot. „Du warst es doch, der das wollte."

„Ach ja? Himmel, das hätte eine Katastrophe werden können, weißt du? Wenn ein Mann derart betrunken ist, bekommt er ihn manchmal gar nicht erst hoch, und manchmal kann er es auch nicht zu Ende bringen."

Sie berührte ihren Hals. „Nun, du hattest in dieser Beziehung keinerlei Probleme."

Er warf sich stolz in die Brust. „Und das ist deinen Reizen zuzuschreiben, Mylady. Allerdings muss ich feststellen, wenn wir so weitermachen, wird sich die Familie sehr bald schon vergrößern."

Ein Gedanke, der ihn erstarren ließ.

„Möchtest du denn die Familie vergrößern?", erkundigte sie sich, als käme ihr der Gedanke gerade erst.

„Nun, natürlich, welcher Mann würde das nicht wollen? Für Gott und Vaterland", antwortete er, während er die Briefe überflog, die ihm mit dem Tee und dem Toast gebracht worden waren.

Als er wieder aufsah, hatte sie den seltsamsten Gesichtsausdruck. Er fragte sich besorgt, ob er sich durch irgendetwas verraten hatte. Aber ihm fiel nicht ein, was es gewesen sein könnte.

„Oh, sieh nur. Freddie lädt uns heute Nachmittag zum Tee ins Savoy ein. Sollen wir hingehen?"

„Ja", sagte sie mit einem Lächeln, das er so nie zuvor bei ihr gesehen hatte. „Lass uns bitte gehen."

Die Terrasse des Savoy-Hotels hatte mit einem Panoramablick auf die Themse aufzuwarten. Dampfschiffe und Barken fuhren auf dem Wasser hin und her. Für Londoner Verhältnisse war der

Himmel klar, Elissande hingegen fand ihn schmutzig, da sie sich erst an die Luft in der Metropole gewöhnen musste.

Lord Frederick hatte Mrs Canaletto mitgebracht, eine Freundin der Brüder aus Kindertagen, die sie beide mit dem Vornamen ansprachen. Sie war ein paar Jahre älter als Elissande, wirkte welterfahren und verfügte zwar nicht über die grenzenlose Begeisterungsfähigkeit von Miss Kingsley und ihren Freundinnen, war jedoch freundlich und umgänglich.

„Waren Sie schon im Theater, Lady Vere?“, fragte Mrs Canaletto.

„Nein, ich fürchte, ich hatte das Vergnügen noch nicht.“

„Dann müssen Sie sich unverzüglich von Penny in eine Aufführung des Savoy-Theaters bringen lassen.“

Elissandes Ehemann blickte Mrs Canaletto erwartungsvoll an und erkundigte sich: „Nur ein einziger Ratschlag, Angelica? Du hast uns doch sonst immer so gerne gesagt, wie wir *alles* tun müssen.“

Mrs Canaletto lachte. „Das liegt daran, dass ich dich kenne, seit du drei bist, Penny. Wenn ich mit Lady Vere erst einmal sechsundzwanzig Jahre vertraut bin, dann verlass dich darauf, werde ich auch ihr haarklein sagen, wie sie alles zu tun hat.“

Elissande fragte Mrs Canaletto, ob sie während ihres Aufenthalts in Italien auch die Insel Capri besucht habe. Mrs Canaletto musste das leider verneinen, aber sowohl Lord Vere als auch Lord Frederick waren schon dort gewesen – auf einer Bildungsreise, die sie beide gemeinsam unternommen hatten, nachdem Lord Frederick seine Studien in Oxford beendet hatte.

Lord Vere redete über die Sehenswürdigkeiten, die sie auf dieser Reise besichtigt hatten, immer wieder gutmütig von Mrs Canaletto verbessert: das märchenhafte Schloss Neuschwanstein in Bulgarien, erbaut von dem verrückten Grafen Siegfried („Es ist in Bayern, Penny, und wurde von König Ludwig II. errichtet, der vielleicht, aber vielleicht auch nicht verrückt war“), der schiefe Turm von Siena („Pisa“) und auf Capri die Lila Grotte („Die Schwarze Grotte, Penny“).

„War es wirklich die Schwarze Grotte?“

„Angelica will dich aufziehen, Penny“, schaltete Lord Frederick sich ein. „Es ist die Blaue Grotte.“

Unbeeindruckt fuhr Elissandes Ehemann fort. Während seines Vortrags ließ er sein Taschentuch in das Marmeladenglas fallen, stieß den Inhalt einer schlanken Blumenvase um, der auf den Teller mit den Teekuchen landete, und ließ einen seiner Kekse durch die Luft fliegen, wodurch er zwischen rosafarbenen Straußenfedern auf dem extravaganten Hut eines weiblichen Gastes landete.

Lord Frederick und Mrs Canaletto schienen sich nichts dabei zu denken, weder angesichts Lord Veres Redseligkeit noch in Bezug auf seine Ungeschicklichkeit. Aber seine Worte und Taten kamen Elissande übertrieben vor, als versuchte er verzweifelt wiedergutzumachen, dass er heute in den frühen Morgenstunden Intelligenz bewiesen hatte, indem er sich jetzt besonders unfähig aufführte.

Und unbeholfen. Vielleicht um die Erinnerung an die Meisterschaft, mit der er ihren Körper beherrscht hatte, zu verwässern?

Er hätte es fast geschafft – es fehlte nicht viel und er hätte sie überzeugt, dass es Zufall gewesen war. Aber dann war er zu weit gegangen und hatte sich selbst widersprochen – vermutlich, weil er sich wirklich nicht daran erinnerte, ihr eindringlich geraten zu haben, Maßnahmen gegen möglichen Familienzuwachs zu ergreifen.

Die Dame mit dem Straußenfederhut trat, nachdem sie das Gebäckstück aus den Tiefen ihrer kunstvollen Kopfbedeckung gefischt hatte, zu ihrem Tisch. Einen Augenblick lang dachte Elissande, sie wollte Lord Vere zurechtweisen, aber Lord Vere und Lord Frederick erhoben sich beide und begrüßten sie freundlich, als wäre sie eine alte Bekannte.

„Lady Vere, darf ich die Countess of Bourkes vorstellen?“, sagte Lord Vere. „Countess, meine Gemahlin.“

Es war der Beginn einer Parade. Die Saison war fast vorbei, aber London war immer noch Dreh- und Angelpunkt der guten

Gesellschaft, die zwischen Schottland, Cowes und den mondänen Badeorten auf dem Kontinent hin und her reiste. Elissandes Ehemann schien mit jedem, der etwas war, bekannt zu sein. Und nachdem Lady Avery offenbar keine Zeit verloren hatte, ihre jüngste Enthüllungsgeschichte überall herauszutrompeten, wollte die ganze Welt wissen, was für eine Frau unter so skandalösen Umständen mit ihm entdeckt worden war.

Er stellte sie mit absurdem Stolz vor. *Lady Vere hat sich ganz der Fürsorge ihrer Tante verschrieben. Lady Vere kennt sich ebenso gut mit moderner Kunst aus wie Freddie. Lady Vere wird mit Sicherheit eine der großartigsten Gastgeberinnen Londons.*

Sie benötigte einen Moment, ihre Reaktionen auf seine abzustimmen. Sie verzichtete auf ein gemäßigt herzliches Lächeln, das sie für die Situation angemessen gehalten hatte, und entschied sich stattdessen für ein Lächeln, das alle Zähne zeigte und ihr jeweiliges Gegenüber blendete.

Lord Vere wirft ein ganz neues, ein erhellendes Licht auf die englisch-preußischen Beziehungen. Lord Vere weiß die Architekturgeschichte Europas spannend und kenntnisreich zu referieren. Lord Veres tief gehende und detaillierte Lektüre von Ovid hat uns viele Stunden faszinierender Gespräche beschert.

Sie gaben ein wunderbares Paar ab, im wortwörtlichen Sinn. Die Leute verließen ihren Tisch mit offenem Mund und kaum in der Lage, zu ihrem Platz zurückzufinden. Wer hätte gedacht, dass die Talente, die sie geschärft hatte, um die Lauterkeit ihrer Seele gegen ihren Onkel zu verteidigen, eines Tages auf einer so öffentlichen Bühne zum Einsatz kommen würden? Wenn es nicht so bizarr wäre, hätte sie es komisch gefunden.

„Mir hat es im Großen und Ganzen Spaß gemacht durchzubrennen. Ich hätte es schon viel früher tun sollen. Nachdem dies nun mit Lady Vere möglich wurde, realisierte ich es sofort“, erklärte ihr Ehemann, sobald er sich wieder hinsetzen konnte.

„Nun, ich denke, wir hätten es einen Tag *früher* tun können“, bemerkte Elissande kichernd.

„Das stimmt“, pflichtete er ihr bei. „Daran habe ich gar nicht gedacht. Warum bin ich eigentlich nicht darauf gekommen?“

„Aber es ist ja alles gut. Wir sind hier, wir sind verheiratet, und es könnte nicht wunderbarer sein.“

Ihnen gegenüber wechselten Lord Frederick und Mrs Canaletto freundlich ungläubige Blicke, als wunderten sie sich darüber, dass es so eine perfekte Verbindung für Lord Vere geben konnte und tatsächlich auch gab. Lord Vere beugte sich vor, um sich noch eine Scheibe Sultaninenkuchen zu nehmen und – was sonst? – warf dabei das Sahnekännchen um.

Elissande begann eine ausgefeilte Choreografie hinter seinem Ungeschick zu erkennen, den sorgfältig gewählten Winkel seines Armes, die exakte Richtung seiner Bewegung, das überlegte Ausholen mit seinem Handrücken.

Es war ausgeschlossen, dass ein Mann klarer im Kopf war, wenn er betrunken war, nur, dass er weniger vorsichtig war und daher weniger hintergründig. Jemand, der erst vor Stunden nachdrücklich und ohne Zweifel daran zu lassen, sein Missfallen an ihr zum Ausdruck gebracht hatte, musste schon ein überragender Schauspieler sein, um jetzt den überglücklichen Ehemann zu geben.

Und um das zu erkennen, musste man selbst Schauspieler sein.

Als er in sein Stadthaus zurückkehrte, erwartete Lord Vere eine Nachricht von Mr Filbert – Filbert war eines der Pseudonyme, die Holbrook verwendete. Vere zog sich Abendkleidung an und sagte seiner Frau, er gehe in seinen Klub, traf sich aber mit Holbrook und Lady Kingsley im Haus hinter dem Fitzroy Square und arbeitete fieberhaft. Er kehrte erst gegen Mitternacht nach Hause zurück.

Seine Frau wartete in seinem Schlafzimmer auf ihn. „Das hier ist viel zu riskant“, erklärte sie erbost. „Darf ich dich daran erinnern, dass du erst letzte Nacht verwundet wurdest, weil du so lange unterwegs warst?“

Er hörte auf, sich seine Krawatte aufzubinden. „Ich … äh, das habe ich vergessen“, antwortete er und wirkte verlegen.

Sie kam zu ihm und öffnete die Knöpfe seines Abendjacketts, streifte es ihm von den Schultern. „Du solltest nicht allein im Dunkeln unterwegs sein. Ich traue meinem Onkel nicht; er spielt nicht fair. Wenn er drei Tage sagt, würde er dich ohne irgendwelche Skrupel am zweiten Tag entführen und mich dann zwingen, meine Tante gegen dich auszutauschen.“

„Würdest du das tun?“

Sie schaute ihn finster an. „Lass uns nicht über so unangenehme Hypothesen reden.“

„Aber du hast das Thema doch angeschnitten“, erwiderte er ernsthaft. „Ich dachte, du wolltest darüber sprechen.“

Sie atmete tief durch und machte zwei Schritte zurück. „Darf ich dich um einen Gefallen bitten?“

„Natürlich.“

„Können wir mit den Spielchen aufhören?“

Warnlampen leuchteten in seinem Kopf auf. Er schaute sie mit großen Augen an. „Wie bitte?“

„Wir sind zu Hause. Die Dienstboten sind im Bett. Außer uns beiden ist niemand hier“, sagte sie ungeduldig. „Du musst nicht weiter so tun als ob. Ich weiß, dass du nicht so ahnungslos, so blind deiner Umgebung gegenüber bist, wie du zu sein vorgibst.“

Sicherlich hatte er sich nicht so weit gehen lassen, dass sie das erraten konnte. „Das ist doch lächerlich. Willst du etwa andeuten, dass ich auf andere ahnungslos wirke, Madam? Ich möchte dich darauf hinweisen, dass ich anerkanntermaßen ein kluger Kopf bin und geistreich obendrein. Himmel, die Leute sind oft erstaunt über die Scharfsinnigkeit meiner Rede und die Hintergründigkeit meiner Einsichten.“

Er hatte heute alles nur irgendwie in seiner Möglichkeit Stehende getan, um den Eindruck des Idioten bei ihr zu verfestigen. Hätte das nicht reichen müssen?

„Heute Morgen habe ich den Apotheker aufgesucht, den du mir empfohlen hast“, teilte sie ihm mit. „Mrs McGonnagall hat mir genau erklärt, wie ich mich nach dem Liebesakt waschen muss, um die Chance zu minimieren, dass ich schwanger werde. Ich habe es gleich getan, nachdem ich wieder zurück war."

Himmel. Er hatte ihr das gesagt? Was hatte er ihr sonst noch erzählt? „Aber … aber, das kannst du doch nicht tun. Eine Frau sollte … sie sollte keinesfalls der Natur in solchen Sachen ins Handwerk pfuschen."

„Die gesamte Geschichte der Zivilisation ist eine Geschichte des Eingreifens in die Natur. Außerdem habe ich lediglich deine Anweisungen befolgt."

„Ich hätte dir doch nie so etwas angetragen. Empfängnisverhütung ist schließlich eine Sünde."

Sie fuhr sich mit einer Hand übers Gesicht. Er hatte sie noch nie in einem so unverhohlenen Zustand der Erbitterung gesehen. Es schockierte ihn, als er begriff, was das hieß: Sie hatte *ihre* Maske fallen lassen.

„Na gut, dann spiel deine Scharade weiter", erklärte sie. „Aber morgen läuft die Gnadenfrist ab, die mein Onkel mir gewährt hat. Er ist ein gefährlicher Mann, und ich habe Angst. Wäre es möglich, dass wir drei England vorübergehend verlassen?"

„Gütiger Himmel. Wo sollten wir denn hin?"

Sie zögerte einen Moment. „Ich wollte schon immer Capri sehen."

Wenigstens schien er ihr nichts von den Ermittlungen verraten zu haben. „Aber auf Capri gibt es praktisch nichts, was man unternehmen kann: Es ist ein Felsen mitten im Meer. Praktisch keine Gesellschaft, keine Sportmöglichkeiten und noch nicht einmal eine Konzerthalle irgendwo."

„Aber es ist sicher. Wenn erst einmal Winter ist, können Boote die Insel vom Festland aus nur noch unregelmäßig ansteuern."

„Ganz genau. Was für eine schreckliche Vorstellung! Ich werde die Umsiedelung auf meinen Landsitz in ein paar Tagen veranlassen, aber darüber hinaus habe ich nicht vor, irgendwo anders hinzugehen. Die Saison dauert schon lang genug."

„Aber …"

„Du solltest mehr auf mein Glück vertrauen", verlangte er. „Manche Leute sagen, ich hätte das Glück eines Narren. Natürlich verwahre ich mich dagegen aufs Entschiedenste, weil ich immer schon ein Mann mit hoch entwickelter Intelligenz war, aber man kann nicht abstreiten, dass ich erstaunlich viel Glück habe. Du hast genau richtig gehandelt – du bist jetzt Lady Vere, meine Frau, und daher wird mein Glück auf dich abfärben."

Sie zog die Schleife ihres Morgenmantels fester zusammen, und die Bewegung ließ ihre sonstige Anmut vermissen. „Mit dir zu reden treibt mich noch in den Wahnsinn."

Er versuchte lediglich, sie zu beruhigen. Heute Nacht waren Dinge ins Rollen gebracht worden, aber im Augenblick konnte er ihr nicht mehr sagen.

„Du bestehst aber auch darauf, mich mit solchem Unsinn zu überschütten, meine Liebe."

„In diesem Fall solltest du dich nicht wundern, wenn er dich betäuben und rauben lässt. Ich jedenfalls werde alles tun, was nötig ist, damit wir in Sicherheit sind."

Er sollte sich ärgern, denn ihre momentane Einstellung war schließlich dafür verantwortlich, dass sie jetzt verheiratet waren. Aber es war schwer, ihr böse zu sein, wenn es *sein* Wohlergehen war, um das sie sich sorgte.

„Ach komm schon, Süße", versuchte er sie zu beschwichtigen. „Es ist erst der dritte Tag unserer Flitterwochen, und schon zanken wir uns."

Sie warf die Hände in die Luft. „Fein. Dann lass dir wenigstens den Verband wechseln."

Sie half ihm beim Ausziehen seiner Weste. Er wollte nur die Ärmel seines Hemds hochkrempeln, aber sie verlangte, dass er auch das ablegte. „Wenn du das Hemd nicht ablegst, wie willst du dir da das Nachthemd anziehen?", wollte sie, immer noch aufgebracht, wissen. „Du wirst nur an der Wunde ziehen, wenn du es allein machst."

Offenbar kam ihr gar nicht der Gedanke, dass er nackt schlafen könnte. Er fügte sich.

Nachdem sie den Verband erneuert hatte, ging sie in sein Ankleidezimmer und kehrte mit einem Nachthemd zurück. Etwas an ihm fiel ihr auf und entlockte ihr ein Stirnrunzeln. Sie deutete auf die linke Seite seines Brustkorbs. „Was ist das?"

Er schaute zu den Narben. „Hast du sie vorher nicht bemerkt?"

„Nein. Wie hast du sie dir zugezogen?"

„Sie stammen von meinem Reitunfall." Mit seinem unversehrten Arm machte er eine Bewegung, wie jemand hoch in die Luft geschleudert wurde und dann hart aufkam. „Alle wissen von meinem Reitunfall."

„Ich habe nie etwas davon gehört."

„Das ist aber seltsam, bedenkt man, dass du meine Ehefrau bist. Na ja, es ist geschehen, als ich sechzehn war, kurz, nachdem ich den Titel geerbt hatte. Es war bei meiner Großtante Lady Jane, auf ihrem Sommersitz in Aberdeenshire. Ich bin am Morgen ausgeritten, vom Pferd gestürzt und habe mir ein paar Rippen gebrochen, eine Gehirnerschütterung erlitten und musste ein paar Wochen das Bett hüten."

„Das klingt recht ernst."

„Das war es, das war es", versicherte er ihr. „Natürlich glauben ein paar Dummköpfe, dass ich auf den Kopf gefallen sei und einen Hirnschaden davongetragen hätte. Aber das sind völlig haltlose Behauptungen. Wenn überhaupt, bin ich seit meinem Unfall ein noch scharfsinnigerer Denker."

„Hm. Ich frage mich, warum irgendjemand das mit dem Hirnschaden glauben sollte", sagte sie. „Gab es irgendwelche Zeugen?"

Kluge Frau. „Zeugen? Was meinst du?"

„Ich meine, ich kann erkennen, dass du an deinem Oberkörper verletzt wurdest. Aber wo ist der Beweis für die Gehirnerschütterung? Wer war der Arzt, der dich versorgt hat?"

Sein damaliger Arzt war niemand anderer als Needham gewesen. Aber das würde er ihr bestimmt nicht verraten.

„Ah …"

„Also ist es deine Aussage – und allein deine Aussage, dass es eine schwere Gehirnerschütterung gab?“

„Warum sollte ich wegen so etwas lügen?“

„Um dich glaubwürdig als Idiot ausgeben zu können, wenn du zuvor keiner warst.“

„Aber ich habe dir doch eben erst gesagt, dass ich keine Schäden davongetragen habe. Ich war ein blitzgescheiter junger Bursche, und jetzt bin ich ein blitzgescheiter Mann.“

Sie warf ihm einen immer noch aufgebrachten Blick zu. „Allerdings, deine Klugheit blendet einen schier.“

„Dann mach dir keine Sorgen, wenn ich dir sage, dass du dir keine Sorgen machen musst“, erwiderte er leise.

Sie seufzte. Mit einem Finger fuhr sie eine Narbe nach; ihre Berührung brannte.

Er gähnte, machte einen Schritt zur Seite und wandte sich ab. „Wenn du mich entschuldigst, ich schlafe fast im Stehen ein.“

Hinter ihm murmelte sie: „Du möchtest heute Nacht nicht, dass ich es wiedergutzumachen versuche?“

Ihre Worte trafen ihn geradewegs im Schritt. Er biss die Zähne zusammen, um sich so gegen das aufwallende Verlangen zu wappnen. „Verzeihung?“

„Ach nichts“, sagte sie nach einem Augenblick. „Gute Nacht.“

„Gute Nacht, meine Liebe.“

15. KAPITEL

Ellie, denkst du eigentlich", fragte Tante Rachel zaghaft, „dass es Ärzte gibt, die wissen, wie man … wie man mich dem Laudanum entwöhnen kann?"

Elissande benötigte einen Moment, bis sie merkte, dass ihre Tante gesprochen hatte, und einen weiteren, bis sie begriffen hatte, was Tante Rachel gerade gesagt hatte. Sie wandte sich vom Fenster ab, an dem sie gestanden und blicklos in den Garten geschaut hatte.

Tante Rachel nahm ihr Frühstück in ihrem hellen, hübsch eingerichteten Zimmer ein. Sie ließ sich noch immer die Mahlzeiten ans Bett bringen, aber nach nur ein paar Tagen Abwesenheit von Highgate Court aß sie schon wieder selbst und musste nicht mehr gefüttert werden.

Am gestrigen Nachmittag hatte sie darum gebeten, das Fenster zu öffnen, um ein wenig von dem melodischen Vogelgezwitscher hereinzulassen. Gestern Abend, nach dem Dinner, hatte sie sich schüchtern erkundigt, ob sie wohl ein kleines Stückchen Schokolade haben könne, falls so etwas zufällig im Hause sei. Elissande hatte keine Ahnung, aber Mrs Dilwyn hatte sie lächelnd davon in Kenntnis gesetzt, in der Tat habe Seine Lordschaft eine Schwäche für französische Schokolade, sodass immer ein kleiner Vorrat davon vorhanden sei. Tante Rachels Gesichtsausdruck, als sie sich das Stückchen Schokolade in den Mund steckte, hatte solch reine Freude widergespiegelt, dass Elissande sich hatte abwenden und die Augen wischen müssen.

Und heute Morgen, als Elissande in ihr Schlafzimmer kam, hatte Tante Rachel gesagt: „Wie hübsch du heute aussiehst, meine Liebe." Das letzte Mal, als es Tante Rachel gut genug gegangen war, um Elissande ein Kompliment zu ihrem Aussehen zu machen, war vor acht Jahren gewesen, vor der Schneeballschlacht an dem verhängnisvollen Weihnachtstag – vor dem Laudanum.

Es gab keinen Zweifel daran: Tante Rachel ging es jeden Tag ein wenig besser. Zu schnell. Wäre sie in sich zurückgezogen geblieben, abgestumpft allem gegenüber, würde es vielleicht keinen solchen Unterschied machen. Aber jetzt zuzulassen, dass sie wieder in Edmund Douglas' Klauen geriet …

„Ellie? Ellie, geht es dir gut?"

Elissande schluckte. Sie trat an die Kante von Tante Rachels Bett und setzte sich. „Vielleicht muss ich dich verstecken."

Tante Rachel ließ die Gabel fallen. „Ist … ist dein Onkel …"

„Er ist nicht hier, noch nicht, aber es ist nur eine Frage der Zeit." Trotz der Versuche ihres Ehemannes, ihre Sorgen zu beschwichtigen, hatte sich Elissande schlaflos in ihrem Bett herumgewälzt. „Du bist in diesem Haus zu leicht zu finden. Ich habe für dich ein Hotel ausgewählt. Du wirst nicht weit entfernt von uns sein, und ich werde dich so oft wie möglich besuchen kommen."

Tante Rachel umklammerte Elissandes Hand. „Wird es dir … wird es dir und Lord Vere gut gehen?"

„Ja, mit uns ist alles bestens. Wir haben keine Angst vor ihm."

Auch wenn sie sich wünschte, ihr Ehemann würde wenigstens ein klein bisschen mehr Angst haben. Es war gefährlich, ihren Onkel zu unterschätzen.

„Wenn du dich angezogen hast, fahren wir zusammen zu einer Modistin. Wir betreten das Geschäft von der Vorderseite und verlassen es auf der Rückseite, dann fahren wir zum Langham-Hotel. Deine Sachen hole ich dir später, wichtiger ist es, dich selbst in Sicherheit zu bringen. Kannst du mir folgen?"

Tante Rachel nickte entschlossen.

„Gut, und jetzt …"

Es klopfte an der Tür.

„Ja?", fragte Elissande.

„Ihre Ladyschaft, Mrs Douglas", sagte der Lakai, der ein Silbertablett vor sich her trug. „Mrs Douglas, unten ist ein Gentleman namens Nevinson. Er hat mich gebeten, Ihnen diese Nachricht persönlich zu übergeben. Und er wünscht zu wissen, ob Sie zu Hause und für ihn zu sprechen sind, Madam."

Tante Rachel, vor Schreck erstarrt, konnte nicht sprechen und blickte Hilfe suchend zu Elissande.

Elissande nahm die Nachricht und brach das Wachssiegel auf dem Umschlag.

Werte Mrs Douglas,
ich bin Kriminalinspektor Nevinson von der städtischen Polizei und muss Sie dringend wegen Ihres Gatten Mr Edmund Douglas sprechen. Ich hoffe, Sie können mich umgehend empfangen.
Ihr ergebener Diener
Nevinson

Elissande ballte die Hände zu Fäusten. War das ihr Onkel, der die Polizei schickte, ihre Tante zu holen?

Nein, dazu hatte er keinen Grund. Der Ehefrau eines Mannes stand es frei, eine Woche nach London zu reisen.

Dann musste es eine Finte sein. Der Kriminalbeamte war ein Hochstapler, eine Art Trojanisches Pferd, geschickt, um die Verteidigungswälle dieses Haushalts zu überwinden, wenn ein Eindringen auf anderem Wege nicht möglich war.

„Geben Sie diese Nachricht zunächst Seiner Lordschaft und bitten Sie ihn, sie unverzüglich zu lesen“, trug sie dem Bediensteten auf. „Dann führen Sie Mr Nevinson in den Empfangssalon und machen Sie es ihm angenehm. Wir werden ihn in Kürze empfangen.“

Der Lakai entfernte sich, um zu tun, was sie ihm gesagt hatte. Tante Rachel umklammerte Elissandes Arm.

„Bist du dir sicher?“ Tante Rachels Stimme bebte.

„Ich werde ihn empfangen. Du hingegen wirst dein Frühstück genießen. Lord Vere ist hier, und er wird nicht zulassen, dass du direkt vor unseren Augen entführt wirst.“

Wenigstens hoffte sie das. Und für alle Fälle schloss sie Tante Rachels Tür ab.

„Danke, dass Sie mich empfangen, Lady Vere“, sagte Nevinson.

Er hatte einen Straßenanzug aus blauem Kammgarn an, ein

Mann mittleren Alters mit scharf blickenden Augen und effizienten Bewegungen – ein fähig wirkender und vertrauenswürdiger Gesetzeshüter und genau die Sorte Betrüger, die sich das Vertrauen aller erschleichen konnte und den sie zur Entführung ihrer Tante wählen würde.

Sie setzte ihr normales Lächeln auf. „Was kann ich für Sie tun, mein Herr?"

„Wird sich Mrs Douglas zu uns gesellen, Madam, wenn mir die Frage gestattet ist?"

„Mrs Douglas ist nicht daheim. Aber ich werde ihr nur zu gern Ihre Nachricht übermitteln."

Nevinson zögerte. „Verzeihen Sie, Madam. Was ich zu sagen habe, ist von ausgesprochen sensibler Natur. Ist es wirklich nicht möglich, dass ich persönlich mit Mrs Douglas sprechen kann?"

„Leider nein", antwortete Elissande, ohne dass ihr Lächeln wankte. „Ich fürchte, das wird nicht möglich sein."

Der Mann musterte Elissande. „Und warum ist das so, Lady Vere?"

Elissande räusperte sich umständlich und schaute sich dann übertrieben vorsichtig im leeren Empfangssalon um. Dann sagte sie mit einem laut hörbaren Bühnenflüstern: „Sehen Sie, Sir, jeden Monat leidet sie zu einer bestimmten Zeit an Unwohlsein. Oh, Sie machen sich keine Vorstellung davon, wie sehr sie leidet. Man könnte sogar sagen, dass sie Folterqualen leidet."

Offensichtlich hatte Nevinson mit dieser besonderen Antwort nicht gerechnet. Er lief im Gesicht tiefrot an und rang sichtlich darum, seine Fassung zu bewahren.

„In diesem Fall wäre ich Ihnen dankbar, wenn Sie ihr meine Nachricht ausrichten könnten." Er räusperte sich. „Ich hasse es, der Überbringer schlechter Nachrichten zu sein, aber Mr Douglas ist heute Morgen unter Mordverdacht verhaftet worden."

Elissande blinzelte. „Das ist kein Scherz, oder?"

„Es tut mir leid, Madam. Es ist kein Scherz. Wir haben ausreichend Beweise, um zu glauben, dass er für den Mord an einem gewissen Stephen Delaney verantwortlich ist, einem Wissenschaftler, dessen unveröffentlichte Darstellung einer Methode zur Herstellung künstlicher Diamanten er gestohlen hat.“

Warum sollte ihr Onkel einen Mann umbringen, der eine Möglichkeit gefunden hatte, synthetische Diamanten herzustellen, wo er doch unbeschränkten Zugriff auf natürliche Diamanten besaß? Der Vorwurf war zu albern, darauf etwas zu erwidern. Das musste eine Falle sein. Wie lange konnte sie Nevinson im Empfangssalon festhalten? Konnte sie ihrem Ehemann eine Nachricht zukommen lassen, dass er ihre Tante unverzüglich fortschaffen sollte?

Kalter Angstschweiß trat ihr auf die Stirn. Sie durfte sich nicht der Panik hingeben. Sie musste klar und zielstrebig denken.

Was war das? Da sang jemand vor dem Empfangssalon – es war ein Lied, das sie kannte.

„Ich hab ein Kätzchen, das ist ein Schätzchen. Aber ich will lieber einen Wauwau. Wau, wau, wau.“

Sie musste sich ein Lächeln verkneifen, als ihr Ehemann die Tür öffnete und den Kopf hereinsteckte. „Guten Morgen, meine Liebe. Wie reizend du heute wieder aussiehst – eine Augenweide, wie immer“, erklärte er.

Dem Himmel sei Dank! Sie war nie zuvor in ihrem Leben so froh gewesen, jemanden zu sehen.

Lord Vere, nachlässig gekleidet und mit vom Schlaf zerzaustem Haar, drehte sich zu Elissandes Besucher um. „Ach, sind Sie das, Inspektor Netherby?“, rief er erstaunt.

„Nevinson, Mylord.“

Hatte sie auf Nevinsons Gesicht eine Grimasse gesehen?

„Ich wusste es!“, rief Lord Vere und schlenderte ins Zimmer. „Ich vergesse niemals ein Gesicht oder einen Namen. Sie waren der Hauptermittler im Huntleighfall.“

„Das war der Haysleighfall.“

„Das habe ich doch gesagt. Sie hatten herausgefunden, dass Lady Haysleigh ihren eigenen Tod vorgetäuscht hatte, um einer früheren Ehe zu entkommen und Lord Haysleigh zu heiraten.

Und dann hat sie versucht, ihren ersten Ehemann umzubringen, als er auf dem Landsitz von Haysleigh eintraf."

„Das, Sir, wäre die Handlung eines der Schauerromane von Mrs Braddon. Lord Haysleighs jüngerer Bruder, Mr Hudson, hat versucht, Lady Haysleigh zu vergiften, um Lord Haysleigh den Mord anzuhängen. Er wollte selbst in den Besitz des Titels gelangen."

„Wirklich? Ich dachte immer, *das* sei die Handlung eines Mrs-Braddon-Romans." Lord Vere setzte sich und nahm von Elissande eine Tasse Tee entgegen. „Danke, meine Liebe. Nun, Inspektor, ich hatte immer den Eindruck, der Haysleighfall sei seit Jahren abgeschlossen."

„Dem ist auch so, Sir."

„Dann ist es schon seltsam, Sie heute hier zu sehen. Ich wusste gar nicht, dass unsere Bekanntschaft von der Art war, dass Höflichkeitsbesuche angebracht wären."

Nevinson biss die Zähne zusammen. „Keine Sorge, Mylord. Ich bin rein geschäftlich hier."

„Ach, und was für Geschäfte sollten das sein? Ich versichere Ihnen, ich bin noch nicht einmal in der Nähe verdächtiger Aktivitäten gewesen."

„Ich bin sicher, dass Sie das nicht waren, Sir. Ich bin heute hier, um Mrs Douglas zu sehen. Es geht um ihren Gatten."

Elissande hatte so amüsiert verfolgt, wie ihr Ehemann mit Nevinson Katz und Maus spielte, dass sie erst mit der Erwähnung ihres Onkels begriff, was das, was hier gerade geschah, für sie bedeutete.

Nevinson war kein Hochstapler. Er war ein echter Kriminalinspektor, der dienstlich hier war.

Und er log sie auch nicht an.

Wie um diese Erkenntnis zu untermauern, wiederholte Nevinson für Lord Vere, was er soeben Elissande berichtet hatte.

Ihr Onkel, ein Mörder.

Elissande kam es vor, als explodierte ihr Kopf Stück für Stück. Es war kein schlimmes Gefühl, nur irgendwie unwirklich und bizarr. Es würde einen furchtbaren Skandal geben, das ließ sich nicht vermeiden. Aber was für ein wunderbarer Silberstreif. Ihr Onkel war verhaftet worden: Er war nicht in der Lage, Tante Rachel dazu zu zwingen, zu ihm zurückzukehren.

Mehr noch, sobald er vor Gericht gestellt und verurteilt war, würde er für eine lange Zeit im Gefängnis sitzen. Vielleicht würde er sogar hängen. Und Elissande und Tante Rachel wären frei, herrlich frei.

Sie hörte ihren Ehemann kaum, als er sagte: „Aber natürlich dürfen Sie und Ihre Männer das Herrenhaus von oben bis unten durchsuchen. Bist du damit einverstanden, meine Liebe?“

„Wie bitte?“

„Das ist der Zweck von Inspektor Nevinsons Besuch heute. Es ist von seiner Seite aus reine Höflichkeit, da ich glaube, er braucht unsere Einwilligung nicht, Highgate Court zu durchsuchen.“

„Nun, ja, natürlich. Wir werden voll und ganz kooperieren.“

Nevinson bedankte sich und erhob sich, um sich zu verabschieden.

Sie musste sich beherrschen, damit sie nicht vor Freude schrie, als sie Nevinson einen guten Tag wünschte. Sobald er gegangen war, machte sie einen Luftsprung, umarmte ihren Ehemann und drückte ihn. Dann lief sie nach oben, während ihr die Tränen übers Gesicht strömten, um ihrer Tante von ihrer Befreiung zu berichten.

Stephen Delaneys wissenschaftliches Interesse hatte tatsächlich vor allem der künstlichen Herstellung von Diamanten gegolten, wie die Kiste mit Unterlagen eindrucksvoll belegte, die Lord Yardley Holbrook geschickt hatte – offenbar waren die Akten, die Vere gelesen hatte, nur ein knapper Auszug gewesen.

Während Vere schlief, um seinen Rum-Rausch auszuschwitzen, hatte Holbrook den Code entschlüsselt, den Douglas in seinem Dossier verwendet hatte. Letzte Nacht hatte Vere dann unter Zuhilfenahme von Holbrooks Anleitung ein paar Seiten des Schriftstücks decodiert und dabei einen Bericht erhalten, der exakt einzelnen Seiten aus Delaneys Laborheft glich. (Offenbar hatte Delaney ein System angewandt, bei dem er sich Notizen in seinem eigenen Laborheft gemacht hatte; sein Assistent wiederum kopierte diese Anmerkungen in ein zweites Heft, das aus Sicherheitsgründen an einem anderen Ort verwahrt wurde.) Douglas hatte, nach seinem Diebstahl, aller Wahrscheinlichkeit nach das ursprüngliche Laborheft vernichtet, nicht aber damit gerechnet, dass es noch ein Ersatzheft gab. Das Vorhandensein eines solchen hatte ihn belastet, stellte es eindrucksvoll die Verbindung zwischen Douglas' Dossier und Delaneys Forschungsarbeiten her.

Und noch besser: Es fand sich eine Bemerkung am Rand einer Seite in Douglas' Dossier, die entschlüsselt lautete: *Hätte den Bastard nicht beseitigen sollen, bevor es mir gelungen war, seine Ergebnisse zu reproduzieren.*

Das reichte aus, um Douglas zu verhaften und anzuklagen. Und zusammen mit den laufenden Ermittlungen bezüglich seiner anderen Verbrechen und dem Druck von Yardley – als Folge von Veres Bitte – reichte es auch, um Douglas ohne Kaution festzuhalten.

Vere war plötzlich müde. Diese bis in die Knochen dringende Müdigkeit am Ende eines Falles kam immer. Aber dieses Mal schien er erschöpfter als sonst zu sein. Vielleicht auch, weil seine Frau im Stockwerk über ihm buchstäblich Freudensprünge machte und der dumpfe Laut, mit dem sie auf dem Boden landete, durch die Decke widerhallte.

Der Zweck dieser Ehe hatte sich für sie erfüllt: Sie war sicher vor ihrem Onkel, sie war frei – und ihre Tante ebenfalls. Er würde noch ein wenig Zeit verstreichen lassen – damit Douglas vor Gericht gestellt und verurteilt werden konnte –, bevor er eine Annullierung verlangte.

Es war immer noch möglich, zog er vor zu glauben, den Schaden wiedergutzumachen, den sie angerichtet hatte. Wenn mehr

Zeit vergangen war und er Abstand gewonnen hatte, würde sich ihr Lächeln nicht mehr in seine Vorstellungen von Ruhe und Frieden drängen. Dann würde er, wenn er schlichte Gesellschaft wollte, schlichte Gesellschaft erhalten, und all den stillen Trost, den sie mit sich brachte.

Die Gefühle, die Lady Vere in ihm weckte, waren zu dunkel, zu intensiv und zu beunruhigend. Er wollte sie nicht. Er wollte die Erbitterung nicht und nicht die Lust, und auch nicht das gefährliche Sehnen, das sie in ihm weckte. Er wollte einfach nur, dass alles wieder so wurde, wie es gewesen war, ehe ihre Pfade sich kreuzten ... oder besser zusammenstießen. Er wollte Beschaulichkeit, Besänftigung, ein dickes Polster gegen die Realitäten seines Lebens.

Fast wie bei Mrs Douglas und dem Laudanum.

Er schenkte sich zwei Finger hoch Whisky in ein Glas und leerte es in einem einzigen Zug.

Oben sprang sie wieder in die Luft. Zweifellos lachte und weinte sie gleichzeitig, fühlte sich schwerelos vor Glück und Erleichterung – ihr Albtraum war schließlich vorüber.

Seine eigenen Albträume hingegen würden weitergehen.

„Gestatte, dass ich dir einen Eintrag aus meinem Tagebuch vorlese, datiert auf den 12. April 1884", sagte Angelica. Sie räusperte sich umständlich. „‚Am Ufer des Forellenbaches saß ich und las, während Freddie zeichnete. Penny begann eine Unterhaltung mit dem Vikar, der gerade einen Spaziergang unternahm – etwas über die Gnostiker und das Konzil von Nicäa.'"

Sie schaute auf. „Meine Güte, erinnerst du dich noch daran, wie gebildet Penny immer war?"

„Ja", antwortete Freddie.

Aber er erinnerte sich nie ohne Wehmut.

„Wenigstens ist er jetzt glücklich verheiratet. Seine Ehefrau scheint an ihm ja wirklich weder Fehl noch Tadel zu finden."

„Darüber bin ich wirklich froh. Mir gefällt, wie sie ihn ansieht: An Penny gibt es so viel, das gut und bewundernswert ist."

Angelica fuhr mit der Fingerspitze über den Rand des ledergebundenen Tagebuchs. „Aber?", hakte sie nach.

Er lächelte. Sie kannte ihn zu gut. „Ich will gern einräumen, dass ich fast ein bisschen eifersüchtig bin. Ich habe mir immer gesagt, wenn ich einmal als alter Junggeselle ende, dann hätte ich wenigstens Penny als Gesellschaft."

„Du kannst immer meine Gesellschaft haben", erklärte sie. „Es wäre wieder wie damals, als wir noch Kinder waren – nur werden wir weniger Zähne haben."

Plötzlich viel ihm wieder ein Vorfall von früher ein, bei dem es um weniger Zähne gegangen war. „Erinnerst du dich noch daran, wie ich aus Versehen die Lieblingsbrille meines Vaters zerbrochen habe?"

„War das, als ich die Brille meiner Mutter gestohlen habe, um sie zu ersetzen, und wir beide hofften, er würde es nicht merken?"

„Ja, genau. Meine Mutter und Penny waren fort, und ich war außer mir vor Angst. Und du hast vorgeschlagen, dass wir dir die losen Zähne ziehen, damit ich abgelenkt bin und nicht immer nur an die Brille denke."

„Wirklich?" Sie lachte leise. „Daran kann ich mich gar nicht mehr entsinnen."

„Deine neuen Zähne waren schon da, und deine Milchzähne hingen so locker, dass sie hin und her flatterten wie Wäsche im Wind. Alle haben dich bedrängt, die alten Zähne herauszureißen, aber du hast niemanden in deine Nähe gelassen."

„Meine Güte. Jetzt erinnere ich mich wieder ganz vage. Ich habe damals mit einem Schal über dem Mund geschlafen, damit meine Gouvernante sich nicht daran vergreifen konnte, während ich schlief."

„Ich war so überrascht, dass du *mich* dran lassen wolltest, dass ich die Brille vollkommen vergessen habe. Wir haben dir an dem Nachmittag vier Zähne gezogen."

Sie bog sich vor Lachen.

„Hör zu, es wird noch besser: Mein Vater hat die Brille deiner

Mutter fallen lassen und ist aus Versehen daraufgetreten, ehe er sie aufsetzen und merken konnte, dass es nicht die richtige war. Es muss eines der wenigen Male gewesen sein, dass meine Ungeschicklichkeit niemanden in Schwierigkeiten gebracht hat. Die Erleichterung war überwältigend."

„Nun, eines steht jedenfalls fest: Ich werde dich ganz bestimmt keinen Zahn bei mir ziehen lassen, wenn ich ein altes Mütterchen bin."

Er hob seine Kaffeetasse wie zum Salut. „Geht in Ordnung. Wie auch immer, ich bin entzückt, wenn ich im Greisenalter deine Gesellschaft genießen kann."

Sie erwiderte seinen Salut, und ihre Augen funkelten belustigt. Zum ersten Mal wurde ihm bewusst, wie glücklich er sich schätzen konnte, sie schon sein ganzes Leben lang zu kennen. Manchmal nahm man die besten Sachen im Leben für selbstverständlich. Er hatte nie ganz begriffen, wie sehr er sich auf Penny verlassen hatte, ehe Pennys Reitunfall alles geändert hatte. Und er hatte auch nie die zentrale Rolle bedacht, die Angelicas Freundschaft in seinem Leben gespielt hatte, besonders in den schweren Jahren unter seinem Vater – bis jetzt, da er voll mit Gefühlen war, die eben diese Freundschaft zu gefährden drohten.

„Nun, wo waren wir?" Sie stellte ihre Kaffeetasse ab und suchte die Stelle in ihrem Tagebuch. „Ah, hier. ‚Der liebe, alte Herr, offensichtlich erfreut über das Gespräch, lud uns in die Pfarre zum Tee ein.'"

„Wir waren auf Lyndhurst Hall, nicht wahr?", fragte er und begann sich ganz dunkel zu erinnern. „Eine Einladung zur Hausgesellschaft der Herzogin zu Ostern?"

„Genau. Und jetzt hör dir das an: ‚Der Tee war sehr nett und die Ehefrau des Vikars auch, aber was mein Interesse erregte, war ein Gemälde im Empfangssalon des Pfarrhauses. Ein wunderschöner Engel, der den Hauptteil der Leinwand einnahm, schwebte über einem Mann, der sich eindeutig in einem Zustand ehrfürchtiger Verzückung befand. Das Bild hieß *Die Anbetung des Engels.* Ich habe die Frau des Vikars nach dem Namen des

Künstlers gefragt – er hatte nur mit seinen Initialen G. C. signiert. Aber die Vikarsgattin wusste es selbst nicht; sie sagte jedoch, sie hätten das Gemälde bei einem Londoner Kunsthändler gekauft, einem Mr Cipriani.'"

„Cipriani? Der Mann, der nie ein Stück vergisst, das durch seine Hände gegangen ist?"

„Ganz genau der", sagte sie und schloss zufrieden ihr Tagebuch. „Er hat sich inzwischen aus dem Geschäft zurückgezogen, aber ich habe ihm heute Morgen geschrieben. Wer weiß? Vielleicht empfängt er uns, wenn wir ihn aufsuchen."

„Du bist ein Schatz", erklärte er und meinte jedes Wort ehrlich.

„Natürlich", erwiderte Angelica, und ihre schwarzen Röcke raschelten, als sie sich erhob. „Du siehst also, ich habe meinen Teil der Abmachung gehalten. Jetzt bist du an der Reihe."

Seine Hände wurden schweißfeucht. Es graute ihm davor, sie wieder nackt zu sehen, obwohl er es kaum abwarten konnte, in sein Atelier zu gehen und ihre wunderschöne Gestalt wie ein Festmahl vor sich ausgebreitet zu haben – ein Festmahl für einen Mann, der fasten musste.

Er hatte an dem Bild gearbeitet, sein Kopf voller wollüstiger Bilder, während er Farbe, Struktur und Komposition analysierte. Seine Träume, seit sie das Thema Aktdarstellung angesprochen hatte, ohnehin schon heimgesucht von erotischen Intermezzos, hatten mittlerweile eine besorgniserregende Lebendigkeit angenommen.

Er räusperte sich ... und musste sich gleich darauf erneut räuspern. „Ich nehme an, dann möchtest du wohl jetzt ins Atelier gehen?"

Freddie hatte das Atelier erleuchtet – viel zu viel Licht, wie Angelica fand. Ihre Haut würde in solchem Licht unerträglich hell schimmern, dabei zog sie es vor, wenn die Fleischtöne in Gemälden natürlich wirkten.

Sie entdeckte einen Fotoapparat, allerdings nicht Freddies

Kodak Nr. 4, die sie zuvor schon gesehen hatte, sondern eine weitaus komplizierter aussehende Studiokamera auf einem hölzernen dreibeinigen Stativ und mit Bälgen für die Einstellung der Schärfe sowie einem schwarzen Tuch, das über die Rückseite drapiert war. Es gab auch ein Blitzlicht, ein Seihtuch und mehrere weiße Leinwände, die in unterschiedlichen Winkeln aufgestellt waren.

„Wofür ist die Kamera?“, fragte sie, als er das Studio wieder betrat, nachdem sie sich ausgezogen und hingelegt hatte.

„Es muss anstrengend für dich sein, derart lange in einer Pose zu verharren, zumal ich nicht sonderlich schnell male. Aber sobald ich die Fotografien habe, kann ich mit ihnen weiterarbeiten und du musst nicht länger in der Kälte zittern.“

„Es ist aber gar nicht kalt.“ Im Kamin brannte ein Feuer, und er hatte mehrere Kohlebecken aufstellen lassen. Ihm musste warm sein.

„Trotzdem.“

„Aber Fotografien zeigen doch keine Farben!“

„Vielleicht nicht, aber sie geben Schattierungen und Kontraste wieder, und ich kenne bereits den exakten Farbton deiner Haut“, verkündete er und verschwand hinter dem schwarzen Tuch.

Enttäuschung machte sich in ihr breit. Ihr Aktgemälde war ihr Schachzug gewesen, damit er sie als Frau wahrnahm, nicht nur als Freundin. Und bislang hatte sie ihr Vorgehen insgesamt betrachtet als erfolgreich eingeschätzt – er hatte sie in der Dunkelkammer merkwürdig angesehen, als wollte er sie küssen. Aber wenn er erst einmal die Fotografien hatte, würde sie nicht mehr nackt für ihn posieren müssen, nein, sie würde überhaupt nicht mehr im Atelier benötigt.

„Was, wenn die Fotografien unter- oder überbelichtet sind?“

„Verzeihung?“ Seine Stimme klang unter dem schwarzen Tuch gedämpft.

„Was, wenn die Fotografien nicht gelingen?“

Er kam hinter der Kamera hervor. „Ich habe ein halbes Dutzend Platten hier. Eine davon wird schon gut werden.“

Er betätigte den Abzug des Blitzlichts. Es dauerte einen Moment, bis die Kartusche mit dem Magnesiumpuder sich entzündete und bis die kontrollierte Explosion ein brillantes weißes Licht produzierte. Er duckte sich wieder unter das schwarze Tuch.

Als er das nächste Mal wieder sichtbar wurde, stellte er das Blitzlicht höher ein, rückte eine der Leinwände einen Fuß nach vorne und justierte die Schräge des weißen Seidenschirms auf der anderen Bettseite. Als er den Kopf hob, schaute er sie direkt an, aus – so kam es ihr wenigstens vor – großer Höhe.

Sie leckte sich nervös die Lippen. Seine Hand fasste den Schirm fester. Und dann ging er weg, zurück zu seiner Kamera.

„Ich werde gleich die Klappe betätigen", sagte er. „Achte darauf, dass du in genau der Pose bist, die du willst."

Ihr Herz hämmerte. Sie war aufgeregt, einerseits wegen seiner Nähe, andererseits wegen seiner hartnäckigen Weigerung, ihrer Verführungskunst zu erliegen. Sie öffnete die Lippen, atmete flach und wandte den Kopf, bis sie genau in die Linse seines Fotoapparats blickte.

Es war schon ziemlich spät am Nachmittag, als Elissande auffiel, wie seltsam Tante Rachels Reaktion im Grunde genommen war.

Am Morgen war sie so überglücklich gewesen, selbst zu überwältigt, um in Tante Rachels Sprachlosigkeit irgendetwas anderes zu sehen als glückselige Benommenheit. Elissande war auf und ab gehüpft wie ein Affe – auch wenn es, wenn sie landete, mehr wie ein Rhinozeros klang – und hatte vor Freude geweint, bis sie bestimmt ein paar Pfund leichter war.

Sie hatte sich nichts bei der Bitte ihrer Tante um ein wenig Laudanum gedacht. Tante Rachel war geschwächt. Die Nachrichten des Tages waren ein Schreck gewesen. Selbstverständlich brauchte sie Zeit und Ruhe, bis sie das angemessen verarbeitet hatte.

Als Tante Rachel eingeschlafen war, war Elissande eine Weile neben ihrem Bett sitzen geblieben, hatte ihre Hand gehalten und ihr übers Haar gestrichen, voller Dankbarkeit, dass Tante Rachel diesen Tag erleben durfte, und dass sie noch viele Jahre vor sich hatte, die sie genießen konnte, frei von Angst und Schatten.

Dann war sie gegangen, um ihren Ehemann zu suchen, einzig aus dem Grund, weil sie ihn sehen wollte – er war das, was einem Verbündeten am nächsten kam. Und an diesem wundervollen Triumphtag, mit wem konnte sie da besser feiern als mit ihm?

Aber er war ausgegangen. Daher ließ sie sich von seinem Kutscher durch die Stadt fahren und konnte London zum ersten Mal seit ihrer Ankunft hier genießen. Sie beobachtete junge Leute dabei, wie sie im Park Fahrrad fuhren, besuchte jedes Stockwerk von Harrods und verbrachte dann so viel Zeit bei Hatchards, dass ihre Handschuhe ganz grau vom Staub der Bücher waren.

Sie hatte auch Needham aufgesucht und ihn gebeten, ihr einen Arzt zu empfehlen, der über besondere Kenntnisse verfügte, was den Bereich Betäubungsmittelsucht betraf. Wie sich herausstellte, betrachtete sich Needham selbst als ausreichend erfahren in der Angelegenheit, um ihr zu helfen.

„Er sagt, es ist nicht mit irgendwelchen Qualen verbunden", teilte sie Tante Rachel mit, als sie nach Hause kam. „Du musst nur jeden Tag dieselbe Menge einer bestimmten Tinktur nehmen. Die Laudanum-Menge darin wird mit jeder Flasche verringert werden, ganz langsam, nach und nach. Dein Körper wird sich ohne große Schwierigkeiten an die neue Dosierung gewöhnen, bis du am Ende gar kein Laudanum mehr benötigst. Wenn ich daran denke, welchen Qualen mein Onkel dich unterworfen hat, und dabei hätte er einfach …" Sie fuhr mit der Hand durch die Luft. „Ist auch egal. Wir müssen nie wieder einen Gedanken an ihn verschwenden."

Tante Rachel sagte nichts; sie zitterte, als sei ihr kalt. Elissande legte ihr sogleich eine weitere Decke um, aber Tante Rachel zitterte nur noch mehr.

Elissande setzte sich auf die Bettkante. „Was ist denn, meine Liebe?"

„Ich … ich fühle mich so schrecklich wegen des Mannes, den er umgebracht hat – Mr Delaney. Ich frage mich, wie viele andere es alles in allem noch gegeben hat."

„Meine Güte!", rief Elissande. „Ist nicht ein Mord entsetzlich genug?"

Tante Rachel zupfte an der Bettdecke. Aus keinem erkennbaren Grund erreichte Elissandes bis dahin grenzenloser Überschwang einen jähen Tiefpunkt.

„Gibt es etwas, das ich wissen sollte?", fragte sie und hoffte, das sei nicht der Fall.

„Nein, natürlich nicht", antwortete Tante Rachel. „Du hast mir von dem Arzt erzählt, nicht wahr, der, der meine Sucht behandeln wird? Bitte sprich doch weiter."

Elissande schaute ihre Tante einen Augenblick länger an, dann lächelte sie strahlend.

„Nun, er will dich morgen früh untersuchen. Er scheint mir ein sehr freundlicher Mann zu sein."

Was auch immer Tante Rachel ihr verschwieg, Elissande wollte es eigentlich gar nicht wissen.

16. KAPITEL

Eine der ersten Maßnahmen, die Vere in Angriff nahm, als er volljährig wurde, war, die Unveräußerlichkeit des zum Marquessat gehörenden Landsitzes aufzulösen. Er hatte einen kleineren Skandal verursacht, als er das Herrenhaus zum Verkauf angeboten hatte. Aber die Welt änderte sich. Ein herrschaftliches Haus auf dem Land, besonders angesichts des Umstands, dass die Bewirtschaftung der Ländereien immer mehr an Bedeutung für den Erwerb von Reichtum einbüßte, war für zu viele ein Mühlstein um den Hals geworden.

Es war nicht das Leben, das er sich wünschte, sein Schicksal und seine Wahlmöglichkeiten gekettet an einen Haufen Steine, wie herrlich und historisch bedeutsam sie auch sein mochten. Noch war es das Leben, das er für Freddie und dessen Erben wollte, da nun einmal die Chancen eher dahin gehend standen, dass Vere unverheiratet blieb und Freddie irgendwann den Titel erben würde.

Aber er besaß ein Haus auf dem Land. Die meisten seiner ausgedehnten Spaziergänge hatten ihn entlang der Küste am Bristolkanal geführt. Im Frühjahr 1894 war er zwei Wochen lang durch die Gegend um den Mündungsbereich der Axe gewandert. Am letzten Tag seines Aufenthalts dort war er auf dem Rückweg von einem Ausflug ins Landesinnere, um die Ruinen von Berry Pomeroy Castle zu besichtigen, zufällig an dem bescheidenen Haus mit dem ganz unbescheiden herrlichen Rosengarten vorbeigekommen.

PIERCE HOUSE hatte auf dem Schild über dem niedrigen Gartentor gestanden. Er hatte es mit einer derart heftigen Sehnsucht betrachtet, wie er es nie für möglich gehalten hätte, sie für ein einfaches Anwesen zu empfinden. Das war das Haus mit den weiß getünchten Mauern und den rot umrandeten Fenstern, der Garten, so wohlduftend und malerisch wie etwas, das eigentlich längst in Vergessenheit geraten war. Als er nach London zurückgekehrt war, hatte er seine Anwälte angewiesen, herauszufinden, ob das Haus zum Verkauf stand. Dem war so gewesen, und er hatte es erworben.

An dem Tag, an dem er seine Frau nach Pierce House brachte, stand sie eine Weile davor, vor dem Garten, der unermüdlich blühte, auch wenn der Höhepunkt der Rosensaison längst vergangen war.

„Es ist ein wunderschöner Besitz“, hatte sie erklärt. „So friedvoll und …“

„Und was?“, fragte er.

„Gewöhnlich.“ Sie schaute zu ihm empor. „Und das meine ich als höchstes Lob.“

Er verstand sie, selbstverständlich tat er das. Das war der Grund, warum das Gebäude und der Garten ihn so in Bann gezogen hatten, warum ihm jedes Mal das Herz schmerzte, wenn er es anschaute: Die Verkörperung all der süßen Normalität, die ihm vorenthalten worden war.

Aber er wollte sie nicht verstehen. Er wollte keine Gemeinsamkeiten mit ihr entdecken.

Er wusste, wie er das Leben führen sollte, für das er sich entschieden hatte. Er besaß die perfekte Gefährtin: eine, die ihn nie verletzten, verärgern oder enttäuschen würde. Er wusste nicht, wie er mit den Fallstricken – oder Chancen – eines anderen Lebens klarkommen sollte.

„Nun, dann genieß es“, sagte er. „Es ist dein Zuhause.“

Für jetzt.

Elissande fand Devonshire wunderschön, das Klima hier war milder und sonniger als alles, was sie je zuvor erlebt hatte. Von dem Meer, das sie während ihrer Gefangenschaft auf dem Land immer schon fasziniert hatte, ließ sie sich völlig vereinnahmen. Und das, obwohl sie es nicht von den hohen Felsenklippen Capris aus betrachtete, sondern von den Hügeln, die sich an dem Küstenabschnitt entlangzogen, der allgemein als Englische Riviera bekannt war.

Aber sie hätte einen kargen Felsen in der Mitte einer Wüste wunderschön gefunden, denn es war die Freiheit selbst, die so berauschend war. Manchmal ließ sie sich zum nächsten Dorf fahren, einfach nur, weil sie es konnte. Manchmal stand sie besonders früh auf und ging spazieren, bis sie an die Küste kam; dann brachte sie eine Muschel oder ein Stück Treibholz für Tante Rachel mit. Manchmal nahm sie dreißig Bücher mit auf ihr Zimmer und genoss das Wissen, dass niemand sie ihr wegnehmen würde.

Nach dem ersten Aufflackern von Angst am Tag von Edmund Douglas' Verhaftung blühte auch Tante Rachel auf. Ihr Laudanum-Verbrauch war um ein Viertel zurückgegangen. Ihr Appetit, der immer noch eher zu einem Vögelchen passte als zu einer erwachsenen Frau, war für ihre Verhältnisse gewaltig. Und als Elissande sie mit einer Ausfahrt nach Dartmouth überraschte, hatte sie alles mit kindlichem Staunen aufgenommen, als entdeckte sie eine Welt, von deren Existenz sie gar nichts gewusst hatte.

Kurz, sie waren so glücklich, wie sie es nie zuvor gewesen waren. Besonders Elissande konnte das von sich behaupten.

Wenn sie nur sicher sein könnte, dass ihr Ehemann ihre Zufriedenheit teilte!

Er wirkte so wie immer: ausgeglichen, freundlich und langatmig, aber oft geistig schwerfällig. Sie hatte begonnen, seine Fähigkeit zu bewundern, aus dem Stegreif Abhandlungen in Vortragslänge zu fabrizieren, die fantastisch, ja beinahe köstlich fehlinformiert waren. Er hielt diese Vorträge jeden Abend, wenn nur sie beide am Tisch saßen. Ein paar Mal versuchte sie sich selbst darin und stellte fest, dass solche Reden ein erstaunlich tief gehendes und breit gefächertes Wissen erforderten, und zwar darüber, was *richtig* war, sowie eine beachtliche geistige Wendigkeit, um nahezu alles genau falsch herum darzustellen, mit einem gerade ausreichenden Anteil zutreffenden Inhalts, um den Zuhörer in den Wahnsinn zu treiben.

Bei ihrem dritten Versuch wählte sie als Thema die Kunst der Marmeladenzubereitung, über die sie am Nachmittag ausgiebig gelesen hatte. Es war die Jahreszeit, in der die Gartenernte haltbar gemacht und eingekocht werden musste. Pierce House besaß schließlich einen von einer Mauer umgebenen Garten, in dem rundum Obst an Spalieren wuchs. Es musste ihr recht gut gelungen sein, seine kunstvoll unergiebigen Monologe nachzuahmen, weil sie ihn am Ende ihres Vortrags dabei ertappt hatte, wie er den Kopf abwandte, um ein Lächeln zu verbergen.

Ihr Herz hatte wild geklopft.

Aber von diesem einen Mal abgesehen wich er nie von seiner Rolle ab. Und mit Ausnahme des Abendessens bekam sie ihn nur selten zu Gesicht. Wann immer sie jemanden aus der Dienerschaft nach dem Aufenthaltsort Seiner Lordschaft befragte, lautete die Antwort unweigerlich: „Seine Lordschaft unternimmt einen Spaziergang.“

Das schien die Norm zu sein. Laut Mrs Dilwyn war es nichts Ungewöhnliches für Seine Lordschaft, auf dem Land fünfzehn oder gar zwanzig Meilen am Tag spazieren zu gehen.

Zwanzig Meilen Alleinsein.

Aus irgendeinem Grund konnte Elissande nur an die Einsamkeit in seinem Blick denken, die sie bemerkt hatte, als sie zusammen im Bett gelegen hatten.

Sie hatte nicht damit gerechnet, ihm bei ihrem Spaziergang zu begegnen.

Ihre Spaziergänge waren viel kürzer als seine. Oft ging sie zwei Meilen in nordwestlicher Richtung, bis sie den oberen Rand von Dart Valley erreichte, wo sie in der Regel eine längere Rast einlegen musste, ehe sie sich auf den Rückweg machte.

Früher hatte sie sich nichts bei einem Fußmarsch von sieben Meilen gedacht. Aber in den Jahren ihres Beinahe-Hausarrests hatte ihre Ausdauer gelitten. Es wären Monate regelmäßiger Bewegung an frischer Luft nötig, bis sie wieder stark genug war, mit ihm durch die wellenförmige Hügellandschaft zu wandern, die Pierce House umgaben.

Das war es nämlich, was sie sich wünschte: mit ihm zu gehen. Sie mussten nicht viel reden, aber sie würde seine Nähe genießen. Und vielleicht würde auch er mit der Zeit etwas an ihrer Gesellschaft finden, das er mochte.

Sie kam oberhalb des Tales an, atmete schwer von dem steilen

Anstieg. Und dann plötzlich klopfte ihr Herz schneller, ohne dass es etwas mit der körperlichen Anstrengung zu tun hatte. Auf halbem Weg des grasbewachsenen Abhangs, der sich bis zum Fluss erstreckte, konnte sie ihn sehen. Er stand da, eine Hand in der Tasche, in der anderen hielt er seinen Hut; seine Größe und die breiten Schultern waren unverwechselbar.

Als näherte sie sich einem wilden Araberpferd, das jeden Moment erschreckt fliehen könnte, ging sie langsam und vorsichtig zu ihm. Mittendrin drehte er sich um und entdeckte sie viel zu früh. Noch war sie gute sechzig Fuß von ihm entfernt. Sie blieb stehen. Er betrachtete sie einen Augenblick lang, schaute kurz zu den Hügeln, blickte sie ein weiteres Mal an – und dann drehte er sich wieder zum Fluss um.

Keine Begrüßung. Aber auch keine Vortäuschung von etwas, das nicht da war.

Sie ging weiter, ihr Herz voll seltsamer Zärtlichkeit.

„Langer Spaziergang?“, fragte sie, als sie neben ihm stehen geblieben war.

„Hm“, sagte er.

Die Sonne verschwand hinter einer Wolke. Die Luft rührte sich. Eine Brise zerzauste ihm die Haare, deren Spitzen von den langen Aufenthalten im Freien ausgebleicht waren.

„Und du ermüdest nicht?“

„Ich bin daran gewöhnt.“

„Du bist immer allein unterwegs.“

Seine Antwort bestand aus einer halben Grimasse. Mit einem Mal fiel ihr auf, wie müde er aussah – nicht nur rein körperlich erschöpft, sondern eine Müdigkeit, die von innen kam, die auch eine ungestörte Nachtruhe nicht lindern würde.

„Wünschst du … wünschst du dir manchmal Gesellschaft?“

„Nein“, erwiderte er.

„Nein, natürlich nicht“, murmelte sie, wirksam in ihre Schranken gewiesen.

Eine Weile schwiegen sie, er offenbar völlig in die Betrachtung des sanft gewellten und grünen Flusstals versunken, sie in die der

Lederflicken an den Ellbogen seines braunen Tweedjacketts. Sie verspürte den ziemlich heftigen Wunsch, diese Flicken zu berühren, ihre Hand dort hinzulegen, wo sie die raue Wärme der Wolle und die glatte Kühle des Leders spüren konnte.

„Ich gehe dann weiter“, erklärte er abrupt.

Sie erlag ihrer Faszination, die der Lederflicken in ihr ausgelöst hatte, und legte ihm eine Hand auf den Arm. „Bleib nicht so lange. Es könnte zu regnen beginnen.“

Er starrte sie an, sein Blick harsch, ehe er sich auf die Stelle senkte, wo sie ihn berührte.

Rasch zog sie ihre Hand zurück. „Ich wollte nur den Flicken anfassen.“

Er setzte sich den Hut auf, nickte ihr zu und ging ohne ein weiteres Wort.

Es regnete zwar nicht, aber er blieb doch zu lange fort: Zum ersten Mal seit ihrer Ankunft in Devon erschien er nicht zum Dinner.

Viel später in der Nacht bemerkte sie, dass er in sein Zimmer gekommen war. Sie hatte darauf gelauscht, hatte aber nichts gehört – für einen großen Mann wie er es war bewegte er sich, wenn er wollte, mit der Lautlosigkeit eines Gespenstes. Einzig aus dem Lichtschimmer unter der Verbindungstür, den sie vorhin noch nicht bemerkt hatte, zog sie den Schluss, dass er zurück war.

Als sie die Tür vorsichtig öffnete, war er in Hemdsärmeln und hatte die Schöße seines Hemdes bereits aus den Hosen gezogen.

Er warf seinen Kragen beiseite. „Mylady.“

Sie blieb auf der Schwelle stehen, auf ihrer Seite der Tür. „Hattest du irgendetwas zu essen?“

„Ich bin unterwegs eingekehrt.“

„Ich habe dich beim Dinner vermisst“, sagte sie leise.

Und das stimmte. Es war einfach nicht das Gleiche, wenn er nicht da war.

Er warf ihr einen scharfen Blick von der Seite zu, sagte aber nichts, sondern nahm sein Tweedjackett und betastete die Taschen.

„Warum tust du das?“, wollte sie wissen.

„Was denn?“

„Ich habe gelächelt, weil mein Onkel es verlangte. Warum benimmst du dich auf eine Weise, die darauf abzielt, dass die Leute dich nicht ernst nehmen?“

„Ich weiß nicht, was du meinst“, antwortete er mit ausdrucksloser Stimme.

Sie hatte nicht damit gerechnet, dass er ihre Frage beantworten würde, aber sein unverhohlenes Leugnen enttäuschte sie. „Als Needham neulich in dein Stadthaus kam, um meine Tante zu untersuchen, habe ich ihn gefragt, was er über deinen Unfall weiß. Er sagte, er sei zu der Zeit Gast deiner Tante gewesen und wisse daher alles darüber.“

„Da siehst du es. Es ist nicht mein Wort allein.“

Aber Needham war es auch gewesen, um den er ausdrücklich gebeten hatte, als er nicht wollte, dass seine Schussverletzung allgemein bekannt wurde. Selbst bis zum heutigen Tage hatte keiner seiner Bediensteten eine Ahnung, dass er verwundet worden war. Die Verbände waren entweder verbrannt oder aus dem Haus geschmuggelt worden.

„Wie geht es eigentlich deinem Arm?“

Das letzte Mal, dass er zugelassen hatte, dass sie ihm den Verband wechselte, war am Abend vor der Verhaftung ihres Onkels gewesen.

„Meinem Arm geht es bestens, danke.“

Er durchquerte das Zimmer, öffnete ein Fenster und zündete sich eine Zigarette an.

„Mein Onkel hat nie geraucht“, bemerkte sie leise. „Wir hatten zwar einen Rauchsalon, aber er hat nie geraucht.“

Er nahm einen langen Zug. „Vielleicht hätte er das besser getan.“

„Du erzählst nie etwas von deiner Familie.“

Sie hatte sich nicht wohlgefühlt bei der Vorstellung, Mrs Dilwyn zu fragen. Sie wollte nicht, dass die Haushälterin sich wunderte, warum sie so wenig über ihren eigenen Ehemann wusste. Dabei war sie bis auf den Umstand, dass er kein Idiot war, praktisch ahnungslos, was ihn anging.

„Freddie ist meine ganze Familie. Und du kennst ihn ja bereits."

Der kühle Luftzug vom Fenster war durchsetzt mit dem würzigen Duft von Zigarettenqualm. „Und was ist mit deinen Eltern?"

Er atmete den Rauch aus. „Sie sind beide vor langer Zeit gestorben."

„Du sagtest, du hättest den Titel mit sechzehn geerbt, daher nehme ich an, dass zu der Zeit dein Vater gestorben ist. Was ist mit deiner Mutter?"

„Sie ist gestorben, als ich acht war." Er nahm einen weiteren langen Zug von seiner Zigarette. „Sonst noch Fragen, die ich dir beantworten kann? Es ist schon spät, und ich muss morgen früh nach London fahren."

Ihre Hand schloss sich um den Türrahmen. Sie hatte tatsächlich noch eine Frage.

„Kannst du mich in dein Bett nehmen?"

Er stand reglos. „Nein, tut mir leid. Ich bin zu müde."

„Letztes Mal hattest du so viel Rum in deinem Körper, um einen ausgetrockneten Bach damit zu füllen und zudem eine Schusswunde."

„Männer begehen Dummheiten, wenn sie viel getrunken haben."

Er warf den Rest seiner Zigarette aus dem Fenster, ging zur Verbindungstür und schloss sie – eigentlich schlug er sie ihr sachte, aber entschieden vor der Nase zu.

Angelica musste Freddies Nachricht dreimal lesen.

Er lud sie ein, sich das fertiggestellte Porträt anzusehen. Der Akt war also beendet. Freddie malte langsam, gründlich. Sie hatte damit gerechnet, dass er mindestens noch vier bis sechs Wochen brauchen würde.

Als sie in seinem Haus ankam, fasste er kurz ihre Hand und begrüßte sie mit seinem gewohnten herzlichen Lächeln. Aber sie konnte erkennen, dass er nervös war. Oder waren es ihre eigenen Nerven, die sich da bemerkbar machten?

„Wie geht es dir, Angelica?“, fragte er, als sie die Stufen zum Atelier emporstiegen.

Sie hatten einander nicht mehr gesehen, seit er die Nacktaufnahmen von ihr gemacht hatte, die ihm beim Malen helfen sollten. Er hatte sie nicht besucht, und sie war entschlossen gewesen, nicht zu ihm zu gehen, bevor sie nicht etwas von ihm hörte.

Sie hatte sich ihm seit ihrer Rückkehr mehr als genug aufgedrängt – zu viel, um genau zu sein.

„Danke, gut. Cipriani hat übrigens auf meinen Brief geantwortet. Er sagt, wir seien eingeladen, ihn mittwochs oder freitags aufzusuchen, jeweils nachmittags.“

„Dann können wir das ja morgen machen – morgen ist Mittwoch, nicht wahr?“

„Nein, Freddie, das ist heute.“

„Ah, entschuldige bitte. Ich habe Tag und Nacht gearbeitet“, sagte er. „Ich dachte, heute sei Dienstag.“

Freddie malte für gewöhnlich nicht Tag und Nacht. „Ich wusste gar nicht, dass du so schnell arbeiten kannst.“

Er blieb zwei Stufen über ihr stehen und drehte sich um. „Vielleicht hatte ich noch nie diese Inspiration.“

Das sagte er sehr leise, aber ganz sachlich, als besprächen sie etwas, das gar nichts mit ihrer Nacktheit zu tun hatte.

Sie rieb mit dem Daumen über das Geländer. „Nun, ich kann es kaum erwarten, es zu sehen.“

Das Bett stand noch im Atelier, kunstvoll zerwühlt, die Leinwand mit ihrem Aktbild dahinter, mit einem weißen Laken verhängt.

Freddie holte tief Luft und fasste das Tuch, zog es mit einem Ruck weg.

Sie schnappte nach Luft. Vor ihr lag eine Göttin. Sie hatte dunkles Haar, in dem goldene und bronzefarbene Lichter glänzten, warm schimmernde makellose Haut und die Figur einer Kurtisane … einer sehr, sehr erfolgreichen Kurtisane.

Aber so schön ihr Körper auch war, was Angelica sprachlos machte, war ihr ernstes Gesicht, ohne den Anflug eines Lächelns: Sie blickte den Betrachter geradewegs an, in ihren dunklen Augen schien ein Verlangen zu brennen, das sich nicht unterdrücken ließ, und ihre Lippen waren sehnsüchtig geteilt.

Hatte sie so für Freddie ausgesehen?

Sie warf ihm verstohlen einen Blick zu. Er betrachtete den Fußboden. Sie versuchte, das Bild noch einmal anzusehen, konnte sich aber selbst nicht in die Augen schauen.

„Nun, was denkst du?", wollte Freddie schließlich wissen.

„Es ist ... es ist am Rand unscharf." Die Ränder waren das, was sie ansehen konnte. Die Pinselstriche waren nicht so fein und exakt, wie sie es von Freddies Bildern gewohnt war. Aber das Gemälde hatte eine solche Eindringlichkeit, eine so erotische Ausstrahlung – sie würde nicht umhinkommen zuzugeben, dass dieser rauere Stil des Gemäldes zu dieser sinnlichen, aber dennoch frustriert aussehenden Frau auf dem Bild passte.

Er deckte das Gemälde wieder ab. „Magst du es nicht?"

Sie strich sich ihr Haar glatt, hoffte, er würde in ihr ein Muster an Anstand und Sittsamkeit ausmachen. „Habe ich wirklich so ausgesehen?"

„Für mich jedenfalls schon."

„Vielleicht könntest du es noch einmal malen, diesmal mit abgewendetem Gesicht."

„Warum?"

„Weil ich so wirke, als ob ... als ob ..."

„Als ob du wolltest, dass ich dich liebe?"

Eine Welle furchtsamer Vorfreude stieg in ihr auf, schnürte ihr die Kehle ab. Sie starrten einander an. Seine Kehle arbeitete. Im nächsten Moment hatte er sie in seine Arme gerissen; sein Kuss war süß, aber nachdrücklich.

Es war alles, was sie sich je vorgestellt hatte – und mehr. Sie fielen auf das noch dort stehende Bett. Er zog ihr den Hut vom Kopf, und sie zerrte an seiner Krawatte, lockerte sie.

„Nur einen Moment", flüsterte er dicht an ihren Lippen. „Lass mich die Tür abschließen."

Er eilte zur Tür, aber ehe er den Schlüssel im Schloss umdrehen konnte, wurde sie geöffnet, und Penny kam ins Zimmer geschlendert.

„Oh, hallo Freddie. Hallo Angelica. Zwei der Menschen, die mir am liebsten sind, an einem Ort – ausgezeichnet. Sag mal, Freddie, deine Krawatte ist ja auf. Was ist passiert? Ein Anfall künstlerischer Leidenschaft?"

Freddie stand stocksteif und sprachlos da, während Penny ihm die Krawatte neu band.

„Und was ist mit dir, Angelica? Unwohlsein? Musstest du dich hinlegen? Soll ich Riechsalz für dich suchen gehen?"

Sie richtete sich hastig auf und verließ das Bett. „Äh, nein, Penny. Mir geht es schon viel besser."

„Oh, sieh nur, Angelica, dein Hut liegt ja auf dem Boden." Er hob ihn auf und reichte ihn ihr.

„Himmel", sagte sie. „Ich frage mich, was geschehen ist."

Penny zwinkerte ihr zu. „Du kannst wirklich froh sein, dass ich nicht irgendeine grässliche Klatschbase bin, die hier hereinplatzt, während du dich kurz hinlegen musstest, Angelica. Lady Avery würde euch beide ohne viel Federlesens zum Altar schleifen, wie sie es bei mir getan hat."

Freddie lief tiefrot an und räusperte sich. „Was … was hat dich nach London gebracht, Penny?"

„Ach, nur das Übliche. Dann ist mir eingefallen, dass ich noch den Schlüssel zu deinem Haus hatte, und ich dachte, ich komme mal vorbei und schaue nach dir."

„Es tut immer gut, dich zu sehen, Penny", erklärte Freddie, der seinen Bruder jetzt erst umarmte. „Ich habe das Atelier in den vergangenen Tagen kaum verlassen. Aber heute Morgen hat mir meine Haushälterin von entsetzlichen Gerüchten erzählt. Sie sagte, Lady Veres Onkel sei im Gefängnis und warte auf seine Gerichtsverhandlung wegen schrecklicher Verbrechen. Ich habe dir schon einen Brief geschrieben. Stimmt es?"

Pennys Miene wurde betrübt. „Ich fürchte ja."
„Wie nehmen Lady Vere und ihre Tante die Neuigkeiten auf?"
„So gut, wie man erwarten darf, nehme ich an. Allerdings vermute ich, dass ich ein Bollwerk für sie war in dieser schlimmen Zeit. Aber es gibt nichts, was wir tun können, daher können wir auch einfach über angenehmere Sachen sprechen."
Er schaute sich im Atelier um. Zu Angelicas Entsetzen blieb sein Blick an der verhüllten Leinwand hängen. „Hast du eben nicht gesagt, du hättest viel Zeit im Atelier verbracht, Freddie? Ist das wegen des Auftrags gewesen, den du um meinen Hochzeitstag herum angenommen hast?"
„Ja, aber ich bin noch nicht fertig."
„Ist es das da?" Penny ging zu dem Gemälde.
„Penny", rief sie, als ihr siedend heiß einfiel, dass Penny zu den wenigen Menschen gehörte, denen Freddie es erlaubte, auch seine noch unfertigen Gemälde zu betrachten.
Er wandte sich zu ihr um. „Ja, Angelica?"
„Freddie und ich wollten gerade gehen, um den Kunsthändler Signor Cipriani aufzusuchen", sagte sie. „Möchtest du nicht vielleicht mitkommen?"
„Ja, genau", pflichtete ihr Freddie voller Eifer bei. „Komm doch mit."
„Warum wollt ihr denn zu ihm?"
„Erinnerst du dich noch an das Gemälde auf Highgate Court, das, von dem ich Fotografien gemacht habe?", beeilte sich Freddie ihm zu erklären, und seine Worte überschlugen sich fast. „Angelica hat mir geholfen, die Herkunft des Bildes zurückzuverfolgen. Wir denken, dass ein Gemälde desselben Künstlers durch Ciprianis Hände gegangen ist – und Cipriani vergisst nie irgendetwas."
Penny wirkte einen Moment lang erstaunt. „Da war ein Gemälde auf Highgate Court? Aber sicher komme ich mit. Ich liebe es, interessante Menschen kennenzulernen."
Sie drängten Penny aus dem Atelier. Angelica legte sich erleichtert eine Hand aufs Herz. Sie hätte es nicht ertragen, sich je

wieder im Spiegel in die Augen zu blicken, wenn Penny sie so gesehen hätte, wie Freddie es getan hatte.

Penny ging als Erster die Stufen hinunter. Freddie zog sie in eine dunkle Ecke und küsste sie rasch auf den Mund.

„Kommst du nachher mit mir in mein Haus?“, fragte sie halblaut. Ihre Dienerschaft hatte den Nachmittag frei.

„Das will ich um nichts in der Welt versäumen.“

Douglas hatte keine Aussage gemacht, während er auf sein Verfahren wartete, aber es hatte dennoch Fortschritte bei den Ermittlungen gegeben. Und in fünf Tagen sollte nun die Verhandlung sein.

Durch die Informationen, die man aus dem verschlüsselten Schriftstück gewonnen hatte, war es Lady Kingsley möglich, an ein Schließfach in London zu kommen. Es enthielt einen dicken Stapel Briefe, die an einen gewissen Mr Frampton adressiert waren. Die Schreiben stammten von Diamantenhändlern, die sich alle einverstanden erklärt hatten, sich Framptons künstliche Diamanten anzusehen.

„Sehen Sie“, hatte Lady Kingsley aufgeregt erklärt, als Vere und sie sich am Morgen trafen, „so hat er die Diamantenhändler dazu gebracht, ihm Geld zu zahlen. Ich denke, anfangs hatte er gar nicht unbedingt Erpressung im Sinn gehabt, sondern wollte einfach nur herausfinden, ob die synthetisch hergestellten Diamanten wirklich nicht von den echten zu unterscheiden waren. Und dann, sobald sich erwiesen hatte, dass der Herstellungsprozess nicht funktionierte, schaute er sich die erhaltenen Antworten genauer an. Einige davon waren so formuliert, dass man sie auch anders deuten konnte. Mancher dieser Händler schien nämlich bereit zu sein, mit künstlichen Diamanten zu handeln. Unser Mann, mit seinem stets wachen kriminellen Instinkt, entschied, noch weitere Diamantenhändler zu kontaktieren. Die Briefe wurden dann in zwei Gruppen sortiert, und diejenigen, die bei ihrer Antwort nicht auf jedes Wort geachtet hatten, wurden seine Opfer.“

Für Vere jedoch fehlte immer noch das entscheidende Teil im Puzzle: die wahre Identität des Mannes, der unter dem Namen Edmund Douglas bekannt war. Bis Freddie und Angelica ihre eigenen Nachforschungen erwähnten, war er gar nicht auf die Idee gekommen, in dieser Richtung zu suchen. Jetzt hätte er sich ohrfeigen können, dass er solche offensichtlichen und wichtigen Hinweise übersehen hatte.

Manchmal war es besser, Glück zu haben, als gut zu sein.

Cipriani war ungefähr fünfundsiebzig Jahre alt und lebte in einer geräumigen Wohnung in Kensington. Vere hatte damit gerechnet, dass seine Räumlichkeiten vor Kunstgegenständen überquollen, aber Cipriani war ein gnadenloser Kurator seiner eigenen Sammlung. Der Salon, in dem er sie empfing, zeigte einen Greuze und einen Brueghel, sonst nichts.

Angelica beschrieb ihm das Gemälde, das sie und Freddie im Pfarrhaus von Lyndhurst Hall gesehen hatten – Vere hatte ihm damals weiter keine Beachtung geschenkt, wie es schien. Cipriani hörte ihr aufmerksam zu, die Hände aneinandergelegt.

„Ich erinnere mich. Ich habe es einem jungen Mann im Frühling 1870 abgekauft."

Vor siebenundzwanzig Jahren.

„War er der Künstler?", fragte Angelica.

„Er behauptete, es handele sich um ein Geschenk. Aber angesichts seiner Nervosität, während ich das Bild begutachtete, würde ich sagen, dass er ganz sicher der Künstler war. Und natürlich war da auch noch der Zufall, dass seine Initialen und die des Künstlers dieselben waren."

Vere hoffte, sein dümmster Gesichtsausdruck würde reichen, seine Aufregung zu verbergen. Er hoffte weiterhin, dass sich entweder Freddie oder Angelica nach dem Namen des jungen Mannes erkundigen würden.

„Wie lautete sein Name?", tat es Freddie dann prompt.

„George Carruthers."

George Carruthers. Es konnte natürlich ein Pseudonym sein, aber wenigstens war es ein Ansatzpunkt.

„Ist Ihnen jemals wieder eines seiner Werke untergekommen?", wollte Angelica wissen.

Cipriani schüttelte den Kopf. „Ich glaube nicht. Was eigentlich eine Schande ist, denn er besaß mehr als ein Mindestmaß an Talent. Unter richtiger Anleitung und Hingabe an die Kunst hätte er wirklich bemerkenswerte Kunstwerke schaffen können."

Das Thema George Carruthers war damit erschöpft, und Angelica und Freddie unterhielten sich mit dem alten Herrn über die jüngsten Entwicklungen auf dem Kunstmarkt. Vere entging nicht, wie sie einander anschauten – er konnte nur hoffen, dass er nicht ausgerechnet ihr *erstes Mal* gestört hatte.

Innerlich musste er lächeln. Er hatte sich immer für Freddie gewünscht, dass er glücklich wurde, und zwar nicht ganz uneigennützig, hatte er dadurch gehofft, indirekt über seinen Bruder häusliche Ruhe erleben zu können.

Er war davon ausgegangen, dass er auf ein solches Glück immer als Außenstehender schauen würde. Dass sein eigenes Leben leer und öde bleiben würde – ohne die Zufriedenheit, die er sich für Freddie so mühelos ausmalen konnte.

Er erinnerte sich wieder daran, wie seine Frau ihn gestern angesehen hatte, oberhalb des Flussufers: als sei sein Leben voller Möglichkeiten, als stünden *ihnen* alle Möglichkeiten offen.

Aber er hatte seinen Entschluss bereits gefasst. Es war an der Zeit, dass sie begriff.

Als sie sich erhoben, um sich von Cipriani zu verabschieden, fiel Vere plötzlich ein, dass es noch etwas gab, eine Frage, die noch niemand gestellt hatte.

Daher tat er es selbst: „Mr Carruthers – hat er gesagt, warum er das Bild verkaufte?"

„Ja, doch, das hat er", antwortete Cipriani. „Er hat erwähnt, dass er Geld benötige, um eine Reise nach Südafrika zu finanzieren."

17. KAPITEL

Ihr Bett war mit roter italienischer Seide bezogen. Vor diesem luxuriösen Hintergrund rekelte Angelica sich schamlos und herrlich sinnlich. Ein Teil von Freddie fand immer noch, er solle den Blick abwenden. Der Rest von ihm konnte jedoch nicht nur nicht die Augen von ihr abwenden, sondern streckte auch noch die Hand aus, um die Unterseite ihrer Brust zu streicheln.

„Hm, das war herrlich“, sagte sie.

Seine Wangen wurden warm. Er beugte sich vor, um sie erneut zu küssen. „Das Vergnügen lag ganz auf meiner Seite.“

Und wie.

„Darf ich dir ein Geständnis machen?“, fragte er.

„Hm, du hast doch sonst nie irgendwelche Geständnisse zu machen. Das muss ich unbedingt hören.“

Er räusperte sich, leicht verlegen. „Ich war gar nicht so an der Herkunft des Gemäldes mit dem Engel interessiert.“

Sie schaute ihn mit offenem Mund an. „Warst du nicht?“

„Stell dir vor, deine älteste Freundin bittet dich, sie zu malen, wie der Herrgott sie erschuf. Du bist furchtbar in Versuchung geführt, aber nicht sicher, wie du Ja sagen sollst. Würdest du dir nicht auch eine legitim wirkende Bitte einfallen lassen, dass es so aussieht, als ginge es um einen Gefallen gegen einen Gefallen?“

Sie setzte sich jäh auf, die üppigen Seidenfalten wie ein roter Wasserfall vor der Brust. „Freddie! Ich hätte nie gedacht, dass du so hinterlistig bist.“

Er wurde rot. „Das bin ich eigentlich auch nicht – gewöhnlich wenigstens. Ich wollte nur nicht so leicht durchschaubar sein.“

Sie gab ihm einen Klaps auf den Arm. „Ach, für mich warst du undurchsichtig genug. Ich war fast schon verzweifelt, weil ich einfach nicht wusste, was ich noch machen oder von mir geben sollte, damit du es begreifst.“

„Du hättest es mir einfach sagen können.“

„Wenn ich das gekonnt hätte, ich hätte es schon vor zehn

Jahren getan." Sie küsste ihn dort, wo sie ihn zuvor zärtlich geschlagen hatte. „Es war vermutlich am besten, dass ich das nicht getan habe: Du hast mich immer als mehr oder weniger geschlechtsneutral gesehen, bar jeglicher weiblichen Attribute."

„Das stimmt nicht. Es war eher so, dass ich nicht weiter über deine weiblichen Attribute nachgedacht habe. Ich meine, du warst – du bist – meine älteste Freundin. Du brauchtest keinen Hintern und keinen Busen, um mir wichtig zu sein."

„Das ist lieb, dass du das sagst, obwohl mein Hintern und mein Busen anderer Ansicht sein könnten."

Er lächelte.

Sie schmiegte sich enger an ihn. „Hast du je gedacht, ich sei zu kritisch? Oder ich hätte zu viele und zu genaue Vorstellungen darüber, wie du etwas tun solltest?"

Er lächelte erneut.

„Nein, nie. Mein Vater war zu kritisch: Er hat mich niedergemacht und heruntergeputzt, weil es ihm Freude bereitet hat, und weil ich nicht wusste, wie ich mich – so wie Penny – dagegen wehren sollte. Deine Vorschläge beruhten immer auf ehrlichem Interesse an mir. Und es war nie eine Bedingung für unsere Freundschaft, dass ich das tun musste, was du wolltest. Du hast mir deinen Rat gegeben, und mir stand es frei, ihn anzunehmen oder nicht."

„Akzeptiert", antwortete sie.

Er zögerte.

Sie schaute ihn an. „Da ist noch etwas, was du sagen möchtest, nicht wahr? Nur heraus damit – ich möchte es gerne hören."

Er vergaß immer wieder, wie gut sie ihn kannte. „Es gab mal eine Zeit, da fand ich, dass du für mich zu ehrgeizig warst. Du hast mir dauernd erzählt, ich müsse schneller malen und ausstellen, eine große Menge Gemälde erschaffen."

„Ach, das. Das war, als ich so furchtbar eifersüchtig auf Lady Tremaine war. Ich habe versucht, dir klarzumachen, dass sie Krapprosa nicht von Karminrot unterscheiden konnte, ich aber eine Expertin für Kunst und die Kunstwelt war."

Er war wahrlich blind gewesen. Es war ihm nie der Gedanke gekommen, dass ihr verzweifelt wirkender Drang, ihn zu künstlerischen Ehren zu treiben, irgendetwas mit verborgenen Sehnsüchten ihres Herzens zu tun haben könnte. Er hob eine Strähne ihres Haares an. Wie es aussah, war er diesem in seinem Gemälde nicht gerecht geworden: Es gab auch Kastanientöne darin.

„Bevor Lady Tremaine nach Amerika reiste, hatte sie die Hoffnung, ich würde in deinen Armen Trost finden. Aber als du kamst, um mich zu trösten, habe ich dich praktisch vertrieben."

„Daraus mache ich dir keinen Vorwurf. Ich war nicht gerade feinfühlig."

„Als du dann aus heiterem Himmel Canaletto geheiratet hast, konnte ich nicht anders, als mir Sorgen zu machen, dass dieser Tag etwas damit zu tun hatte. Du sollst nur wissen, dass ich es immer bereut habe, zu dir so barsch gewesen zu sein."

Sie schüttelte den Kopf. „Meine Unfähigkeit, meine Enttäuschung zu verwinden, ohne etwas Unüberlegtes zu tun, war nicht deine Schuld, sondern mein Fehler. Genau genommen hatte ich mir dieses Mal fest vorgenommen, dass ich, solltest du mich abweisen, auf keinen Fall eine Dummheit begehen würde – wie beispielsweise mit Penny zu schlafen –, um meine verletzte Eitelkeit zu beschwichtigen.

„Penny wäre traumatisiert. Er sieht in dir eine Schwester."

Sie lachte leise. „Ich wäre davon auch traumatisiert."

Sie hob den Arm und legte ihre Hand auf ein kleines gerahmtes Gemälde auf ihrem Nachttischchen. Geistesabwesend drehte sie das Bild mal in diese, mal in die andere Richtung, und er konnte erkennen, dass es eine Bleistiftzeichnung ihres Gesichtes war, die er vor vielen Jahren angefertigt und ihr zum Geschenk gemacht hatte. Die Kunstkritikerin in ihr hätte zu viele Unzulänglichkeiten an der Zeichnung finden müssen, die sowohl Mängel bei der Technik als auch der Komposition aufwies, und für die einzig die Ernsthaftigkeit sprach, die sie ausstrahlte.

Er hatte Angelica immer geliebt und geschätzt, aber jetzt war sein Herz so voll mit Zärtlichkeit für sie, dass es fast schmerzte.

„Ich bin froh, dass du zurückgekommen bist“, sagte er und fuhr ihr mit der Hand über die Wange.

„Das bin ich auch“, sagte sie, ihr Blick offen und klar.

Es war schon sehr spät in der Nacht, aber ihr Ehemann war noch nicht aus London heimgekehrt.

Elissande lag wach in der undurchdringlichen Finsternis, starrte zu einer Decke empor, die sie nicht sehen konnte, und dachte an das erste Mal, als sie ihn erblickt hatte. Sie erinnerte sich an jede Einzelheit: den Hut, den er getragen hatte – einen Homburger. Der Schimmer der blauen Weste unter seinem beigefarbenen Jackett, das Glitzern des Sonnenlichts auf seinen Manschettenknöpfen – vor allem aber die überschäumende Freude, die sie empfunden hatte, als er seinem Bruder zugelächelt hatte.

Wenn sie sich doch nur eine Woche später kennengelernt hätten, als sie niemanden mehr hatte hereinlegen müssen – wie anders hätten sich die Dinge entwickelt.

Aber sie hatte ihn nun einmal hereingelegt. Und er war nicht glücklich darüber. Und wenn er nicht mit ihr reden wollte – oder mit ihr schlafen –, wie sollten sie da nur etwas anderes als Fremde in dieser Ehe sein?

Ihre Tür knarrte ganz leise, als sie aufschwang. Er war zu Hause. Er hatte ihre Tür geöffnet. Er stand auf ihrer Türschwelle und musste nur noch einen weiteren Schritt machen, um ihr Zimmer zu betreten.

Erregung erfasste sie, eine Erregung, die beinahe an Panik grenzte. Ihr Herz klopfte wie verrückt, wie ein dampfbetriebener Hammer. Sie biss sich auf die Unterlippe, um nicht zu schwer zu atmen.

Sie musste ganz still liegen und überzeugend den Eindruck erwecken, fest zu schlafen. Dann fühlte er sich vielleicht eher ermutigt, zu ihr zu kommen. Sie zu berühren. Und von da ausgehend ihr irgendwann einmal verzeihen zu können.

Sie versuchte ihn mit der Kraft ihrer Gedanken dazu zu bewegen, näher zu kommen, in ihren Armen Trost zu finden für seine Einsamkeit, seine Erschöpfung.

Aber die Tür schloss sich wieder, und er suchte lieber sein eigenes Bett auf.

Die Standuhr schlug die Stunde – drei eherne Töne, die in der stillen Luft und der Dunkelheit nachhallten.

Es war immer drei Uhr.

Er rannte. Der pechschwarze Flur wollte einfach nicht enden. Etwas prallte gegen seine Wade. Er schrie vor Schmerz auf und stolperte. Aber er musste weiterrennen. Er musste seine Mutter erreichen und sie vor der tödlichen Gefahr warnen.

Da, da war die Eingangshalle. Am entfernten Ende des Raumes mit nahezu olympischen Ausmaßen die Treppe, die ihr zum Verhängnis werden würde. Er war beinahe bei ihr. Er würde sie retten, er würde sie nicht stürzen lassen.

Er stolperte wieder, und der Schmerz bohrte sich in seine Knie.

Er humpelte weiter.

Aber sie lag bereits dort, als er schließlich den Fuß der Treppe erreichte. Eine Blutlache war unter ihrem Kopf, breitete sich aus, Blut in demselben Schwarzrot wie ihr Kleid und wie die Rubine, die auf ihrer Brust glitzerten.

Er schrie.

Warum konnte er sie nicht retten? Warum kam er nie rechtzeitig, um ihr Leben zu retten?

Jemand rief seinen Namen. Jemand rüttelte ihn an der Schulter. Es musste dieselbe Person sein, die für den Tod seiner Mutter verantwortlich war. Er warf sie zu Boden.

„Penny, geht es dir gut?“, fragte sie atemlos.

Nein, es ging ihm nicht gut. Es würde ihm nie wieder gut gehen.

„Penny, hör auf. *Hör auf!* Du tust mir weh!“

Er verspürte den heftigen Drang, irgendwem wehzutun.

„Penny, bitte!“

Seine Augen öffneten sich. Er keuchte, als sei er vor den Höllenhunden geflohen. Im Zimmer war es stockfinster, genau wie in seinem Traum. Er machte ein Geräusch, tief in der Kehle, noch nicht frei vom Entsetzen des Albtraumes.

„Es ist in Ordnung“, murmelte die Person, die bei ihm im Bett lag, jemand, der warm und weich war und nach Honig und Rosen duftete. „Es war nur ein böser Traum.“

Sie streichelte ihm das Gesicht und das Haar. „Es war nur ein böser Traum“, wiederholte sie. „Hab keine Angst.“

Das war lächerlich. Er hatte vor nichts Angst.

Sie küsste ihn aufs Kinn. „Ich bin hier. Es ist in Ordnung. Ich werde nicht zulassen, dass dir irgendetwas geschieht.“

Er war groß und stark und klug. Er brauchte niemanden, der ihn vor etwas so Albernem wie Träumen schützen musste.

Sie zog ihn in die Arme. „Ich habe auch Albträume. Manchmal träume ich, ich sei Prometheus, in alle Ewigkeit an einen Felsen gekettet. Und dann kann ich natürlich danach nicht wieder einschlafen, daher denke ich an Capri, an das schöne, weit entfernte Capri.“

Sie hatte eine wunderbare Stimme. Das hatte er vorher gar nicht bemerkt. Aber hier im Dunkeln, wenn sie sprach, war der Klang ihrer Worte so lieblich wie das Gurgeln von Wasser für einen Stamm Wüstennomaden.

„Ich stelle mir vor, ich hätte ein eigenes Segelboot“, flüsterte sie. „Wenn es warm ist und eine milde Brise weht, segle ich aufs offene Meer hinaus, schlafe in der Sonne und werde so braun wie die Fischer. Und wenn es stürmisch ist, stehe ich oben auf den Klippen und schaue der tosenden Brandung zu – und weiß, dass das wütende Meer mich abschottet von der Welt … und meine Sicherheit garantiert.“

Sein Atem ging nicht länger so schwer. Er verstand, was sie da tat. Nach dem jähen Verlust ihrer Mutter hatte er dasselbe für Freddie getan, ihm den Arm um die Schultern gelegt und ihm vom Forellenfang und Glühwürmchen erzählt, bis Freddie wieder einschlafen konnte.

Aber das hatte nie jemand für ihn getan.

„Es war natürlich unwahrscheinlich", fuhr sie fort. „Ich wusste immer, dass es sehr, sehr unwahrscheinlich war. Wenn es mir je gelänge, meinem Onkel zu entkommen, würde ich für meinen Lebensunterhalt arbeiten müssen, und niemand zahlt einer Frau viel für das, was sie tut. Ich würde sparen müssen für schlechte Zeiten und mich glücklich schätzen können, wenn ich irgendwann einmal das Geld übrig hätte für eine Zugfahrkarte nach Brighton." Ihre Finger strichen über seine Wangenknochen. „Aber Capri hat es mir ermöglicht weiterzumachen. Es war meine Flamme im Dunkel, meine Zuflucht, wenn ich nicht fliehen konnte."

Er legte seinen Arm fester um sie – er hatte gar nicht gemerkt, dass er seinen Arm zu ihr bewegt hatte.

„Ich weiß alles, was es über Capri zu wissen gibt. Oder wenigstens alles, was die Leute für erwähnenswert genug hielten, um es in einen Reiseführer aufzunehmen: die Geschichte, die Topografie, die Herkunft des Namens. Ich weiß, was im Landesinneren wächst und was im Wasser dort schwimmt. Ich kenne die Winde, die mit jeder Jahreszeit einhergehen."

Mit ihrer Hand rieb sie ihm den Rücken, während sie sprach. Ihre Worte waren leise, beinahe hypnotisierend. Sie hätte ihn sicherlich erfolgreich in den Schlaf gelullt, wenn da nicht der Umstand wäre, dass ihr Körper dicht an seinen gepresst war.

„Erzähl es mir", bat er.

Sie musste die körperliche Veränderung bei ihm bemerkt haben. Aber sie entzog sich ihm nicht. Wenn überhaupt, so schmiegte sie sich noch enger an ihn.

„Es ist vermutlich dieser Tage ziemlich überlaufen. Ein Buch erwähnte, dass es dort eine Kolonie von Schriftstellern und Künstlern aus England, Frankreich und Deutschland gibt."

Er konnte sich nicht länger davon abhalten. Er küsste sie auf den Hals und öffnete mit den Fingern die Knöpfe an ihrem Nachthemd. Ihre Haut war so glatt und zart, dass ihm einen Moment das Herz stockte.

„Natürlich“, sprach sie weiter, allerdings klang ihre Stimme nicht mehr so sicher, „beachte ich ihre Anwesenheit nicht weiter, damit ich an meinem Bild vom spärlich besiedelten Paradies festhalten kann – leer und verlassen bis auf das Meer, den Himmel und mich.“

„Natürlich“, sagte er.

Er schälte sie aus dem Nachthemd, zog sich sein eigenes über den Kopf und drehte sich mit ihr um, sodass sie über ihm war.

„Woran denkst du, wenn du aus deinen Albträumen aufwachst?“, fragte sie, und ihre Worte waren kaum zu verstehen.

Er zog an dem Band am Ende ihres Zopfes und löste ihr Haar. Es fiel wie eine Wolke um sein Gesicht und seine Schultern.

„Das hier“, sagte er, „das ist es, woran ich dann denke.“

Nicht an den Geschlechtsakt an und für sich, sondern an die Gegenwart eines anderen Menschen. Eine Nähe, die ihn einhüllte und schützte.

Er hatte an sie gedacht, als er das letzte Mal den Albtraum gehabt hatte, auf Highgate Court. So, wie sie die Anwesenheit von Fremden ignorierte, die die felsige Küste von Capri bevölkerten, hatte er ihre Feindseligkeit ihm gegenüber ausgeblendet – und seine Abneigung gegen sie – und sich einzig an ihr süßestes Lächeln erinnert.

Man tat, was man tun musste, um die Nacht zu überstehen.

Aber jetzt war sie nachgiebig und willig über ihm. Jetzt gestattete sie es nicht nur, sondern half ihm dabei, möglichst tief in sie zu dringen. Jetzt wimmerte und seufzte sie vor Lust, die Lippen an seinem Ohr, und ihr Atem weckte immer neue Wellen fast gewaltsamen Verlangens.

Und als er die Erlösung fand, war es Hitze, Zorn und ein mächtiges, beinahe entrückendes Vergessen.

Ihr Atem ließ sein Haar wehen. Ihr Herz schlug an seiner Brust. Im Dunkeln tastete sie nach seinen Händen, verschränkte ihre Finger mit seinen.

Eine Nähe, die ihn einhüllte und schützte.

Dennoch entzog sich ihm in dieser schläfrigen Wärme der vollkommene Friede. Etwas stimmte nicht. Vielleicht stimmte auch einfach alles nicht.

Die Nacht war nun seine Zuflucht. Nach der Morgendämmerung regierte das Chaos. Aber hier in der Dunkelheit gab es nur ihre Umarmung.

Er murmelte einen Dank und ließ sich vom Schlaf übermannen.

Die Morgendämmerung kam wie an jedem anderen Tag auf dem Land: Vogelgezwitscher, das leise Muhen von Milchkühen auf der Weide hinter dem Haus, das Geräusch der Heckenscheren seiner Gärtner, die bereits bei der Arbeit waren.

Sogar die Geräusche, die er selbst machte, waren friedlich und häuslich. Das Plätschern von Wasser, das in eine Schüssel gegossen wurde, das leise Öffnen und Schließen von Schubladen, das Zurückziehen der Vorhänge und das Aufstoßen der Fensterläden.

Sie lag immer noch gemütlich in seinem Bett. Ihr Atem ging langsam und gleichmäßig. Ihr Haar, die Farbe des Sonnenaufgangs, lag wie ein Fächer auf seinem Kissen. Einer ihrer Arme war nicht unter der Bettdecke; er lag quer über das Bett ausgestreckt, als griffe sie nach ihm.

Im Schlaf wirkte sie völlig harmlos, beinahe engelhaft, die Sorte Frau, die unkomplizierte Hingabe inspirierte. Er hob ihren Arm an und schob ihn zurück unter die Decke. Sie kuschelte sich tiefer ins Kissen, und ihre Lippen verzogen sich zufrieden.

Er wandte sich ab.

Mit dem Rücken zu ihr zog er seine Hosenträger über die Schultern und streifte sich die Weste über. Von einem Tablett auf einer seiner Kommoden suchte er sich ein Paar Manschettenknöpfe aus. Dann, mit einem Mal, wusste er, dass sie wach war und ihn beobachtete.

„Guten Morgen“, sagte er, ohne sich zu ihr umzudrehen. Er war damit beschäftigt, seine Manschettenknöpfe zu befestigen.

„Morgen", murmelte sie, und ihre Stimme klang belegt vom Schlaf.

Er sagte eine Weile lang nichts, sondern kleidete sich zu Ende an. Hinter ihm knarrte und ächzte das Bett: Sie musste sich ihr Nachthemd anziehen, das er heute Morgen unter sich gefunden hatte, zusammen mit ihrem Haarband – ein schmales, pastellfarbenes Andenken an das, was letzte Nacht geschehen war.

„Ich will spazieren gehen", sagte er und schlüpfte in sein Tweedjackett – immer noch, ohne sie anzusehen. „Wenn du magst, bist du eingeladen, mich zu begleiten."

Was er ihr sagen wollte, wollte er weit entfernt von seinem Heim sagen.

„Ja, natürlich", antwortete sie. „Ich kann mir nichts Schöneres denken."

Die kaum verhohlene Aufregung in ihrer Stimme war wie ein Peitschenschlag für sein Gewissen. „Ich warte unten auf dich."

„Ich werde nicht lange brauchen", versprach sie. „Ich muss mich nur ankleiden und kurz mit der Pflegeschwester sprechen."

Er blieb an der Tür stehen und blickte sie schließlich doch an. Nach diesem heutigen Morgen würde er sie so nie wieder sehen – froh und hoffnungsvoll.

„Lass dir Zeit", erwiderte er.

Elissande zog sich in Rekordzeit an, schaute kurz nach ihrer schlafenden Tante und sprach mit Mrs Green, der Pflegerin, die sie auf Mrs Dilwyns Rat hin angestellt hatte, nachdem sie hierher nach Devon gekommen waren. Mrs Green versicherte ihr, dass sie sich um Mrs Douglas' Frühstück und Bad kümmern und sie zu einem kleinen Spaziergang an der frischen Luft in den Garten bringen werde.

Mrs Green war eine sehr freundliche und nette Frau, aber energischer als Elissande. Unter ihrer Betreuung konnte Tante Rachel ohne Stütze eine kurze Entfernung gehen, ein Ergebnis, das praktisch an ein Wunder grenzte.

Und jetzt, wie um Elissandes Glück zu vervollkommnen,

hatte ihr Ehemann mit ihr geschlafen. Und zusätzlich hatte er sie auch noch eingeladen, ihn auf seinem Spaziergang zu begleiten.

Sie sprachen nicht, aber das brauchten sie auch nicht. Seine Gesellschaft war genug. Dass sie an seiner Seite war, war genug. Dies hier war ihr Neubeginn.

Sie überquerten den Fluss Dart in Höhe des Marktstädtchens Totnes, wo sie Tee tranken und ein leichtes Frühstück zu sich nahmen. Danach gingen sie in Richtung Norden weiter, kamen über Landstraßen, die ihr völlig fremd waren, an leicht hügeligen Feldern und mehreren kleinen Weilern vorbei in einen dichten Wald. Als die Bäume sich lichteten, gelangten sie an eine Burgruine.

Es mussten gute fünf Meilen gewesen sein. Sie hätte geglaubt, sie müsse erschöpft sein, aber sie war einfach nur glücklich.

„Sprichst du manchmal auch?“, fragte sie ihn schließlich, ein wenig atemlos von dem Anstieg zur Burg.

„Ich glaube, die allgemeine Meinung ist, dass ich rede, rede und rede.“

Sie nahm ihren Hut ab und fächelte sich damit Luft zu. „Ich meine, wenn du nicht gerade deine Rolle spielst.“

Er antwortete ihr nicht, sondern schaute zum Meer – die Burg lag auf einer steilen Anhöhe, die eine herrliche Aussicht bot. Sie fragte sich wieder, warum er sein Doppelleben führte. Aber sie hatte ihre Gründe gehabt, und sie glaubte, seine Gründe müssten ebenso stark und zwingend sein.

„Sag mir etwas“, verlangte er.

Sie fühlte sich unendlich geschmeichelt. Er fragte sie so selten etwas.

„Was würdest du denn gerne wissen?“

„Du hast dich nach Capri erkundigt, als du Mrs Canaletto getroffen hast. Du hast Capri erneut genannt, als du wolltest, dass wir zusammen England verlassen und uns irgendwo verstecken. Und aus dem, was du gestern Nacht erzählt hast“, er schob eine Hand in seine Tasche, „schließe ich, dass du in deinem ganzen Leben oft an Capri gedacht hast.“

„Das stimmt."

„Aber ich kann nicht erkennen, dass du irgendwelche Pläne machst, nach Capri zu reisen, obwohl du es jetzt doch könntest. Warum?"

Sie hatte nie zuvor darüber nachgedacht. Aber die Antwort schien ihr so offensichtlich. Sie wunderte sich, dass er überhaupt fragen musste.

„Weil das, was ich an Capri so geliebt habe, in Wahrheit nicht die Insel an und für sich ist – es hätte jeder weit entfernte schöne Ort sein können. Worauf es ankam, waren die Hoffnung und der Trost, die es mir verschaffte, als ich Gefangene im Hause meines Onkels war."

Er schaute sie an, und in seinen Augen lag ein ernster Ausdruck. Vielleicht verstand er nicht ganz, was sie meinte.

Sie versuchte es erneut. „Stell es dir am besten wie ein Floß vor. Wenn ein Fluss zu breit und die Strömung zu stark ist, als dass man ihn durchschwimmen könnte, brauchen wir ein Floß. Aber wenn wir das andere Ufer erreicht haben, lassen wir das Floß am Wasserrand zurück."

„Und du hast jetzt das andere Ufer erreicht."

Sie fuhr mit dem Finger über die Seidenblumen, die ihren Hut zierten. „Ich habe den Fluss überquert. Und so sehr ich mein Floß immer schätzen werde, ich brauche es nicht mehr."

Er entfernte sich ein paar Schritte. „Also bist du mit deinem Leben zufrieden und brauchst keine Polsterung mehr?"

Sie biss sich auf die Innenseite der Wange. „Vielleicht könnte ich noch ein paar Polster mehr gebrauchen."

„Und was sollte das sein?", erkundigte er sich ausdruckslos.

Sie hatte gedacht, sie bräuchte mehr Mut, um ihr Geständnis zu machen. Aber nachdem er sie geküsst und gehalten hatte in der Nacht, nachdem er fünf Meilen neben ihr gegangen war, machte er es ihr ganz leicht, die Worte auszusprechen. „Du", sagte sie, und ihre Stimme klang überhaupt nicht zögernd oder unsicher.

„Und wie soll ich diese bewundernswerte Aufgabe vollbringen?"

„Indem du tust, was du bereits getan hast: Mit mir spazieren gehen und mich lieben.“ Sie wurde nur ein wenig rot, als sie die letzten Worte aussprach.

Er entfernte sich ein paar Schritte. Er war schreckhaft, ihr Mann.

Sie folgte ihm in die Reste des Bergfrieds. Früher einmal hatte ein Haus innerhalb der Burgmauern gestanden, aber jetzt waren davon nur noch steinerne Wände übrig. Die Morgensonne strömte durch Ritzen in den Mauern, im Inneren der Ruine war es kühl, aber nicht dunkel.

Sie legte ihm eine Hand auf den Arm, und der Tweedstoff fühlte sich unter ihrer Hand angenehm rau an. Als er ihre Hand nicht fortnahm, wurde sie kühner und küsste ihn auf die Wange und dann noch einmal auf den Mund. Dort verweilte sie, bis sie ihn dazu gebracht hatte, seine Lippen zu öffnen.

Und plötzlich erwiderte er den Kuss, sodass ihr ganz schwindelig wurde.

Und genauso plötzlich stieß er sie von sich.

Nie in seinem Leben hatte Vere etwas so entsetzlich vermasselt wie seine Ehe, die nur dem Namen nach eine sein sollte.

Er wusste nicht, was mit ihm nicht stimmte.

Oder vielleicht ertrug er es nur einfach nicht, es zuzugeben.

Sie war nicht die Gefährtin, die er sich wünschte – hatte er das nicht wieder und wieder schon geklärt? Was er wollte, unterschied sich von ihr so sehr wie Capri von Australien. Er wollte Milch und Honig, nahrhaft, süß und gesund. Sie war Laudanum, machtvoll, süchtig machend, gelegentlich hilfreich dabei, seine Probleme zu vergessen, aber gefährlich in größeren Dosen.

Sie war auch eine Lügnerin und jemand, der andere benutzte. Er hatte immer noch die Nachricht, die sie in jener Nacht Freddie geschrieben hatte – eine physische Manifestation ihrer Absicht, Freddie in ihre Klauen zu locken und ihm so ein Glück mit Angelica zu verwehren, nur um ihre eigenen Ziele zu erreichen.

Und doch hätte er hier, im Freien, wo eine ganze Wagenladung Touristen jederzeit vorbeikommen konnte, beinahe wieder die Kontrolle verloren. Und dieses Mal ohne irgendwelche Entschuldigungen wie Tränen, Alkohol oder Albträume. Es war ein schöner frischer Tag, sie war fröhlich, und er war fest entschlossen gewesen, die hässliche, aber notwendige Wahrheit auszusprechen.

Er entfernte sich mehrere Schritte von ihr.

Wenn er es nicht jetzt sagte, wäre er nie in der Lage, es zu sagen. Sie strahlte solche Freude aus, dass er kurz davor stand zu vergessen, dass sie das genaue Gegenteil war von der sonnigen Schlichtheit, die er brauchte, um die Dunkelheit aus seiner Seele zu vertreiben.

Er zwang sich, die besagten Worte über seine Lippen zu bringen: „Sobald dein Onkel verurteilt ist, möchte ich eine Annullierung."

Sie hatte ihren Ärmel glatt gestrichen und ihn angesehen. Ihre Miene war verwirrt, aber immer noch hoffnungsvoll. Schließlich wich aber alle Farbe aus ihren Wangen. Sie blickte ihn jetzt direkt an.

„Ich werde dich großzügig versorgen. Du wirst genug haben, um, wo auch immer du es willst, in angenehmen Verhältnissen und im Luxus zu leben. Meinetwegen auch auf Capri, falls du das möchtest."

„Aber eine Annullierung ist doch gar nicht mehr möglich", erklärte sie. Sein Gewissen rührte sich schmerzhaft angesichts der vollkommenen, beinahe naiven Verwirrung in ihrer Stimme. „Sobald die Ehe vollzogen ist, ist das doch gar nicht möglich."

„Mit genug Geld und genug Rechtsanwälten ist es nicht nur möglich, sondern wird auch wiederholt erreicht."

„Aber … aber wir müssten ja lügen."

Sie war so unverhältnismäßig verwundert, dass er zum ersten Mal in Betracht zog, sie könnte am Ende gar nicht so welterfahren sein, wie er es angenommen hatte. Dass sie tatsächlich glaubte, sie wären wirklich verheiratet.

„Wir beide sind doch hervorragende Lügner. Ich kann keine Probleme erkennen."

Sie schaute zu dem blauen Stück Himmel über ihnen empor, eingerahmt von den verfallenen Mauern des Bergfrieds. „Ist das immer schon deine Absicht gewesen?"

„Ja."

Ihre Hand umklammerte ihre Röcke. Ihre Schultern strafften sich. Der dumpfe Schmerz in seinem Herz wurde brennend.

„Ich möchte meine Freiheit", erklärte er, absichtlich herzlos. „Du solltest das verstehen."

Ihre Ehe mit ihrer Einkerkerung gleichzusetzen hatte den erwünschten Effekt. Zorn trat an die Stelle des untröstlichen Unverständnisses in ihren Augen. Ihr Blick wurde hart.

„Also ist das einfach eine Art Geschäft, Leistung und Gegenleistung", sagte sie. „Du gibst mir Geld für deine Freiheit."

„Ja."

„Gehe ich recht in der Annahme, dass wegen dem, was letzte Nacht geschehen ist, deine Freiheit heute mehr kostet als gestern noch?"

„Vielleicht."

„Also bin ich in meiner eigenen Ehe eine Hure."

Ihre Worte trafen ihn wie ein Tritt in die Magengrube.

„Ich zahle für meinen Mangel an Beherrschung."

„Ach, Lord Vere, warum hast du das nicht schon früher gesagt?", fragte sie mit beißendem Hohn. „Hätte ich vorher schon verstanden, dass dich häufiger dazu zu bringen, die Kontrolle zu verlieren, mir ein größeres Vermögen einträgt, hätte ich meine Tage deiner Verführung gewidmet."

„Sei lieber froh, dass ich genug Skrupel habe, dich für die Nutzung deines Körpers zu entschädigen. Und dass ich darüber schweige, wie du mich in diese Ehe gelockt hast – und dass du eigentlich Freddie im Blick hattest."

Sie zuckte zusammen. Seine Grobheit raubte ihm selbst den Atem; er benutzte ihre eine große Verzweiflungstat als Rechtfertigung für seine Selbstsüchtigkeit.

Sie holte tief Luft und stieß sie langsam wieder aus. „Ich habe immer schon gewusst, dass ich kein Hauptgewinn bin, aber ich dachte, du wärest es“, erklärte sie. „Ich dachte, der Mann hinter dem Idioten sei faszinierend. Ich dachte, er würde verstehen, wie es ist, die ganze Zeit über eine Rolle zu spielen. Und ich dachte, er hätte wenigstens ein Quäntchen Mitgefühl für mich, weil es kein leichtes Leben war. Ich habe mich geirrt. Du warst ein besserer Mann, als du noch den Idioten gespielt hast. Er war gut und freundlich und anständig. Es tut mir leid, dass ich ihn nicht richtig zu schätzen wusste, als ich noch die Gelegenheit dazu hatte.“

Siehst du, dachte er. Das war genau der Grund, warum er eine Gefährtin brauchte, die Milch und Honig war, eine, die nie erkennen würde, dass er nicht gut, nicht immer freundlich und nicht verlässlich anständig war. Sie würde ihn einfach nur lieben, zärtlich, blind und bedingungslos.

Es war fast genauso ein Luftschloss wie ihr Traumbild von dem wilden, menschenleeren Capri. Wie sie hatte er sich daran geklammert, um seine dunkelsten Tage zu überstehen, diese unwahrscheinliche Vision häuslichen Segens. Aber anders als sie war er nicht bereit, etwas zurückzulassen, das ihm so viele Jahre lang geholfen hatte. Und bestimmt nicht für eine Frau, die er nicht lieben wollte, außer wenn er betrunken war, einsam oder anderweitig nicht in der Lage, sich zu beherrschen.

18. KAPITEL

Ihre Beine schmerzten, ihre Füße taten weh, und es juckte sie in den Händen, ihn zu ohrfeigen. Eine ganze Weile war sie auf dem langen Rückweg vor ihm gegangen, bis sie die falsche Abzweigung genommen hatte und er sie zurückrufen musste. Danach hatte sie sich nur so weit von ihm entfernt, dass sie ihn noch aus dem Augenwinkel sehen konnte. Sein Schweigen nährte die Wut in ihr.

Warum hatte sie geglaubt, sie könnte Schutz und Zufriedenheit bei jemandem finden, der ein Doppelleben führte? Niemand schlug ohne Not diesen Weg ein. Hätte sie darüber nachgedacht, hätte sie erkannt, dass hinter dem Idioten ein Mann stehen musste, der so geheimnistuerisch und verquer war wie sie selbst.

Sie war ja so eine Närrin.

In eine Dunstwolke aus Zorn gehüllt, hätte sie den Lakaien beinahe übersehen, der auf sie zulief, bis er kurz vor ihr stehen blieb. Sie ging einfach weiter, daher lief er neben ihr her.

„Mylord, Mylady, Mrs Douglas, sie ist fortgegangen!"

Seine Äußerung ergab keinen Sinn. Sie fuhr sich mit einer Hand über die Augen. „Sagen Sie das noch einmal."

„Mrs Douglas, sie ist fortgegangen!"

„Wohin denn?"

„Zur Bahnstation nach Paignton, Madam."

Warum um alles auf der Welt sollte Tante Rachel nach Paignton zum Bahnhof wollen? Sie musste nirgendwohin, wohin sie einen Zug nehmen musste.

„Wo ist Mrs Green?" Zweifellos würde die Pflegerin ihr sagen, dass der Bedienstete übergeschnappt war.

Mrs Green kam ihr ebenfalls entgegengerannt, die Augen weit aufgerissen, das Gesicht rot. „Madam, Mrs Douglas ist einfach auf und davon, ganz allein."

Elissande beschleunigte ihre Schritte. Wenn sie Tante Rachels Zimmer betrat, würde sie sehen, dass sie gesund und munter war – und in Sicherheit. „Warum haben Sie sie nicht begleitet, Mrs Green?“

„Wir sind am Vormittag zusammen im Garten gewesen. Danach hat sie gesagt, sie wolle sich ausruhen. Sie sah irgendwie schlecht aus, daher habe ich sie nach oben gebracht und ihr geholfen, sich hinzulegen. Etwa eine Stunde später habe ich nach ihr geschaut, und da war ihr Zimmer leer.“

„Woher wissen Sie dann, dass sie nach Paignton zum Bahnhof wollte?“

„Das hat Peters gesagt.“

Peters, der Kutscher, war inzwischen auch bei ihnen eingetroffen. „Mrs Douglas kam selbst zum Kutschenhaus und hat mich gebeten, sie nach Paignton zum Bahnhof zu fahren. Das habe ich dann getan.“

Elissande blieb schließlich doch stehen. Ihr ganzer Hofstaat tat es ihr nach.

„Hat sie auch erklärt, *warum* sie zum Bahnhof wollte?“

„Ja, Madam. Sie meinte, sie wollte den Tag über nach London. Und als ich dann zurückkehrte, waren Mrs Green und Mrs Dilwyn und alle anderen völlig aus dem Häuschen vor Sorge.“

Die Geschichte war zu viel für Elissande. Sie konnte sich einfach keinen Reim darauf machen, und ein Teil von ihr glaubte immer noch, dass es ein raffinierter Aprilscherz sei, den man ihr am falschen Tag spielte.

Beinahe ohne nachzudenken, blickte sie den Mann an, der immer noch ihr Ehemann war.

„Sind heute irgendwelche Fremden im Haus aufgetaucht?“, wollte er wissen, so kühl und beherrscht wie sonst auch.

Bei seiner Frage sank ihr das Herz.

Mrs Dilwyn war nun ebenfalls zu ihnen gestoßen. „Nein, Sir, nicht dass ich wüsste.“

Der Kutscher und der Lakai schüttelten beide die Köpfe. Mrs Green jedoch runzelte die Stirn. „Jetzt, wo Sie es erwähnen, Sir, da war dieser Landstreicher. Er lungerte auf der Straße vor dem Haus herum, als Mrs Douglas und ich im Garten waren.

Ich versuchte ihn zu verscheuchen, aber Mrs Douglas – ihr Herz ist ja so gut – hat mich in die Küche geschickt und einen Korb mit Lebensmitteln für ihn holen lassen. Und als ich den Korb nach draußen brachte, fiel der Landstreicher auf seine Knie und dankte ihr. Es hat mir nicht gefallen, wie er ihre Hände umklammerte, daher habe ich ihn fortgeschoben, und er ist gegangen."

Elissande hatte gedacht, ihr Ehemann hätte einen Pflock durch ihr Glück getrieben. Aber wie sehr hatte sie sich geirrt. Dies hier, das konnte die Basis ihres neuen Lebens zerstören.

„Die Gesetzgebung gegen Landstreicher ist heutzutage viel zu milde, sage ich immer", erklärte Lord Vere, der nun wieder ganz der Alte war. „Und war das der Moment, als Mrs Douglas anfing schlecht auszusehen, Mrs Green?"

„Ganz genau, Sir. Das war es."

„Sie ist eine so zarte Dame, dass so raue Gesellschaft ihr nicht gut bekommt." Er schüttelte den Kopf, dann fasste er Elissande am Ellbogen. „Lass uns weitergehen."

Zurück im Haus war Tante Rachels Zimmer so leer wie ein ausgeraubtes Grab. Elissande wankte und musste sich am Türrahmen abstützen. Unten gab es einen Aufruhr. Sie nahm immer zwei Stufen auf einmal. Tante Rachel war gesehen worden, und alle machten ihrer Erleichterung Luft – das musste es sein. Das *musste* es einfach sein.

Aber es war nur ein Telegramm, adressiert an Elissande, das man unter der Post gefunden hatte, die während der Abwesenheit von Lord und Lady Vere gekommen war.

Meine Liebste,
ich habe ein unerwartetes Verlangen nach dem Austerngratin entwickelt, das es im Savoy-Hotel gibt, und daher beschlossen, nach London zu reisen und dort über Nacht zu bleiben.

Liebe Elissande, mach Dir meinetwegen keine Sorgen. Wisse nur, dass ich Dich sehr liebe.
Deine Dich liebende Tante

Lord Vere nahm ihr das Telegramm aus den gefühllosen Fingern und überflog den Inhalt. Dann las er das Telegramm der versammelten Dienerschaft vor.

„Also, kein Grund zur Sorge“, rief er. „Sie ist nach London gefahren, wie sie es vorhatte – und morgen ist sie, wie sie schreibt, wieder zurück. Bitte gehen Sie alle wieder an Ihre Arbeit. Mrs Green, gönnen Sie sich eine Tasse Tee und betrachten Sie den heutigen Tag als Ihren freien Tag.“

„Aber …“

Lord Vere blickte Elissande an. Elissande lockerte ihre Hände und lächelte Mrs Green beruhigend an. „Ihre Entschlüsse sind manchmal etwas plötzlich, Mrs Green. Wir leben damit. Sie wird morgen zurück sein, so wie sie es gesagt hat.“

Mrs Green knickste und ging ihren Tee einnehmen. Die anderen Dienstboten zerstreuten sich. Nur Lord Vere und Elissande blieben in der Diele stehen.

„Komm mit mir“, sagte er.

Er nahm sie mit in sein Arbeitszimmer, schloss die Tür und reichte ihr ein weiteres Telegramm. „Das hier ist für mich gekommen. Du wirst es lesen wollen.“

Sie blickte auf das Blatt. Die Worte verschwammen vor ihren Augen, weigerten sich, sich zu sinnvollen Sätzen zu fügen. Sie musste die Augen schließen und dann wieder öffnen.

Sehr geehrter Herr,
uns ist kürzlich bekannt geworden, dass Mr Douglas vermisst wird. Weder die Art und Weise, wie er seine Flucht bewerkstelligt hat, noch sein gegenwärtiger Aufenthaltsort konnten bisher ermittelt werden. Die Behörden wollten Sie darüber in Kenntnis setzen, dass er auf der Flucht ist – und Ihre Mithilfe dabei erbitten, ihn wieder in Gewahrsam zu bringen.
Ihr ergebener
Filbert

„Er war der Landstreicher“, sagte Lord Vere unerbittlich. „Er muss deiner Tante mitgeteilt haben, wo sie sich mit ihm treffen soll.“

Ein Schraubstock legte sich um Elissandes Brust. Sie konnte nicht atmen. Vier Tage vor seinem Gerichtsverfahren hatte ihr Onkel ihre Tante im hellen Tageslicht ausfindig gemacht.

Und was hatte Elissande zu der Zeit getan? Sie hatte sich in einer Burgruine mit ihrem albernen Geständnis lächerlich gemacht, versucht, ihren gefühllosen Bastard von einem Ehemann für sich zu gewinnen.

Besagter Ehemann drückte ihr ein Glas Whisky in die Hand. „Trink.“

Der Whisky hinterließ eine brennende Spur in ihrem Hals. Sie hob das Glas höher, aber es war schon leer. „Ich brauche mehr.“

„Jetzt nicht. Du verträgst Alkohol nicht gut.“

Sie rieb das leere Glas an ihrer Stirn. „Ich verstehe das nicht – nichts davon ergibt Sinn. Sie war nicht allein. Mein Onkel hat sie nicht am Hals gepackt und entführt. Warum ist sie freiwillig gegangen, um sich mit ihm zu treffen?“

„Er muss entweder dich oder mich bedroht haben, vielleicht auch uns beide.“

„Er ist auf der Flucht. Das Gesetz ist ihm auf den Fersen. Er kann keinem von uns etwas antun.“

„Du kennst ihn nicht so wie sie.“

Mit dieser Einschätzung war sie nicht einverstanden. „Ich habe mit ihm mein gesamtes Leben gelebt.“

Er blickte sie einen langen Augenblick an, als sei sie ein Tier, das kurz davor stand, zum Schlachter geführt zu werden. „Möchtest du dich nicht setzen? Da ist etwas, das ich dir sagen muss.“

Er musste ihr etwas sagen? Über *ihren* Onkel?

Plötzlich sah sie die Ereignisse der letzten Wochen noch einmal vor ihrem geistigen Auge vorbeiziehen. Hunderte Ratten fanden ihren Weg in Lady Kingsleys Haus, ein überaus kluger Mann kam nach Highgate Court und gab sich als Idiot aus, schlich überall im Hause herum, und nur wenige Tage später hatte die Polizei genug Beweise in der Hand, um ihren Onkel zu verhaften. Wie groß waren die Chancen, dass das alles reiner Zufall war?

Sie setzte sich. Oder vielleicht trugen sie auch einfach ihre Beine nicht mehr. „Du hattest damit etwas zu tun, oder? Du bist nicht in unser Haus gekommen, weil Lady Kingsley ein Rattenproblem hatte; du bist gekommen, weil du Beweise gegen meinen Onkel gesucht hast."

„Ich sehe, diesen Teil können wir überspringen", erklärte er leichthin.

„Arbeitest du für die Polizei?"

Er hob eine Braue. „Natürlich nicht – ein Marquess arbeitet nicht. Allerdings könnte man sagen, ich unterstütze die Polizei gelegentlich bei ihrer Tätigkeit."

Sie rieb sich mit den Fingern die Nasenwurzel. „Was war es, was du mir mitteilen wolltest?"

„Kennst du die Geschichte, wie sie sich kennengelernt haben?"

„Seine Version. Wenn man ihm Glauben schenkt, war es überwiegend Barmherzigkeit und Mitleid von seiner Seite. Er war ein sehr reicher Mann, der gerade aus Südafrika zurückgekehrt war. Sie war eine junge Frau in Nöten, deren Vater nach dem Bankrott seiner Bank verarmt gestorben und deren Schwester durchgebrannt war, um eine Hure zu werden. Mein Onkel kam herbeigeeilt und hat sie vor einem Leben voll harter Arbeit und Verzweiflung gerettet."

„Es kann natürlich sein, dass sie einander erst vorgestellt wurden, nachdem er aus Südafrika zurückkehrte, aber ich glaube, dass er schon weitaus länger von ihr besessen war."

Bei dieser Enthüllung von ihm geriet etwas in ihr gefährlich in Schieflage. Sie war davon überzeugt gewesen, dass sie alles wusste, was sie über ihren Onkel und ihre Tante wissen musste. „Warum glaubst du das?"

„Die Gemälde auf Highgate Court. Freddie hat ein Schwestergemälde ausfindig gemacht, das vermutlich aus den späten 1860er Jahren stammt. Gestern bin ich nach Kent gefahren, um es mir anzusehen. Es zeigt ebenfalls einen Engel und einen Mann: Der Engel war ganz in Weiß gekleidet, und der Mann kniete hingerissen vor ihm. Der Engel hatte Mrs Douglas' Gesicht. Der Künstler, von dem ich glaube, dass es dein Onkel ist, hat das Gemälde verkauft, um seine Reise nach Südafrika zu finanzieren."

„Er ist ihretwegen nach Südafrika gegangen?"

„Vielleicht nicht so direkt, aber es hat ganz den Anschein, als hätte sie bei seiner Entscheidung eine Rolle gespielt. Was er für sie empfand, grenzte wohl an Obsession. Er wollte wohl in Südafrika zu Geld kommen, um ihr ein gutes Leben bieten zu können."

Sie stand auf, sie konnte nicht länger sitzen bleiben. „Und was ist dann geschehen?"

„Er hatte keinen Erfolg. Deinem Onkel mangelt es entweder an Glück oder an Geschäftssinn – oder vielleicht auch an beidem. Aber jemand, den er kannte, hatte eine reiche Diamantenader gefunden und hat überall und vor jedem, der bereit war zuzuhören, damit herumgeprahlt. Dieser Mann wollte nach England zurückkehren und sich in seinem neu gefundenen Reichtum sonnen. Sein Name war Edmund Douglas."

Das Hässliche, was er damit implizierte ... sie wollte nicht mehr davon hören. Aber es half nichts, sie musste alles erfahren. „Sprich weiter", krächzte sie.

„Ich habe Grund zu der Annahme, dass dein Onkel den echten Edmund Douglas auf der Rückreise von Südafrika nach England ermordet hat. Bei seiner Ankunft in England hat er sich einfach als Edmund Douglas ausgegeben, hat die Kreditbriefe des Verstorbenen benutzt und unter Vorspiegelung falscher Tatsachen deine Tante geheiratet."

Sie hatte geglaubt, sie sei darauf vorbereitet gewesen, das Schlimmste zu hören. Aber trotzdem entglitt das Whiskyglas ihren gefühllosen Fingern. Es landete mit einem dumpfen Aufprall auf dem weichen Teppich und rollte davon.

„Man hat in Südafrika Erkundigungen eingeholt: Menschen, die Edmund Douglas aus der Zeit kennen, bevor er die Minen verlassen hat, erinnern sich an einen Mann, der mit heftigem Scouseakzent sprach und eine Narbe hatte, die sich durch sein linkes Auge zog und die aus einer schlecht verlaufenen Kneipenschlägerei aus seiner Zeit in England stammte."

„Warum ... warum hat nie jemand Verdacht geschöpft, dass mein Onkel ein Hochstapler ist?"

„Er ist gerissen. Er lebt sehr abgeschieden und begibt sich nur ganz selten in Gesellschaft. Er ist nie nach Südafrika zurückgekehrt; und es ist auch nicht auszuschließen, dass er die einzige lebende Verwandte des echten Edmund Douglas umgebracht hat."

Sie erschauerte.

„Aber ich glaube, deine Tante hat es herausgefunden."

Sie umklammerte eine Stuhllehne. „Bist du dir sicher, dass ich nicht noch einen Whisky bekommen kann?"

Er holte ein neues Glas und goss ihr einen Schluck ein. Sie leerte es so rasch, dass sie das Brennen kaum spürte. „Wie hat meine Tante das geschafft?"

Ihr Ehemann schaute sie an. „Ich weiß es nicht. Menschen finden in einer Ehe alles Mögliche heraus."

„Und das ist die einzige Erklärung, die du hast?"

„Das ist meine Erklärung dafür, warum dein Onkel sich verhält, wie er es tut. Er hält sich für einen romantischen Helden, der bereit ist, alles für die Liebe zu tun."

Sie erschauerte erneut. „Das hat er zu mir gesagt, als wir das letzte Mal auf Highgate Court waren."

„So hat er das ultimative Verbrechen begangen, möglicherweise mehr als einmal, für die Frau, in der er seinen Engel sah. Er war von sich selbst beeindruckt. Aber als sie herausfand, was er getan hatte, war sie, wie jeder vernünftige Mensch, nicht nur nicht beeindruckt, sondern vor allem entsetzt und abgestoßen. Das ist das, was er als den Verrat des Engels ansieht – dass sie die Opfer, die er für sie gebracht hat, nicht zu würdigen wusste und sich zudem von ihm abgewandt hat. Das ist der Grund, weshalb er sie vor ihm fliehend gemalt hat, nachdem sie ihn mit einem Schwert durchbohrt hat.“

„Und das ist es, was hinter seiner Grausamkeit all diese Jahre steht“, murmelte sie.

„Ich hätte niemandem mit weniger stählernen Nerven diese Geschichte erzählt – aber du bist stark genug, damit zurechtzukommen. Und du musst es wissen, damit du verstehst, warum deine Tante solche Angst vor ihm hat, selbst wenn er auf der Flucht ist. Und damit du begreifst, womit wir es hier zu tun haben.“

Sie zupfte nervös an ihrem Kragen. „Wird die Polizei helfen können?“

„Wir brauchen die Polizei natürlich für seine Verhaftung. Aber bis dahin zögere ich, besonders Landpolizisten wie den Konstabler aus dem Dorf hinzuzuziehen. Geiselbefreiungen sind nicht das, wozu sie ausgebildet sind. Außerdem haben wir keine wie auch immer gearteten Beweise dafür, dass er darin verwickelt ist. Es ist bekannt, dass Mrs Douglas allein nach London gefahren ist, was ihr natürlich frei steht.“

Sie ließ sich auf einen Polsterstuhl fallen und barg ihr Gesicht in ihren Händen. „Also warten wir einfach?“

„Dein Onkel wird mit dir Kontakt aufnehmen.“

„Du klingst sehr überzeugt.“

Sie hörte, wie er sich auf den Stuhl neben ihr setzte. „Würdest du sagen, dass dein Onkel rachsüchtig und nachtragend ist?“, fragte er leise.

„Ja.“

„Dann vertrau darauf, dass er noch nicht fertig ist. Einfach nur seine Frau zurückzuerhalten, ist schwerlich Rache genug. Er wird dir auch etwas antun wollen.“

Ein Wimmern entwich ihr. „Wie lange werden wir warten müssen?“

„Ich vermute, du wirst mit der Nachmittagspost von ihm hören. Schließlich ist die Zeit nicht auf seiner Seite.“

Sie wollte nicht, aber sie stöhnte noch einmal ängstlich. Sie beugte sich vornüber und barg ihr Gesicht zwischen ihren Knien.

Zu Veres Erleichterung verharrte sie nicht lange in dieser niedergeschlagenen Pose. Sie stand auf, lief Länge und Breite des Raumes ab, beachtete den Imbiss zum Lunch nicht weiter, den er für sie bestellt hatte, rührte ihren Tee um, ohne etwas davon zu trinken und schaute alle Minute aus dem Fenster.

Er hatte mehrere Telegramme verfasst und sie aufgeben lassen. Er hatte etwas zum Lunch gegessen und seinen Tee getrunken. Er hatte sogar ein paar der Briefe durchgesehen, die für ihn am Morgen gekommen waren. Und jetzt hatte er ebenfalls nichts mehr zu tun, außer sie zu beobachten, ihre Unruhe und Sorge.

„Warum hast du ein Buch zwischen deiner Unterwäsche liegen?", erkundigte er sich.

Es war besser, ihre Gedanken in der restlichen Wartezeit von den schlimmsten Möglichkeiten abzulenken.

Sie hatte verschiedene Ziergegenstände vom Kaminsims genommen und wieder hingestellt; bei seiner Frage fuhr sie herum. „Was hattest du zwischen meiner Unterwäsche zu suchen?"

„Ich musste jedes Zimmer im Haus durchsuchen. Deines war keine Ausnahme."

Aber selbstverständlich war ihres eine Ausnahme gewesen. Im Laufe seiner Arbeit hatte er zahllose Schubladen mit Unaussprechlichem von Frauen durchwühlt, aber er hatte sich nie Zeit gelassen, wie er es bei ihr und ihrer zarten Unterwäsche getan hatte. Und das war gewesen, nachdem er erkannt hatte, dass ihr Lächeln einzig ein Werkzeug war.

„Nur, dass du es weißt, ich habe nichts von Interesse gefunden – außer, wie ich bereits erwähnte, dass ich noch nie zuvor zwischen der Unterwäsche einer Frau einen Reiseführer gefunden habe."

Sie setzte sich auf die Bank unter dem Fenster, ihre Haltung verriet ihre Anspannung. „Ich bin entzückt, dir einen Moment der Kurzweil verschafft zu haben. Und nur, damit du es weißt, der Reiseführer lag nur deswegen so achtlos zwischen meinen Wäscheteilen, weil mein Onkel nicht zu Hause war. War das Gegenteil der Fall, blieb er sicher versteckt in einem ausgehöhlten Wälzer mit irgendetwas Griechischem, auf einem Regal mit dreihundert anderen griechischen Büchern."

Vere konnte in fünf anderen Sprachen als Englisch lesen und hatte sich nichts bei dem Mangel an englischen Werken in Douglas' Bibliothek gedacht. Aber für jemanden, der keinen Unterricht in anderen europäischen Sprachen erhalten hatte, musste der Besuch in dieser Bibliothek so quälend gewesen sein, wie in der Mitte eines Ozeans zu verdursten.

Jedes Detail, das er über ihr Leben erfuhr, war verknüpft mit Unterdrückung. Und trotzdem war sie angesichts dieser Erfahrungen nicht nur geistig gesund geblieben, sondern hatte sich eine Fähigkeit zur Freude bewahrt, die zu verstehen er eben erst begonnen hatte. Die er nun wohl nie wirklich kennen würde.

Der Gedanke war wie ein Stich ins Herz.

„Das Buch in deiner Schublade war ein Reiseführer über Süditalien. Darin stand auch etwas über Capri, nehme ich an?"

„Nicht sehr viel. Es gab ein viel besseres Buch, aber ich habe es verloren, als mein Onkel seine Säuberungsaktion in der Bibliothek vornahm."

Ungebeten kamen Erinnerungen an die vergangene Nacht in ihm hoch: ihre Arme, die ihn hielten, ihre liebliche Stimme, mit der sie von ihrer weit entfernten Insel sprach. Ihm fiel auf, dass er sich nie überlegt hatte, was seine Milch-und-Honig-Gefährtin tun würde, wenn sie mit seinen Albträumen konfrontiert wurde. Er war einfach davon ausgegangen, dass sie aufhören würden, wenn er sein sanftes, unbeflecktes Beispiel an Vollkommenheit erst einmal bekommen hatte.

Sie hatte aus dem Fenster geschaut, aber jetzt wandte sie ihm das Gesicht zu. „Warum hast du mich gezwungen, dir beim Singen zuzuhören? Du bist ein schrecklicher Sänger."

„Jemand arbeitete im Zimmer deiner Tante, um den Tresor aufzubrechen. Ich musste dich von da fernhalten."

„Du hättest es mir sagen können. Ich hätte ihm das Licht gehalten."

„Das konnte ich dir nicht anvertrauen. Es hatte ganz den Anschein, als lebtest du recht zufrieden im Hause deines Onkels."

„Umso dümmer von dir. Du hättest dir die Plage dieser Ehe ersparen können."

Er klopfte mit seinem Stift auf den Schreibtisch. Plötzlich war alles, woran er sich entsinnen konnte, die Momente voll überraschender Freude. Ihr gemeinsames Nickerchen im Zug; ihre unerhört irrige Rede über die Zubereitung von Marmelade, die ihn noch am nächsten Tag zum Lächeln gebracht hatte, als er zu Fuß unterwegs war, Meile um Meile; gestern Nacht.

„Ich würde diese Ehe nicht unbedingt als Plage einstufen. Es ist mehr eine Last gewesen."

Sie warf einen kleinen Blumentopf samt Inhalt quer durchs Zimmer. Der Terracottatopf zerbrach am Kaminsims. Die Erde und die Orchidee, die darin wuchs, fielen mit einem Klatschen zu Boden.

„Du besitzt mein ganzes Mitgefühl", sagte sie. „Und mein aufrichtiges Beileid."

Seine ideale Gefährtin wusste nicht, was Ärger war. Ihre Stimme würde nie vor Sarkasmus triefen. Und natürlich, da sie keine reale Person darstellte, war es für sie auch leicht, keine heftigen Gefühle zu haben; sie war einfach nur Lächeln, körperliche Nähe und perfekte Vollkommenheit.

Er blickte zu der sehr wirklichen, echten Frau auf der Fensterbank, die angeschlagen, aber nicht gebrochen war. Alle ihre Gefühle waren heftig: ihr Ärger, ihre Enttäuschung, ihre Verzweiflung – und ihre Liebe.

Er nahm den Teller mit Sandwiches auf dem Schreibtisch in die Hand und ging zu ihr. „Wenn du hungerst, hilft das dir nicht weiter, und deiner Tante auch nicht."

Sie verzog ihr Gesicht, als sei der Teller voller lebender Skorpione. Aber gerade, als er schon dachte, sie würde ihn ihm aus der Hand schlagen, nahm sie ihn. „Danke."

„Ich läute nach frischem Tee.“

„Du musst nicht so nett zu mir sein. Ich werde es dir nicht danken.“

In diesem Fall wusste er es besser als sie. „Falsch – ich habe nie eine Frau getroffen, die für die kleinsten Freundlichkeiten dankbarer wäre.“

Sie schaute ihn finster an, dann drehte sie sich wieder zum Fenster um.

Die Nachmittagspost brachte einen Brief von Tante Rachel.

Liebe Elissande,
auf meinem Weg nach London habe ich im Zug eine alte Schulfreundin von mir getroffen. Wie habe ich mich gefreut! Wir haben beschlossen, in Exeter auszusteigen und uns die Sehenswürdigkeiten anzuschauen. Mrs Halliday möchte Dich so gerne kennenlernen. Sie schlägt vor, dass Du den Zug um sieben Uhr abends von Paignton nimmst und am Bahnhof in der Queen Street aussteigst. Komm zu uns ins Rougemont.
Deine Dich liebende Tante
P.S.: Komm allein, da sie keine Fremden mag.
P.P.S.: Trag Deine besten Juwelen.

Elissande reichte den Brief an Lord Vere weiter. „Ich habe keine Juwelen.“

Es war die ultimative Ironie, da ihr Onkel sein Vermögen mit Diamanten gemacht hatte. Juwelen waren eine leicht zu transportierende und sehr leicht zu Bargeld zu machende Form von Reichtum. Natürlich hatte ihr Onkel nie gewollt, dass sie welche besaß.

„Ich habe ein paar Stücke meiner Mutter, sie sollten reichen.“

Sie rieb sich die Schläfe. Sie hatte es gar nicht gemerkt, aber ihr Kopf pochte schon eine Weile äußerst unangenehm. „Soll ich einfach ins *Rougemont* marschieren und ihm so ganz ohne Weiteres den Schmuck deiner Mutter überreichen?“

„Nicht du, wir. Ich werde bei dir sein."

„Du hast es doch gelesen: Im Brief heißt es, dass ich alleine kommen soll."

„Es wird auch so aussehen, als seist du allein, aber ich werde bei dir sein. Ich passe auf dich auf."

„Aber wenn wir zusammen reisen …"

„Du wirst den Zug um sieben Uhr nehmen, wie er es angeordnet hat. Ich werde mit einem früheren Zug nach Exeter fahren und sehen, was ich im Vorfeld arrangieren kann."

Sie hatte nicht damit gerechnet, dass er vor ihr aufbrechen könnte. Sie wollte jetzt nicht allein sein. Sie wollte – brauchte … es war egal, was *sie* wollte. Wenn es etwas gab, das er in Exeter tun konnte, um ihr zu helfen, Tante Rachel gesund und unversehrt wiederzubekommen, dann musste er nach Exeter fahren.

„Dann soll es so sein."

Er berührte sie leicht am Ärmel. „Wenn jemand mit ihm fertig werden kann, dann du."

„Dann soll auch das so sein", wiederholte sie und drängte die Gedanken an das zurück, was das letzte Mal geschehen war, als sie mit ihrem Onkel allein gewesen war.

Er schaute sie einen Moment lang an. „Ich habe ein paar Minuten, bevor ich aufbrechen muss. Lass dir von mir helfen, dich vorzubereiten."

19. KAPITEL

Elissande verließ den Zug um zwei Minuten nach acht Uhr am Bahnhof in der Queen Street. Exeter war vermutlich eine nette, ganz gewöhnliche Stadt. Heute Abend jedoch lauerte in der unbekannten Dunkelheit das nur zu vertraute Böse. Und sie wünschte sich nichts mehr, als dass sie auf dem Absatz kehrtmachen und zur Station zurücklaufen könnte, um den nächsten Zug nach Hause zu nehmen.

Sie schaute sich um, hoffte, ihren Ehemann zu sehen, ihren Verbündeten. Aber unter dem steten Strom von Menschen, die in den Bahnhof eilten oder ihn verließen, gab es niemanden, der seine Größe oder Gestalt besaß.

Dann stockte ihr das Herz. Dort drüben, an einem Laternenpfahl, stand ihr Onkel und spähte im orangefarbenen Licht mit zusammengekniffenen Augen auf einen Fahrplan. Sein brauner Straßenanzug war für jemanden gemacht, der zwei Zoll kleiner war und zwanzig Pfund schwerer. Sein Haar war völlig grau gefärbt, sodass er zehn Jahre älter aussah. Und er hatte einen Schnurrbart, obwohl er sonst immer glatt rasiert war.

Aber sie erkannte ihn daran, wie ihr das Blut in den Adern gefror.

Wenn irgendjemand mit ihm fertig werden kann, dann du.

Das konnte sie zwar nicht, aber sie musste es trotzdem versuchen. Ihr blieb keine andere Wahl.

Sie schaute sich einmal mehr nach Lord Vere um, aber er war nirgends zu sehen. Sie murmelte ein stummes Stoßgebet und ging zu ihrem Onkel.

„Verzeihen Sie, Sir. Wissen Sie vielleicht, wo ich das *Rougemont* finden kann?“

Der Mann, den sie ihr ganzes Leben lang als Edmund Douglas gekannt hatte, stopfte den Zugfahrplan in seine Tasche. „Auch dir einen guten Abend, meine liebe Elissande. Bist du wirklich allein gekommen?“

„Es wäre mir lieber, ich hätte mehr Freunde auf der Welt.

Aber du hast dafür gesorgt, dass ich keine habe außer meiner Tante, Sir."

„Und was ist mit deinem ach so bewunderten Ehemann?"

„Belustigt es dich, mich mit einem Idioten verheiratet zu sehen?"

Ihr Onkel lachte leise. „Ich kann nicht bestreiten, dass die Lage ein gewisses ... *je ne sais quoi* hat, ein gewisses Etwas. Ohne Zweifel ist er der größte Kretin seit Claudius selbst, und ihr werdet gewiss eine ganze Reihe geistig zurückgebliebener Kinder bekommen. Aber davon abgesehen bin ich entzückt, dich so glücklich und einträglich versorgt zu sehen."

„Du wirkst auf jeden Fall erfreut. Das Leben auf der Flucht scheint dir zu bekommen."

Er wirkte leicht überrascht wegen ihres beißenden Tonfalls. Dann verhärtete sich sein Gesichtsausdruck. „Ganz im Gegenteil, es ist ein rechtes Ärgernis. Ich bin zu alt, um ständig in Bewegung zu sein, und für deine Tante gilt dasselbe. Wir sollten uns irgendwo niederlassen und in Ruhe und Frieden leben. Und dabei wirst du, meine liebe Nichte, ganz pflichtbewusst eine nicht unbedeutende Rolle spielen. Du wirst uns zu der Würde verhelfen, ohne die wir in unserem Alter nicht auskommen."

„Das hängt davon ab." Ihr unnachgiebiger Tonfall erstaunte sogar sie selbst. Wenn überhaupt, dann hätte sie gedacht, sie würde auf ihr falsches Lächeln zurückgreifen. „Geht es meiner Tante gut?"

„Natürlich. Und sie war überglücklich, mich zu sehen."

„Das bezweifle ich sehr. Gehen wir dann jetzt zu ihr?"

Der Blick ihres Onkels wurde unnachgiebig, seine Stimme hingegen sanfter. „Solche Angst. Du musst dir keine Sorgen machen. Wer könnte sich besser um eine Frau kümmern als ihr seit fünfundzwanzig Jahren treu sorgender Ehemann?"

Darauf erwiderte sie nichts, aber ihre Finger umklammerten das Retikül fester.

„Und jetzt lass uns an einen Ort gehen, an dem es sich gemütlicher reden lässt", erklärte ihr Onkel.

Das *Rougemont* befand sich praktisch dem Bahnhof gegenüber. Aber Edmund Douglas rief eine Droschke. Sie fuhren aus der Stadtmitte zum Fluss Exe und bogen in eine heruntergekommene Straße ein.

Die Häuser waren alt hier, die gesamte Straße roch nach Schimmel und schlecht gewarteten Abwasserleitungen. Er brachte Elissande in ein schmales dreistöckiges Haus, das schon eine Weile leer stehen musste. Der Lichtschein einer einzelnen Kerze gab den Blick frei auf eine dicke Staubschicht auf Kaminsimsen und Fensterbrettern – allerdings schien der Boden vor Kurzem erst gefegt worden zu sein.

Hinter ihr fiel die Tür ins Schloss. Niemand würde sie schreien hören, wenn er sie zu schlagen begann. Ihr brach der Angstschweiß aus.

Aber ihre Stimme war für den Augenblick wenigstens noch fest. „Wo ist meine Tante?"

„Du denkst so an sie." Ihr Onkel kam durch die schmale Diele zu ihr geschlendert, sein Schatten hinter ihm war lang. „Es drängt sich einem die Frage auf, was sie je für dich getan hat? Hat sie für dein Wohlergehen gesorgt? Hat sie dich in den weiblichen Künsten unterwiesen? Hat sie für dich aktiv eine vorteilhafte Verheiratung angestrebt? Nein, sie hat nichts für dich getan – außer dich zum Sklaven ihrer Bettlägerigkeit zu machen. Und trotzdem kommst du angerannt, wenn sie dich für ein paar Stunden verlässt.

Ich andererseits habe dir ein wunderschönes Zuhause geboten und zu einem Leben unter glücklichsten Umständen verholfen. Aber du hast nicht einmal die Zeit gefunden, mich auch nur ein einziges Mal in meiner Untersuchungshaft zu besuchen."

„Ich war in den Flitterwochen", antwortete sie. „Zu deiner Gerichtsverhandlung wäre ich aber gewiss gekommen."

Er bedachte sie mit einem Lächeln, bei dem sich ihr die Nackenhaare aufstellten. „Ich hoffe, du hast vernünftige Juwelen mitgebracht."

„Ich möchte zuerst meine Tante sehen."

„Aber ich brauche zuvor einen Beweis für deinen guten Willen."

Sie händigte ihm das Halsband mit Diamanten und Smaragden aus, das ihr Ehemann ihr gegeben hatte. Es war das extravaganteste Schmuckstück, das sie je in ihrem Leben gesehen hatte, die Smaragde größer als Goldsovereigns, und die Diamanten so zahlreich wie die Sterne am Himmelszelt.

Douglas, der an den Umgang mit Edelsteinen gewöhnt war, nahm es entgegen und steckte es sich einfach in die Tasche.

Sie befand sich immer noch im Alarmzustand. Aber sie reagierte dennoch nicht rechtzeitig. Der Schlag ihres Onkels ließ sie rückwärts taumeln und zu Boden stürzen. Hatte er ihr den Unterkiefer gebrochen? Sie konnte es nicht sagen. Die gesamte linke Seite ihres Gesichts brannte.

„Steh auf, du verräterische Schlampe."

Sie erhob sich unsicher. Bei seinem nächsten Schlag sah sie schwarz. Sie fiel erneut zu Boden.

„Los, komm hoch, du wertloses Miststück. Du dachtest, du könntest mich im Gefängnis verrotten lassen, was? Du dachtest, du könntest mir meine Freundlichkeit vergelten, indem du mir den Rücken kehrst. Und du dachtest, ich würde es nicht merken? Los, steh auf!"

Sie blieb auf dem schmutzigen Boden liegen, schlaff wie ein nasses Blatt Papier.

Ihr Onkel bückte sich und fasste das Oberteil ihres Kleids. „Du lernst es einfach nicht, was? Du hast immer noch nicht begriffen, welche Liebe und welchen Respekt du mir schuldest."

Eine bessere Chance würde sie nicht bekommen. Mit voller Wucht schlug sie ihm ihr Retikül gegen den Kopf. Er schrie auf – denn sie hatten Vorkehrungen getroffen, sie und ihr Ehemann, und das auf den ersten Blick zierlich aussehende Retikül enthielt nicht weniger als eine schwere Eisenscheibe von Veres Hanteln. Sie hatte die ganze Zugfahrt damit verbracht, die Säume und die Schnüre des Retiküls zu verstärken.

Er stolperte, blutete aus der Schläfe. Aber sie hörte nicht auf. Sie holte erneut aus, traf ihn auf der anderen Seite seines Kopfes.

Er grunzte. Ihren dritten Schlag wehrte er mit seinem Arm ab. Sie hoffte, sie hatte ihm einen Knochen im Unterarm gebrochen, aber er griff sie mit wutverzerrtem Gesicht an.

„Wie kannst du es wagen? Du dummes Mädchen."

Plötzlich kochte auch sie vor Zorn. Natürlich wagte sie es – wusste er etwa nicht, der dumme Mann, der sich selbst für ach so klug hielt, dass sie fast alles wagte, wenn es ihre Freiheit und das Wohlbefinden ihrer Tante waren, die auf dem Spiel standen?

Sie schwang ihr Retikül, kraftvoll und schnell und in einem solchen Winkel, dass sie ihn am Kinn traf. Er wankte rückwärts. Jetzt schlug sie von oben, mit all ihrem Abscheu und ihrer Verachtung. Für alles, was er Tante Rachel angetan hatte und ihr selbst, dafür, dass er ihnen die besten Jahre ihres Lebens gestohlen, sie eingesperrt und unterdrückt und sich an ihrer Angst und ihren Qualen geweidet hatte.

Nie wieder.

Nie wieder.

Vere ging auf das Haus zu. In einem Fenster auf der anderen Straßenseite hob sich ein Vorhang. Eine Frau schaute aus einem schmuddelig wirkenden und schwach beleuchteten Zimmer nach draußen. Er torkelte wie betrunken, prallte gegen einen Laternenpfeiler und lehnte seinen Kopf gegen einen Briefkasten. Vor dem Haus schließlich, in dem seine Frau und ihr Onkel verschwunden waren, stellte er sich mit dem Rücken zur Straße hin und tat so, als müsse er sich an der Hauswand erleichtern. Nach dem Gestank zu urteilen, wäre er nicht der erste Mann, der das hier tat.

Augenblicklich hatte die Frau nicht nur die Vorhänge vorgezogen, sondern auch die Fensterläden geschlossen.

Er trat zur Haustür und lauschte. Elissande und Douglas redeten, ihre Stimmen waren aber zu schwach, als dass er die Worte verstehen konnte.

Sein Herz klopfte so heftig wie sonst nie während seiner Ermittlungen, und zwar vor Angst. Dass bislang noch nichts geschehen war, zerrte nur an seinen Nerven. In seinen groben Kutscherhandschuhen waren seine Hände schweißfeucht: Das war auch etwas, das ihm sonst nicht passierte.

Er zog sich die Handschuhe aus, wischte sich die Hände an den Hosen ab und zog seinen Ring mit Dietrichen heraus. Douglas würde seine Frau nicht in der Nähe der Tür untergebracht haben. Damit Elissande sie sehen konnte, mussten sie weiter ins Haus gehen. Und wenn sie das taten, würde er sich an die Arbeit machen.

Er schaute hinter sich. Verdammt, jemand anderes schaute aus dem Fenster. Das Licht auf der Straße war diffus, beinahe bräunlich, aber immer noch hell genug, dass man es sehen konnte, wenn er etwas Ungesetzliches tat. Er machte zwei Schritte und fasste den Pfosten, der das Vordach über der Tür stützte, und begann sich daran zu reiben. Der Vorhang fiel zurück.

Als er sich wieder zur Tür umwandte, erklang ein Schmerzensschrei. Der Schmerzensschrei eines Mannes. Braves Mädchen! Sie hatte ihm aufmerksam und konzentriert zugehört, als er ihr gezeigt hatte, wie man ein beschwertes Retikül am besten einsetzte.

Douglas schrie erneut. Ausgezeichnet.

Und dann schrie sie.

Verzweifelt tastete er nach den Dietrichen. Erst bei seinem dritten Versuch, eines der Metallwerkzeuge ins Schloss zu schieben, bemerkte er, dass seine Hände zitterten.

Seine Hände zitterten nie.

Sie schrie wieder.

Verdammter Mist.

Er zog den Dietrich heraus und trat gegen die Tür. Sie gab nicht sofort nach, daher trat er noch einmal zu. Die Angeln barsten. Sein Schienbein fühlte sich an, als sei es ebenfalls gebrochen. Es konnte ihm nicht gleichgültiger sein.

Noch ein Tritt, und die Tür schwang auf.

Ihr Onkel ging zu Boden, als die Bänder ihres Retiküls rissen. Das Eisengewicht fiel mit einem dumpfen Geräusch auf die Holzdielen und rollte ein Stück weg. Eine Delle auf dem Fußboden verriet die Stelle, an der es liegen geblieben war.

Sie atmete keuchend, sah immer noch rot, war kaum in der Lage, genug Luft in ihre Lungen zu bekommen.

Hinter ihr wurde die Tür mit einem gewaltigen Krach aufgestoßen. Ein großer, stämmiger Mann mit unordentlichem schwarzem Haar und einem dicken Schnauzer kam auf sie zugestürzt.

Wer war dieser Mann? Ein Schläger, den ihr Onkel angeheuert hatte? Nein. Halt! Er war der Kutscher der Droschke, mit der sie vom Bahnhof zu diesem Haus gefahren waren.

„Elissande, meine Güte, geht es dir gut?"

Sie hatte gerade erst die Stimme ihres Ehemanns erkannt, als er sie auch schon in die Arme schloss und so fest drückte, dass es fast wehtat. Sie barg ihr Gesicht in seiner groben Wolljacke, die nach Pferd und irgendeinem widerlichen Gesöff roch.

Er war hier gewesen, so wie er es versprochen hatte. Und sie war nicht allein gewesen.

Er löste sich von ihr und ging zu ihrem Onkel, prüfte seinen Puls. „Er ist noch am Leben. Ich bleibe hier und bewache ihn. In der Droschke sind im Kutschkasten ein Seil und ein paar Laternen. Geh nach links, wenn du das Haus verlässt."

Sie raffte ihre Röcke und lief los. Draußen war sie einen Augenblick lang verwirrt, weil nicht eine, sondern zwei Droschken auf der Straße standen. Aber bei einer saß der Fahrer noch auf dem Bock, daher ging sie zu der ohne Kutscher, holte das Seil und zwei Laternen, dann eilte sie zurück. Vere nahm ihr das Seil ab, durchsuchte ihren immer noch bewusstlosen Onkel nach Waffen – steckte sich einen Derringer und das Halsband ein – und fesselte ihn an Händen und Füßen.

Dann schloss er sie wieder in seine Arme, dieses Mal aber länger. „Meine Güte, du hast mich zu Tode erschreckt. Alles, was ich durch die Tür hören konnte, war der Lärm hier drinnen, die Schreie deines Onkels und deine. Ich habe das Schlimmste befürchtet."

„Habe ich geschrien? Ich hatte gar keine Ahnung." Vielleicht hatte es die Wiederholungen von „Nie wieder!" doch nicht nur in ihrem Kopf gegeben.

Er nahm ihr Gesicht behutsam zwischen seine Hände. „Morgen wirst du furchtbar aussehen. Wir müssen für dich so schnell wie möglich eine Eiskompresse finden."

„Meine Tante!", fiel ihr mit einem Mal wieder ein. „Wir müssen sie suchen."

Das Haus hatte eine Wendeltreppe. Vere zerrte ihren Onkel an den Fuß der Treppe, damit er ihn auch von oben im Auge behalten konnte. Sie durchsuchten das größtenteils leer stehende Haus und berichteten sich dabei gegenseitig, was sie getan hatten, seit sie in Exeter eingetroffen waren. Er hatte eine Schnapskneipe aufgesucht und einen Droschkenkutscher sehr glücklich gemacht, indem er ihm für sein Pferd und seine Kutsche einen viel zu hohen Preis gezahlt hatte. Der Droschkenfahrer war so entzückt, dass er gar nicht noch mehr verlangt hatte, als Vere auch seine Jacke haben wollte.

Tante Rachel fanden sie schließlich auf dem Dachboden, in einer winzigen Dienstbotenkammer – durch die gedämpften Laute, die sie als Antwort auf ihr Rufen von sich gab. Rasch öffnete Lord Vere das Schloss mit seinem Dietrich. Tante Rachel lag auf dem harten, staubigen Boden auf dem Rücken, gefesselt und geknebelt, aber bei Bewusstsein. Ihre Augen füllten sich mit Tränen, als Elissande auf sie zulief.

Es war Vere, der sie dann auch von ihren Fesseln befreite – er besaß die Voraussicht, immer ein scharfes Taschenmesser bei sich zu haben. Elissande küsste Tante Rachel, die leise weinte und sich an sie klammerte, rieb ihr die Arme und Beine, damit die Blutzirkulation wieder in Fluss kam.

„Sind Sie hungrig, Mrs Douglas? Oder durstig?", erkundigte Vere sich. Er hatte sich die schwarze Perücke ausgezogen und den dichten schwarzen Schnurrbart entfernt, der Tante Rachel anfangs geängstigt hatte.

Tante Rachel schüttelte den Kopf. Sie wirkte zu verlegen, um zu sprechen. Er verstand sie sofort. „Ich werde nach deinem Onkel sehen, Elissande“, erklärte er.

Elissande half ihrer Tante zum Nachttopf. Nachdem sie sich erleichtert hatte, brachte Elissande ihre Frisur so gut wie möglich in Ordnung, strich ihre zerknitterten Kleider glatt und zog ihr die Schuhe an. Dann verließen sie langsam die Kammer, wobei Tante Rachels Arm über Elissandes Schulter lag und Elissandes Arm um die Mitte der älteren Frau. Anschließend stiegen sie vorsichtig die Treppe hinunter.

Lord Vere kam ihnen entgegen. „Darf ich?“ Er reichte seine Laterne an Elissande weiter und hob Tante Rachel behutsam auf seine Arme.

Er wartete, dass Elissande vorausging und ihm den Weg leuchtete. Sie blickte ihn einen Moment lang an, diesen wunderbaren, komplizierten Mann. In dem Aufwallen von Glück, das mit der erfolgreichen Rettung ihrer Tante einhergegangen war, hatte sie ganz vergessen, dass sie ihn verloren hatte – oder besser, dass er nie auch nur ansatzweise ihr gehört hatte.

Man konnte nicht alles haben. Für heute war es genug, dass sie Tante Rachel zurückhatte.

Als sie unten ankamen, schaute Elissande wieder zu ihrem Ehemann und ihrer Tante zurück, wie sie es unzählige Male während ihres Abstiegs nach unten getan hatte. Daher war es Vere, der zuerst bemerkte, dass das Unvermeidliche eingetreten war.

„Lady Vere, ich fürchte, dein Onkel ist zu sich gekommen“, sagte er.

In seinen Armen begann Tante Rachel zu zittern. Elissande legte ihr eine Hand auf die Schulter, um sie zu beruhigen. Ihre Freude darüber, ihre Tante unverletzt gefunden zu haben, verblasste: Ihr Onkel war immer noch am Leben, immer noch imstande, sie alle zu verletzen, sie zu verfolgen.

Diesen Eindruck erweckte er auch wirklich: Im flackernden

Licht der Laternen wurde ihr unter seinem eisigen Blick ganz kalt, und sein blutiges Gesicht war so arrogant wie eh und je.

Sie hatten inzwischen den Fuß der Treppe erreicht. „Wohin soll es jetzt gehen, meine Liebe?“, fragte Vere sie.

Sein Ton wies Elissande darauf hin, dass sie diejenige war, die die Richtung vorgeben sollte. Sie berührte ihn am Ellbogen, um ihn wissen zu lassen, dass sie ihn verstanden hatte. „Es wäre mir am liebsten, wenn du zur nächsten Polizeiwache fahren und den Oberinspektor holen würdest und so viele Konstabler, wie du nur überzeugen kannst, mit dir zu kommen. Ich werde hierbleiben und die … Lage im Auge behalten.“

„Sehr wohl, Mylady.“

„Und Mrs Douglas begleitet dich. Sie hat sich lange genug in diesem Hause aufgehalten.“

„Natürlich.“ Er achtete mit aller Vorsicht darauf, dass Tante Rachel wieder Boden unter ihren Füßen hatte. „Dann gehen wir jetzt zur Tür, Mrs Douglas.“

„Und du willst mich voller Schadenfreude der Polizei ausliefern, wo ich doch solche Schwierigkeiten auf mich genommen habe, um herzukommen und euch beide zu sehen?“, fragte ihr Onkel. Er sprach ungewohnt undeutlich – Elissande hoffte sehr, dass sie seinem Kiefer dauerhaften Schaden zugefügt hatte –, aber wie immer war die Bedrohung durch ihn da, ein Gift, das langsam, aber unausweichlich wirkte.

„Ja“, antwortete sie mit unendlicher Befriedigung.

„All diese Jahre bin ich dir der Vater gewesen, den du nie hattest, und das ist der Dank, den ich dafür erhalte.“

Sie lächelte, das erste Mal in „all diesen Jahren“, dass sie es vor ihrem Onkel auch meinte. „Du wirst genau so viel Dank ernten, wie du verdienst.“

„Dann gibt es keine Gnade?“ Die unglaubliche Bosheit in seinen Augen hätte ihr Angst gemacht, wenn er nicht enger verschnürt gewesen wäre als Ebenezer Scrooges Geldbörse aus Dickens *Weihnachtsgeschichte*. „Wirst du auch kommen, um mich hängen zu sehen?“

„Nein“, erklärte sie. „Ich verspüre nicht den Wunsch, dir noch einmal zu begegnen.“

Sie wandte sich an Vere. „Bitte, beeil dich.“

„Das werde ich“, sagte er. Er bot Tante Rachel den Arm. „Mrs Douglas?“

Tante Rachel warf ihrem Ehemann einen raschen, ängstlichen Blick zu, dann legte sie ihre Hand auf Veres Arm.

„Ich sehe, das Ehegelöbnis bedeutet dir nicht mehr als eine Scharade, Rachel“, sagte Douglas. „Aber das tat es ja noch nie, nicht wahr?“

Tante Rachel zögerte. Elissande entschied, dass es witzlos war, an der Lüge festzuhalten. „Hör nicht auf das, was er sagt, Tante Rachel. Ich weiß, er hat dich unter Vorspiegelung falscher Tatsachen geheiratet; er ist bestimmt nicht in der Lage, irgendwem Vorhaltungen zu machen und mahnend an die Feierlichkeit von Schwüren zu erinnern.“

Tante Rachel starrte sie an. „Woher … woher weißt du das?“

„Vorspiegelung falscher Tatsachen.“ Ihr Onkel machte ein abfälliges Geräusch. „Du hast auch deinen Teil zur Vorspiegelung falscher Tatsachen beigetragen, nicht wahr, Rachel? Ich kenne deine Lügen. Ich kenne die Wahrheit über das, was mit Christabel geschehen ist.“

Tante Rachel wankte. Vere stützte sie. „Geht es Ihnen gut, Mrs Douglas?“

Sie atmete hart und schnell. „Wenn ich … wenn ich mich einen Augenblick ausruhen dürfte?“

Vere half ihr, sich auf eine der unteren Stufen zu setzen. Elissande nahm neben ihr Platz und umarmte sie. „Alles wird gut.“

Ihr Onkel lachte leise. „Glaubst du das wirklich? Warum sollte es das, wenn es bei mir in den letzten vierundzwanzig Jahren nicht gut war?“ Er blickte Tante Rachel an. „Alles, was ich in meinem Leben getan habe, habe ich für dich getan. Um deiner würdig zu sein, um dir einen Lebensstil zu ermöglichen, wie ihn eine Prinzessin verdient. Ich habe dich angebetet. *Ich habe dich angebetet!*“

Tante Rachel begann zu zittern.

Elissande biss sich auf die Unterlippe. Es juckte sie in den Fingern, ihr Retikül zu suchen, stattdessen stand sie auf. „Können wir ihn nicht knebeln?“, fragte sie Vere. „Wir haben für den heutigen Tag genug von ihm gehört.“

„Ich habe etwas Chloroform dabei“, erwiderte er.

Sie fasste ihn kurz am Arm. In einer Situation wie dieser konnte man sich wirklich auf ihn verlassen.

„Nicht so voreilig, meine Liebe“, sagte ihr Onkel. „Ich bin bereit, dir ein Angebot zu machen. Wenn du nichts mehr von mir hören willst, dann lass mich mit dem Halsband gehen.“

Sie lachte ungläubig. „Was für ein Geschäft, das Sie da vorschlagen, Sir. Erlaube mir, dich daran zu erinnern: Wenn du am Galgen baumelst, werde ich auch nie wieder von dir hören – und zwar ohne jeden Zweifel. Und wir können zudem das Halsband behalten.“

Douglas lachte leise. „Vielleicht würdest du auf einen Rat deiner Tante hören? Mrs Douglas, würden Sie sagen, dass es Ihrer geliebten Nichte mit ihrer Verachtung und ihrem Abscheu für mich sehr wohl etwas wert sein sollte, sich mein Schweigen zu erkaufen?“

Taten Rachel starrte ausdruckslos auf ihre Füße, zitterte weiter.

„Rachel!“ Der Tonfall war schärfer geworden.

Tante Rachel zuckte zusammen und schaute ihren Mann zögernd an.

„Würdest du nicht sagen, Rachel, dass manche Geheimnisse besser … ungelüftet bleiben?“

Sie fuhr zurück, als hätte sie einen Schlag erhalten.

Elissande hatte genug von diesem Katz-und-Maus-Spiel. „Mylord, das Chloroform, bitte.“

„Dann werde ich es jetzt preisgeben“, erklärte ihr Onkel, zweifelsfrei in dem Glauben, dass er immer noch Herr auf Highgate Court war und dass seine bloßen Äußerungen die Welt erschüttern konnten.

„Nein", rief Tante Rachel. „Nein! Ellie, er hat recht. Lass ihn gehen."

„Auf keinen Fall!" Elissandes Stimme war vor Erbitterung laut. Tante Rachel konnte doch nicht allen Ernstes so leicht zu manipulieren sein, wo ihr früherer Peiniger gefesselt und hilflos vor ihr auf dem Boden lag, sie selbst in der Nähe von Vere und ihr war, die sie beschützten. „Wir können ihm nicht trauen. Wenn wir ihn heute gehen lassen, ist er in einem halben Jahr wieder da. Und denk doch nur an all die Menschen, die er umgebracht hat! Verdienen diese armen Seelen keine Gerechtigkeit?"

„Der echte Edmund Douglas hat den Eingeborenen in Südafrika unvorstellbare Gräuel angetan", warf ihr Onkel aalglatt ein. „Also bilde dir nicht ein, meine Nichte, du würdest einen Unschuldigen rächen."

„Das fällt nicht ins Gewicht. Ich werde dich zum Schweigen bringen. Und ich gehe zur Polizeiwache, um dich ihnen zu übergeben. Ich werde private Wachmänner anheuern, damit du nicht wieder fliehen kannst."

Ihr Onkel seufzte. „Hör ihr nur zu, Rachel. Ich hätte mich mehr für sie interessieren sollen, meinst du nicht auch? Die Entschlossenheit, die Rücksichtslosigkeit, die Bereitwilligkeit, alle Hindernisse in ihrem Weg einfach beiseitezuschieben – meine Nichte erinnert mich an mich selbst, als ich in ihrem Alter war."

„Wage es nicht, uns beide zu vergleichen", fuhr Elissande ihn an.

„Warum nicht? Du bist mein Fleisch und Blut. Warum sollte ich uns beide nicht miteinander vergleichen?"

Eine schreckliche Vorahnung überkam sie, sandte ihr einen Schauer über den Rücken. Sie ignorierte sie. „Deine Tochter ist gestorben, als sie noch ein Kind war. Ich bin nicht mit dir verwandt, sondern lediglich angeheiratet."

Ihr Onkel lächelte, ein Lächeln, das das Mittelmeer in einen Gletscher verwandeln konnte. „Nein, mein Kind. Deine Cousine ist gestorben. Meine *Tochter* hingegen nicht."

Es war, als hätte Goliath ihr mit ihrem eigenen Retikül auf den Kopf geschlagen.

„Du lügst", rief sie fast automatisch.

„Weißt du, deine Mutter hat herausgefunden, was ich getan hatte", erklärte er gelassen. „Und ich habe geweint und sie angefleht, mich nicht zu verlassen, und sei es nur wegen unseres ungeborenen Kindes. Und sie hat mich angelogen – oh, wie süß sie gelogen hat. Sie schwor, dass sie selbstverständlich immer die Meine sein würde, bis zu dem Tag, an dem sie einmal sterben werde."

„Du hast gesagt, du würdest mich umbringen, wenn ich dich verließe", erklärte Tante Rachel beinahe unhörbar.

Douglas wandte sich an seine Frau. „Hast du etwa erwartet, ich würde dich einfach gehen lassen? Meine Frau und mein Kind aufgeben? Ich habe deinen Lügen und Beteuerungen von Treue und Liebe geglaubt, bis du mir ins Gesicht gespuckt und mir weisgemacht hast, es sei meine Tochter, die gestorben sei, statt deiner Nichte. Du wolltest lieber, dass meine Tochter in dem Wissen aufwuchs, dass ihr Vater ein Wüstling war und ihre Mutter eine Hure. Du wolltest lieber, dass sie sich für eine mittellose Waise hielt. Ich hätte dich gleich da umbringen sollen, aber ich habe dich zu sehr geliebt."

Elissande fühlte sich schwach, aber sie verspürte auch eine merkwürdige Ruhe, als sei sie von dicken Burgmauern umgeben, als ob die Geräusche und der Lärm außerhalb dieser Mauern – Dschingis Khan und seine wütenden Mongolenhorden – nichts mit ihr zu tun hatten, ihr nichts anhaben konnten. Sie war nicht anwesend. Sie war irgendwo, an einem anderen Ort.

Ihr Ehemann legte ihr eine Hand auf den Rücken und murmelte tröstende Worte. Sie streckte bloß die Hand nach dem Chloroform aus. Er gab ihr die Flasche und ein Taschentuch. Sie tränkte das Stofftuch, ging zu ihrem Onkel und drückte es ihm aufs Gesicht.

20. KAPITEL

„Wird Lord Vere in der Lage sein, mit allem fertig zu werden?“, fragte Tante Rachel, als sich der Zug mit viel Qualm und lautem Pfeifen in Bewegung setzte.

Vere blieb auf dem Bahnsteig stehen und schaute dem abfahrenden Zug hinterher. Noch in seiner Verkleidung als Droschkenkutscher hatte er Elissande und Tante Rachel zum Bahnhof gefahren, damit sie nicht länger in Exeter bleiben mussten und die Aufregung hinter sich lassen konnten. *Es ist viel besser, wenn sich Mrs Douglas zu Hause erholen kann, statt auf der Polizeiwache zu warten,* hatte er gesagt.

Aber es war doch sein Zuhause, nicht ihrer aller, oder?

„Er wird alles hervorragend bewerkstelligen“, sagte Elissande.

Seine Gestalt wurde kleiner und kleiner, und seine Abwesenheit hinterließ einen heftigen Schmerz – ohne ihn fühlte sie eine abgrundtiefe Leere. Schließlich war der Bahnhof nur noch eine Leuchtboje in der Dunkelheit, und sie konnte ihren Mann nicht mehr ausmachen.

„Ich nehme an … ich nehme an, du willst alles wissen“, sagte ihre Tante.

Nein, es war nicht ihre Tante, sondern ihre *Mutter*. Elissande blickte in das vertraute Gesicht, nicht mehr so hager wie vor Kurzem noch, aber immer noch gealtert vor ihrer Zeit, und verspürte ein Aufwallen entsetzlicher Trauer.

„Nur, wenn du dich dem gewachsen fühlst.“

Sie wusste nicht genau, ob sie selbst dem allen gewachsen war.

„Das schaffe ich schon, denke ich“, erwiderte Tante Rachel mit einem schwachen Lächeln. „Aber ich weiß nicht genau, wo ich anfangen soll.“

Elissande dachte über das nach, was ihr Ehemann ihr heute Vormittag erzählt hatte. Es war schwer, nicht zu schaudern. „Mir wurde gesagt, dass mein Onkel – mein Vater – dich als gütigen, lieblichen Engel gemalt hat, lange bevor ihr geheiratet habt. Du wusstest nicht, wer er war?“

„Er hat gesagt, er habe mich das erste Mal in Brighton gesehen, auf dem West Pier, dort wurden wir fotografiert. Anscheinend war er so von mir gefesselt, dass er den Besitzer des Fotoateliers bestochen hat, bei dem wir diese Familienaufnahme hatten machen lassen. Jedenfalls muss dieser Mann ihm meine Adresse genannt haben. Hinterlegt hatten wir diese, damit er uns die Bilder zusenden konnte. Zudem hat er ihn dazu überredet, ihm eine Fotografie von mir zu überlassen. Ich habe ihn also nie gesehen, bis er bei mir auftauchte. Er behauptete, ein Bekannter meines verstorbenen Vaters gewesen zu sein, und ich habe nicht an ihm gezweifelt. Mir ging es damals nicht sonderlich gut, wir hatten wenig Geld, und meine Schwester Charlotte war von zu Hause weggelaufen. Die Leute haben zu Lügen gegriffen, um mich nicht länger empfangen zu müssen – und ich bin überhaupt nicht auf den Gedanken gekommen, dass irgendjemand lügen würde, um *in meine Nähe* zu kommen."

Elissande verspürte einen Stich im Herzen. Ihre sanftmütige, vertrauensvolle Mutter war ganz allein auf der Welt und einem Ungeheuer wie Douglas so vollkommen schutzlos ausgeliefert gewesen.

„Wann hast du die Wahrheit erfahren?"

„Kurz vor deiner Geburt. Ich fand ein altes Tagebuch, als ich etwas anderes suchte – ich erinnere mich nicht mehr genau, nach was. Hätte ich gewusst, dass das Tagebuch ihm gehörte, ich hätte es gar nicht erst aufgeschlagen. Aber es hatte die Initialen G. F. C. auf der Vorderseite eingestanzt. Daher war ich neugierig."

Mrs Douglas seufzte. „Ich war so naiv, so dumm und so vollkommen hingerissen von meinem gut aussehenden, reichen und klugen Ehemann – selbst seine Eifersucht fand ich romantisch. Als mir auffiel, dass George Faiborn Carruthers' Handschrift genau wie die meines Ehemannes aussah und einige der Ereignisse aus dem Leben dieses Fremden dem glichen, was Edmund über sich erzählt hatte, habe ich ausgerechnet ihn gefragt, was es damit auf sich habe.

Er muss entsetzt gewesen sein und die Nerven verloren haben.

Er hätte mir einfach irgendeine Geschichte auftischen können, aber er hat mich stattdessen in Furchtbares eingeweiht. Da habe ich zum ersten Mal sein wahres Gesicht gesehen – und da bekam ich das erste Mal Angst vor ihm."

Das war der Grund, weswegen die Nachricht von Stephen Delaneys Ermordung sie derart verstört hatte, begriff Elissande: Douglas musste ihr geschworen haben, nie wieder jemanden zu töten.

„Als du einen Monat alt warst, wurde deine Cousine auf unserer Türschwelle von einer Dame aus der Heilsarmee abgeliefert. Mit den Jahren war der Kontakt zu Charlotte abgerissen. Ich hatte keine Ahnung, dass sie das Kindbett nicht überlebt hatte oder dass ihr Ehemann bereits vor ihr gestorben war. Die Dame sagte, sie habe versucht, das Baby den Edgertons zu übergeben, aber die hätten sich rundweg geweigert. Ich hatte Angst, ein weiteres Kind in meinem Haus aufzunehmen – zu einem Dasein in der zweifelhaften Obhut meines Mannes –, aber es gab nichts, was ich tun konnte.

Die Kleine war so niedlich. Sie war nur einen Monat älter als du, und ihr beide hättet mühelos als Zwillinge durchgehen können. Aber etwa zehn Tage, nachdem man sie zu uns gebracht hatte, bekamt ihr beide Fieber. Sie hatte immer kräftiger gewirkt als du, sodass ich mich vor allem um dein Leben gesorgt habe. Die Freude, die ich empfand, als dein Fieber sank ... das kannst du dir gar nicht vorstellen. Aber nur ein paar Stunden später, mitten in der Nacht, ist deine kleine Cousine in meinen Armen gestorben. Das Entsetzen, der Schock ... ich konnte einfach nicht aufhören zu weinen. Ich musste immer denken, dass sie sicher nicht gestorben wäre, wenn sie bei den Edgertons gewesen wäre. Ich war starr vor Schreck, wenn ich daran dachte, dass sie ihren Fehler erkennen und eines Tages eintreffen würden, um sie zu holen. Was sollte ich ihnen dann sagen?

Da kam mir die Idee. Dein Onkel – dein Vater – war auf Geschäftsreise in Antwerpen, und das Kindermädchen war fristlos entlassen worden, weil die Haushälterin sie mit einem Lakaien ertappt hatte. Wenn ich nun einfach behauptete, dass du statt deiner Cousine in meinen Armen gestorben wärst, konnte niemand das Gegenteil beweisen. Und wenn die Edgertons dann auftauchen sollten, dann konntest du mit ihnen gehen und frei von deinem Vater aufwachsen, wie ich es dir nicht ermöglichen konnte. Sobald ich meine Entscheidung getroffen hatte, habe ich die Nachricht von deinem Tod an alle verschickt, die ich kannte. Das war, bevor dein Onkel mit uns aufs Land zog und ich noch Bekannte und Freunde besaß. Damit war es offiziell. Niemand zweifelte daran oder dachte, dass eine Mutter ihr eigenes Kind nicht kennen könnte."

Sie betupfte sich mit einem Taschentuch die Augenwinkel. „Ich muss zugeben, die Edgertons haben mich unendlich enttäuscht. Ich habe ihnen Briefe geschrieben, ihnen Fotoaufnahmen von dir geschickt. Aber sie haben es noch nicht einmal für nötig befunden zu antworten."

Elissande musste sich die Augen wischen. „Es ist in Ordnung, meine Liebe. Du hast dein Bestes gegeben."

„Nein, das habe ich nicht. Ich bin eine furchtbare Mutter gewesen, für dich nichts als eine nutzlose Last."

Elissande schüttelte den Kopf. „Bitte, sag das nicht. Wir beide wissen, was für ein Mensch er ist. Er hätte dich wirklich getötet, hättest du versucht, ihn zu verlassen."

„Ich hätte dich fortbringen sollen. Er musste ja nicht uns beide unter seiner Fuchtel haben."

Elissande streckte die Hand aus und berührte ihre Mutter an der Wange. „Ich war nicht völlig seine Gefangene: Ich hatte Capri. Ich habe mir immer vorgestellt, ich sei dort, weit von ihm entfernt."

„Ich auch", erklärte Mrs Douglas und steckte sich ihr Taschentuch in den Ärmel.

Elissande war erstaunt. „Du hast dir auch vorgestellt, du seist auf Capri?"

„Nein, ich habe mir *dich* dort vorgestellt. Da war diese Passage, die du mir immer vorgelesen hast und die ich so liebte. Ich erinnere mich noch an einzelne Bruchstücke und Wortfolgen daraus: ‚Wie Venedig ist auch Capri in der Erfahrung des Reisenden eine Insel – abgetrennt vom Festland und der italienischen Wesensart‘", rezitierte Mrs Douglas mit wehmütig blickenden Augen, „‚ein wunderschönes, windiges Idyll im Meer mit einem grollenden Unterton der Vergangenheit, wie das Rauschen der Wellen in seinen Höhlen.‘ Ich habe mir immer vorgestellt, dass du diese Höhlen erkundest – ich habe über die Entdeckung der Blauen Grotte gelesen, als ich noch ein junges Mädchen war. Es klang so wunderschön. Wenn du die Grotten dann zur Genüge erforscht hattest, würdest du in einem Bauernhaus Rast machen und eine deftige Bauernmahlzeit zu dir nehmen, mit Kräutern und Oliven. Und am Abend würdest du zu deiner Villa hoch über den Klippen zurückkehren und zusehen, wie die Sonne im Mittelmeer versinkt."

Wieder stiegen Elissande Tränen in die Augen. „Ich glaube nicht, dass ich je darüber nachgedacht habe, was ich auf Capri essen oder wo ich leben würde."

„Das ist in Ordnung. Aber ich bin deine Mutter. Wenn ich mir vorstelle, du bist irgendwo weit weg von mir, ziehe ich es vor zu glauben, dass du genug zu essen hast und ein festes Dach über dem Kopf."

Aber ich bin deine Mutter. Die Worte waren so beunruhigend und so schön wie der erste Blick auf den Sternenhimmel.

„Ich habe mir auch immer ausgemalt, dass es einen gut begehbaren Weg zwischen deinem Haus hoch oben und dem Hotel gäbe, in dem die Engländer untergebracht waren. So konntest du, wenn dir langweilig war oder du dich einsam fühltest, zum Tee oder Abendessen dorthin gehen. Und vielleicht käme dich auch ein netter junger Mann besuchen." Mrs Douglas lächelte zögerlich. „Ich hatte mir ein ganzes Leben für dich ausgedacht – an einem Ort, den ich nie gesehen hatte."

Elissande hatte immer gewusst, dass die Frau, die bei ihr war, sie liebte – aber nie wie sehr. „Es klingt nach einem schönen Leben", sagte sie, und ihre Stimme stockte kurz.

„Beinahe so schön wie das Leben, das du mit Lord Vere führst.“ Mrs Douglas fasste ihre Hände. „Du kannst dich glücklich schätzen, Ellie.“

Ihre Ehe war eine Farce, und ihr Ehemann war bereit, ihr eine große Summe Geld zu zahlen, um sie nie wieder sehen zu müssen. Und der Mann, den sie am meisten verabscheute, hatte sich als ihr Vater herausgestellt – die Auswirkungen zu begreifen, davon war sie noch weit entfernt. Sie war innerlich wie betäubt. Aber Mrs Douglas irrte nicht. Elissande konnte sich wirklich glücklich schätzen. Sie hatte ihre Mutter wieder, gesund und munter.

Sie beugte sich vor und küsste sie auf die Stirn. „Ja, und das weiß ich sehr gut.“

Vere schaute zu, wie der Zug, in dem seine Frau saß, in der Nacht verschwand.

Er dachte, er wüsste alles, was es über die vertrackten Geheimnisse des Douglasfalls zu wissen gab. Aber die Enthüllungen von heute Nacht hatten ihn zutiefst erschüttert.

Kam sie damit zurecht? Oder wankte sie noch unter dem Schlag? Leugnete sie alles? Hatte sie wirklich begriffen, was sich zugetragen hatte?

Statt zuzulassen, dass er sich von dem fesseln ließ, was immer offenkundiger wurde, hätte er das drohende Unheil ahnen müssen. Er hätte mit dem Chloroform schneller bei der Hand sein müssen. Hätte er eine Minute eher reagiert, hätte er ihr den seligen Zustand von Unwissenheit erhalten können.

In ihr war solche Freude gewesen – diese hässliche, vertrackte Welt war wunderschön in ihren Augen. Einmal, beim Dinner, hatte sie ihm von dem Staunen ihrer Tante bei einem Besuch in Dartmouth berichtet. Und beinahe hätte er eine Bemerkung über das Staunen gemacht, das er jeden Tag auf ihren Zügen sah, das Vergnügen, das sie aus den geringsten Dingen bezog, gepaart mit Ungläubigkeit.

Am Ende hatte er nichts gesagt. Aber ihre Freude hatte ihn beunruhigt: Es war eine Flamme, eine gefährliche Flamme, von der er fürchtete, sie würde ihn verbrennen, wenn er dumm genug wäre, sie besitzen zu wollen. Bis zu diesem Augenblick hatte er nicht gewusst, wie schön sie für ihn war, wie wichtig, wie lieb und teuer.

Er wagte es nicht, selbst von einem solchem Glück zu träumen – er verdiente es nicht. Aber er wollte es für sie. Ihre Unschuld war hart erkämpft. Und er spürte ihr Zerbrechen tief in sich, die Scherben bei jedem Atemzug.

Als er wieder zu dem Haus kam, das Douglas für seinen Plan gewählt hatte, stand Holbrook, ebenfalls als Droschkenkutscher verkleidet, in dem schwachen Lichtschein unter einer Laterne Wache.

„Unser Mann ist bereits wieder zu sich gekommen", sagte er statt einer Begrüßung.

Vere nickte. „Ich werde mich rasch umziehen, dann bringen wir ihn zur Wache."

Im Haus wechselte er seine Kleidung. Gemeinsam trugen er und Holbrook den immer noch gefesselten Douglas in Holbrooks Droschke. Holbrook stieg auf den Kutschbock; Vere kletterte in die Kutsche und setzte sich neben Douglas.

„Sie also sind mein Schwiegersohn", stellte Douglas fest.

Als der Mann sprach, hatte er das Gefühl, als kröche etwas Widerliches über seine Haut. „Was sagen Sie da?", erwiderte er. „Nein, nein, ich habe die Nichte Ihrer Frau geheiratet."

„Haben Sie denn überhaupt nichts von dem verstanden, was heute Nacht gesagt wurde? Sie ist nicht die Nichte meiner Ehefrau, sie ist meine Tochter."

Vere blickte Douglas verständnislos an. „Sie haben einen Schlag auf den Kopf bekommen, nicht wahr?"

Douglas lachte. „Ich muss sagen, ein Teil von mir ist mehr als ein bisschen entzückt, dass sie einen Idioten geheiratet hat."

„Ich bin kein Idiot", antwortete Vere ruhig und verspürte ein tief gehendes und umfassendes Bedauern, dass er den Mann nicht systematisch verprügelt hatte, als er noch die Gelegenheit dazu hatte.

„Nein? Dann seien Sie auf der Hut. Sie ist meine Tochter. Ich kenne sie. Ich weiß, wie sie Sie in die Falle gelockt hat. Sie ist klüger als der Teufel selbst, ja wirklich, und genauso rücksichtslos. Sie wird Sie benutzen, bis sich nichts mehr bei Ihnen holen lässt, und wer weiß, vielleicht wird sie sich dann sogar Ihrer entledigen."

Die Bosheit in diesem Mann vermochte ihn immer noch zu erstaunen. Veres Finger ballten sich zu einer Faust. „Wie können Sie so etwas über Ihre eigene Tochter – und das behaupten Sie ja beharrlich – sagen?"

„Weil es wahr ist. Sie hat eine Menge von mir gelernt. Sie ist eine Opportunistin, wie sie die Welt zuvor noch nicht gesehen hat. Warum, denken Sie – Verzeihung, Sie denken ja nicht, ich vergaß ... Nun, es tut mir leid für Sie, Sie schwachsinniger Trottel."

„Wie bitte?"

„Sie dummer Schwachkopf."

Vere schlug ihm mit der Faust ins Gesicht, so fest, dass er sich fast die eigene Hand dabei brach. Douglas schrie vor Schmerz auf und begann am ganzen Körper zu zittern.

„Entschuldigung", sagte Vere und lächelte, als er sah, wie Douglas beim Klang seiner Stimme zusammenzuckte. „Das tue ich leider, wenn Leute mich dumm nennen. Was sagten Sie gerade?"

„Lassen Sie uns sichergehen, dass ich Sie korrekt verstanden habe, Lord Vere. Sie waren in Dartmouth in einem Pub. Der Gentleman hat sich hingesetzt und Ihnen einen Drink spendiert. Nachdem Sie ihn getrunken hatten, war Ihnen ganz merkwürdig zumute. Mithin: Sie waren nicht ganz klar im Kopf. Daher haben Sie eingewilligt, mit ihm zu kommen, um sich ein Haus in Exeter anzusehen. Sie sind dann in einem leeren Haus auf dem Fußboden aufgewacht, und Ihnen wurde bewusst, dass Sie entführt worden waren. Sie überwältigten dann Ihren Entführer, als der erschien, um Ihnen Wasser und Brot zu bringen, und haben ihn hier auf die Wache gebracht?", erkundigte sich Inspektor Nevinson, der als Folge eines der Telegramme, die Vere von Paignton aus abgeschickt hatte, auf der Polizeiwache in Exeter erschienen war.

Diese verdammte Verstellung! Warum konnte das nicht aufhören? Vere sehnte sich danach, zu Hause zu sein bei seiner Frau – sie sollte heute Nacht nicht alleine bleiben.

„Ja“, sagte er. „Ich bin das, was Sie ... nun, keine reiche Erbin – ich weiß, das ist eine Frau. Aber wie nennt man eine männliche reiche Erbin?“

„Sie sind ein reicher Mann“, erklärte Nevinson und verdrehte die Augen.

„Stimmt. Und als solcher kann ich einschätzen, wenn ich meines Geldes wegen überfallen werde. Und der Bastard da – verzeihen Sie meine unfeine Ausdrucksweise, meine Herren –, jedenfalls der Kerl da hatte die Unverfrorenheit anzudeuten, er wolle mich noch eine Weile bei sich behalten, damit meine Ehefrau ihm regelmäßig Geld schickt, Tausende um Tausende Pfund. Dabei kennt er noch nicht einmal die Regeln, die bei Entführungen gegen Lösegeld einzuhalten sind, nicht wahr? Ah, danke“, sagte er zu dem Oberinspektor der Polizeidienststelle von Exeter, der ihm eine Tasse dunklen, zu lange gezogenen Tee reichte. „Gutes Zeug, Inspektor. Die eleganten Ceylontees, die die Damen bevorzugen, kann ich nicht ausstehen.“

Nevinson schüttelte den Kopf. „Wissen Sie eigentlich, wen Sie uns hier gebracht haben?“

„Natürlich nicht. Ich habe Ihnen doch gesagt, ich habe den Kerl nie zuvor gesehen.“

„Sein Name ist Edmund Douglas. Klingt das vertraut?“

„Gütiger Himmel! Ich bin von meinem Schneider überlistet worden!“

„Nein!“, schrie Nevinson. Er holte tief Luft und schluckte seinen Tee hinunter, von dem er gerade einen Schluck genommen hatte. „Der Mann ist der Onkel Ihrer Gattin.“

„Das ist nicht möglich. Der Onkel meiner Gattin ist in Holloway.“

„Er ist aus Holloway geflohen."
„Ach was! Wirklich?"
„Deswegen wollte er Sie in seine Gewalt bekommen. Nicht, weil Sie ein so reicher Mann sind, Sir, sondern weil Sie sein Schwiegerneffe sind."
„Warum hat er sich mir dann nicht einfach vorgestellt?"
Nevinson biss in einen Keks, als wäre dieser ein Stein.
„Nun, wie auch immer", schaltete sich der Oberinspektor ein. „Sie haben ihn eingeliefert, Mylord, und haben uns allen damit eine aufwendige Fahndung erspart. Ich denke, das verlangt nach mehr als Tee. Vielleicht ein wenig Whisky, Inspektor?"
„Bitte", verlangte Nevinson mit Nachdruck.
Ein Polizeisergeant kam in das Büro geeilt. „Es tut mir leid, dass ich Sie störe, Sir, aber der Mann, den Seine Lordschaft eben hergebracht hat, er ist tot."
Nevinson schnappte nach Luft. Vere sprang auf und warf dabei seinen Stuhl um. „Ich habe ihn nicht getötet."
„Natürlich haben Sie ihn nicht umgebracht", erklärte Nevinson ungeduldig. „Was ist geschehen, Sergeant?"
„Wir sind uns nicht sicher, Sir. Es war alles in Ordnung mit ihm. Dann hat er um etwas Wasser gebeten. Als Konstabler Brown ging, um den Becher zurückzuholen, lag er auf seiner Liege und war tot."
Sie liefen alle zu Douglas' Zelle. Er lag auf der Seite, wirkte, als schliefe er, hatte aber keinen Puls mehr.
„Wie ist das nur passiert?", rief Vere. „Ist er einfach tot umgefallen?"
„Das sieht mir eher nach entweder Strychnin oder Zyanid aus." Nevinson tastete Douglas ab. „Er hat nichts bei sich als ein wenig Geld und eine Uhr."
„Denken Sie, er hatte Zyanidpillen in seiner Taschenuhr?", fragte Vere mit weit aufgerissenen Augen.
„Das ist doch lächer…" Nevinson brach ab. Er untersuchte die Uhr. Der Deckel öffnete sich und gab den Blick auf ein Geheimfach frei. „Sie haben recht: Es sind noch mehr Pillen darin.

Genug, um drei Leute zu töten – falls es sich um Zyanidpillen handelt."

Vere lief ein kalter Schauer über den Rücken. Vielleicht hatte Douglas insgeheim vorgehabt, sich selbst zusammen mit seiner Frau zu vergiften. Oder vielleicht waren sie alle nur für Mrs Douglas gewesen, die lang aufgeschobene endgültige Rache.

Und vielleicht war es auch genug Gift, um Elissande noch mit in den Tod zu nehmen. Vere gefror das Blut in den Adern, obwohl die Gefahr inzwischen vorüber war.

„Ich nehme an, er wusste, dass es dieses Mal kein Entkommen gab", bemerkte Nevinson. „Wir haben genug Beweise; er befand sich auf dem Weg zum Galgen."

Für einen Mann, der versucht hatte, sein Schicksal unter Anwendung welcher Mittel auch immer zu meistern, musste der Gedanke unerträglich gewesen sein, dass andere über seinen Tod bestimmten. Wenigstens konnte er jetzt Elissande oder ihrer Mutter nichts mehr anhaben.

Ein Gedanke, der nicht annähernd die Erleichterung brachte, die Vere sich erhofft hatte. Für den Schaden, den Douglas in seinem ganzen wertlosen Leben bis zum heutigen Tag angerichtet hatte, hätte er jede Qual erleiden müssen, die der menschliche Körper empfinden konnte, bevor er in aller Öffentlichkeit und bar jeglicher Würde starb.

„Und sehen Sie nur ..." Nevinson legte die Uhr auf den Boden und zeigte ihnen einen kleinen Stoffbeutel. „Da sind noch zwei Diamanten drin. So muss er die Gefängniswachen bestochen haben, ihn fliehen zu lassen."

Während der Inspektor und der Oberinspektor die Diamanten betrachteten, nahm sich Vere die Taschenuhr und untersuchte sie unauffällig. Da! Es gab noch ein Geheimfach, und darin befand sich ein weiterer winziger Schlüssel.

Er steckte den Schlüssel ein und gab Nevinson die Uhr zurück. „Ehrlich, er hätte sich nicht gleich umbringen müssen. Ich hätte bei dem Richter ein Wort für ihn eingelegt, damit er milder urteilt. Reiche Männer sind immer verlockende Opfer. Und schließlich ist er mein Onkel."

Mit einem Mal bekam Elissande keine Luft mehr.

Auf der Heimreise hatte sie ohne nennenswerte Schwierigkeiten ein- und wieder ausgeatmet. Es hatte ihr auch nicht an Atem gemangelt, während sie ihre Mutter zu Bett gebracht hatte. Und selbst als sie wieder allein war, entspannt auf der Chaiselongue im Salon gelegen hatte, eine kühle Kompresse auf dem Gesicht und eine weitere neben sich in einer Schüssel mit Wasser, gekühlt mit einem Block Eis aus dem Eiskeller, hatten ihre Lungen ihren Dienst verrichtet, wie man es erwarten durfte.

Jetzt aber setzte sie sich jäh auf und warf dabei die Kompresse zu Boden. Jetzt zerrte sie an ihrem Kragen. Jetzt spürte sie die Hände ihres Onkels um ihren Hals; erbarmungslos und unaufhaltsam verschlossen sie ihr die Luftröhre.

Sie keuchte und atmete schwer. Sie öffnete den Mund weit und schnappte das bisschen Luft, das sie noch einatmen konnte.

Aber sie bekam dennoch nicht genug Sauerstoff in die Lungen. In ihrem Kopf begann sich alles zu drehen, ihre Finger wurden taub und ihre Lippen prickelten ganz seltsam. Sie atmete schneller und tiefer. Ihre Brust schmerzte. Vor ihren Augen erschienen helle Punkte.

Von draußen waren Geräusche zu hören. War da eine Kutsche? Öffnete da jemand die Haustür? Sie konnte sich auf nichts einen Reim machen. Sie konnte sich nur vornüber beugen und den Kopf zwischen die Knie stecken, darum ringen, nicht das Bewusstsein zu verlieren.

Schritte – sie war nicht länger allein.

„Du musst langsamer atmen, Elissande", wies er sie an und setzte sich neben sie. „Du musst deine Atmung kontrollieren."

Er strich ihr zärtlich übers Haar, und die Wärme seiner Berührung war so herrlich zart wie ein Kaschmirschal. Aber seine Worte ergaben keinen Sinn – sie brauchte doch Luft.

„Atme ganz langsam ein, und nicht zu tief. Und mache es

genauso, wenn du wieder ausatmest." Seine Hand lag auf ihrem Rücken, ein sanfter Druck, der sie beruhigte.

Sie tat, was er verlangte. Bald zeigte sich, dass er recht hatte. Ihre Atmung zu kontrollieren, etwas, das aller Intuition und dem Drängen ihres Körpers widersprach, beruhigte ihre Nerven. Das Taubheitsgefühl und das Prickeln verschwanden, die Enge in ihrer Brust ließ nach und auch der Schwindel in ihrem Kopf.

Er half ihr, wieder aufrecht zu sitzen. Ihre Augen schmerzten noch leicht, aber sie sah nicht länger tanzende Punkte – nur ihn. Er wirkte mitgenommen, seine Stirn war leicht gerunzelt, aber sein Blick war fest und freundlich.

„Besser?", fragte er.

„Ja, danke."

Seine Finger berührten sie kaum, als er ihr Gesicht zum Licht drehte, um es besser betrachten zu können. „Die blauen Flecken werden hässlich werden. Du solltest im Bett sein – es ist ein sehr langer Tag für dich gewesen."

War es erst *dieser* Morgen gewesen, dass sie voller Hoffnung und grenzenlosem Optimismus aufgewacht war, davon überzeugt, dass jedes Puzzleteil ihres Lebens endlich seinen Platz gefunden hatte? Wie hatte nur so viel in so kurzer Zeit zerstört werden können?

„Es geht schon wieder", murmelte sie fast mechanisch.

„Wirklich?"

Sie konnte seinen Blick nicht erwidern. Sie schlug die Augen nieder, schaute auf ihre eigenen Hände. „Ist er wieder in Haft?"

„Das war er."

Ihr Kopf ruckte hoch. „War?"

Er zögerte.

Ihre Hand umklammerte die Armlehne der Chaiselongue. „Ist er wieder entkommen? Bitte sag mir, dass er nicht wieder hat fliehen können!"

Ihr Ehemann schaute kurz weg. Als er sie wieder ansah, war in seinen Augen eine gewisse Leere. „Er ist tot, Elissande. Er hat auf der Polizeiwache Selbstmord begangen, mit irgendwelchen

Giftpillen – höchstwahrscheinlich Zyanid. Wir werden den Bericht des Gerichtsmediziners abwarten müssen, um zu erfahren, an was genau er gestorben ist."

Sie schaute ihn mit offenem Mund an. Ihr Atem ging wieder heftig und ungleichmäßig.

„Langsam", musste er ihr sagen, während er ihr die Hand auf den Arm legte. „Am Ende wird dir sonst wieder schwindelig."

Sie zählte, während sie atmete. Sie konnte ihr Zwerchfell dazu zwingen, ihr zu gehorchen, aber in ihrem Brustkorb klopfte ihr Herz vor Entsetzen wie ein Hammer.

„Bist du … bist du sicher, es war kein Trick?"

„Ich war persönlich anwesend. Er ist so tot wie jedes seiner Mordopfer."

Sie stand auf, innerlich zu unruhig, um noch länger auf der Chaiselongue zu sitzen. „Also konnte er es nicht ertragen, die Konsequenzen seines Tuns zu erdulden", sagte sie, und ihre Stimme klang in ihren eigenen Ohren unendlich bitter.

„Nein, das konnte er nicht. Er war in jeder Hinsicht ein Feigling."

Sie drückte zwei Finger auf die Stelle zwischen ihren Augenbrauen – sie drückte fest. Es tat weh. Aber nichts tat mehr weh als die Wahrheit. „Und er war mein Vater."

Alles, was sie über sich selbst zu wissen geglaubt hatte, war auf den Kopf gestellt worden.

Etwas wurde ihr in die Hand gedrückt. Ein großzügig eingeschenktes Glas mit Whisky. Sie wollte lachen – hatte Vere etwa vergessen, wie begrenzt sie Alkohol vertrug? Stattdessen musste sie sich auf die Lippen beißen, um die Tränen zurückzuhalten.

„Bei jeder sich bietenden Gelegenheit hat er in meiner Anwesenheit Andrew und Charlotte Edgerton schlecht gemacht. Ich begriff: Selbst wenn man es in so mildem Licht wie möglich betrachtete, Charlotte Edgerton musste in den Augen der meisten Leute ein lockeres Frauenzimmer gewesen sein und ihr Ehemann ein junger Narr. Trotzdem …"

Sie blinzelte mehrmals. „Dennoch habe ich sie geliebt. Ich

hielt sie für ungestüm und leidenschaftlich. Ich habe mir ausgemalt, dass sie, als sie ihren letzten Atemzug taten, am meisten bedauern würden, nicht mit ansehen zu können, wie ich aufwuchs."

Stattdessen hatte ihr Vater, als er seinen letzten Atemzug tat, sicher am meisten bedauert, dass er Elissande und ihre Mutter nicht länger nach Herzenslust quälen konnte.

Der Gedanke ließ sie fast zu Boden gehen. Statt des liebevollen, aber auch impulsiven Andrew Edgerton war ihr Vater ein Mann, der schadenfroh und hämisch lachte, wenn er sich vorstellte, dass sie geistig behinderte Kinder aufziehen würde.

Im Spiegel an der Wand konnte sie sich sehen. Ihr Ehemann irrte. Es war nicht so, dass ihre blauen Flecken hässlich sein *würden*. Sie waren es bereits: rote Striemen, die sich dunkel verfärbten, eine dicke Lippe, eines ihrer Augen beinahe zugeschwollen.

Ihr eigener Vater hatte ihr das angetan, mit entschiedener Freude über ihren Schmerz und ihre Verletzungen.

Sie hatte gedacht, Freiheit sei so leicht zu erreichen, indem sie einfach aus Highgate Court entkam. Aber wie sollte sie *dem* hier entkommen? Solange sie lebte, würde Edmund Douglas' Blut in ihren Adern fließen, eine tägliche Erinnerung an die unzertrennbaren Bande dieser Verwandtschaft.

Sie wandte sich ab, drückte ihrem Ehemann das Glas Whisky wieder in die Hand und ging zur Tür. Sie lief die Stufen hoch, den Korridor entlang und in ihr Zimmer. Sie öffnete die Schatzkiste und nahm all die Erinnerungsstücke heraus, die ihr so lieb und teuer gewesen waren.

„Elissande, tu jetzt nichts Überstürztes", sagte Vere.

Sie hatte nicht gehört, dass er ihr gefolgt war, aber er war mit ihr in ihrem Zimmer.

„Ich werde sie nicht zerstören." Selbst wenn die einzelnen Stücke nicht länger dieselbe Bedeutung für sie hatten, so brauchte sie sie nur anzuschauen und wurde daran erinnert, wie ihr Leben geworden wäre, wenn Andrew und Charlotte Edgerton gelebt hätten. Aber ihre Mutter würde ein paar dieser

Dinge haben wollen, um sich an ihre Schwester zu erinnern. „Ich möchte nur diese Kiste verbrennen."

„Warum?"

„Da ist ein Geheimfach im Deckel. Als ich noch ein kleines Mädchen war, hat er mir die Schlüssellöcher gezeigt und mir gesagt, eines Tages würde ich die Schlüssel finden. Jetzt weiß ich, was darin ist." Sie musste die Zähne zusammenbeißen, als Abscheu sie erfasste; sie fühlte sich wie beschmutzt. „Es muss sein Tagebuch sein."

Und das Gemälde, das in ihrem Zimmer auf Highgate Court gehangen hatte, das mit der dornigen roten Rose, die aus seinem Blut wuchs, das war die ganze Zeit über sein Fingerzeig für sie gewesen.

„Diese Kiste würde im Kamin eine Menge Rauch entwickeln", bemerkte Vere. „Ich habe die Schlüssel für das Geheimfach. Warum lässt du es mich nicht öffnen?"

Sie starrte ihn an. Sie hatte völlig vergessen, was sein Fachgebiet war. „Wann und wo hast du die Schlüssel gefunden?"

„Einen im Safe auf Highgate Court, als wir nach unserer Hochzeit dort waren, und den zweiten heute Nacht bei Douglas selbst."

Er ließ sie kurz allein, um den anderen Schlüssel aus seinem Zimmer zu holen. Sie stellte die Kiste auf ihre Kommode. Er steckte, als er wieder da war, die Schlüssel in die vorgesehenen Schlitze und drehte sie beide zur gleichen Zeit. Der untere Teil des Deckels sprang etwa einen halben Zoll weit auf. Vorsichtig zog er ihn nach unten, bis ein kleines in ein Tuch gewickeltes Päckchen in seine Hand fiel.

Er schlug das rechteckige blaue Stofftuch auseinander – und ein ledergebundenes Buch mit den auf der Vorderseite eingestanzten Initialen G. F. C. kam zum Vorschein.

„Da ist eine Nachricht für dich."

„Was beinhaltet sie?" Sie wollte nichts berühren, das in Douglas' Händen gelegen hatte.

„‚Meine liebe Elissande, Christabel Douglas ist nie gestorben. Frag Mrs Douglas, was mit ihr geschehen ist. Und …'" Ihr Ehemann brach ab und schaute sie an. „‚Und möge ich immer in deiner Erinnerung lebendig sein. Dein Vater George Fairborn Carruthers.'"

Es war, als hätte Douglas sie erneut geschlagen. Wenigstens musste er sich nicht länger Vorwürfe machen, ihn nicht schon früher mit dem Chloroform zum Schweigen gebracht zu haben. Er hatte immer schon geplant, selbst aus dem Grab noch als Letzter zu lachen.

Sie entriss Vere das Tagebuch und schleuderte es quer durchs Zimmer. „Zur Hölle mit ihm!"

Die Tränen, die sie zurückzuhalten versucht hatte, strömten ihr übers Gesicht und brannten, wo Douglas sie geschlagen hatte.

„Elissande."

„Das ist ja noch nicht einmal mein Name."

Sie hatte ihren Namen immer geliebt, der die Namen Eleanor und Cassandra vereinte, die Namen von Charlotte und Andrew Edgertons Müttern. Sie hatte die Fürsorge und die Absicht, die Sorgfalt und die Überlegung, die angesichts seiner Erschaffung eingeflossen waren, immer besonders geschätzt. Andrew und Charlotte Edgerton mussten viele ehrgeizige Wünsche für ihre Tochter gehegt haben, um ihr einen so großartigen Namen zu geben, einen Namen, den nicht jedes Mädchen tragen konnte.

Viel von ihrem Leben hatte sie in Hilflosigkeit ihrem Schicksal gegenüber verbracht. Aber nie zuvor hatte sie sich derart verloren gefühlt wie in diesem Moment – als ihr alles genommen worden war, das ihr je etwas bedeutet hatte.

Hinter ihr legte Vere seine Hände auf ihre Arme. Sanft, ganz sanft, schlang er seine Arme um ihre Mitte und hielt sie an sich gedrückt.

Und sie weinte um all ihre zerbrochenen Träume.

Als sie keine Tränen mehr hatte, zog er sie aus und streifte ihr ein Nachthemd über. Dann hob er sie auf die Arme, trug sie zu ihrem Bett, legte sie hinein und deckte sie zu.

Er löschte das Licht und verließ den Raum. Sie lag mit offenen Augen da, starrte in die Schatten und wünschte sich, sie wäre nicht zu stolz gewesen, ihn zu bitten, noch eine Weile bei ihr zu bleiben. Aber zu ihrer Erleichterung – und in einem bittersüßen Augenblick des Glücks – kam er schon in der nächsten Minute zurück.

„Hast du Durst?", fragte er.

Das hatte sie. Er drückte ihr ein Glas Wasser in die Hand – er musste gegangen sein, um es ihr zu holen. Sie trank beinahe das ganze Glas leer und dankte ihm. Er zog einen Stuhl an ihr Bett und setzte sich.

Vielleicht hatte er recht. Vielleicht war sie dankbar für jede kleine Freundlichkeit, die man ihr erwies. Aber war das hier keine kleine Freundlichkeit von ihm, in der dunkelsten Nacht ihres Lebens bei ihr zu bleiben.

Er nahm ihre Hand in seine. „Elissande."

Sie war zu müde und erschöpft, um ihn daran zu erinnern, dass Elissande gar nicht ihr Name war.

Als hätte er sie gehört, sagte er: „Er ist so wunderschön, dieser Name, mit dem deine Mutter dich neu getauft hat."

Ihr Herz stolperte. So hatte sie es noch gar nicht betrachtet.

„Er ist wunderschön wegen all der Hoffnung, die sie hineingelegt hat, der tapferste Moment in einem sonst furchtsamen Leben. Dass sie es gewagt hat, ihre eigene Tochter für alle sichtbar zu verstecken, sozusagen aus der Schusslinie zu nehmen, das ist ein Beweis ihrer Liebe zu dir."

Sie hatte geglaubt, sie hätte keine Tränen mehr, doch ihre Augen brannten erneut, als sie an den verzweifelten Mut ihrer Mutter denken musste.

„Vergiss es nicht, Elissande."

Tränen quollen aus ihren Augenwinkeln, liefen ihr über die Schläfen und in ihr Haar. „Das werde ich nicht", murmelte sie.

Er reichte ihr ein Taschentuch. Sie hielt sich daran fest – und mit ihrer anderen Hand hielt sie sich an ihm fest.

Er strich mit dem Daumen über ihren Handrücken. „Als ich mich in die künstliche Herstellung von Diamanten eingelesen habe, wurde in jedem Artikel, der mir unterkam, die Tatsache erwähnt, dass Diamanten aus reinem Kohlenstoff bestehen, was sie zu etwas Ähnlichem wie Kohle oder Grafit macht. Douglas ist dein Vater – das bestreite ich nicht. Aber während er nicht mehr ist als ein Klumpen Kohle, bist du von größter Reinheit, ein wirklicher Diamant."

Das war sie wohl kaum. Sie war eine Lügnerin und zögerte nicht, andere zu benutzen.

„Deine Mutter hätte nicht bis zum heutigen Tag überlebt, wenn du nicht wärst, daran besteht für mich kein Zweifel. Als sie wehrlos war, hast du sie verteidigt."

„Wie sollte ich auch nicht? Sie brauchte mich."

„Nicht alle achten auf die Hilflosen und wachen über sie. Du hättest weit mehr gewinnen können, wenn du dich bei Douglas lieb Kind gemacht hättest – oder du hättest auch einfach gehen können. Man braucht Moral, um das Richtige zu tun."

Sie biss sich auf die Innenseite ihrer Lippe. „Rede nur weiter so, und bald halte ich mich selbst für einen Ausbund der Tugend."

Er lachte. „Das bist du nicht und wirst es vermutlich auch nie sein. Aber du hast beides, innere Stärke und Mitgefühl, etwas, das Douglas weder besaß noch wenigstens ansatzweise verstehen konnte."

Er wischte die Nässe von ihren Schläfen, seine Berührung war leicht und so behutsam wie die Pinselstriche eines Kunstmalers.

„Ich habe dich in den vergangenen Tagen beobachtet. Ein Leben unter Douglas hätte dich mühelos bitter werden lassen können, furchtsam oder abweisend. Aber du leuchtest hell wie ein Stern. Lass dir das nicht von ihm nehmen. Lache stattdessen über ihn. Hab Freunde, lies Bücher und veranstalte einen Ball mit deiner Mutter. Lass ihn sehen, dass deine Tage voller Freude sind. Lass ihn sehen, dass er, obwohl er sein Leben der Aufgabe gewidmet hat, deines zu ruinieren, versagt hat."

Mehr Tränen rannen in ihr Haar. Mrs Douglas hatte es richtig eingeschätzt: Elissande konnte sich glücklich schätzen. Der

Mann, dem sie am meisten Unrecht zufügte, hatte sich als wahrer Freund herausgestellt.

Sie dachte an ihre Mutter, die sich sicher, gesund und unversehrt in ihrem Zimmer befand. Nie wieder würde sie misshandelt werden. Sie dachte an sich selbst: Sie war immer noch ihre eigene Herrin – das würde sich nicht ändern. Sie dachte an den kommenden Morgen – selbst die dunkelste Nacht dauerte nicht ewig –, und sie überraschte sich selbst, als sie feststellte, dass sie den nächsten Morgen, den nächsten Sonnenaufgang sehen wollte.

„Du hast recht", sagte sie. „Ich werde mich von ihm nicht klein machen lassen, auch nicht aus dem Grab heraus, so, wie ich es ihm nicht gestattet habe, mir ein Stück meiner Seele zu nehmen, solange er noch am Leben war."

Als Vere sechzehn war, wurden Freddie und er aus Eton nach Hause gerufen, ans Sterbebett ihres Vaters.

Obwohl er nicht mehr lange leben würde, hatte dies der Boshaftigkeit des Marquess keinen Abbruch getan. In Freddies Gegenwart hatte er seinen ältesten Sohn angewiesen, möglichst rasch zu heiraten und schnell für Nachwuchs zu sorgen, damit es ausgeschlossen war, dass der Titel und der gesamte dazugehörige Besitz an Freddie fielen.

Vere hatte aus Rücksicht auf die Anwesenheit des Arztes und der Pflegerin nichts erwidert. Aber er war wütender und wütender geworden, während der Abend fortschritt. Schließlich hatte er es tief in der Nacht nicht mehr ausgehalten. Sein Vater mochte auf der Schwelle des Todes stehen, aber ihm musste gesagt werden, dass er ein widerwärtiger Mann war und eine armselige Erscheinung für einen Vater.

Er ging zum Schlafgemach des Marquess. Die Pflegerin im Nebenraum war eingenickt, aber die Tür zum Zimmer seines Vaters stand einen Spaltbreit offen, sodass sowohl das Licht als auch Stimmen bis auf den Flur drangen. Er spähte in den Raum und erkannte den Pfarrer an seiner Kleidung.

„Aber – aber – aber, Mylord, das war Mord“, stammelte der Pfarrer.

„Das weiß ich verdammt noch einmal selbst, dass es Mord war, als ich sie die Treppe hinuntergestoßen habe“, erklärte der Marquess. „Wäre es ein Unfall gewesen, bräuchte ich Sie nicht hier.“

Vere wurde schwarz vor Augen. Er fasste Halt suchend nach einem Wandleuchter. Vor acht Jahren war seine Mutter gestorben – sie war, wie alle Welt glaubte, einem verhängnisvollen Sturz auf der großen Treppe im Stadthaus der Familie zum Opfer gefallen. Sie war zu spät heimgekehrt und hatte ein wenig zu viel getrunken gehabt, sodass sich ein Absatz ihrer Tanzschuhe auf der Stufe verfangen hatte und sie gestürzt war.

Ihr Tod hatte Vere und Freddie schwer getroffen.

Ihr Blut konnte nicht mit der Reinheit aufwarten wie das ihres Mannes, ihre Familie ließ sich nicht bis zu den normannischen Eroberern zurückverfolgen, Dinge, auf die der Marquess selbst so stolz war. Ihr Vater hatte in den Augen des Marquess trotz seines überragenden Reichtums kaum mehr als ein Hausierer gegolten. Als einziges Kind eines unglaublich reichen Mannes hatte sie sehr wohl gewusst, dass mit ihrer Mitgift die Schulden ihres Ehegemahls bezahlt und die Besitzungen instand gesetzt werden konnten. Und sie hatte ihre Kinder beschützt, vor allem Freddie, vor den Wutausbrüchen und den unberechenbaren Launen des Marquess.

Die gegenseitige Abneigung zwischen dem Marquess und der Marchioness war allgemein bekannt gewesen. Der verschwenderische Marquess hatte die beträchtliche Mitgift, die seine Frau mit in die Ehe gebracht hatte, schnell aufgebraucht und neue Schulden angehäuft. Mr Woodbrigde, Veres Großvater mütterlicherseits, war kein Narr und sorgte durch direkte Unterstützung dafür, dass seine Tochter mit allem ausgestattet war: Er zahlte ihre Kleider, ihren Schmuck und ihre Reisen, damit sie und ihre Söhne fernab von Ehemann und Vater sein konnten.

Doch trotz der häuslichen Spannungen hatte nie jemand irgendeinen Verdacht geschöpft, dass bei ihrem Tod nicht alles mit rechten Dingen zugegangen war. Oder wenigstens hatte niemand es je gewagt, den Marquess zu beschuldigen. Sechs Monate später hatte er erneut geheiratet, eine weniger wohlhabende Erbin dieses Mal, aber eine, die bereits im Besitz ihres Erbes war – dieses Mal gab es keinen lästigen Schwiegervater.

Damit war gewissermaßen besiegelt, dass der Tod der ersten Marchioness schlicht und ergreifend ein Unfall gewesen war.

Und das hatte auch Vere geglaubt, bis zu diesem furchtbaren Augenblick. Er wollte sich verstecken. Er wollte weglaufen. Er wollte die Tür mit einem Fußtritt aufstoßen und das, was im Zimmer vor sich ging, unterbrechen. Aber er stand wie erstarrt, unfähig, auch nur einen einzigen Muskel zu bewegen.

„Ich nehme an, Sie bereuen, Mylord?“, fragte der Geistliche mit leicht quietschender Stimme.

„Nein, ich würde es wieder tun, wenn ich müsste – ich konnte sie keine Minute länger ertragen“, antwortete der Marquess. Er lachte, ein schrecklich pfeifendes Lachen. „Aber ich nehme an, wir müssen uns an die Formalitäten halten, was? Ich sage Ihnen, dass es mir leidtut, und Sie sagen mir, alles ist gut auf Gottes weiter grüner Erde.“

„Das kann ich nicht“, rief der Pfarrer. „Ich kann weder Ihre Tat noch Ihre halsstarrige Art und Weise dulden.“

„Das werden Sie noch“, erwiderte der Marquess mit unverminderter Gehässigkeit. „Oder die Welt wird schließlich doch erfahren, warum sie ein so entschiedener Junggeselle sind. Schämen Sie sich, Reverend Somerville – sich mit einem verheirateten Mann einzulassen. Seine unsterbliche Seele wird auf immer verdammt sein – und Ihre eigene auch.“

Vere drehte sich um und ging fort. Er konnte nicht bleiben und zuhören, wie der Marquess ein letztes Mal seinen Willen durchsetzte, nicht nachdem er mit einem Mord an seiner Mutter davongekommen war.

Die Beerdigung des Marquess war furchtbar, viele Menschen wollten ihm die letzte Ehre erweisen. Sein hehrer Charakter und seine guten Taten wurden in höchsten Tönen gelobt von denjenigen, die entweder nicht gewusst hatten oder denen es egal war, was für ein Schuft er in Wahrheit gewesen war.

In der Nacht nach der Beisetzung hatte Vere zum ersten Mal seinen Albtraum. Es war egal, dass er nie seine Mutter tot auf der Treppe gesehen hatte; jetzt fand er sie wieder und wieder und wieder – kalt und mit gebrochenem Genick am Fuß der Treppe.

Drei Monate später hielt Vere es nicht mehr aus und vertraute sich seiner Großtante Lady Jane an.

Lady Jane hörte ihm voll Mitgefühl und einfühlsam zu. Dann sagte sie: „Es tut mir so leid. Es hat mich schon schwer getroffen, als ich es von Freddie erfahren habe. Und es trifft mich nicht weniger jetzt, da ich es von dir höre."

Diese Bemerkung und das, was sie enthüllte, entsetzte Vere nahezu so sehr wie die Wahrheit über den Tod seiner Mutter.

„Freddie wusste es? Er wusste es und hat mir nichts gesagt?"

Lady Jane erkannte ihren Fehler, aber es war zu spät. Vere weigerte sich, ihr zu erlauben, ihre Aussage zurückzunehmen. Schließlich gab sie nach.

„Freddie war besorgt wegen deiner Reaktion. Er fürchtete, du könntest deinen Vater umbringen, wenn du es wüsstest – keine ganz unbegründete Befürchtung, wie ich anmerken möchte, basierend auf dem, was ich bislang beobachten konnte", erklärte Lady Jane. „Außerdem hält er euren Vater bereits für ausreichend gestraft."

Als Freddie dreizehn war, so erfuhr er, war er eines Nachts in das Schlafzimmer ihres Vaters gegangen, nachdem der Marquess eine seiner Lieblingsskizzen konfisziert hatte, von der Hoffnung getrieben, sich die Zeichnung zurückzustehlen. Offenbar hatte der Marquess in dem Glauben, die Geräusche, die Freddie machte, stammten von dem Geist seiner ersten Frau, schreckliche Ängste ausgestanden.

Vere war außer sich. Wie dumm konnte Freddie sein, anzunehmen, ihr Vater empfände auch nur die geringsten Gewissensbisse, geschweige denn sogar Furcht? Der Mann, der damit gedroht hatte, die Homosexualität des Pfarrers öffentlich bekannt zu machen, war kein reuiger Sünder gewesen und verdiente niemandes Vergebung.

Zwei Jahre lang hatte Freddie es gewusst, zwei Jahre, in denen Vere ihrem Vater das Leben hätte zur Hölle machen können. Das wäre in seinen Augen gerecht gewesen – oder wenigstens in gewissem Maße gerecht. Dass ihm das versagt geblieben war ... dass es ihm ausgerechnet von Freddie genommen worden war ...

Vielleicht sah Lady Jane in Vere echtes Potenzial. Vielleicht wünschte sie sich auch nur, dass er endlich aufhörte, sich über Wahrheit und Gerechtigkeit zu ereifern. Wie auch immer, sie erwiderte sein Vertrauen mit einem eigenen Geständnis: Sie war Agentin der Krone, deren Hauptaufgabe darin bestand, die Wahrheit ans Licht zu bringen und der Gerechtigkeit zum Sieg zu verhelfen. Für Veres Mutter war es zu spät. Aber vielleicht fand er ja Trost darin, anderen zu helfen?

Er sagte unverzüglich Ja. Lady Jane gab ihm den Rat, sich in jemanden zu verwandeln, den niemand ernst nahm – eine überaus nützliche Eigenschaft für einen Geheimagenten. Sie schlug als mögliche Rolle einen Hedonisten vor. Vere sträubte sich. Er war nie jemand gewesen, den es interessiert hatte, seinen Gelüsten nachzugehen. Und noch wichtiger: Trotz seiner Einsamkeit wollte er nicht mehr Zeit in der Nähe von Menschenansammlungen verbringen, als unbedingt notwendig. Und wer hatte je von einem zurückgezogen lebenden Hedonisten gehört?

„Lieber wäre ich ein Idiot“, hatte er erklärt.

Ihm war nicht klar gewesen, dass er in der Rolle des Hedonisten wenigstens in der Lage gewesen wäre, seine Meinung zu einem breiten Feld an Themen zum Besten zu geben. Die Rolle des Idioten gestattete ihm diese Freiheit nicht. Und je überzeugender er den Narren gab, desto mehr schottete er sich von den anderen ab.

Lady Jane empfahl ihm damals, sich nicht sofort zu entscheiden, sondern erst einmal in Ruhe zu überlegen. Genau zwei Tage später wurde er jedoch vom Pferd geworfen. Sogleich beschloss er, diesen sehr ernsten Unfall für seine Zwecke zu nutzen und Vorteil aus Needhams Anwesenheit als Lady Janes Hausgast zu ziehen. Sobald der Arzt Veres Gesundheitszustand mit seinen beachtlichen medizinischen Erfahrungen diagnostiziert hatte, würde niemand imstande sein zu behaupten, dass er *keine* schlimme, sein Leben verändernde Gehirnerschütterung erlitten hatte.

Nachdem die körperlichen Erfordernisse für seinen Übertritt zum Idiotentum geschaffen waren, musste er eine Entscheidung treffen: Was sollte er Freddie sagen?

Wäre Lady Jane die Sache nicht herausgerutscht, er hätte vielleicht einen anderen Beschluss gefasst. Er und Freddie hatten sich immer nahegestanden. Da Freddie nicht lügen konnte, würde er es in diesem Fall auch nicht tun müssen: Veres Verhalten würde sich mehr oder weniger von allein herumsprechen. Sollte Freddie gefragt werden, konnte er einfach Needhams Diagnose wortwörtlich wiederholen. Und Freddies Loyalität Vere gegenüber war allgemein bekannt: Selbst wenn er weiter über die besondere Klugheit seines Bruders sprach, seine Zuhörer würden den Schluss ziehen, er hätte schlicht Schwierigkeiten, sich mit der veränderten Wirklichkeit abzufinden.

Aber da Freddie es für angebracht gehalten hatte, Vere jegliche Chance zu nehmen, ihre Mutter zu rächen, erwiderte er den Gefallen und behielt sein neues Geheimnis für sich.

Als Vere seine Ehefrau noch aus ganzem Herzen verabscheute, hatte das auf gewisse Weise daran gelegen, dass sie ihn mit ihren schauspielerischen Fähigkeiten und ihrem mühelosen Lächeln zu sehr an ihn selbst erinnerte.

Aber das waren lediglich oberflächliche Ähnlichkeiten gewesen. Entscheidender war: Er war ein Mann, der im Alter von sechzehn ein Trauma erlitten hatte, sein seelisches Gleichgewicht jedoch nicht wieder hatte herstellen können. Sie hingegen, so wenig vollkommen sie auch war, besaß eine innere Stärke und Widerstandskraft, die ihn atemlos machte.

Ihre Hände blieben in seinen liegen, im Schlaf erschlafft. Er hatte nur bei ihr bleiben wollen, bis sie einschlief. Aber er war immer noch da, als der Morgen graute, und wachte über sie, falls die Albträume kamen.

Er wollte ihr Bollwerk gegen Albträume sein.

Der Gedanke erstaunte ihn nicht so sehr, wie er es zunächst gedacht hatte, jetzt, da er aufgehört hatte, vor sich selbst abzustreiten, dass er sie liebte. Aber er war ihrer nicht würdig – wenigstens nicht so, wie er jetzt war, nicht mit all den Lügen und Täuschungen, all der Feigheit, die seinen Charakter befleckten.

Er wusste jedoch, was er tun musste. Aber besaß er auch den Mut und die Demut dazu? War sein Wunsch, an ihrer Seite zu sein und sie zu beschützen, stärker als sein Instinkt, zurückzuscheuen vor den Nachwirkungen der Wahrheit? Würde er nicht am Ende wieder mit dem Betrug weitermachen, der sein Leben war?

Er hatte das Gefühl, als stünde er hoch oben auf einer Klippe. Ein Schritt nach hinten – und er befände sich wieder auf sicherem und vertrautem Grund. Aber nach vorne zu gehen, das erforderte einen seltenen Vertrauensvorschuss. Und er war ein Mann mit wenig Vertrauen, besonders, wenn es um ihn selbst ging.

Aber er wollte, dass sie ihn wieder anschaute, als sei er voller Möglichkeiten. Als seien *sie* voller Möglichkeiten. Und dafür würde er das Richtige tun, was auch immer sonst seine Mängel waren.

21. KAPITEL

Ein Todesfall in der Familie, besonders einer unter solch schwierigen Umständen, zog immer eine Menge Arbeit nach sich.

Die Herausgabe von Edmund Douglas' Leichnam musste beantragt und die Beerdigung veranlasst werden, seine Anwälte mussten aufgesucht und bezüglich der Vorkehrungen im Rahmen seines Testaments zu Rate gezogen werden. Unter anderen Umständen hätte sich Elissande um alles gekümmert. Aber wegen ihres verunstalteten Gesichts – die blauen Flecken hatten sich zu einer wenig ansehnlichen Mischung aus Lila, Grün und einem dunklen Gelb verfärbt – verlangte Mrs Douglas, dass Elissande zu Hause blieb, um sich zu erholen. Sie würde an Elissandes Stelle gehen.

Es sei an der Zeit, dass sie wieder mehr Verantwortung für ihr Leben übernähme, erklärte Mrs Douglas. Vere, der ohnehin nach London fahren musste, bot sich an, sie zu begleiten. Mrs Green war mit von der Partie, sie sollte dafür sorgen, dass es Mrs Douglas an nichts mangelte und ihr jeder nur denkbare Komfort zur Verfügung stand.

Und nun machte Mrs Douglas in ihrem Zugabteil ein Nickerchen, und das Gewicht ihres an Veres Arm lehnenden Körpers war so gering wie das einer Decke.

Erinnerungen an ihre Tochter, wie sie auf der Zugfahrt neben ihm geschlafen hatte, wurden in ihm wach. Er musste wieder an seine Verärgerung, aber auch seine Verwunderung denken, die er empfunden hatte, als ihm klar wurde, dass er sich so zu jemandem mit einem derart fragwürdigen Charakter hingezogen fühlen konnte. Sein intellektuelles Selbst hatte erst noch begreifen müssen, was ein anderer, tiefer in ihm liegender Teil bereits auf den ersten Blick erkannt hatte: ihre Integrität.

Keine Integrität im Sinne von unanfechtbar moralischem Handeln, sondern als eine starke Persönlichkeit. Ihre Prüfungen unter Douglas hatten sehr wohl Spuren bei ihr hinterlassen, aber sie hatten sie nicht zerstören können.

Wohingegen er selbst beides war: schwach und mit Narben versehen.

Er hatte sein Tun immer in Verbindung mit Gerechtigkeit gesehen. Wahrer Gerechtigkeitssinn lebte jedoch von dem unvoreingenommenen Streben nach Fairness. Was hingegen *seine* gesamte Laufbahn durchzog, waren Wut und Trauer. Wut, dass er seinen Vater nicht mehr bestrafen konnte, und Trauer, dass er seine Mutter nicht zurückholen konnte.

Das war es auch, weshalb er nur wenig Befriedigung aus seinen Erfolgen bezog, selbst nicht aus seinen größten: Sie erinnerten ihn, wie ohnmächtig er war, an das, was er selbst nie erreichen konnte.

Und das war auch der Grund, weshalb er so wütend auf Freddie gewesen war: Ein Teil davon war Neid gewesen. Zu dem Zeitpunkt, als er mit Lady Jane gesprochen hatte, war sein Vater seit drei Monaten tot gewesen. Dennoch war Veres Besessenheit, was ihn betraf, nur gewachsen. Er konnte nicht begreifen, wieso Freddie in der Lage war, einfach loszulassen und weiterzumachen, während er selbst auf der Stelle verharrte.

Dreizehn Jahre. Dreizehn Jahre war er etwas nachgejagt, das überhaupt nicht erreichbar war. Darüber war seine Jugend vergangen, seine früheren Träume waren in Vergessenheit geraten. Und sein Leben war immer einsamer geworden.

Vereinzeltes Schnarchen lenkte seine Aufmerksamkeit wieder auf seine Reisegefährtin. Mrs Douglas bewegte sich unruhig, doch sie wachte nicht auf. Auf dem Weg zum Bahnhof hatte sie ihm anvertraut, dass sie ihn schon vor ihrem eigentlichen Kennenlernen gesehen hätte: im Laudanum-Rausch. Er selbst hatte sich mehrmals gefragt, welchen Reim sie sich wohl auf seine Anwesenheit in ihrem Zimmer gemacht hatte. Eines Tages, wenn er sein Leben wieder in Ordnung gebracht hatte, würde er ihr die Wahrheit gestehen und sich dafür entschuldigen, ihr Angst eingejagt zu haben.

Wieder wurde sie unruhig. Vere musterte sie: Ihre Wangen waren noch blass, aber nun mit einem Hauch Farbe überzogen; ihr

Hals war weiterhin dünn, aber nicht länger gleichsam ein Strick. Als er sie das erste Mal sah, hatte er geglaubt, sie sei für immer gebrochen. Sie hatte sich stattdessen als eine Art schlafender Samen entpuppt, der nur eine Umgebung benötigte, die weniger feindselig war, um wieder zum Leben zu erwachen.

Er blickte aus dem Fenster. Vielleicht war er selbst doch nicht so unrettbar verloren, wie er immer geglaubt hatte.

Dieses Mal läutete Vere an Freddies Haustür, statt seinen Schlüssel zu benutzen.

Er wurde in das Arbeitszimmer seines Bruders geführt, wo der gerade damit beschäftigt war, ein Buch mit Zugabfahrtszeiten zu konsultieren. Sein Finger glitt eine Reihe mit Uhrzeiten hinab, während er nach der passenden suchte. Freddie schaute schließlich auf und ließ das Buch auf den Tisch fallen.

„Penny! Ich war gerade dabei, zu dir zu kommen." Er eilte zu Vere und umarmte ihn besorgt. „Wärst du nur fünfzehn Minuten später eingetroffen, wäre ich schon auf dem Weg zur Paddington Station gewesen. Heute Morgen habe ich die seltsamsten Gerüchte gehört: Lady Veres Onkel soll aus dem Gefängnis entkommen sein und dich entführt haben – und du sollst um dein Leben gekämpft haben. Was ist denn nur geschehen?"

Die Worte lagen Vere bereits auf der Zunge: *Ach, alles Unsinn. Wissen die Leute denn nicht mehr, wie man richtigen Klatsch verbreitet? Ich musste nicht um mein Leben kämpfen. Ich habe den Schwächling mit einem Finger überwältigt.* Und ein Ausdruck dümmlicher Selbstgefälligkeit formte sich bereits auf seinen Zügen.

Die Versuchung, wieder in die Rolle des Idioten zurückzufallen, die er so perfekt beherrschte, war gewaltig. Freddie erwartete nichts anderes von ihm. Freddie hatte sich längst an den Idioten gewöhnt. Sie waren immer noch Brüder – Brüder, die einander liebten. Warum alles mit einem Mal ändern?

Er durchquerte den Raum, goss sich einen Schluck Cognac ein und kippte ihn sich die Kehle hinunter. „Was du gehört hast, war die Lüge, die ich erzählt habe", erklärte er. „Mr Douglas hatte in Wahrheit Mrs Douglas entführt. Aber nachdem wir sie befreit hatten, waren wir der Ansicht, dass es besser sei, wenn sie sich in Ruhe zu Hause von dem Schreck erholen könnte, statt mit zur Polizeiwache zu fahren. Daher habe ich Mr Douglas zur Wache gebracht und mir eine glaubwürdige Geschichte einfallen lassen."

Freddie blinzelte. Und blinzelte wieder, mehrmals hintereinander. „Ach … geht es allen gut?"

„Lady Vere hat ein paar blaue Flecken; sie wird ein paar Tage nicht in der Lage sein, Besucher zu empfangen. Mrs Douglas hat einen gewaltigen Schrecken hinter sich, aber sie ist heute mit mir gereist und genießt im Augenblick ihren Aufenthalt im Savoy-Hotel. Mr Douglas hingegen, nun, er ist tot. Er entschied, dass er besser dran wäre, wenn er Zyanid schluckt, statt sich dem Gericht zu stellen."

Freddie hörte ihm aufmerksam zu. Als Vere mit seinem Bericht fertig war, blickte er ihn noch eine Weile an, dann gab er sich einen Ruck. „Ist alles in Ordnung mit *dir*, Penny?"

„Du kannst doch sehen, dass dem so ist, Freddie."

„Nun, ja, du bist in einem Stück. Aber du benimmst dich nicht wie sonst."

Vere holte tief Luft. „Das hier ist, wie ich immer gewesen bin. Aber es stimmt, dass ich manchmal – den bei Weitem größten Teil der vergangenen dreizehn Jahre, genau genommen –, also, dass ich mich nicht so aufgeführt habe, wie ich eigentlich bin."

Freddie rieb sich die Augen. „Willst du damit sagen …?"

„Was denkst du denn, was ich damit sagen will?", erkundigte sich Vere. Er hatte angenommen, er hätte sich klar und unmissverständlich ausgedrückt. Aber Freddie hatte nicht so reagiert, wie er es erwartet hatte.

„Einen Augenblick." Freddie griff nach einem kleinen Lexikon und schlug es zufällig an irgendeiner Stelle auf. „In welchem Jahr fand die erste Secessio Plebis statt?"

„494 vor Christus."

„Lieber Gott“, entfuhr es Freddie. Er blätterte weiter und hielt auf einer anderen Seite inne und schaute ihn mit einem so hoffnungsvollen Ausdruck in den Augen an, dass es Vere den Magen zusammenzog. „Wer waren die sechs Ehefrauen von Heinrich VIII.?“

„Katharina von Aragon, Anne Boleyn, Jane Seymour, Anna von Kleve, Catherine Howard und Catherine Parr“, antwortete Vere langsam. Er hätte die Liste viel schneller aufsagen können, aber er wollte die Frage am liebsten nicht zu Ende beantworten.

Freddie legte das Buch hin. „Unterstützt du die Suffragettenbewegung, Penny?“

„Neuseeland hat den Frauen das uneingeschränkte Wahlrecht schon dreiundneunzig eingeräumt. Südaustralien gewährte fünfundneunzig den Frauen das Recht, zu wählen und für das Parlament zu kandidieren. Das letzte Mal, als ich nachgelesen habe, war deswegen bei ihnen nicht der Himmel eingestürzt.“

„Du hast dich erholt“, flüsterte Freddie, und Tränen strömten ihm übers Gesicht. „Meine Güte, du hast dich erholt, Penny!“

Plötzlich fand sich Vere in einer erdrückenden Umarmung von Freddie wieder.

„Oh, Penny, du hast ja gar keine Vorstellung. Du hast mir so gefehlt!“

Tränen liefen auch über Veres Wangen, dafür gab es genügend Gründe: Freddies Freude, seine eigene Scham, Bedauern über alles, was sie verloren hatten.

Er löste sich von ihm.

Freddie bemerkte von seinem Unbehagen gar nichts. „Wir müssen es allen gleich sofort erzählen. Zu schade, dass die Saison vorüber ist. Meine Güte, was wird das nächstes Jahr für ein Schock sein. Aber wir können trotzdem in unseren Klub gehen und es verkünden. Und du fährst nicht gleich heute wieder zurück, oder? Angelica ist in Derbyshire und besucht ihre Cousine, aber sie müsste morgen wieder zurückkommen. Sie wird überglücklich sein. Überglücklich, das sage ich dir.“ Er sprach so überstürzt, dass seine Worte sich schier überschlugen. „Lass mich nach Mrs Charles läuten. Ich denke, ich habe noch eine oder zwei Flaschen Champagner herumliegen. Wir müssen ja feiern. Wir müssen es angemessen feiern."

Freddie griff nach der Klingelschnur. Vere fasste ihn am Arm. Aber was er zu sagen hatte, steckte ihm wie ein Klumpen Zement in der Kehle. Er hatte sich dafür gewappnet, Freddies Zorn zu erdulden, nicht seine überwältigende Freude. Mehr über das Thema zu reden, würde die Freude auslöschen, die Freddies Gesicht mit Röte überzog und aus seinen Augen strahlte.

Aber Vere hatte keine andere Wahl. Wenn er zuließ, dass er hier einfach aufhörte, stünde wiederum eine große Lüge zwischen ihnen, wo sich bereits schon zu viele Lügen türmten.

Er ließ Freddies Arm los und ballte seine Hand zur Faust. „Du hast mich falsch verstanden, Freddie. Ich habe mich von nichts erholt, weil es *nichts* gab, von dem ich mich erholen musste. Ich habe nie eine Gehirnerschütterung gehabt. Es war meine Entscheidung, den Idioten zu geben."

Freddie starrte Vere an. „Was willst du damit sagen? Du bist untersucht worden, und es wurde die medizinische Diagnose gestellt. Ich habe schließlich selbst mit Needham gesprochen. Er hat gesagt, du habest eine persönlichkeitsverändernde traumatische Kopfverletzung erlitten."

„Frag mich noch einmal zu meiner Meinung zum Frauenwahlrecht."

Etwas von der Farbe wich aus Freddies Wangen. „Unter… unterstützt du eigentlich die Suffragettenbewegung?"

Aus irgendeinem Grund stand Vere die Rolle nicht gleich zur Verfügung. Als sei er ein Schauspieler, der bereits die Bühne verlassen, sein Kostüm abgelegt und sich die Theaterschminke abgewischt hatte und dann fast schon eingeschlafen war – und den man aber plötzlich wieder auf die Bühne rief, um seinen Auftritt zu wiederholen.

Er musste mehrmals tief Luft holen und sich vorstellen, eine Maske aufzusetzen. „Frauenwahlrecht? Aber wofür brauchen sie es denn? Jede Frau wird ohnehin so wählen, wie ihr Mann es ihr sagt, und wir haben wieder genau die gleichen Dummköpfe im Parlament sitzen! Nun, wenn Hunde wählen könnten, das würde einen echten Unterschied machen. Sie sind intelligent, sie sind der Krone treu ergeben, und sie verdienen sicherlich mehr Mitspracherecht in der Regierung dieses Landes."

Freddie klappte der Mund auf. Er wurde rot vor Verlegenheit. Und dann – vor Veres Augen – verdunkelte sich seine Miene; allmählich wurde er zornig. „Also, all diese Jahre, diese langen Jahre, hast du uns allen nur etwas *vorgespielt*?"

Vere schluckte. „Ich fürchte, ja."

Freddie starrte ihn eine weitere Minute stumm an. Dann holte er aus und schlug zu. Seine Faust landete mit einem dumpfen Aufprall in Veres Zwerchfell. Vere stolperte einen Schritt rückwärts. Ehe er sich erholen konnte, traf ihn abermals ein Fausthieb. Und dann noch einer. Und noch einer, gefolgt von einem weiteren. Bis er schließlich mit dem Rücken gegen die Wand stieß.

Er hatte keine Ahnung gehabt, dass Freddie zu solcher Gewalttätigkeit imstande war.

„Du Bastard!" Die Worte waren ein wütendes Brüllen. „Du Schwein, du elender Mistkerl!"

Er hatte auch keine Ahnung gehabt, dass Freddie imstande war zu fluchen.

Freddie brach ab, und sein Atem ging hart und schwer.

„Es tut mir unendlich leid, Freddie." Vere konnte ihm nicht in die Augen sehen. Er starrte auf den Schreibtisch in Freddies Rücken. „Es tut mir wirklich leid."

„Dir tut es leid? Ich habe jedes Mal wie ein verfluchter Brunnen geschluchzt, wenn ich an dich dachte. Hast du je einen Gedanken daran verschwendet? Hast du je einen Gedanken an die verschwendet, denen etwas an dir lag, die dich liebten?"

Seine Worte waren wie scharfkantige Glasscherben in Veres Herz. Er hatte versucht, in den Monaten nach seinem Unfall so wenig Zeit wie möglich in Freddies Nähe zu verbringen, aber Freddies Verzweiflung war nicht zu übersehen gewesen, die zaghafte Hoffnung zu Beginn eines jeden Treffens, die kurz darauf verschwand und durch Trostlosigkeit ersetzt wurde.

Und jetzt war der Moment der Abrechnung gekommen. Jetzt sah Freddie ihn als den Mann, der er in Wahrheit war.

„Und ich habe nie geduldet, dass dich irgendjemand als Idiot bezeichnet", fuhr Freddie ihn an. „Ich hätte mich beinahe deswegen mit Wessex geprügelt. Aber mein Gott, du bist einer. Du bist so ein Scheißidiot."

Das war er, bei Gott, das war er. Ein Scheißidiot und ein selbstsüchtiger Bastard.

„Es war fast so, als seist du gestorben. Der Mensch, der du warst, war fort. Und ich hatte all diese Trauer in mir, die ich noch nicht einmal aussprechen konnte, außer vielleicht Lady Jane gegenüber und Angelica. Denn alle anderen haben mir gesagt, ich solle froh sein, dass du noch am Leben wärst. Und das war ich ja, aber dann sah ich wieder den Fremden, der dein Gesicht hatte und deine Stimme, und du hast mir so verzweifelt gefehlt."

Neue Tränen liefen Vere übers Gesicht.

„Es tut mir leid. Ich war so auf den Mord an Mutter und Vaters Schuld fixiert, und so wütend, dass du mir nichts verraten hattest …"

Freddie umklammerte Veres Arm. „Woher wusstest du davon?"

„Ich habe Vater auf seinem Sterbebett gehört, wie er den Pfarrer erpresst hat, ihn von der Schuld an dem Mord freizusprechen."

Freddies Miene änderte sich. Er entfernte sich, goss sich ein Glas Cognac ein und leerte die Hälfte mit einem Zug. „Einen Moment lang dachte ich, Lady Jane oder Angelica hätten es dir verraten."

„Angelica weiß es auch?"

„Ich hätte es am liebsten nur Angelica erzählt. Aber sie war in dem Sommer mit ihrer Familie fort, und ich brauchte jemanden, mit dem ich öfter darüber reden konnte." Freddie fuhr sich mit einer Hand durchs Haar. „Aber ich verstehe das alles nicht.

Was hat dein Wissen über das, was mit Mutter geschehen ist, mit deiner Verstellung zu tun?"

„Ich bin Geheimermittler für die Krone, so wie es Lady Jane zu ihrer Zeit war. Ich dachte, so könnte ich wenigstens ein bisschen inneren Frieden finden. Und der Idiot war gespielt, damit niemand mich für voll nahm."

Freddie wirbelte herum. „Himmel! Als du sahst, wie Mr Hudson versucht hat, Lady Haysleigh die Spritze mit dem Chloral zu geben, bist du nicht zufällig über sie gestolpert."

„Nein."

„Und Mr Douglas, gegen den hast du ebenfalls ermittelt?"

„Ja."

Freddie trank den Rest seines Cognacs. „Du hättest es mir sagen können. Ich hätte dein Geheimnis mit ins Grab genommen. Und ich wäre so stolz auf dich gewesen."

„Das hätte ich tun sollen. Aber ich war dir noch so böse, dass du es mir nicht erzählt hattest – dass du mir jegliche Chance genommen hattest, Vater zu betrafen." Vere wand sich angesichts der blindwütigen Unreife, die aus dieser Äußerung sprach – und der Engstirnigkeit seiner Ansichten. Wut und Besessenheit waren für ihn die einzig annehmbare Reaktion auf die Wahrheit gewesen. „Ich zürnte dir wochenlang. Vielleicht auch Monate. Und als ich mich schließlich so weit beruhigt hatte, hatte ich den Eindruck, du habest dich mit meinem neuen Ich bereits abgefunden."

Das meiste von der zornigen Röte war in Freddies Wangen verblasst. Er schüttelte langsam den Kopf. „Ich habe mich nie völlig mit dem abgefunden, der du nicht mehr warst. Und ich wünschte, du wärst zu mir gekommen. Dann hätte ich dir sagen können, dass du Vater nicht mehr strafen musstest: Er befand sich bereits in der Hölle. Er bibberte und flehte stundenlang, versteckte sich dabei die ganze Zeit unter seiner Bettdecke. Am Ende seines Lebens musste ich mich hinsetzen, weil ich nicht so lange stehen konnte."

„Aber er hat sich nie die leiseste Reue anmerken lassen."

„Das war die wahre Tragödie für ihn. Er schmorte so in seiner Furcht, ohne auch nur ansatzweise zu begreifen, dass er Reue zeigen und Buße tun konnte und sollte. Dass er überhaupt das Thema dem Pfarrer gegenüber angeschnitten hat, beweist für mich nur, dass er entsetzliche Angst vor der ewigen Verdammnis hatte. Mit tut er leid."

Vere stützte sich mit einer Hand gegen ein Bücherregal. „Wusstest du, dass ich dich beneidet habe, Freddie? Du konntest dich weiterentwickeln, während ich einfach nicht loslassen konnte und wollte. Ich habe mir immer etwas auf meine Klugheit eingebildet – aber es ist eine leere Klugheit gewesen. Wie wünschte ich, ich hätte stattdessen etwas von deiner Weisheit."

Freddie seufzte. Als er Vere wieder anschaute, stand da tiefes Mitgefühl in seinen Augen. Vere musste fast den Blick abwenden, er verdiente Freddies Mitgefühl nicht.

„Wie war es für dich in all diesen Jahren, Penny?"

Vere blinzelte weitere Tränen fort. „Es ging schon, aber es war auch schrecklich."

Freddie wollte etwas sagen, dann hielt er inne. „Himmel, weiß Lady Vere es?"

„Ja, inzwischen schon."

„Und mag sie dich immer noch?"

Die Sorge in Freddies Stimme schnürte Vere einmal mehr die Kehle zu. Er verdiente auch nicht Freddies Sorge.

„Das kann ich nur hoffen."

„Ich denke, sie wird es", erwiderte Freddie, aus dessen Augen wieder die klare Ernsthaftigkeit leuchtete, die Vere an ihm so liebte.

Vere schloss seinen Bruder in die Arme. „Danke, Freddie."

Er verdiente auch Freddies Vergebung heute nicht. Aber eines Tages, so hoffte er, sehr wohl. Eines Tages würde er es ihm gleichtun können.

Mrs Douglas sandte Elissande Telegramme. Sie schickte je eines, nachdem sie ihr jeweiliges Ziel erreicht hatte, damit Elissande wusste, dass es ihr gut ging. Eine überschwängliche Nachricht traf bei ihr ein, nachdem Vere sie ins Savoy-Theater mitgenommen hatte, um sich eine komische Oper mit dem Titel *Die königliche Leibgarde* anzusehen. Sie hatte es unglaublich genossen, auch wenn sie nur kräftig genug war, der Hälfte des ersten Aktes beizuwohnen. Und ein sehr kurzes Telegramm berichtete schlicht: *Mrs Green hat mir einen Löffel Eiscreme erlaubt. Ich hatte ganz vergessen, wie göttlich das schmeckt.*

Ihre Telegramme brachten auch Neuigkeiten. Die erste wesentliche Nachricht kam, nachdem sie sich mit Douglas' Anwälten getroffen hatten. In einem Testament, das von 1890 datierte, hatte Douglas seiner Ehefrau und seiner Nichte nichts hinterlassen, sondern alles der Kirche vermacht. Elissande hatte gelacht. Wirklich, er war auf jeden Fall beständig in seiner Gehässigkeit.

Ein begleitendes Schreiben stammte von Vere, der erklärte, Douglas' Besitz nicht zu erben könnte unter Umständen sogar ein versteckter Segen sein – Douglas hatte das Anwesen bis unters Dach mit Hypotheken belastet und mit der Diamantenmine als Sicherheit gewaltige Kredite aufgenommen. Es war daher gut möglich, dass er nichts als einen riesigen Schuldenberg hinterlassen hatte. Den Anwälten der Kirche stand mit diesem besonderen geschenkten Gaul eine anstrengende Zeit bevor.

Die Nachricht vom nächsten Tag klang wieder deutlich freudiger: Vere hatte den Schmuck ausfindig gemacht, den Charlotte Edgerton Mrs Douglas hinterlassen hatte. Douglas aber hatte ihn sogleich beschlagnahmt, Schmuck im Wert von tausend Pfund.

Elissande las das Telegramm mehrere Male. *Eintausend Pfund.*

Am Morgen nach Exeter waren, als sie aufwachte, sowohl Douglas' Tagebuch als auch die Kiste aus ihrem Zimmer verschwunden. Wo Letztere gestanden hatte, befand sich eine elegante Ebenholzschachtel, in die die Erinnerungsstücke an Andrew und Charlotte Edgerton liebevoll verstaut worden waren. In ihrem Morgenrock hatte Elissande vor der Schachtel gestanden und war mit den Fingerspitzen den Rand nachgefahren, hatte gehofft, dass dieses Geschenk bedeutete, was sie sich wünschte. Aber ihr Ehemann war kurz darauf aufgebrochen, nachdem er ihr nur mit ernster Miene geraten hatte, auf sich zu achten.

In den zwei Tagen seit seiner Abreise hatte sie nicht viel tun können. Sie hatte versucht, sich mit dem Umstand abzufinden, dass er seine Meinung nicht geändert hatte. Das letzte Mal war sie wütend gewesen, dieses Mal trauerte sie nur. Sie wollte den Mann nicht verlieren, der ihre Hand gehalten hatte, als sie ihn am dringendsten brauchte.

Es gab Wege, wie sie es vor sich rechtfertigen konnte, länger in Pierce House zu bleiben. Sie selbst musste sich erst wieder vollkommen erholt haben; dann musste sie die Neuigkeit ihrer Mutter behutsam beibringen; danach mussten sie es sich in Ruhe überlegen, wohin sie sich als Nächstes wenden wollten.

Aber sie hatte bereits begonnen, sich von diesem Zuhause abzukehren. Wenn sie denn gehen musste – und das musste sie –, dann war jetzt ein so guter Zeitpunkt wie jeder andere. Noch klang ihr sein „Du bist von größter Reinheit, ein wirklicher Diamant“ in den Ohren, noch hatte sie seine Geduld nicht überstrapaziert.

Jetzt, da sie tausend Pfund zur Verfügung hatte, konnten sie über die verschiedensten Ziele nachdenken – sie konnten in einem Gasthof wohnen, in einem gemieteten Haus oder gar im Savoy-Hotel, wenn sie es wollten. Und es gab keine Möglichkeit, es ihrer Mutter behutsam beizubringen, nicht wahr? Egal, wie lange sie um den heißen Brei herumredete, die Wahrheit würde Mrs Douglas deswegen nicht weniger beunruhigen.

Sie wies die Hausmädchen an, ihre Habseligkeiten zu packen – es war weniger schmerzhaft, wenn sie die Arbeit anderen übertrug, während sie versuchte, sich irgendwie aufzuheitern. Ein neuer Wohnort, neue Nachbarn, neue Menschen und überhaupt ein neues Leben – das alles hätte sie während der Tage ihrer Gefangenschaft auf Highgate Court mit großer Vorfreude erfüllt. Aber ein Blick aus dem Fenster in den verblühenden, aber immer noch wunderschönen Garten ließ ihr Herz schmerzhaft zusammenzucken, so sehr liebte sie dieses Haus, dieses Leben und diesen Mann, der mit ihrer Mutter ins Savoy-Theater gegangen war, damit sie *Die königliche Leibgarde* sehen konnte.

Ohne nachzudenken verließ sie das Haus und ging zu der Stelle oberhalb des Flusses Dart, wo sie neulich ihren Ehemann zufällig auf einem seiner ausgedehnten Spaziergänge getroffen hatte. Sie vermutete, wenn sie längst fortgegangen waren, würde er immer noch diese Landschaft durchstreifen, immer noch gelegentlich stehen bleiben und auf den Fluss schauen, seinen Hut an seiner Seite, Lederflicken an den Ellbogen seines Tweedjacketts.

Und es tat weh, wenn sie an seine meilenweite Einsamkeit dachte.

Als sie zum Haus zurückkam, begab sie sich ins Arbeitszimmer ihres Mannes.

Kurz nach ihrer Ankunft in Devon hatte sie zufällig ein Buch hier gesehen, das den vielversprechenden Titel *Wie Frauen sich ihren Lebensunterhalt verdienen können* trug. Damals war es ihr bizarr vorgekommen, es in der Bibliothek eines Menschen vorzufinden, der sich nie seinen Lebensunterhalt verdienen musste. Jetzt aber begann sie sich daran zu gewöhnen, welch breit gefächertes und tiefes, vielschichtiges Wissen er sich angeeignet hatte.

Während sie in den Regalen nach dem Buch suchte, blieb ihr Blick an der Ecke einer Postkarte hängen, die zwischen zwei Bänden steckte. Sie zog sie heraus und schnappte nach Luft. Das sepiagetönte Bild zeigte ein tosendes Meer und hohe Klippen. Capri, entschied ihr Verstand sofort, ehe sie die Worte bemerkte, die an den unteren linken Bildrand der Karte gedruckt waren: *Küste von Exmoor.*

Sie rief Mrs Dilwyn, um ihr dabei zu helfen, Exmoor auf der detailgenauen Karte von Großbritannien zu finden, die an der Wand des Zimmers hing. Es war nicht so weit, etwas mehr als fünfzig Meilen von hier, im nördlichen Küstenabschnitt von

Devon. Sie zeigte Mrs Dilwyn die Postkarte. „Denken Sie, ich werde in der Lage sein, diesen besonderen Küstenabschnitt zu finden, wenn ich an der Küste von Exmoor bin?"

„Oh ja, sicher, Madam", antwortete Mrs Dilwyn nach einem Blick auf die Karte. „Ich bin selbst schon dort gewesen. Es ist Hangman Cliffs. Ein ganz malerischer Platz, wirklich."

„Wissen Sie auch, wie man dorthin gelangt?"

„Gewiss, Madam. Man nimmt den Zug von Paignton nach Barnstaple, und über die Nebenstrecke gelangt man nach Ilfracombe. Die Klippen liegen nur ein paar Meilen östlich von dort."

Sie bedankte sich bei Mrs Dilwyn und stand noch eine Weile vor dem Regal, betrachtete sehnsuchtsvoll die Postkarte. Eine Stelle wie Hangman Cliffs war schwer zugänglich. Der Weg zur Spitze würde steil und beschwerlich sein, sodass ihre Mutter nicht in der Lage wäre, es bis nach oben zu schaffen.

Die Idee kam ihr ganz plötzlich: Sie konnte doch allein hinfahren. Ihre Mutter wurde nicht vor übermorgen zurückerwartet. Wenn sie den Zug gleich morgen früh nahm, würde sie am Abend schon wieder zurück sein können, mehr als rechtzeitig, um am folgenden Tag ihre Mutter zu begrüßen, nachdem sie einmal in Wirklichkeit erlebt hatte, wovon sie so viele Jahre lang nur geträumt hatte: Über der tosenden See hoch oben auf einem Felsvorsprung zu stehen.

Wenn sie schon eine neue Ära in ihrem Leben beginnen musste, für die sie nicht wirklich Begeisterung aufbringen konnte, dann würde sie diese hier wenigstens mit einem echten Höhepunkt abschließen.

„Denkst du immer noch an Penny?", fragte Angelica.

„Ja und nein", antwortete Freddie.

Als sie aus Derbyshire heimgekehrt war, hatte Freddie vor ihrer Haustür gestanden und auf sie gewartet. Die letzten anderthalb Stunden hatten sie über nichts anderes gesprochen als über Pennys Enthüllungen, sich verschiedene Gelegenheiten ins Gedächtnis gerufen, bei denen ein Wort oder eine Tat von

Penny im Licht seiner Arbeit für die Krone neu interpretiert werden konnten.

Zuerst war sie wütend und empört gewesen. Sie und Freddie hatten sich näher gestanden, aber Penny war für sie immer der gottähnliche große Bruder ihrer Kindheit gewesen. Es hatte Zeiten gegeben, als sie und Freddie zusammen geweint und getrauert hatten um den jungen Mann, den sie beide liebten. Der war zwar nicht gestorben, dennoch hatten sie ihn verloren.

Aber weil Freddie ihm schon verziehen hatte, war sie nach einer Weile bereit, ihm ebenfalls zu vergeben.

Sie läutete nach einer frischen Kanne Tee. Das ganze Reden hatte sie durstig gemacht. „Wie soll das gehen, an ihn denken und gleichzeitig nicht an ihn denken?"

Freddie schaute sie einen langen Augenblick an. „Es freut mich, dass Penny reinen Tisch gemacht hat. Und wir haben lange miteinander gesprochen, bis er ging, um Mrs Douglas zu den Anwälten ihres Gatten zu begleiten. Aber ich war immer noch ziemlich durcheinander, nachdem er fort war, und ich wollte mit dir reden" – er unterbrach sich eine Sekunde lang – „und mit niemand anderem als dir. Das waren bestimmt die längsten vierundzwanzig Stunden meines Lebens, die ich bis zu deiner Rückkehr gewartet habe."

Es war überaus befriedigend, das zu hören. Nach all der Zeit und den Mühen, die es sie gekostet hatte, bis sie nicht mehr Freunde, sondern ein Liebespaar wurden, machte sie sich manchmal Sorgen, dass das Liebesspiel, so köstlich es auch war, alles andere überlagerte. Das war natürlich dumm von ihr – selbstverständlich waren sie immer noch beste Freunde.

Sie lächelte ihn an. „Ich wäre eher nach Hause gekommen, wenn ich es gewusst hätte."

Er erwiderte ihr Lächeln nicht, sondern griff stattdessen nach der Teekanne.

„Es ist kein Tee mehr darin", erinnerte sie ihn.

Er wurde leicht rot. „Wirklich? Du hast eben nach einer Kanne mit frischem Tee geläutet, nicht wahr?"

In diesem Moment wurde der Tee gebracht. Angelica schenkte ihnen beiden ein. Er hob seine Tasse.

„Möchtest du keine Milch und keinen Zucker?“ Er trank seinen Tee sonst nie einfach schwarz.

Er wurde noch röter, stellte die Tasse ab und rieb sich mit den Fingern über die Stirn. „Ich habe deine Frage immer noch nicht beantwortet, nicht wahr?“

Sie hatte bereits vergessen, was sie ihn gefragt hatte. Irgendwie machte seine plötzliche Anspannung auch sie nervös.

Aber er schien sich entschieden zu haben, um was immer es ihm ging. Er schaute sie geradewegs an, und seine Stimme war fest. „Ich habe eine Weile mit mir gerungen, um zu begreifen, was genau ich für dich empfinde, was so viel mächtiger ist als alles, was ich an Liebe bislang erlebt habe.“

Sie hatte die Hand nach einem Keks ausgestreckt, verharrte aber mitten in der Bewegung. Sie musste ihre Finger dazu zwingen, sich um den Keks zu schließen. In ihren Gesprächen war bislang das Wort Liebe noch nicht gefallen – wenigstens nicht in Bezug auf sie beide.

„Bei Lady Tremaine war ich stets der demütige Verehrer. Jedes Mal, wenn ich in ihren Empfangssalon trat, fühlte ich mich wie ein junger Tempeldiener, der sich dem Altar einer Göttin nähert. Es war atemberaubend und beunruhigend zugleich. Aber dein Salon ist mehr wie ein ausgelagerter Teil meines eigenen Zuhauses. Und ich wusste nicht, wie ich das deuten sollte.“

Ihre Blicke trafen sich. Sie hatte keine Ahnung, so erkannte sie, nicht die geringste, was er als Nächstes sagen würde. Sie rang darum, ihre Befürchtungen im Zaum zu halten – und ihre aufkeimende Vorfreude.

„Und dann dieses Warten auf deine Rückkehr. Während ich draußen auf der Straße auf und ab lief, begriff ich mit einem Mal, dass ich nie in dieser Weise zu Lady Tremaine gegangen bin, außer ich hatte das Gefühl, ihr etwas bieten zu können. Wenn ich sie besuchte, einfach weil ich sie sehen wollte, fürchtete ich stets, ihre Zeit zu verschwenden.

Aber dich, dich will ich in jeder meiner Stimmungen und Launen sehen. Wenn mich etwas besonders erfreut hat oder wenn auch gar nicht viel passiert ist, wenn ich restlos überwältigt bin, wie es gestern und heute der Fall war. Und es ehrt mich, dass ich, wenn ich nur mich selbst bringe, das Gefühl habe, ich hätte dir genug gebracht."

Ihr Griff um den Keks lockerte sich, den sie in ihrer Hand in mehrere Stücke zerbrochen hatte. Sie ließ die Stückchen auf die Tischdecke fallen und atmete wieder.

„Indem er gehandelt hat, wie er es getan hat, nahm Penny mich für selbstverständlich. Aber darin war er nicht allein: Auch ich habe ihn für selbstverständlich genommen, damals vor seinem ‚Unfall'." Er lächelte leicht, und seine Augen ruhten tiefgründig und warm auf ihr. „Wie Penny bist du ebenfalls stets eine Säule meines Lebens gewesen, das ohne dich wesentlich unbedeutender gewesen wäre. Und doch habe ich dich auch als selbstverständlich genommen."

Er stand von seinem Platz auf, es war nur natürlich, dass sie ebenfalls aufstand. Seine Hände umschlossen ihre.

„Ich möchte dich nie wieder als selbstverständlich ansehen, Angelica. Willst du mich heiraten?"

Sie schlug sich eine Hand vor den Mund. „Du bist voller Überraschungen, Freddie."

„Und du bist die beste Überraschung meines Lebens."

Eine Welle reinen Glücks brachte sie beinahe aus dem Gleichgewicht. Und natürlich meinte er jedes Wort – er hatte nie etwas gesagt, wovon er nicht aus vollem Herzen überzeugt war.

„Ich kann mir nichts Besseres vorstellen, als mit dir an meiner Seite durchs Leben zu gehen", fuhr er fort.

„Dass ich dich ständig daran erinnern kann, mich nicht als selbstverständlich zu betrachten?", scherzte sie – sonst würde sie am Ende anfangen, Unsinn zu reden.

Er lachte leise. „Nun, vielleicht nicht unbedingt ständig. Aber jedes Vierteljahr wäre nicht verkehrt." Er legte seine Hände auf ihre Arme und blickte ihr tief in die Augen. „Heißt das, dass du Ja sagst?"

„Ja“, erwiderte sie schlicht.

Er küsste sie, dann hielt er sie eine Weile einfach nur in seinen Armen. „Ich liebe dich.“

Die Worte klangen süßer, als sie es für möglich gehalten hätte – und ihre Erwartungen waren hoch gewesen, nachdem sie schon so viele Jahre hoffte, dass er ihr diese Worte sagte.

„Ich liebe dich auch“, erwiderte sie. Sie lehnte sich ein Stück zurück und zwinkerte ihm zu. „Und wie wäre es jetzt mit einem zweiten Aktbild, um unsere Verlobung zu feiern?“

Er lachte und drückte sie an sich, um sie noch einmal zu küssen.

Ilfracombe entpuppte sich als herbe Enttäuschung. Nebel, so dick und undurchdringlich wie Haferschleim, war aufgezogen, um die Küste mit seiner nassen Kälte zu umarmen. Die Sichtweite war derart eingeschränkt, dass die Straßenlaternen auch am Tag eingeschaltet bleiben mussten, schwache Kreise senffarbenen Lichts vor den grauen Schleiern, die alles verdeckten, das mehr als fünf Fuß von Elissande entfernt war.

Sie bezog dennoch ein gewisses Vergnügen daraus, an der Küste zu sein: der Geruch des Meeres, frisch und salzig, das Rauschen der Wellen, die sich an nicht sichtbaren Felsen brachen und so ganz anders waren als die sanfte Brandung von Torbay; dazu der tiefe Klang von Nebelhörnern vorüberfahrender Schiffe im Bristol Channel, auf eine triste Art und Weise romantisch.

Sie beschloss, die Nacht hier zu verbringen. Sollte sich der Nebel verziehen, wäre morgen noch genug Zeit, die Klippen zu sehen und nach Pierce House zurückzufahren – sie achtete darauf, es nicht mehr als ihr Zuhause zu betrachten –, um rechtzeitig vor ihrem Ehemann und ihrer Mutter da zu sein.

Und dann musste sie es ihrer Mutter irgendwie beibringen und sich von ihrer Ehe verabschieden.

Beim Anblick der gepackten Koffer im Zimmer seiner Frau schloss sich eine eiserne Faust um Veres Herz.

Er und Mrs Douglas waren am Nachmittag wieder in London angekommen. Es stand außer Frage, am selben Tag die Reise fortzusetzen – die ältere Dame war restlos erschöpft und am Ende ihrer Kräfte. Vere brachte sie und Mrs Green im Savoy-Hotel unter und war dann allein nach Hause gefahren. Jetzt, da er mit Freddie gesprochen hatte, gab es so vieles, das er seiner Frau sagen musste: Wie dumm er selbst gewesen war, wie schrecklich sie ihm gefehlt hatte und wie wichtig es ihm war, dass sie ihre Ehe noch einmal von vorn begannen.

Er zog die Schubladen auf – leer. Er riss die Türen der Schränke auf – leer. Er blickte zu ihrer Frisierkommode – leer bis auf einen einzelnen Kamm. Und dann entdeckte er etwas auf ihrem Nachttisch, das ihm das Herz stocken ließ: ein Buch mit dem Titel *Wie Frauen sich ihren Lebensunterhalt verdienen können.*

Sie verließ ihn.

Er lief nach unten und fasste Mrs Dilwyn am Arm. „Wo ist Lady Vere?"

Er konnte seine Sorge nicht verhehlen, seine Stimme war laut und barsch.

Mrs Dilwyn erschrak angesichts seiner Unfreundlichkeit. „Lady Vere besucht die Hangman Cliffs, Sir."

Er versuchte, diese Information zu verwerten, konnte sich aber keinen Reim darauf machen. „Warum?"

„Sie hat gestern eine Postkarte in Ihrem Arbeitszimmer gesehen und fand die Aussicht wunderschön. Und da Sie und Mrs Douglas nicht vor morgen zurückerwartet wurden, entschied sie, heute Morgen ganz früh dorthin zu fahren."

Es war fast schon Zeit fürs Abendessen. „Hätte sie nicht längst wieder zurück sein müssen?"

„Sie hat vor einer Stunde ein Telegramm geschickt, Sir. Sie hat beschlossen, über Nacht zu bleiben. Heute war es so neblig an der Küste, dass sie nichts sehen konnte. Sie hofft auf besseres Wetter morgen."

„Hangman Cliffs – also ist sie in Ilfracombe", sagte er halb laut, mehr zu sich als an Mrs Dilwyn gewandt.

„Ja, Sir.“

Er war aus dem Haus, bevor sie zu Ende gesprochen hatte.

Die Sonne brannte in ihren Augen, der Himmel war so gnadenlos hell, dass er beinahe weiß war. Und ein heftiger Bergwind blies. Sie war völlig ausgetrocknet, ihre Haut so dünn und brüchig wie Papier, und ihre Kehle fühlte sich vor Durst sandig an.

Sie versuchte, sich zu bewegen. Aber ihre Handgelenke waren bereits blutig von ihren vergeblichen Versuchen, sich von den Ketten zu befreien, Ketten, deren Verankerung tief in den Kaukasus hinabreichten.

Der schrille Schrei eines Adlers ließ sie neuerlich kämpfen, trotz Verzweiflung, Schmerzen und einem Wissen um Vergeblichkeit. Der Adler glitt auf dunklen Schwingen näher, warf seinen Schatten über sie. Als er auf sie herabstieß und sein messerscharfer Schnabel glitzerte, drehte sie den Kopf zur Seite und schlug wild um sich.

„Wach auf, Elissande“, flüsterte ein Mann, und seine Stimme hatte gleichzeitig etwas Befehlsgewohntes und etwas Beschwichtigendes. „Wach auf.“

Das tat sie. Keuchend setzte sie sich auf. Eine Hand legte sich auf ihre Schulter. Sie schlang ihre Finger darum, fühlte sich durch die Wärme und Kraft beruhigt.

„Möchtest du einen Schluck Wasser?“, fragte ihr Ehemann.

„Ja, danke.“

Ein Glas Wasser fand seinen Weg in ihre Hand. Und als sie ihren Durst gestillt hatte, nahm er ihr das Glas wieder ab.

Plötzlich fiel ihr wieder ein, wo sie war: Nicht in ihrem Zimmer zu Hause – in Pierce House –, sondern in einem Hotel in Ilfracombe, einem Hotel, dessen Fenster zum Hafen hinausgingen, durch die sie aber kaum in der Lage gewesen war, auch nur die Straße draußen zu erkennen.

„Wie hast du mich gefunden?“, fragte sie verwundert, während gleichzeitig sengende Erregung durch ihre Adern zu pulsieren begann, so heiß, dass es sie fast verbrannte.

„Ziemlich leicht – in dem Reiseführer, den ich mir unterwegs gekauft habe, werden nur acht Hotels in Ilfracombe aufgeführt. Natürlich würde kein angesehenes Hotel die Zimmernummer einer Dame einfach so preisgeben. Und so musste ich auf nicht ganz saubere Methoden zurückgreifen, um diese Information zu erlangen, sobald ich herausgefunden hatte, wo du eingekehrt warst. Danach war es nur noch ein bisschen Arbeit mit dem Dietrich am Schloss zu deiner Tür und dem Riegel, den du von innen vorgeschoben hattest."

Sie schüttelte den Kopf. „Du *hättest* auch einfach anklopfen können."

„Ich habe eine schlechte Angewohnheit – nach Mitternacht klopfe ich nicht mehr an."

Sie hörte das Lächeln in seiner Stimme. Ihr Herz schlug schneller. Sie ließ die Hand sinken, mit der sie seine umklammert hatte. „Was tust du hier?"

Er antwortete nicht, sondern spreizte bloß seine Finger auf ihrer Schulter. „War das wieder der Albtraum, von dem du mir erzählt hast – der, in dem du wie Prometheus an einen Felsen gekettet bist?"

Sie nickte. Er hatte ihre Bewegung wohl gespürt, denn seine Hand lag nun genau unterhalb ihres Ohres.

„Würde es dir gefallen, wenn ich dir von Capri erzähle, um dir zu helfen, den Traum zu vergessen?"

Er musste näher getreten sein. Sie bemerkte den Geruch von Nebel, der seinem Rock anhaftete. Sie nickte wieder.

„‚Wenn man von Neapel in Richtung Meer schaut, liegt die Insel Capri quer im Rachen der Bucht wie ein riesiger natürlicher Wellenbrecher, großartig in ihren Proportionen und unglaublich malerisch in ihrer Form.'" Er sprach leise, seine Stimme war klar und faszinierend.

Sie erschrak. Sie erkannte diese Zeilen wieder: Sie stammten aus ihrem Lieblingsbuch über Capri, dem Buch, das sie bei der Säuberung der Bibliothek durch ihren Onkel verloren hatte.

„‚Vor langer Zeit verglich ein englischer Reisender den Umriss der Insel mit einem kauernden Löwen'", fuhr er fort. „‚Jean Paul erklärte unter dem Eindruck eines Gemäldes, das er gesehen hatte, es handele sich um eine Sphinx; Gregorovius hingegen, mit der lebhaftesten Fantasie von allen, findet, dass es ein antiker Sarkophag sei, dessen Seiten schlangenhaarige Eumeniden schmückten und in dem Tiberius liege.'"

Er drückte sie sachte wieder aufs Bett zurück. „Möchtest du mehr hören?"

„Ja", murmelte sie.

Er zog sich aus, warf ein Kleidungsstück nach dem anderen auf den Boden, wo sie mit einem leisen Rascheln landeten, das ihr die Kehle heiß und das Herz wild werden ließ.

„‚Capri ist streng genommen eher kein Neuland für Reisende.'" Er entfernte ihr Nachthemd und fuhr mit den Fingern über ihre Haut. „‚Die meisten Touristen nehmen die kleinen Dampfschiffe von Neapel, besuchen die Blaue Grotte und halten sich eine Stunde im Hafen auf, kehren noch am selben Abend über Sorrent zurück.'"

Er küsste die Innenseite ihres Ellbogens, den Puls ihres Handgelenks und biss sie zärtlich in den Handballen. Sie erschauerte vor Wonne.

„‚Aber das ist kaum anders, als von einem Buch nur die Titelseite zu lesen, statt das ganze Werk.'"

Seine Hand glitt über ihren Arm und knetete ihre Schulter. Seine andere Hand umfing ihr Gesicht. Zart, ganz zart und ohne die blauen Flecken zu streifen, die nahezu vollkommen verblasst, aber immer noch druckempfindlich waren, fuhr er mit den Fingerspitzen ihre Wangenknochen nach.

„‚Die wenigen, die die Felsen erklimmen und sich hinsetzen, um in Ruhe das Leben und die Landschaft der Insel zu betrachten, finden ein ganzes Gedicht, dem kein Element der Schönheit oder von Interesse fehlt und das vor ihnen aufgeschlagen liegt, damit sie sich daran erfreuen'", zitierte er, während sein Daumen ihre Unterlippe herabzog.

Sie wimmerte leise vor Verlangen. Ihm stockte der Atem.

„Aber du bist viel schöner als Capri“, sagte er, und seine Stimme klang sowohl leidenschaftlich als auch sehnsüchtig.

Sie zog ihn an sich, drückte ihn fest und küsste ihn voller Feuer. Von da an war Capri vergessen, und sie hatten nur noch Lippen und Hände und Sinne füreinander.

„Woran denkst du?“, fragte Vere, den Kopf in die Hand gestützt und auf der Seite liegend.

Er konnte sie nicht sehen. Sie war für ihn der Rhythmus ihrer Atemzüge und die Wärme ihrer Haut.

Ihre Hand glitt über die Narben auf seinem Brustkorb. „Ich habe gerade überlegt, dass mir nie, nicht ein einziges Mal in all den Jahren, die ich Reiseführer lese, der Gedanke gekommen wäre, dass man sie auch zur Verführung einsetzen könnte. Und dann ist mir eingefallen, dass das hier das erste Mal sein muss, dass wir beide danach wach geblieben sind.“

Er gab ein leises Schnarchen von sich.

Sie kicherte.

„Wenn du nicht zu müde bist, würde ich dir gern eine Geschichte erzählen“, erklärte er.

Es war an der Zeit.

„Ich bin überhaupt nicht müde.“

Er wollte sie vorwarnen. „Meine Geschichte ist nicht immer schön.“

„So ist eine Geschichte. Sonst wäre es keine Geschichte, sondern eine Lobeshymne.“

Sehr wahr. Also begann er ihr von den Ereignissen zu berichten, die zu seinem Doppelleben geführt hatten. Er begann mit der Nacht, in der sein Vater gestorben war. Trotz seiner Warnung verspannte sie sich. Ihre Hand umklammerte vor Missbehagen fest seinen Arm. Aber sie hörte ihm ruhig zu, aufmerksam, wenn auch mit immer wieder stockendem Atem.

„Und vielleicht wäre mein Leben unendlich weiter auf diesem Pfad verlaufen – es war schließlich ein bequem ausgetretener Pfad –, wenn du mir nicht begegnet wärst. Aber wir haben uns getroffen, und du hast alles geändert. Je besser ich dich kennenlernte, desto mehr musste ich mich fragen, ob die Dinge, die ich für unabänderlich hielt, wirklich in Stein gehauen waren oder für mich einfach nur so aussahen, weil ich Angst vor Veränderungen hatte."

Anfängliche Bestürzung und erlebter Kummer verschwanden, je mehr Vere die Vergangenheit in seiner Geschichte hinter sich ließ. Inzwischen konnte er auch keine Anspannung mehr bei seiner Frau wahrnehmen.

„Dann, vor zwei Tagen, habe ich Freddie alles gestanden. Es war ein entsetzlich schwieriges Gespräch, vor allem zu Beginn, aber danach habe ich mich so unbeschwert und frei gefühlt wie schon seit Langem nicht mehr. Und dafür habe ich dir zu danken."

„Ich bin sehr, sehr froh, dass ihr beide, du und Lord Frederick, eine Aussprache hattet. Allerdings kann ich nicht erkennen, was ich damit zu tun habe", erklärte sie mit aufrichtiger Verwunderung.

„Erinnerst du dich noch, was du vor ein paar Nächten über Douglas gesagt hast? ‚Ich werde mich von ihm nicht klein machen lassen, auch nicht aus dem Grab heraus, so, wie ich es ihm auch nicht gestattet habe, mir ein Stück meiner Seele zu nehmen, solange er noch am Leben war.' Diese Worte haben mich tief berührt. Bis zu dem Augenblick hatte ich nicht begriffen, dass ich selbst mir ein Stück meiner Seele *hatte* nehmen lassen. Und bis ich nicht erkannt hatte, dass ich nicht mehr ganz war, konnte ich auch nicht beginnen, mich wieder zusammenzusetzen."

Er war ihr unendlich dankbar. Aber es war noch ein weiteres Anzeichen dafür, wie verschlossen er geworden war, dass sie keine Ahnung hatte, welche Umwälzungen sie in ihm bewirkt hatte.

„Es ist wunderbar, dass ich dir behilflich sein konnte", erklärte sie und klang dabei sowohl erfreut als auch verlegen. „Aber ich muss protestieren: Mir gebührt nicht annähernd der Dank, wie du es behauptest. Du hast es doch gesehen, gerade hatte ich wieder einen Albtraum. Ich bin ganz bestimmt niemandes Vorbild."

„Du bist meines", erwiderte er fest. „Außerdem, ich war doch mit allem Notwendigen gegen den Albtraum ausgestattet, oder?"

„Das wollte ich dich gerade fragen! Wie kommt es, dass du eines meiner Lieblingsbücher auswendig kennst?"

„Ich habe deine Mutter gefragt, ob sie sich an irgendwelche Bücher über Capri erinnern kann, die du mochtest. Sie hat mir einen Absatz aufgesagt, konnte sich jedoch nicht an den Titel des Buches erinnern – nur, dass du es geliebt hast. Und dann habe ich mich an die Arbeit gemacht."

Er hatte sich aus sieben Buchhandlungen alle Reiseführer, die dort vorrätig waren und in denen Italien erwähnt wurde, ins Hotelzimmer liefern lassen. Nachdem Mrs Douglas und er aus dem Savoy-Theater ins Hotel zurückkehrten, war er den größten Teil der Nacht wach geblieben und hatte alle Abschnitte, die sich mit Capri befassten, überflogen, bis er auf die Stelle stieß, die Mrs Douglas ihm aufgesagt hatte.

„Ich habe das Buch gefunden und wollte dir eigentlich daraus vorlesen, bis du wieder einschläfst, solltest du noch einmal einen Albtraum haben. Doch dann ging mir auf, dass zum Lesen Licht nötig wäre. Es wäre viel besser, wenn ich es auswendig lernte, was ich auf der Zugfahrt nach Devon dann auch getan habe."

„Das ist … das ist so unglaublich!" Das Bett knarrte. Sie richtete sich ein wenig auf, stützte sich mit einem Ellbogen auf die Matratze und küsste ihn auf den Mund.

„Ich habe nur noch zwei weitere Absätze parat. Aber wenn ich eine Ahnung davon gehabt hätte, wie erotisch Reiseschilderungen sein können, ich hätte das ganze Buch auswendig gelernt."

Sie lachte. „Oh, ja. Das hättest du bestimmt."

Er fuhr ihr mit den gespreizten Fingern durch das seidig kühle Haar. „Wenn du willst, tue ich das – selbst wenn ich dich in Zukunft nicht mehr mit Beschreibungen von Capri verführen dürfte."

Sie lehnte sich an ihn, sodass ihre Wangen sich berührten, eine schlichte Geste, die beinahe dazu führte, dass seine Dankbarkeit jegliches Maß verlor.

„Wäre das hier ein guter Zeitpunkt, mich bei dir zu entschuldigen, weil ich mich in der Burgruine wie ein echter Mistkerl aufgeführt habe?"

Sein Verhalten an dem Tag hatte ihm danach schwer auf der Seele gelegen.

Sie löste sich von ihm, als wollte sie ihm in die Augen blicken. „Nur, wenn es auch ein guter Zeitpunkt ist, mich bei dir zu entschuldigen, dass ich dich gezwungen habe, mich zu heiraten."

„Mir ist also verziehen?"

„Natürlich", antwortete sie.

Er hatte immer geglaubt, verzeihen bedeute, ein Vergehen ungestraft zu lassen. Jetzt aber begriff er, dass Verzeihung nichts mit der Vergangenheit zu tun hatte, sondern mit der Zukunft.

„Und mir, ist mir vergeben?", fragte sie, und aus ihrer Stimme war leise Sorge zu hören.

„Ja, das ist dir", erwiderte er und meinte es auch.

Sie atmete bebend aus, ein Laut der Erleichterung. „Jetzt können wir also weitermachen."

Jetzt also konnten sie erwartungsvoll in ihre gemeinsame Zukunft blicken.

22. KAPITEL

Was heißt eigentlich ‚*Pedicabo ego vos et irrumabo*'?", erkundigte sich Elissande, während sie gemeinsam den steilen Weg erklommen, der zu der Spitze der Hangman Cliffs führte.

Der Tag hatte sonnig und wunderschön begonnen. Und die Küste war einfach herrlich: ungezähmte Landschaft und wilde See. Sie war vom ersten Moment an gefesselt.

Nach dem Frühstück hatten sie sich eine Kutsche gemietet und waren nach Combe Martin gefahren, jenes Dorf, das am nächsten an der Küste lag, die Elissande sehen wollte. Von da aus waren sie zu Fuß gegangen, über die grünen Moore auf einem Pfad, auf dem ihnen immer wieder erstaunlich weiße Ziegen auffielen.

Ihr Ehemann hatte einen Schluck aus der Wasserflasche getrunken, die er bei sich trug. Bei ihrer Frage verschluckte er sich, so heftig wie sein Bruder an dem Abend, als er das Familienmotto der Edgertons von Abingdon das erste Mal erwähnt hatte. Elissande musste ihm einen kräftigen Schlag auf den Rücken geben, um ihm zu helfen, seine Luftröhre zu befreien.

Er keuchte und lachte zur gleichen Zeit. „Meine Güte, daran erinnerst du dich noch?"

„Natürlich tue ich das. Es ist keineswegs ein Familienmotto, nicht wahr?"

„Stimmt!" Er bog sich vor Lachen. „Oder wenigstens hoffe ich das."

Sie liebte sein Lachen. Und umso mehr wegen des langen und einsamen Weges, den er zurückgelegt hatte, bis er hier und am heutigen Tag angekommen war und sie gemeinsam, Arm in Arm, die landschaftliche Schönheit an diesem Ort genießen konnten. Sie bückte sich und hob seinen Hut auf, der auf den Boden gefallen war.

„Was ist es dann?" Sie strich mit den Fingern sein Haar glatt und setzte ihm den Hut wieder auf den Kopf, schob ihn zurecht, bis er genau im richtigen Winkel saß, wie sie hoffte – mit Männerkleidung im Großen und Ganzen kannte sie sich nicht aus.

„Es ist aus einem Gedicht von Catull, vermutlich das ungehörigste Gedicht, das du je zu lesen hoffen darfst in deinem ganzen Leben", erklärte er und senkte seine Stimme. „So unanständig, dass ich nicht glaube, jemand hat je versucht, eine englische Übersetzung zu veröffentlichen."

„Oh." Das musste sie unbedingt hören. „Sag schon."

„Eine nette junge Dame wie du sollte nicht danach fragen", zog er sie auf.

„Und ein netter junger Gentleman wie du sollte sich damit nicht so zieren – oder die nette junge Dame sähe sich am Ende gezwungen, deinen Bruder zu fragen."

„Ah, Erpressung. Das gefällt mir. Nun, wenn du es unbedingt wissen willst, das erste Verb bezieht sich auf Sodomie." Er begann zu lachen, dieses Mal über ihren Gesichtsausdruck. „Jetzt schau nicht so entsetzt. Ich habe dich doch gewarnt, dass es ungehörig ist."

„Ich habe eindeutig ein behütetes Leben geführt. Meine Vorstellung von ungehörig ist, jemanden hässlich oder dumm zu nennen. Gibt es noch ein zweites Wort?"

„Allerdings. Es bezeichnet ebenfalls eine Sexualpraktik, eine, die weniger schändlich ist – aber die Erwähnung würde dennoch dazu führen, dass ganze Salons voller Damen nach ihrem Riechsalz riefen, wenn es jemals in ihrer Gegenwart fallen würde."

Sie schnappte nach Luft. „Ich denke, ich weiß, was gemeint ist."

Er wich erstaunt zurück. „Nein, das weißt du ganz bestimmt nicht."

„Doch", erwiderte sie selbstgefällig. „In der Nacht, als du so betrunken warst, hast du Zurückziehen erwähnt. Und du hast auch gesagt, wenn du in besonders schlechter Stimmung wärst, würdest du verlangen, dass ich deinen Samen schlucke."

Ihm klappte der Kinnladen herunter. „Ich nehme es zurück. Du weißt wirklich, was es ist. Meine Güte, was habe ich bloß alles in jener Nacht zu dir gesagt?"

Ein junger Schäfer tauchte auf dem Weg auf und kam mit seiner Herde auf sie zu.

„Andererseits, wenn ich jetzt noch einmal darüber nachdenke, lass uns damit bis heute Abend warten. Ich habe da so eine Vorahnung, dass, wenn wir über meine genauen Äußerungen und Taten in jener Nacht sprechen, wir zu Handlungen verleitet werden könnten, für die wir am Ende hier draußen festgenommen würden."

Sie kicherte. Er schaute sie gespielt finster an. „Sei bitte ernst. Es ist dein Ruf, um den ich mich sorge."

Sie räusperte sich und setzte eine unverfängliche Miene auf. „War das die Sorte lateinischer Verse, nach denen du auf Highgate Court gesucht hast, um besser einschlafen zu können?"

„Ganz bestimmt nicht. Das ist offenbar die Sorte lateinischer Verse, die ich lese, wenn ich mich an meinem Wasser verschlucken möchte."

Sie lachte. „Wo wir gerade von der Suche nach lateinischen Versen sprechen – was hast du in jener Nacht eigentlich im Arbeitszimmer meines Onkels getan?"

Seine Miene wurde verlegen. „Es liegt genau neben dem Grünen Salon. Ich hatte gehofft, dich zu überraschen, nachdem Lady Avery dich dort allein ertappt hatte. Ich dachte, es sei komisch." Er seufzte. „Siehst du, meine eigene Rachsucht hat zu meinem Untergang geführt."

Sie tätschelte ihm den Arm. „Du bist dennoch ein guter Mann."

„Findest du?"

Er hatte die Frage sicher eher beiläufig gemeint, aber sie klang bedeutungsschwanger vor Hoffnung und Selbstzweifel.

Sie verstand ihn. Sie hatte sich nie für besonders gut gehalten – wie konnte jemand gut sein, der so geschickt im Lügen und Täuschen war? Aber sie war sich sicher, dass er es war. Sie brauchte sich ja nur anzusehen, wie er mit ihrer Mutter umging, wie er sich um sie kümmerte.

Er traute sich selbst zu wenig zu. Um die Veränderung zu erkennen, die er brauchte, war Einsicht notwendig. Und Freddie alles zu gestehen, nach so vielen Jahren, das erforderte wahren Mut.

„Ich weiß es", antwortete sie.

Er schwieg. Der Weg machte eine Biegung. Er hielt ihr die Hand hin, um ihr über einen Stein zu helfen, der aus dem Boden ragte. Sie blickte ihn an, ihren gut aussehenden starken Mann, strahlend und zugleich nachdenklich, und verspürte den heftigen Wunsch, ihn zu beschützen.

Sie gingen eine Weile weiter, bevor er sie an der Schulter berührte und sagte: „Danke. Ich werde mich bemühen, dem gerecht zu werden."

Daran hatte sie keinen Zweifel.

Oben auf Hangman Cliffs angekommen, bot sich ihnen eine wunderbare Aussicht zu allen Seiten: Meilen über Meilen grünes, leicht hügeliges Land, ein blaues Meer, auf dem die Sonne wie ein Silbernetz glitzerte, und in der Ferne eine Jacht, die mit gehissten Segeln und der lässigen Anmut eines Schwans über das Wasser glitt.

Elissande konnte den Blick einfach nicht abwenden. Und er konnte den Blick nicht von ihr abwenden. Ihr Gesicht war gerötet, ihr Atem ging schwer von dem anstrengenden Anstieg, und ihr Lächeln, ah, ihr Lächeln … um es zu sehen, wäre er sogar bereit, über Glasscherben zu kriechen.

„Es ist noch schöner, wenn die Heide blüht."

Ihre Röcke wehten in der frischen, leicht salzig schmeckenden Brise. Ein besonders lebhafter Windstoß blies ihr fast den Hut vom Kopf. Sie lachte, während sie mit einer Hand den Hut festhielt, ihre andere schob sie in seine; ihr Griff war warm und leicht.

Sein Herz machte einen Satz: Sie war es. Es war stets nur sie gewesen, die Frau, auf die er all die Jahre gewartet hatte.

„Ich habe mir immer eine perfekte Gefährtin vorgestellt", sagte er.

Sie sah ihn mit einem übermütigen Funkeln in den Augen an. „Ich könnte wetten, sie ist das genaue Gegenteil von mir."

„Bei richtiger Betrachtung war sie das genaue Gegenteil von mir. Ich habe sie mir in jeder Beziehung ganz anders vorgestellt, als ich es bin. Sie war einfach, zufrieden und offen, ohne Lug und Trug – es gab keinen dunklen Fleck in ihrem Leben, keine alte Geschichte, die sie mit sich herumtrug."

Sie drehte sich zu ihm um, und ihre Miene verriet Ernst und Neugier. „War sie dein Capri?"

Sie verstand das, und sein Herz ging vor Dankbarkeit auf. „Ja, sie war mein Capri. Aber während dein Capri ein Ziel war, das dich antrieb, war meines zu einer Krücke geworden. Selbst nachdem ich mich in dich verliebt hatte, versuchte ich an ihr festzuhalten. Ja, ich habe mich sogar lieber dafür entschieden, dich zu vertreiben und jede Chance auf eine Zukunft mit dir zu verlieren, statt mir einzugestehen, dass mein Capri vielleicht doch nur eine begrenzte Lebensdauer hatte und das Ende seiner Zeit gekommen war."

Sie drückte seine Hand. „Bist du sicher, dass du bereit bist, es loszulassen?"

„Ja." Endlich. „Und ich werde sogar mehr als das tun. Ich denke, es wird Zeit, dass ich noch einen Unfall erleide."

Ihr blieb der Mund offen stehen. „Du kündigst deinen Dienst als Agent der Krone?"

„Ich wollte schon immer einen Sitz im Unterhaus haben, wenigstens bis zu dem Tag, an dem ich den Sitz meines Vaters im Oberhaus einnehmen würde. Dann habe ich die Wahrheit über den Tod meiner Mutter erfahren. Meine eigenen Pläne wurden unwichtig. Stattdessen habe ich mein Leben einer Rache gewidmet, die keinen Sinn machte. Aber mit einem weiteren Unfall könnte ich behaupten, ich hätte mich erholt und könnte mein altes Vorhaben wieder aufgreifen."

Sie schaute ihn mit großen Augen an.

Plötzlich kamen ihm Zweifel. „Hältst du es für eine schlechte Idee, wenn ich meinen Sitz im Oberhaus einnehme?"

„Nein, ganz bestimmt nicht. Ich bin nur verwundert über all die Veränderungen, die bereits in deinem Leben stattgefunden haben und die noch folgen werden." Sie berührte mit den Fingerspitzen seine Stirn. „Wird dich die Arbeit im Oberhaus glücklich machen?"

„Nein. Dort gibt es jede Menge wichtigtuerischer Reaktionäre; ich war so erbost, als sie dreiundneunzig Veto gegen das Autonomiegesetz zwischen Irland und England eingelegt haben." Er lächelte sie an. „Aber jemand sollte dort sein und ihnen sagen, dass sie nichts als eine bunt zusammengewürfelte Gruppe wichtigtuerischer Reaktionäre sind."

„In dem Fall werde ich anfangs angemessen ratlos reagieren, wenn mein Ehemann sich plötzlich von dem Idioten, den ich sehr geschätzt habe, in einen Mann verwandelt, dessen Klugheit und Bildung meine Vorstellung übersteigt. Und dann, unter seiner geduldigen Anleitung, werde ich meine eigenen geistigen Fähigkeiten entdecken." Sie nickte. „Ja, ich denke, das wäre machbar. Wann soll dieser neue ‚Unfall' geschehen?"

Er war zwischen Belustigung und Bewunderung für sie hin- und hergerissen, über die Art und Weise, wie sie plante, den Anforderungen dieser letzten großen Rolle gerecht zu werden.

„Den Zeitpunkt und die genauen Umstände können wir auch noch später entscheiden. Jetzt jedoch gibt es etwas wesentlich Wichtigeres, um das ich mich zuerst kümmern muss. Und zwar genau in diesem Moment."

Sie wandte ihm ihr Gesicht zu. „Was ist es?"

Die blauen Flecken waren noch schwach zu erkennen, aber sie lenkten nicht von ihrer Schönheit ab: Er liebte sie nur umso mehr für ihre innere Stärke, ihre Tapferkeit.

„So sehr ich es vorher zu leugnen versuchte, ich habe dich von dem Augenblick an geliebt, in dem ich dich das erste Mal gesehen habe. Lady Vere, würdest du mir die große Ehre erweisen, mit mir verheiratet zu bleiben?"

Sie keuchte leise, dann kicherte sie. „Ist das ein *Heiratsantrag*, Lord Vere?"

„Allerdings." Er hatte nicht damit gerechnet, aber sein Herz schlug schneller. „Sag bitte Ja."

„Ja“, sagte sie. „Ja. Nichts würde mich glücklicher machen.“

Er nahm erst ihr den Hut ab, dann seinen eigenen – und küsste sie, diese eine Frau, die er mehr liebte als alles andere, an dem Ort, der ihm auf der ganzen Welt der liebste war.

Als sie nach Hause zurückkehrten, fanden sie in Pierce House nicht nur Mrs Douglas vor, die aus London eingetroffen war – und die Elissande stolz den Schmuck ihrer Schwester als Mitgift überreichte –, sondern auch Freddie und Angelica, die persönlich gekommen waren, um ihre Verlobung bekannt zu geben.

Angelica, die vor Glück förmlich strahlte, versetzte Vere freundschaftlich einen symbolischen Hieb gegen die Brust, als Strafe dafür, dass er sie all die Jahre angelogen hatte.

„Schlag mich mehr“, bat er. Er hatte Freddie erlaubt, Angelica alles zu erzählen, da er begriff, dass sein Bruder das brauchte.

„Das sollte ich wirklich“, erwiderte Angelica, „aber ich habe beschlossen, dir zu vergeben.“

Er war so gerührt, dass er sie umarmte. „Danke.“

Sie erstaunte ihn immer wieder, diese Großherzigkeit derer, die ihn liebten – und die er liebte.

Gemeinsam unterhielten sie sich eine Weile mit Mrs Douglas. Nachdem sie gegangen war, um ihr Mittagsschläfchen zu machen, zogen sie sich zu viert in die Bibliothek zurück und machten sich gutmütig über Vere lustig, während sie Pläne schmiedeten, unter welchen Umständen er wieder zu seiner alten Form zurückfinden konnte.

„Wir könnten sagen, du seist einem Bären im Wald begegnet, der dir einen Schlag gegen den Kopf verpasst hat, so wie ich es hätte tun sollen!“

„Wilde Bären sind in Britannien schon seit vielen Jahrhunderten ausgestorben“, wandte Vere ein. „Mit der Geschichte bekämen wir sicher Probleme.“

„Wie wäre es denn mit einem Unfall während eines Kricket-Spiels?“, schlug Freddie vor. „Ich könnte dich ganz sanft mit dem Schläger treffen.“

„Nachdem du mich gründlich verprügelt hast, Freddie, bin ich der Überzeugung, dass du deine Kräfte unterschätzt. Ein sanfter Hieb von dir könnte mich gut und gerne den Kopf kosten.“

„Ich könnte dir mit einer Bratpfanne eins überziehen“, warf seine Ehefrau ein und beteiligte sich an dem Spaß. „Häusliche Streitigkeiten führen manchmal zu Handgreiflichkeiten. Das ist immer glaubhaft.“

„Eine ausgezeichnete Idee!“, rief Angelica.

„Aber du bist Marchioness, nicht die Frau eines Bauern.“ Vere schüttelte den Kopf. „Welche Dame deines Standes würde fünf Minuten von ihrem Salon in die Küche laufen, um sich eine Pfanne zu holen? Es wäre viel wahrscheinlicher, dass sie sich eine Mingvase nimmt.“

„Oder seinen Gehstock“, sagte Freddie mit einem Zwinkern zu Elissande.

Darüber mussten sie alle lachen.

Freddie und Angelica blieben noch zum Dinner. Immer wieder stießen sie an: auf das frischverlobte Paar und sein Glück, auf Mrs Douglas’ Gesundheit und auf Veres bevorstehende wundersame Heilung … und auf die Geduld seiner Frau mit dem unerträglich pedantischen Mann, der Vere gewiss werden würde, wenn er wieder in der Lage war, seinen Verstand zu gebrauchen.

Vere bot seinem Bruder und seiner zukünftigen Schwägerin an, über Nacht zu bleiben, aber sie lehnten ab. Er bedrängte sie nicht, da er wusste, die jungen Liebenden sehnten sich danach, ungestört zu sein. Zu viert fassten sie den Plan, sich bald wieder zu treffen, und dann standen Vere und Elissande vor ihrem Haus und winkten Freddie und Angelica, als sie zum Bahnhof losfuhren.

Als die Kutsche ihren Blicken entschwunden war, legte Vere seiner Ehefrau den Arm um die Schultern. Sie lehnte sich gegen ihn.

„Ich liebe dich“, sagte er und küsste sie aufs Haar.

„Ich liebe dich auch.“ Sie hob seine Hand von ihrer Schulter und küsste ihn auf die Handfläche. „Und ich möchte lange Spaziergänge mit dir machen, ganz viele.“

Er lächelte. „Dein Wunsch ist mir Befehl, Mylady.“

„Gut“, sagte sie. „Und jetzt lass uns nach oben gehen und lang und breit – wenn du weißt, was ich damit meine – über lateinische Verse reden.“

Sie lachten immer noch, als sie die Schlafzimmertür hinter sich ins Schloss zogen.

– ENDE –

New York Times-Bestsellerautorin

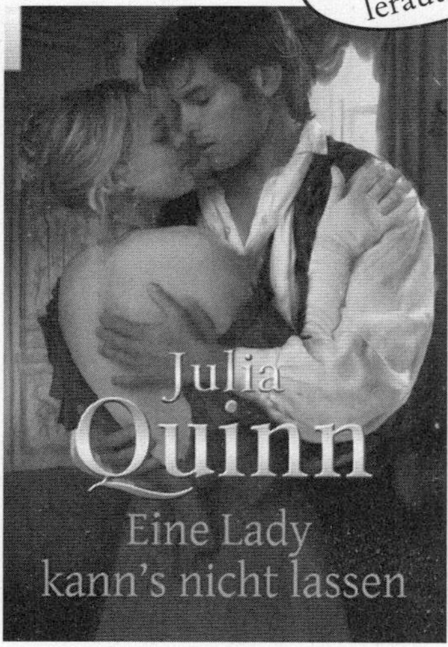

Julia Quinn

Eine Lady kann's nicht lassen

Ihr neuer Nachbar Sir Harry Valentine soll seine Verlobte gemeuchelt haben? Lady Olivia Bevelstoke, jung, bildhübsch und neugierig wie eine Katze, kann das nicht glauben! Entschlossen bezieht sie einen Posten am Fenster ihres Boudoirs, um Sir Harry auszuspionieren …

Band-Nr. 25722
7,99 € (D)
ISBN: 978-3-86278-856-9
336 Seiten

Gaelen Foley

Im Schloss aus Glut und Leidenschaft

Wer ist die geheimnisvolle Schöne, die sich mitten in der Nacht auf sein Anwesen geschlichen hat? Major Gabriel Knight stockt der Atem, so bezaubernd ist die schlafende Unbekannte …

Band-Nr. 25708
7,99 € (D)
ISBN: 978-3-86278-838-5
384 Seiten

New York Times-Bestsellerautorin

New York Times-Bestsellerautorin

Jillian Hunter
Skandal im Bett der Gouvernante

Ein Ball soll ein Vergnügen sein? Nicht für die junge Gouvernante Eloise, die ihren Schützling beaufsichtigen muss. Da hat sie nun wirklich keine Zeit für die Verführungskünste von Lord Drake Boscastle …

Band-Nr. 25700
7,99 € (D)
ISBN: 978-3-86278-827-9
352 Seiten

Loretta Chase
Eine sündhaft raffinierte Verführerin

Der Earl of Lisle traut seinen Augen kaum, als er seine Jugendfreundin Olivia Carsington nach vielen Jahren wiedersieht: Aus dem rothaarigen Wildfang von einst ist eine hinreißende Schönheit geworden …

Band-Nr. 25690
7,99 € (D)
ISBN: 978-3-86278-753-1
352 Seiten

RITA-Award-Gewinnerin!

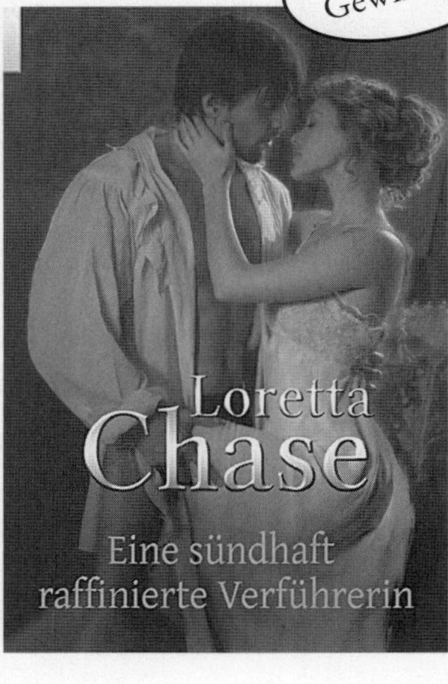